讲述与聆听：
当代长篇小说广播传播研究

Telling and Listening: A Study on the Broadcast Communication of Contemporary Novels

刘成勇 著

中国社会科学出版社

图书在版编目(CIP)数据

讲述与聆听：当代长篇小说广播传播研究 / 刘成勇著 . —北京：中国社会科学出版社，2021.10
ISBN 978-7-5203-8976-1

Ⅰ.①讲… Ⅱ.①刘… Ⅲ.①长篇小说—广播工作—研究—中国—当代 Ⅳ.①I247.5

中国版本图书馆CIP数据核字(2021)第172792号

出 版 人	赵剑英
责任编辑	慈明亮
责任校对	季　静
责任印制	王　超
出　　版	中国社会科学出版社
社　　址	北京鼓楼西大街甲158号
邮　　编	100720
网　　址	http：//www.csspw.cn
发 行 部	010-84083685
门 市 部	010-84029450
经　　销	新华书店及其他书店
印　　刷	北京君升印刷有限公司
装　　订	廊坊市广阳区广增装订厂
版　　次	2021年10月第1版
印　　次	2021年10月第1次印刷
开　　本	710×1000　1/16
印　　张	17.75
插　　页	2
字　　数	319千字
定　　价	99.00元

凡购买中国社会科学出版社图书，如有质量问题请与本社营销中心联系调换
电话：010-84083683
版权所有　侵权必究

国家社科基金后期资助项目
出版说明

后期资助项目是国家社科基金设立的一类重要项目，旨在鼓励广大社科研究者潜心治学，支持基础研究多出优秀成果。它是经过严格评审，从接近完成的科研成果中遴选立项的。为扩大后期资助项目的影响，更好地推动学术发展，促进成果转化，全国哲学社会科学工作办公室按照"统一设计、统一标识、统一版式、形成系列"的总体要求，组织出版国家社科基金后期资助项目成果。

全国哲学社会科学工作办公室

目　录

绪　论 …………………………………………………………（1）

第一章　"小说+广播"："上帝"青睐的节目 …………………（34）
第一节　"小说+广播"：概念梳理与内涵辨析 ……………（34）
第二节　小说与广播的历史遇合 ……………………………（43）
第三节　小说与广播的精神共振 ……………………………（52）

第二章　教化与普及：政治语境下的长篇小说广播传播 ………（64）
第一节　广播网建设：长篇小说意识形态实践的物质基础 ……（64）
第二节　"十七年"长篇小说广播传播 ………………………（76）
第三节　评书广播与"红色经典"的经典化 …………………（88）
第四节　广播小说：社会主义文艺的声音美学 ……………（107）

第三章　引导与建构：启蒙思潮与长篇小说广播传播 …………（119）
第一节　80年代长篇小说广播传播的历史描述 ……………（119）
第二节　鉴赏、改编与导播：小说广播编辑的主体性
　　　　——以叶咏梅为例 …………………………………（129）
第三节　小说播读与长篇小说"二度创作" …………………（141）
第四节　小说广播的社会效应 ………………………………（155）

第四章　介入与担当：世俗社会中的长篇小说广播传播 ………（171）
第一节　媒介变局中的广播小说 ……………………………（171）
第二节　广播小说的地域化与方言播读 ……………………（182）
第三节　90年代长篇小说广播传播的内在驱力 ……………（191）
第四节　追踪与介入：小说广播的现实情怀 ………………（203）

第五章　坚守与弘扬：消费时代的长篇小说广播传播 …………（215）
　　第一节　新媒体环境下广播小说的坚守与新变 …………（215）
　　第二节　重播/重录与当代长篇小说创作再思考 …………（229）
　　第三节　广播小说故事化与受众心理 …………………（244）
　　第四节　"互联网+"与广播小说的网络传播 …………（254）

结　语 ……………………………………………………………（267）

参考文献 …………………………………………………………（270）

后　记 ……………………………………………………………（276）

绪　　论

自 20 世纪以来，电子媒介在社会发展中所起的作用不言而喻。从某种意义上说，电子媒介改造和重组了人类生活的方方面面。广播是 20 世纪初出现的电子媒介，具有传播迅速、受众广泛、适时同步等特点。自问世以来，广播对意识形态、政治格局、经济模式、文化思想、社会生活等各个方面产生了重要影响。

在中国现代化进程中，广播的声音景观一度成为民族国家的叙事主调，为受众带来现代性的声音体验。作为广播声音景观的重要组成部分，文学尤其是当代长篇小说通过广播得到了广泛传播，极大地发挥了作品的美学效应和社会效应。在这一传播过程中，当代长篇小说不仅在文本方面发生重大变化，在作品自身经典化及社会影响的实现等方面更是起到了关键性作用。本书将以有声语言文化为理论基础，从历史的和社会的角度梳理当代长篇小说广播传播的历史过程，探讨当代长篇小说的广播传播方式、传播主体、传播内容及传播效果，挖掘声音对当代长篇小说"二度创作"所带来的意义增殖，考察广播在当代长篇小说生态格局变化及社会价值实现方面的功能和作用。本书还试图为消费社会环境下如何通过广播传播优秀长篇小说，以及文学如何更好地发挥社会作用，提供一定的理论支持和历史参照。

一　当代长篇小说广播传播现状及研究意义

20 世纪 50—70 年代，以"红色经典"为代表的长篇小说几乎被广播"一网打尽"；80 年代是长篇小说创作的繁盛期，一批以"茅盾文学奖"获奖作品为代表的现实主义长篇小说被各级广播电台改编播出；90 年代是当代长篇小说创作的"第三次高潮"，以《白鹿原》《尘埃落定》为代表的具有史诗气质的长篇小说和以《北京人在纽约》《抉择》为代表的贴近现实生活的长篇小说被改编为广播小说，备受听众欢迎；新的世纪，主旋律文学、精英文学、通俗文学中那些故事性强的长篇小说通过广播电台而走向不同的受众。

迄今为止，当代长篇小说广播传播这一重要文学现象尚未引起研究界的足够重视。新中国成立后的二十七年间，优秀的长篇小说甫一问世就被各级广播电台录制播出，出现了同一部小说被多家电台录播、多家电台同时播放同一部小说、同一部小说被不断录播的传播盛况。即使在新时期，《青春之歌》《铁道游击队》等仍然被电台再次录播。但在对"红色经典"传播媒介、传播方式与传播路径的研究成果中，广播媒介并不在场。陈伟军的博士学位论文《传媒视阈中的文学》探讨的是"十七年"小说生产、传播、消费的社会化过程，作为传播媒介的是《人民日报》《文艺报》《人民文学》、人民文学出版社、中国青年出版社等重要报刊和出版机构，广播未进入研究视野。[1] 而在对这一时期作品传播的个案研究中，同样忽略了广播的存在，如田义贵、黎光荣、杨光宗、李林楠、刘瑞等对《红岩》传播的研究，孙易君、任动、姚影、黎婕等对《林海雪原》传播的研究，龚奎林对《铁道游击队》传播的研究，贾奎林、龚奎林对《苦菜花》传播的研究，谷鹏对《创业史》传播的研究，陈嫌如对《青春之歌》传播的研究等。

八九十年代，广播制造了当代长篇小说传播的一个个热点，研究界或是没有关注，或是重视程度不够，或是止于现象描述但缺少深度思考。黄爽在 2019 年《蚌埠学院学报》第 1 期发表论文《跨媒介文学作品的叙事艺术分析》，以《夜幕下的哈尔滨》在 1984 年和 2008 年分别被改编为同名电视剧为例，"对其小说文本和跨媒介改编作品"进行对比分析。但这里的"跨媒介"并没有涉及王刚播读的同名广播小说。《夜幕下的哈尔滨》是陈玙的长篇小说，1982 年 6 月由辽宁春风文艺出版社出版。在出版前，辽宁人民广播电台以陈玙校过的大样为基础，于 1982 年 1 月至 4 月的 76 天中播出全书。[2] 之后全国一百多家电台复制播出，收听者有三亿之多[3]，在"中国《小说连播》60 周年最具影响力的 60 部作品节目排行榜"上排名第一。原著作者陈玙外出开会，一路听的都是王刚播讲的

---

[1] 陈伟军：《传媒视阈中的文学——论"文革"前十七年小说的生产机制与传播方式》，博士学位论文，暨南大学，2006 年。
[2] 刘宝祥：《〈夜幕下的哈尔滨〉播出后》，丁仁山主编《五十年的足迹 纪念辽宁人民广播电台建台 50 周年》，辽宁古籍出版社 1995 年版，第 442 页。
[3] 王刚：《由〈夜幕下的哈尔滨〉开启的"书缘"》，《我本顽痴》，江苏文艺出版社 2010 年版，第 114 页。

《夜幕下的哈尔滨》。辽宁台文学编辑刘宝祥认为："这部书的播出，扭转了以往那种'古典小说听众多，现代小说听众少'的状况，开创了现代小说吸引听众的新局面。"在广播小说的影响下，中央电视台和青岛电视台拍摄了电视连续剧《夜幕下的哈尔滨》。① 而在电视剧中，由王刚扮演的"说书人"引出故事和留下下集悬念也可看出广播小说对电视剧的影响。因此，对于纸质小说和电视剧之间的过渡——同样也属于跨媒介文本的广播小说《夜幕下的哈尔滨》的忽略，体现了研究者对当代长篇小说声音化的忽视。

1993年，《白鹿原》刚刚出版就被录制播出，在听众中造成很大反响。据陈忠实回忆，他在西安签名售书时，早上8点等签名的人"排了大概一公里长"，直到中午还未签完。场面如此"火爆"的原因就是因为广播对小说的播出。② 截至2020年2月7日，在听书网站或是听书软件上，《白鹿原》是"茅盾文学奖"获奖作品被文化公司或自媒体录播最多的一部，有8个完整的有声小说版本。③ 但对于《白鹿原》声音版本的研究，无论是论文数量还是理论深度都极为薄弱。李梁桥的硕士学位论文《〈白鹿原〉传播研究》中论及《白鹿原》通过广播小说和广播剧的声音形式传播，也提到了网络媒体上《白鹿原》的播读状况，但仅仅是一般的资料性梳理。其他以"传播"为关键词对《白鹿原》进行研究的论文对于广播的作用要么简单介绍，要么一笔带过，要么干脆不提。④ 其实对于《白鹿原》有声版本的考辨可以产生许多有价值的论题，如声音文本与纸质文本之间的文本间性、声音文本与社会文本之间的话语交锋、声音文本之间的版本差异、声音文本的传播与接受效果等都有深度辨析的必要。

如上研究涉及的当代长篇小说的传播媒介有书籍、刊物、电影、电

---

① 刘宝祥：《〈夜幕下的哈尔滨〉播出后》，丁仁山主编《五十年的足迹 纪念辽宁人民广播电台建台50周年》，辽宁古籍出版社1995年版，第444页。
② 夏榆：《陈忠实：我写的革命是白鹿原上发生的革命》，《在时代的痛点，沉默》，上海三联书店2016年版，第61页。
③ 8个完整版本分别是李野默版（120回）、徐凯/梦雪版（88回）、桑梓版（118回）、且听风吟版（97回）、陈二狗不吃肉版（75回）、秋雨荷塘版（119回）、轻风樟版（183回）、花果山一听客版（93回）。本书统计数据截至2020年2月4日，下文如无特殊说明，日期与此同。
④ 高盛楠：《一部文化秘史 半部视听好戏——跨媒介传播视域下的〈白鹿原〉》，《东南传播》2013年第3期。

视、网络、戏剧、话剧、舞蹈、连环画、泥塑……几乎能够传播的媒介都在此列,但却没有广播。这就出现一个奇怪现象:在当代长篇小说传播研究领域,广播好像既不属于电子媒介,也不属于现代传媒,甚至也不属于"跨媒介"——尽管多篇文章的题目中有"跨媒介"的字样。

其实何止是当代长篇小说传播研究领域,甚至研究20世纪文学传播的论著也不将广播的文学传播效能考虑在内。研究者一般将印刷媒介看作文学传播的主要载体,其次是影视和网络,而广播则被排除在外。比如,卢兴的博士学位论文《电子媒介视域下中国现代文学经典研究》,所指的电子媒介主要是影视和网络,而对于广播仅仅是稍有提及。[1] 陈晓洁的博士学位论文《媒介环境学视域下文学与媒介之关系研究》认为广播、电视、电影、手机、网络、电脑等以模拟或数字化电子信息传播为主要形式的媒介都是电子媒介,但具体论述中仍以影视和网络等视觉媒介为主,而广播文本不在其列。[2] 其他研究文学传播的论著,如周海波的博士学位论文《现代传媒视野中的中国现代文学》、曹怀明的博士学位论文《大众媒体与文学传播——20世纪90年代以来中国文学的传播学阐释》、单晓溪的博士学位论文《现代传媒语境中的文学存在方式研究》、任志明的博士学位论文《"红色经典"影视改编与传播研究》以及邵燕君的《倾斜的文学场——当代文学生产机制的市场化转型》、陈霖的《文学空间的裂变与转型——大众传播与20世纪90年代中国大陆文学》、黄发有的《准个体时代的写作——20世纪90年代中国小说研究》、赵凌河的《国统区文学传播形态》等,也都是将期刊、书籍、影视、网络作为传播文学的重要载体,同样没有广播的身影。

那么,广播在20世纪文学传播中的缺席是因为两者之间没有传播事实,还是因为这种传播的作用微乎其微?是因为文学的声音化处理缺少独立的文本意义,抑或是研究界限于理论视野的遮蔽?接下来对广播与文学之间的关系进行一番大致的梳理,以作为本书展开研究的历史基础。

作为最早出现的电子媒介,广播以其"无远弗届"的声音特性面向大众传播新闻、天气、广告、知识、音乐等信息,同时也传播了大量文学作品,形成了"文学广播"这一节目类型,产生了"广播文学"这一新的文学样式。

---

[1] 卢兴:《电子媒介视域下中国现代文学经典研究》,博士学位论文,辽宁大学,2014年。
[2] 陈晓洁:《媒介环境学视域下文学与媒介之关系研究》,博士学位论文,山东大学,2012年。

1923年5月28日，伦敦广播电台播出了莎士比亚的话剧《第十二夜》，标志着文学和广播的联姻。此后，文学作品频频"触电"，广播也成为文学传播的重要载体，甚至在某一时期成为主要载体。苏联的库普里雅诺夫说过："苏联作家不可能不知道，无线电广播在苏联人民的文化生活中是有着多大的作用，听众对广播中的表演、文学节目、故事、特写、创作报告是有着多大的兴趣。他们不可能不知道，广播听众的数量比读者的数量，甚至比最流行的文艺书籍和社会政治书籍的读者的数量还要超过好多倍。"①

广播剧是广播文学的主要类型。国内较早通过广播传播的文学，有文字可查的是刊载在1933年1月20日《中国无线电》杂志上的播音剧《恐怖的回忆》，该剧于1月27日由上海的亚美广播公司播出。其后出现了柏身的《苦儿流亡记》、孙瑜的《最后一课》、洪深的《开船锣》、夏衍的《"七·二八"的那一天》等。早期的广播剧表现出时代性主题，也就是故事内容围绕抗日爱国展开。有的直接叙写日本侵略者的血腥罪行，如《恐怖的回忆》《苦儿流亡记》等；有的揭露反动政府卖国行为和汉奸丑恶嘴脸，如《开船锣》等；也有的是反映普通民众抗日爱国激情，如《"七·二八"的那一天》《以身许国》等。在抗战初期，广播剧起到了很好的激励作用和动员效果，表现时代主题后来成为广播剧的重要传统。

30年代后期到40年代，表现社会万象、民生百态的广播剧开始大量出现，如《清歌一曲》《赌徒》《烟贩》《患难夫妻》等，具有积极的社会道德教化意义。独幕广播剧《清歌一曲》讲的是暴发户李有桓为阻止妻子杨秀琳进剧院唱歌，将杨秀琳禁锢在家。杨秀琳被前来接应的恋人陆水明所救，后到大光明剧场表演节目。在她被李有桓抓走并有生命危险时，陆水明再次出现将其解救。刘家思对《清歌一曲》有很高的评价，认为作品有强烈的剧场性，"无论是思想性还是艺术性都能够代表1940年代广播剧文学的艺术成就"②。

这类作品一般专为广播而作，不需要动作表演和场地，所以特别注意台词、音响和音乐的叙事能力及艺术感染力。如《最后一课》第一场出现了皮球声、秋千声、跷跷板声、木马吱吱声、钟声等，第二场有钟声、钢琴声、警笛声、飞机声、炸弹声等。两场音响的对比表现了侵略者的到来打破了宁静的生活。在《恐怖的回忆》中，枪炮声、轰炸声、飞机声

---

① ［苏］库普里雅诺夫：《作家和广播》，金初高译，《广播爱好者》1956年第11期。
② 刘家思：《论发生期国统区的广播剧创作》，《四川戏剧》2009年第6期。

以及人们奔跑的脚步声营造了紧张的气氛。有听众描述了《雷雨》的音响:"……一个夏天的晚上,天上正响着雷,池塘里的青蛙聒噪地叫着,深巷里一犬野在乱吠,风呜呜地吹着,树叶沙沙地响,乘凉的人们有一阵没一阵的在闲谈——鲁贵的吐痰声,挥扇声,四凤走路声,开门关门声等等都惟妙惟肖,使人听了,好像觉得身临其境似的。"①

除了这类专为无线电广播而作、反映时代局势的广播剧,还有几类文学作品也以"剧"的形式通过广播传播。其一是现代作家创作的话剧。较早改编的是熊佛西的话剧《卧薪尝胆》和袁牧之的话剧《寒暑表》等。曹禺的话剧作品如《雷雨》《日出》等改编为广播剧的最多。由张孝阑创办的银雾剧团在1938年6月上旬,每天下午六点十五分到七点在利利电台定时播出《雷雨》,中旬演播《原野》,后又演播《日出》。② 1943年11月25日,同茂剧团在苏联呼声广播电台分四次演播曹禺的《家》。而在此之前的四天,他们刚刚在金都大剧院上演过剧场版《家》。这种演出基本上是剧场版的移植。海燕歌剧社在中国影剧院演出《雷雨》后,在青岛广播电台分四天播出了录音。其二是外国剧作家的作品也在电台上改编播出。1941年12月23日,国民政府中央广播电台演出三幕剧《遥望》,该剧由李庆华根据美国剧作家奥尼尔的《天边外》改编。为适应战时环境,将其改编为"中国化"的抗战戏剧。孤岛时期,苏联呼声广播电台播出过根据莎士比亚《奥赛罗》改编的《黑将军之死》、根据席勒《阴谋与爱情》改编的《人口贩子》等。其三是根据现代作家非戏剧作品改编的话剧,演出后又在电台播出。如根据鲁迅短篇小说《长明灯》改编的独幕剧,改编者是钟望阳、小芸、殷忧、笪宗、容纳,由容纳执笔。作品为纪念鲁迅逝世三周年而作,1939年10月19日在璇宫剧场首演,后在苏联呼声电台播出。再就是《卧薪尝胆》《岳飞》《木兰从军》《文天祥》等一批历史剧也在广播节目中播出。

广播剧也是解放区文艺广播的重要类型。1947年8月1日,为纪念南昌起义而创作的《红军回来了》是延安新华广播电台播出的第一部广播剧,此外还有《黎明前的黑暗》《留下他打老蒋吧》等。延安台还播出过郭沫若的话剧《屈原》《棠棣之花》片段。东北解放区自1946年10月

---

① 转引自刘家思《论曹禺戏剧对现代广播剧的影响》,《中国现代文学研究丛刊》2010年第5期。该文认为,"犬野"应为"野犬"。
② 刘家思:《论曹禺戏剧对现代广播剧的影响》,《中国现代文学研究丛刊》2010年第5期。

中旬起，陆续播出了广播剧《我们宁死不当亡国奴》《天堂地狱》《归来》《血泪仇》《刘胡兰》等。解放区广播剧除了改编自文学作品，也根据政治时局和社会生活创作了一批剧作。1946年7月10日，佳木斯东北新华广播电台台长赵乃禾根据张家口时局变化和陆定一《我们宁死不当亡国奴》的短文，构思了广播剧《我们宁死不当亡国奴》，亲自组织排练演播并制作音响效果。[①] 大连广播电台记者程美光根据自己关于住宅调整的采访素材编写了广播剧《搬家》，歌颂了党和政府一心为群众谋利益，调整住房不合理的状况，广播剧播出后反响强烈。后来大连电台又根据锄奸反霸、减租减息、识字运动等各项政治社会活动编演了多部反映现实生活的广播剧。[②] 另外，大连广播电台先后转播了文工团演出的《白毛女》《血泪仇》《日出》等歌剧与话剧，让当时的听众耳目为之一新。[③]

新中国成立后，经过"十七年"期间技术和艺术的探索，广播剧的制作走向成熟，在80年代出现了高峰。最明显的就是创作的广播剧数量在不断增多，仅1981年全国就录制了371部。[④] 当然最主要的是这一时期的广播剧在思想主题和艺术质量方面都达到了历史新高度。首先，这一时期的广播剧无论是反映现实生活还是叙述历史，也无论是警匪题材还是科幻故事，都表现出强烈的现实主义精神，契合了整个时代的精神气质，对整个社会健康良性的发展起到了很好的推动作用，如根据路遥《人生》改编的广播剧几乎给予整整一代年轻人以人生理想的启迪和社会生活的思考。其次，立体声录音技术的采用和制作人员的专业化提升了广播剧的艺术质量。以音响而言，北京人民广播电台制作的广播剧《不寻常的婚礼》的配乐被誉为是北京电台"放的一颗卫星"，获得了北京市科学作品一等奖。有泰国听众评论《不寻常的婚礼》的配乐："从英国作曲家霍尔斯特《行星组曲》中取出来，用当时罕见的电子合成做配器，在美妙的电子旋律的规范下，浩瀚的宇宙神话般地展现在人们的脑海里，让人久久不能平

[①] 朱宝贺、刘雨岚：《广播剧编导艺术》，中国戏剧家协会黑龙江分会1986年印刷，第16页。

[②] 彭芳群：《政治传播视角下的解放区广播研究》，中国传媒大学出版社2014年版，第51页。

[③] 彭芳群：《政治传播视角下的解放区广播研究》，中国传媒大学出版社2014年版，第127页。

[④] 丁楠：《广播剧新作选·编者的话》，《广播剧新作选》，中国戏剧家协会湖南分会编，1982年版。

静，并且给人以深刻的启迪"①。

这一时期还有一些广播剧走向国外，如《火焰山》《明姑娘》《王昭君》等，扩大了中国文化和中国文学的影响力。刘保毅根据姚雪垠长篇小说《李自成》部分章节改编的广播剧《李自成闯石门寨》作为文化交流项目送往联邦德国，联邦德国翻译剧本后将其录制成立体声广播剧。

90年代中后期，市场、受众和媒体都发生了很大变化，广播剧的录播及收听出现下滑趋势。进入21世纪后，这种状况出现转变，借助于互联网等新媒体，不仅大量经典广播剧得以再次传播，而且出现了网络广播剧、FLASH广播剧、微广播剧等新形态，表明广播剧在消费主义时代的涅槃重生。

民国时期，诗歌朗诵、散文朗诵零零散散出现于电台。1935年2月21日9时整，国民政府中央广播电台《国学丛谈》节目，一位男播音员朗诵罗家伦的两首军歌，是较早的广播朗诵实践。新新玻璃电台、苏联呼声等也都播放过诗朗诵。② 延安的陕北新华广播电台开办有《星期文艺》栏目，播出大量解放区文艺作品，如毛泽东、刘伯承、陈毅、李季的诗词，赵树理的小说以及独幕剧、歌曲、秧歌剧等。

新中国成立后，更多的短篇小说、诗歌和散文开始在广播中播出。甘肃人民广播电台1949年11月11日开始播音，1950年设立了《大众文艺》和《小说选播》两个挂牌节目，以使文艺节目区别其他广播节目。③武汉新华广播电台在1949年7月1日后"开办了教歌和文艺作品朗读等活动"④。

相较之下，中央人民广播电台在专栏设置方面尽管稍晚一步，但其文学广播栏目的丰富和影响力却非其他电台所能比。1954年，中央人民广播电台设置《小说朗诵》和《诗朗诵》专栏，每周一次，时长约30分钟或45分钟，朗诵当代短篇小说和诗歌，如梁菁朗诵的马烽小说《韩梅梅》、武俊娴朗诵的杨麦小说《早晨》、赵丹朗诵的诗歌《祖国颂》、蔡骧朗诵的《寄台湾同胞》等。1955年增办《文学书籍》和《最近文艺刊物》，选播新出版的作品和推荐书刊，并请演员朗诵作品的精彩片段，像高玉宝的《高玉宝》、周立波的《铁水奔流》、李季的《玉门诗抄》等。

---

① 王娜、于嘉：《当代北京广播史话》，当代中国出版社2013年版，第101页。
② 胡先锋：《中国当代朗诵史》，中国传媒大学出版社2013年版，第151页。
③ 李文衡：《甘肃当代文艺五十年》，甘肃文化出版社1999年版，第325页。
④ 胡先锋：《中国当代朗诵史》，中国传媒大学出版社2013年版，第21页。

《最近文艺刊物》后来改为《文学园地》，规定播出优秀文学作品，介绍文学基础知识、创作经验和作家活动等。该栏目邀请过臧克家、袁水拍、沙鸥、公木、韩忆萍、方殷、贺敬之、徐迟、公刘、顾工等知名诗人到电台朗诵自己的诗歌，很受欢迎。① 50 年代后期，中央台又举办《大跃进的号角》《跃进中的浪花》，选播工人、农民等业余作者反映"大跃进"面貌的诗歌。1963 年 11 月又开办《文学爱好者》，主要播送反映社会主义革命和建设的文学作品，兼及古典文学、民间文学、"五四"时期的优秀作品和世界名著。"文革"前夕又开办《新人赞歌》，播出报刊上发表的报告文学、特写和革命回忆录。②

新中国成立后的文学广播内容很丰富，除文学作品之外，还包括对文学作品的欣赏和评介，以及对文学知识、文学思潮、文学创作者的介绍。甘肃人民广播电台在 50 年代中期设立了《文艺漫谈》节目，节目内容既有对古今文学的评析鉴赏，也有听众对文学作品的体悟和感受，还有作家所写的专题性文章，如闻捷的《生活是艺术的源泉》、李季的《新儿女英雄的激情战歌》等。③ 1961 年 5 月中央台创办《阅读和欣赏》节目，重点介绍中国古典文学作品，如屈原的《涉江》《橘颂》、司马迁的《史记》、李白等的诗歌。撰稿者和演播者是社会知名专家学者和中央人民广播电台著名播音员，如臧克家、肖涤非、周振甫、周纯昌、胡与贻等。该节目社会关注度高，被称为"看不见的文学老师"。④ 其他地方台开办的文学专栏也是各种各样，如《文艺漫谈》《中国古典诗歌吟诵与欣赏》《阅读与欣赏》《文学书籍》《现代文学作家和作品》等。这些文学广播节目以其高度的政治责任感和文化使命感在新中国成立初期对民众进行了文学教育，也普及了文学知识。

地方电台在文学广播组织建设方面也越来越专业化，如河北台创办了广播朗诵剧团、浙江台成立了广播文工团、湖南台设有文艺广播部等。文艺编辑人员素质也相当深厚，如甘肃台的段玫和高戈是诗人、路野是作家、齐越是文艺评论家。地方台较有特色的文学节目是对本土作家作品和富有地域特点作品的宣传介绍。李季的短诗集《玉门诗抄》、叙事诗《生

---

① 《中央人民广播电台台史资料汇编》（1949—1984），中央人民广播电台台史编写组 1985 年，第 408—411 页。
② 王娜、于嘉：《当代北京广播史话》，当代中国出版社 2013 年版，第 47 页。
③ 李文衡：《甘肃当代文艺五十年》，甘肃文化出版社 1999 年版，第 327 页。
④ 王娜、于嘉：《当代北京广播史话》，当代中国出版社 2013 年版，第 46 页。

活之歌》等，闻捷的《天山牧歌》《河西走廊行》《疏勒河》《夜过玉门关》等都在甘肃人民广播电台广播文学节目中播出，之后输送到其他电台。这些作品"推动了文学朗诵节目的繁荣和发展，并对文学朗诵诗作起了带动作用"[1]。

叶圣陶开始注意到广播在传播文学作品方面的优势。在《利用广播发表作品》一文中，叶圣陶认为，作品完稿后与读者见面需要很长时间，"少则三四个月，多则一年半载"。尤其是50年代中期，读者的文化需求与书刊供应不足存在严重矛盾："作家着急，读者更着急。"他认为，利用广播发表作品可以改善这种情况：首先，广播网的普及和利用收音机的人越来越多，那么通过广播发表作品影响又快又广。其次，通过广播发表作品，可以考验作品语言是否明确、简洁、生动，能否上口。这就可以促使作家注意自己的文风，为汉语规范化尽一份力。再次，作品在广播电台发表不影响出版，同时还可以起到推荐作品的作用，对读者、作家和出版社都有利。[2]

"文革"期间，大部分电台的广播文学节目停办。"文革"结束后，中央台开办的第一个广播文学节目是1980年3月的《文学之窗》，每周播出3次，每次30分钟。中央台以后又陆续开办了《子夜星河》《今晚八点半》《文化广场》《长篇连播》等文学栏目，在播出内容和播出对象方面越来越具有针对性和主题性。

新时期以来，地方台文学节目越来越丰富。上海台的《星期文谈》、浙江台的《文学之友》、吉林台的《文艺广播小词典》、贵州台的《赣江文学》等都是地方台的品牌栏目。还有一些市级、县级电台也开办了广播文学节目。如苏州台办有《广播书场》《星期文艺》《文艺欣赏》《文学》《广播影剧院》等，扶沟台办有《泛区文学之窗》、梨树台办有《中小学生优秀作文选播》。有些市县级电台文学资源相当丰富，如六盘水电台1988年10月开办的文学栏目《五色土》，同5所学校和3家文学刊物建立联系，能够保证播出稿件的数量和质量。[3]

地方电台的地方色彩越来越突出。1978年，四川台《文学知识》节目中的《文学名篇赏析》播出川籍作家如郭沫若、巴金、沙汀、艾芜、

---

[1] 李文衡：《甘肃当代文艺五十年》，甘肃文化出版社1999年版，第326页。
[2] 叶圣陶：《利用广播发表作品》，《广播爱好者》1956年第9期。
[3] 《六盘水市志》编委会编：《六盘水市志·广播电视志》，贵州人民出版社2005年版，第10页。

何其芳、李劼人、周文、马识途等人的作品，以及杜甫的《茅屋为秋风所破歌》、诸葛亮的《出师表》等。1984年8、9月间，上海台以苏州园林、景观为主题，从介绍田汉的独幕剧《苏州夜话》开始，继而介绍古代诗人张继的七绝《枫桥夜泊》、周瘦鹃的散文《苏州花木》、叶圣陶的散文《苏州园林》，最后是当代作家陆文夫的《苏州漫步》。贵州电台每年都要录播一批由本省作家创作的、具有一定思想性与艺术性的诗歌朗诵节目。1986年，贵州电台制作了《在贵州诗坛上》专栏节目，共15讲，介绍活跃在贵州诗坛上的15位诗人及诗作；1987年开辟《当代诗坛》专栏节目，介绍贵州和全国数十位著名诗人和诗作。乌鲁木齐人民广播电台《长篇联播》播出的20余部作品中，由杨牧、童马、李宝生等新疆作家创作的反映边疆各族人民生活和新疆重大历史题材的作品就有十五六部。江西人民广播电台的《赣江文学》栏目大量介绍江西有一定成就的作家作品以及外省、市江西籍作家作品。安徽台的《文学纵横谈》评介过鲁彦周、陈登科、公刘、刘祖慈、陈所巨、陈源斌、石楠、曹征路等安徽代表性作家及作品。甘肃台开办有《甘肃古代作家作品选播》《咏陇诗文欣赏》《甘肃当代格律诗赏析》等精品栏目。该台另有《文学专题》栏目，在三年时间对甘肃省近40位知名诗人作品进行了剖析和评介，"是以音响汇集而成的一部甘肃诗人和诗作的辞典性巨著"①。

因为地域方面的关系，有些电台联合起来录制主题性文学节目，影响力和影响范围更大。1984年6月，中央台及沿长江数十个省市电台联合举办了"长江诗会"，各台的文学编辑和各省的著名诗人从武汉沿长江而上进行采访、采风，并制作"长江诗会"专题节目播出。② 1985年10月，中央台及上海、山东、浙江、福建、广东等沿海省份和《华夏诗报》共同主办"海洋诗会"，邀请诗人公刘、岑桑、柯岩、韩笑、柯原、冰夫、纪宇等参观访问宁波、上海等一批沿海城市，创作出的诗歌录制后供六家电台在春节期间播放。

还有很多属于临时性的文学专题节目，比如对名人的纪念或因为某些特殊事件而制作的节目也宣传介绍了大量文学作品。鲁迅诞辰120周年之际，安徽台制作了《不朽的民族魂》、天津台制作了《擎火的路人》、江苏台制作了《呐喊的灵魂》。张海迪的《生命的追问》出版后在人民大会

---

① 李文衡：《甘肃当代文艺五十年》，甘肃文化出版社1999年版，第325页。
② 安徽省地方志编纂委员会编：《安徽省志·广播电视志》，方志出版社1997年版，第33页。

堂举行座谈会，中央台借机制作了《生命的追问》，以进一步挖掘张海迪现象蕴含的积极意义。

新时期以来，各电台还以征文征稿的形式推出了一批优秀文学作品，也推动了文学的进一步发展。80年代初，甘肃台举办"爱国主义朗诵诗征稿展播"，收到12个省区1000多首诗作，从中选播了80多首。甘肃台大型征文征稿活动每年举行一次，如《理想与开拓》大型文学征文、《黄河新潮》大型文学征文、《军魂颂》诗歌征文、《岁月如歌》大型文学征文、"先声杯"广播文学优秀作品征文等。甘肃台还通过举办讲习班的方式培养文学爱好者，两年时间播出近三百名学员习作，为三千多名学员习作进行点评。[①] 江西台的《赣江文学》专栏1984年举办的"庆祝建国三十五周年"征文活动收到2000多份稿件，共播出25期15万字的文学作品。通过这些活动，加强了电台与作者的联系，扩大了广播文学的创作队伍，首发了一批优秀作品，"改变了广播文学在听众和作者中的形象。改变过去广播文学专栏节目，稿源不足，常常等米下锅的现象"[②]。

可以这样认为，自广播传入国内以来，有一定影响的文学作品几乎都以广播剧、评书、小说广播等形式通过广播传播，而一些文学广播的配套节目也在一定程度上起到了提升民众文化素养的作用。在20世纪文学思潮发展过程中，广播媒介不可小觑，它不仅扩大了20世纪文学的影响，也在一定程度上影响到文学的发展态势和文坛格局。

以当代长篇小说而言，广播媒介既深刻影响当代长篇小说的生产、传播、消费等各个环节，也在这一过程中使当代长篇小说的主题、结构、语言及审美等文学要素发生重大变化，尤其在当代长篇小说的经典化及社会影响的实现等方面更是起到了关键性作用。作为一种文学传播事实，研究界不应视而不见、见而不研。仅仅将当代长篇小说传播限定在书刊、影视、网络等媒介，而完全无视广播，这种视觉中心主义的思维不仅有碍于对当代长篇小说传播做整体全面的考察，也忽略了长篇小说声音化之后的诗学问题、美学问题。

前述研究尽管有自己的研究范围、研究重点和研究方法，但对同样作为传播媒介且对于文学传播起过极其重要作用的广播的忽视，表明了当代长篇小说传播研究还存在一定的视野盲区。当然，关于两者之间的关系还

---

① 李文衡：《甘肃当代文艺五十年》，甘肃文化出版社1999年版，第327页。
② 帅珠扬：《广播文学的新尝试——省电台"赣江文学"专栏"国庆征文"纪实》，《情写春秋》，花城出版社2009年版，第288—290页。

是有一些来自广播电台业内人士的研究成果出现，如彭鸿书、杜桦对小说广播本体的研究，余艳薇、王建群、邝日乾、程远等对于"小说连播"美学风格的研究，汪良、叶子、王大方等关于《小说连播》编播的研究，叶咏梅（叶子）、陆群、郝晓光、孙丽佳等关于当代长篇小说广播生态格局的研究。值得一提的是中央人民广播电台叶咏梅编著的《中国长篇连播历史档案》。该书出版于2010年，分上中下三卷。上卷"作家作品卷"讲述了1949年以来有代表性的长篇小说如何被选题、改编从而适合广播传播的制作过程，中卷"演播风格卷"是对数十位演播长篇小说的艺术家的播音风格、艺术个性及审美追求的剖析，下卷"传媒反馈卷"是对小说广播从策划到传播过程的分析。该书资料翔实、体例完备，较为全面地展示了《小说连播》六十余年的整体风貌。① 除此之外，也有文学研究界对《平凡的世界》《白鹿原》《城的灯》《鬼吹灯》等长篇小说广播传播进行研究的文章。

综上所述，研究界对于当代长篇小说广播的艺术本体、美学形态、业务生产等方面均有所涉及，但存在着研究不均衡、理论分析及史料分析不深入、论题重复等不足，且研究者多为从事广播工作的业内人士，对广播带来的文学生态及小说文体、小说语言、小说意识形态等方面的呈现方式、呈现效果认识不充分，尚处于"业务研究"阶段。即使是文学研究人员，也忽略了广播对当代长篇小说的传播作用以及在此过程中传播主体对文学形象的二度创作、广播与文学意识形态及广播与文学大众化之间的关系等。因此，在当代长篇小说与广播传播之间有着巨大的研究空间和阐释的可能性。

二　有声语言文化视野下的当代长篇小说广播传播

以演播当代长篇小说为主的《小说连播》被称为"'上帝'青睐的节目"。无论是精神文化产品比较单一的五六十年代，还是丰富而多元的新世纪，人们对《小说连播》始终保持着一种特殊的情怀。这种情怀不仅是《小说连播》从内容层面满足了听众的故事需求，而且从哲学层面来讲也反映出对有声语言价值关怀的伦理诉求。早在20世纪30年代，就有人以广播播音为例谈到有声语言之于人的存在的重要意义，认为："言语

---

① 不同的电台，小说广播的栏目名称不一样；而同一电台的不同时期，小说广播的栏目名称也有变化。本书在涉及具体电台的小说广播栏目时，以该栏目名称为准。除此之外，一般统称为《小说连播》。

和文字比较起来,言语是一种原始之表现,因此言语与吾人之生活,尤其感到有一种不能分离之关系。播音之生命为言语,换言之,播音就是以言语或声音为表现之工具,因此播音便自然的与吾人日常生活感到密切了。"① 因此,如果更深一步挖掘当代长篇小说广播传播的价值意义,就不能不从有声语言的人文色彩说起。

1. 有声语言与有声语言传播

有声语言既包括以身体为媒介的原生口语,也包括电子媒介时代的次生口语。再者,有声语言既包括口头性言语,也包括对书面语的朗读、吟诵等。还有,有声语言既指日常交际语言,也指艺术表演语言。因此,本书一般使用"有声语言传播"这一术语,而不用传播学和民间文学研究者所常用的"口头传播"、"口语传播"或"语艺传播"等概念。毕竟"口头传播"更多是指向前现代"口耳相授"的小众传播,"口语传播"则涵盖不了播读、演讲、解说等对文字声音化处理的言语行为;"口头传播"一般是以身体为媒介的面对面的情境传播,除了音高、音强、音长等声音物理要素之外,还有说话者本人的神态、动作及人格品质、精神意念等辅助性要素,手机、微信、碟片、磁带、MP3 等移动媒体的语音尚不能包括在内。另外,口语还指一种书面语言形态,如汉译佛经、禅宗语录等都有口语因素,但却不属于有声语言范畴。而"语艺传播"(Speak Communication)主要是中国台湾地区和海外一些学者在用,还未被大陆学者所接受。

有声语言是人类特有的文化现象。恩格斯曾经阐明过有声语言与人类社会的共生关系,认为:"语言是从劳动中来,并且与劳动同时产生。"② 可以认为,有声语言的产生是人类文明的肇始,有声语言传播与人类文明相辅相成,促进了人类文化的生成和扩容。从现代语言哲学观点来说,有声语言之于人类文化具有本源意义。

首先,有声语言创生了人类世界。世界各地的创世神话表明,声音在宇宙起源中发挥了重要作用。大洋洲和印度的创世神话认为,生命的开端是一声哼唱或振动。霍皮族印第安人相信是蜘蛛女唱出的创造之歌给大地上那些无生命的形态带来生命。古埃及人信仰的精通魔法、充满智慧的图

---

① 钟震之:《编者的话》,《广播周报》1934 年第 5 期,转引自高国庆《中国播音学史研究》,九州出版社 2016 年版,第 82—83 页。
② [德] 恩格斯:《劳动在从猿到人的转变过程中的作用》,中国社会科学院民族研究所编《马克思恩格斯论民族问题》,民族出版社 1987 年版,第 649 页。

特神,先说出一个名字,然后就有了事物存在。纳西族《东巴经》中说,天地混沌未开之时,最先出现的就是喃喃的声音和嘘嘘的气息,两者不断变化最后生成宇宙。据《圣经》所载,上帝以言说的方式创造了世间万物。

在创世神话中,声音不仅具有塑造和显现事物的力量,而且除了神和人之外,好多物体几乎都有言语和倾听的能力:纳西族认为石头会说话,秘鲁印第安人认为太阳升起时会发出乐音,伊甸园中的蛇既能听懂耶和华的话也可与夏娃交谈……以声音为纽带,万物构成了一个"声声相通"的统一整体。也许,"神话"之"话"以及现代技术对宇宙大爆炸微弱回声的捕捉都表明,有声语言开启了人类历史的叙事。

其次,有声语言建构了人类社会组织。在人类的早期阶段,人们必须结成群体才能够在恶劣的自然环境和残酷的物种竞争中生存下去。有声语言作为交际手段,有时候发挥着比视觉更为重要的作用。迈克尔·托马塞洛对此有过精彩阐述:"声音模式之所以优越,是因为它让人可以在较远的距离沟通;它让人在浓密的森林里也能沟通;它让手可以空下来,于是人类可以一边沟通一边做事情;它通过听觉渠道沟通,让眼睛可以四周搜寻掠食者和其他重要讯息,诸如此类。"[1] 有声语言将人类个体连结为有组织的庞大群体,人类的早期社会活动——工具的生产、社会阶层的划分、社会关系的确立、文化艺术模式的形成等都离不开有声语言。即使在文字出现之后,有声语言也与社会现实保持着即时性的共生关系,建构、映射着社会现实的变化,如歌谣、谣言、演讲、辩论等。

最后,有声语言也促生了人的主体性。语言学家的研究表明,拟声语言的出现和发展,给人类的活动带来了极大的便利,同时刺激了人类的大脑和发音器官的进一步发展。[2] 人们在此基础上发展出一定意义指向的有声语言,从而开始了有意识的创造活动和精神活动。存在主义哲学家如海德格尔在哲学层面阐释了语言、存在与作为世界本源的道的关系,认为只有倾听才能领悟存在,抵达真理,同时也是反观自我的最好方式。精神分析学派也认为,语言的产生使人从自然界分离出来,为自我划定了主体边界。就像亚当和夏娃之所以走出伊甸园,就是因为语言唤醒了自我意识。生活中的大量例子表明,只有在对有声语言的聆听中,主体才能更专心致

---

[1] [美]迈克尔·托马塞洛:《人类沟通的起源》,蔡雅菁译,商务印书馆2012年版,第162页。

[2] 廖志林:《人类有声语言的最早形态及其发展研究》,《学术交流》2007年第5期。

志地领悟，如诗人的吟唱、僧徒的诵读、瞽者的弹奏和迷茫者的自语。因此，与文字相比，有声语言在"成为你自己"的主体塑形方面更具有优越性。黑格尔认为，尽管声音旋生旋灭，但其余韵却能继续作用在灵魂深处。① 这表明，对于听觉主体来说，声音消失之后，感知重心移至主体内在世界，灵魂在对声音的细细品味中更能领悟人的本质性存在。

如果说有声语言在原始社会与人类的生存息息相关，那么在人类社会制度化之后，有声语言渗透人类生活的各个方面。徐澄宇认为："上古之世，地旷人稀，既无文字以通声气，而感情之传递，知识之交换，尤专赖夫语言。"② 在日常生活中，人们大量使用有声语言交换意见、交流信息。这些意见或信息尽管琐碎，但却是人类日常生活不可缺少之物。美国口头传播学者商德福和叶吉尔认为，人与人彼此之间的交往与意见的互通，主要是靠说话去完成；在人类的全部传播行为中，90%以上属于口头传播。③ 这种日常性的有声语言传播甚至有可能形成舆论的基础。舜设"喉舌之官"，春秋有"采风之官"，说明庙堂很重视民间舆论动态。孟子所言"天听自我民听"也反映出民间舆论之关键。有学者认为："街谈巷议是聚谈的一种，在众人会集的街巷，相互之间的议论往往能左右众人的意见，易于流传。能够构成街谈巷议主题的大多与众人有关，并非偶然琐谈可比。街谈巷议虽非古代的正式传播制度，但却是传播消息和表达意见的简易途径。"④ 墨子也认为："若以百姓为愚不肖，耳目之情不足因而为法，然则胡不尝考之诸侯之传言流语乎？"⑤ 这也表明日常谈话对政治时局的影响。除此之外，神话传说、谚语歌谣、奇闻趣事、典故寓言等在民众之间口耳相传，具有极大的娱乐功能。

在政治经济、文化教育、民间信仰等领域，有声语言传播带有很强的目的性，如祷告、盟誓、祭祀、占卜、训诫、讲学、辩论、咒语、神谕、谶语、祈禳、歌谣、谣言等。夏商周时期，人们认为有声语言能与天地鬼神相沟通，于是在一些典礼仪式上以祷告的方式向上苍表达自己避祸趋福的意愿。而在宗教信仰活动中，人们甚至形成了对语言灵力的崇拜。马林诺夫斯基在谈到"咒语"时指出："咒语是巫术的一部

---

① ［德］黑格尔：《美学》，朱光潜译，商务印书馆2012年版，第331页。
② 转引自朱传誉《先秦唐宋明清传播事业论集》，台湾商务印书馆1988年版，第27页。
③ 祝振华：《口头传播学》，大圣书局1986年版，第2页。
④ 周毅：《传播文化的革命》，浙江人民出版社2001年版，第10页。
⑤ （清）毕沅校注：《墨子》，上海古籍出版社2014年版，第148页。

分……咒语是用来使平常的东西具有巫术能力。念咒时一定要和原文一字不错……但是咒语最重要的作用是在用神秘言语及名词来命令驱使某种力量……"① 部族领袖通过誓词鼓动族员进行军事活动、社会活动和生产活动，如大禹征苗时的鼓动性语言："济济有众，咸听朕言，非唯小子，敢行称乱，蠢兹有苗，用天之罚，若予既率尔群对诸群，以征有苗。"（《尚书·大禹谟》）

春秋战国时期，讲学、游说之风盛行。孔子门下弟子三千，教授弟子"述而不作"。《论语》即为课堂实录："《论语》者，孔子应答弟子、时人及弟子相与为言而接闻夫子之语也。"（《汉书·艺文志》）名家的开创者邓析善于辩说，连反对者都认为邓析"好治怪说，玩琦辞……持之有故，其言之成理，足以欺惑愚众"（《荀子·非十二子篇》）。其他如少正卯、壶丘子、宋尹文、墨子、孟子、田骈、慎到、申不害、鲁仲连、荀子等也都是聚徒讲学，少者数十人，多则上百人。齐国设有"稷下学宫"，给这些知识分子以爵位和俸养，允许他们"不治而议论"。（《史记·田敬仲完列传》）其他如苏秦、张仪、晏婴等纵横家能够成就一番事业，既是审时度势的结果，也与其雄辩的口才有关。齐威王鼓励"群臣吏民""面刺寡人"或"谤议于市朝"。管仲设立"啧室之议"即是要"听于人""询天下""观人诽"。而在民间，"庶人谤于道、商旅议于市"的状况比比皆是，这也是君主听政的重要内容。

如果说夏商周时期，因与天地鬼神沟通，有声语言讲究直白畅达，那么春秋战国时期则更注重有声语言的艺术化表达，通过寓言、比喻、类比、夸张等修辞方式增强说理的效果。在外交等重大场合，言语表达极为谨慎。春秋时期郑国政治家子产执政期间，遇到外交事务，让子羽拟好辞令，和裨谌商量可行与否，商量的结果请冯简子决断，最后让子太叔应酬宾客。既然言语交际如此重要，关于言语的表达方式及训练在当时也是各家学派极为重视的事情。孔门四科，其中专设"言语"一科，训练学生的口才，"用其言语辩说，以为行人，使适四方"②。宰我、子贡即是"善为说辞"的佼佼者。《鬼谷子》专讲雄辩游说之术，公孙龙的《坚白论》和《指物论》强化了有声语言表达的逻辑性。其他如墨子、孟子等也都

---

① [英]马林诺夫斯基：《文化论》，费孝通等译，中国民间文艺出版社1987年版，第62页。
② 马兰州：《中国古典说服传播范式及隐喻叙事研究》，天津古籍出版社2011年版，第149页。

是其时的论辩大家，表现了高超的言语技巧。

有声语言传播能促进政治的良性发展。《淮南子·主术》称："尧置敢谏之鼓，舜立诽谤之木。"《晋书·王沉传》载："自古圣贤乐闻诽谤之言，听舆人之论。"但有声语言传播也能颠覆政治格局，如子贡所言："出言陈辞，身之得失，国之安危也。"（刘向《说苑·善说》）盘庚欲迁都于殷，贵族们对此议论纷纷。盘庚对这些持有异议的贵族训话，警告他们"齐乃位，度乃口"，否则将"罚及尔身"（《尚书·盘庚》）。周武王去世后，管叔等人散布谣言诋毁周公："公将不利于孺子。"（《尚书·金縢》）因此，出于政治稳定的需要，权力总会限制有声语言的表达空间。《尚书·周语上》记载，周厉王暴虐无道，邵公奏告说："民不堪命矣！"周厉王大怒，"得卫巫，使监谤者，以告，则杀之"。如此一来，"国人莫敢言，道路以目"。韩非子认为："禁奸之法，太上禁其心，其次禁其言，其次禁其事。"（《韩非子·说疑》）对有声语言传播的控制到了秦朝达至苛刻。李斯不仅向秦始皇建议焚书，而且建议禁锢对诗书、时事的谈论："有敢偶语《诗》《书》者弃市，以古非今者族。"① 自秦之后，政治言论一直受到权力制约。西汉初年，贾谊提出："观民风俗，审诗商，命禁邪言，息淫声。"（《新书·辅佐篇》）东汉太学生因议论朝政而有党锢之祸，唐朝律法中"十恶"之第六恶为"发言谤毁、指斥乘舆、情理切害者"。宋朝大臣、士人、布衣动辄因言获罪，罪名无外乎"谈说本朝国事为戏也""常出怨言、辄议时政""指斥谤讪"。元朝因触犯言禁而遭刑罚的史不绝书，明朝甫一建立即禁止官民、太学生"妄议"时事。② 清朝禁言始于顺治，雍正之后苛刻至极。《大清律》规定："……妄布邪言……斩立决；……狂妄之徒，因事造言，捏成歌曲，沿街唱和……及时察拿……"③ 光绪年间，作为民间娱乐活动的说书时亦遭禁："闹市中新颁告严禁说书……着将《水浒》、《封神》、《三国演义》、《金瓶梅》等四书永禁，不准演说。"④

但正如思想不能被禁锢一样，有声语言传播也不可能绝迹。一方面官方设立一定的机构、制度、人员以执掌言论、畅通言路，如"谏议""廷

---

① 郭丹主编：《先秦两汉文论全编》，上海远东出版社2012年版，第312页。
② 方汉奇：《报史与报人》，新华出版社1991年版，第80页。
③ 张荣铮等：《大清律例》，天津古籍出版社1993年版，第362页。
④ 《新禁评话》，参见赵维国《教化与惩戒：中国古代戏曲小说禁毁问题研究》，上海古籍出版社2014年版，第373页。

净"等制度及正言、稗官、言官等官职,以使中央能够了解民情、做出相应决策。再者,汉代的党论、汉赋唱和以及魏晋南北朝时期的清谈等也是上层社会常见的有声语言传播方式。① 另一方面民间有声语言传播开始勃兴。尽管《诗》《书》等文化典籍被焚毁,但大部分通过口传、歌演、说话等形式在民间流传延续。宗教在民间的普及更是与有声语言传播密不可分,宗教教义的深奥经过有声语言口语化之后能够为普通民众所了解、接受。史料记载,西汉哀帝时,"博士弟子景庐受大月氏王使伊存口授《浮屠经》"②。道教文化也大多以神话、传说、故事等口头传承的形式流传于民间。有声语言传播的下行孕育、催生了大量民间文化艺术形式,如俳优、俗讲、变文、影戏、说话、戏曲、弹词、相声、琴书、评书、单弦、大鼓、坠子、快板等。传播者更为注重语言的艺术审美以取得好的传播效果,一些传播者甚至经过长期的言语表达训练。慧皎谈到佛教经师唱导要有"声、辩、才、博"的能力:"非声则无以警众,非辩则无以适时,非才则言无可采,非博则语无依据。至若响韵钟鼓,则四众惊心,声之为用也。辞吐后发,适会无差,辩之为用也。绮制雕华,文藻横逸,才之为用也。商榷经纶,采撮书史,博之为用也。"③ 晚明说书艺人柳敬亭说书时,体现出高超的语言感染力:"言未发而哀乐具乎其前,使人之性情不能自主。"④

传播环境的宽松和意识形态的疏离使民间有声语言获得了巨大的发展,尤其是随着文字与语言越来越疏远,不识字或识字不多的民众主要是通过有声语言了解历史文化、生活知识、道德伦理、宗教信仰。而对于知识分子阶层来说,日常生活中的有声语言行为也不仅仅是清谈唱和、吟诗作乐,对于民间说唱艺术也充满了极大的兴趣。晚明时期,诸多王公贵卿、文人雅士听过柳敬亭说书。曹禾《词话》记载:"柳生敬亭以平话闻公卿。入都时邀致接踵。"⑤ 柳敬亭曾专往常熟为钱谦益说书数日,在左良玉军中说书犒师数年。黄宗羲《柳敬亭传》记有一事:"宁南(指左良玉——引者注)不知书,所有文檄,幕下儒生设意修词,援古证今,极

---

① 彭家发:《传播研究补白》,东大图书股份有限公司1988年版,第5页。
② 冯天瑜:《中国文化生成史》(下),武汉大学出版社2013年版,第769页。
③ (南朝·梁)慧皎撰:《高僧传》,中国书店2018年版,第216页。
④ 黄宗羲:《柳敬亭传》,《中国历代散文名篇》,内蒙古人民出版社2009年版,第343页。
⑤ 王兴康注译:《清词一百首》,上海古籍出版社1999年版,第58页。

力为之,宁南皆不悦。而敬亭耳剽口熟,从委巷活套中来者,无不与宁南意合。"① 其他如吴伟业、周容、张岱、钱谦益等或为其做传,或记其说书,可见对柳敬亭及其作品之熟悉。民间说唱艺术也在思想主题、题材情节、艺术结构等方面影响传统文学形态,如《红楼梦》就受说唱语言的影响。②

清末民初时期,在"开启民智"思潮的激荡下,演说、辩论、宣讲、讲报等宣传政治、传播新知的有声语言文化勃然兴起。据黄炎培回忆,1901 年,蔡元培任南洋公学特班总教习时就特别重视训练学生口头表达能力。③ 梁启超在《新中国未来记》中展望了未来中国有声语言传播的盛景:"处处有演说坛,日日开讲论会。"④ 由此可见演说盛极一时,也可见时人对演说启迪民智之期望。

清末民初演说的兴盛大抵有如下几种原因:一是清政府开放"报禁""言禁"。1901 年 1 月 29 日,慈禧太后以光绪帝名义发布谕旨,要求各级官吏可就朝章国政、吏治民生、学校科举、军制财政各举所知、各抒所见,"酌中发论"。1908 年颁布的《钦定宪法大纲》赋予民众有一定程度的言论自由权利。二是听者多为不识字者,"当利用演说"⑤。三是对言语传统的再发现。康有为在《论语注》中说:"盖春秋战国尚游说辩才,孔门立此科,俾人习演说也。"但宋朝之后,"言语"一科衰微,"今宜从四科之义而补之"⑥。四是西方演说者也起到了很好的示范作用,李提摩太、林乐知、丁韪良、李佳白、戚伯门等传教士以演说的方式介绍西方宗教政治、文化新知,取得很好效果,也给知识分子以启蒙民众新的思路。

清末民初演说者不仅有王公大臣、仁人志士、教员学生、妇女儿童、教士农民,而且有经过专业训练的演说员。闻一多、朱自清、陶行知、胡适等都受过专门的演说训练。演说社团层出不穷,演说内容涉及政治、教育、军事、外交、经济、文化等各个方面,举凡复辟革命、时事热点、民

---

① 黄宗羲:《柳敬亭传》,《中国历代散文名篇》,内蒙古人民出版社 2009 年版,第 343 页。
② 吕智敏:《北京曲艺和北京文学》,《北京晚报》1995 年 8 月 15 日。
③ 黄炎培:《吾师蔡孑民先生哀悼辞》,《追忆蔡元培》,中国广播电视出版社 1997 年版,第 115 页。
④ 梁启超:《新中国未来记》,冯牧等主编《隔绝的残春》,时代文艺出版社 1996 年版,第 3 页。
⑤ 梁启超:《传播文明三利器》,《自由书》,吉林出版集团 2012 年版,第 90 页。
⑥ 康有为:《论语注》,《康有为全集》(第 6 集),中国人民大学出版社 2007 年版,第 464 页。

主平等、改良陋俗、教育革新、工商要理、公共卫生、耕种种植、为人处世等都是经常性的演说话题。

因此，晚清的演说在思想启蒙、社会动员和文化知识的传播普及方面，所起到的作用并不亚于书籍报刊。有声语言以其即时性、情感性、大众性取得了很好的传播效果。有史料载：广东某乡，演说者痛陈女子缠足之害，"听者泣不可仰，即晚放足者七人，其影响之捷如此"[①]。"五四"爱国运动期间，北京大学平民教育讲演团猛增至一千多人，分道讲演中国局势，"有北京普通工厂纺纱机专卖处处长沈德铃，当场感动，向演讲员说明，愿将其纺纱机专卖权公开，送与国人，并开明地址而去"。"有老人听讲至沉痛时，辄为泪下。其初加干涉之警察，既闻演说，亦受感动，不复禁止云。"[②]

荀子认为："辩说也者，心之象道也。心也者，道之工宰也。道也者，治之经理也。心合于道，说合于心，辞合于说。……说行则天下正，说不行则白道而冥穷，是圣人之辩说也。"（《荀子·正名》）"心合于道，说合于心，辞合于说"，这是荀子认为的理想的言说模式，也是有声语言传播的话语责任所在。那么，在视觉文化大行其道的电子媒介时代，有声语言传播又将以怎样的方式承担自己的话语责任呢？

2. 电子媒介：有声语言传播的危机与重生

在人类传播史上，除了有声语言传播，还有以纸张、竹简、布帛以及碑壁、甲骨、扇屏、牌匾等为载体的文字传播，以电视、电影为载体的图像传播，以电脑、手机为代表的数字传播。另外，还有肢体动作、面部表情、服饰住宅、交通工具、货币文物等非符号传播。因此，有声语言传播在其历史过程中，不断面对来自其他传播媒介的竞争与挤对，其中最大的挑战来自印刷媒介和电子媒介。

15世纪，德国城市美因茨有个叫约翰·根斯弗莱施的市民——后改名为古腾堡，在用压具将镜子装进框子里时突然产生一个想法：能不能用同样的压具将活体铅字托住用来印刷？经过多次实验和磨合，古腾堡用西欧做酒的压榨机改装成的印刷机迅速准确地印刷出拉丁文《圣经》。"古腾堡印刷术"提高了印刷速度、降低了印刷费用，促进了知识的传播、推动了文明的演进，是欧洲文艺复兴和宗教改革的基石。

印刷术的问世使阅读成为获取知识和经验的主要方式，也使视觉文化

---

① 苏全有等：《新清末演说补议》，《大连大学学报》2014年第1期。
② 彭明：《五四运动史》（修订本），人民出版社1998年版，第309页。

蔓延到生活的各个领域。在论述到拼音文字与视觉之间的关系时,麦克卢汉指出,拼音文字强化和放大了视觉功能,"把视觉放到感官系统最高的等级"。16世纪发明的印刷术则是拼音文字的"终极延伸":不仅排版保证了视觉的首要地位,而且"产生了一种视觉的、集中性的新型的国家实体"。由印刷术拓展而成的拼音文化不仅奠定了现代工业文明的基础,而且塑造了生活领域的方方面面。① 归根结底,印刷术使视觉文化可重复性表述并可无限生产,在与印刷品持续不断的相遇、摩擦与交流中,视觉空间进一步拓展。

　　电子媒介给人类社会带来的变化更大,其中最突出的就是世界的图像化。平面静态的印刷物被立体动态的"图景"取代,如文学名著改编为影视剧、奥运盛况全球转播、网络游戏的虚拟世界、大街小巷的广告屏幕、时装模特表演、现代都市设计、旅游景区的实景演出、歌星演唱会的会场……图像僭越文字成为视觉霸主。随着电子媒介的兴起,视觉文化也成为理论热点。海德格尔早在20世纪30年代就将我们身处的环境称为"图像的世界",德波认为生活自身展现为"景观的庞大堆聚"②,美国学者米尔佐夫认为后现代主义就是视觉的文化,法国哲学家波德里亚认为电子媒介使视觉文化已经进入"虚拟影像"的时代,伊格尔顿指出我们所处的时代文化符号趋向于图像霸权,杰姆逊认为媒介的机械复制构筑了"仿像社会"。英国著名艺术理论家约翰·伯格指出,当今社会出现了比以往任何历史时期都更为集中的影像和密集的视觉信息。作为20世纪末视觉文化研究的代表性人物,美国学者米歇尔认为在人文学科及公共领域正在发生"图像转向",从而奠定了视觉文化的无上地位。

　　面对汹涌而来的图像化叙事,有声语言传播明显表现得力不从心。就像学者所言:"'读图时代'的到来似乎使得人们以有声语言与他人交流的欲望日渐淡漠。"③ 大量的民间有声语言艺术在消失,手机短信替代了手机的通话功能,网络文学阅读代替了口耳相授的民间文学口头叙事而成为新的民间文学形态。在匿名的网络世界人们通过没有温度的文字图像热烈交流,但在餐桌上、卧室里却无话可谈。Facebook、Twitter、微博发布着铺天盖地的消息左右着舆论的导向。QQ、微信软件催生了拇指文化,

---

① [加]埃里克·麦克卢汉等:《麦克卢汉精粹》,何道宽译,南京大学出版社2000年版,第364—369页。
② [法]居伊·德波:《景观社会》,王昭凤译,南京大学出版社2006年版,第3页。
③ 姜燕:《汉语口语美学》,山东人民出版社2013年版,第69页。

即使是语音聊天,也是历时性和异空间的错位交流。

　　有声语言传播被挤对有多方面的原因,如传播媒介的多样、传播方式的丰富,但也与其自身的局限相关:一是"转瞬即逝"的声音特性不能将信息保存下来,二是传播过程中信息会出现损耗和失真,三是因时间变迁和空间差异造成的方言隔阂。如果说印刷术的出现意味着有声语言传播衰落的开始,那么电子媒介时代的到来则使有声语言传播面临着生存的危机。

　　也许有声语言传播的危机仅只是一种表象,大多数口语研究者对电子媒介时代的有声语言充满了信心和希望。荷兰乌特勒支大学教授保罗·霍芬认为,数字革命可以让观众随时随地观看演讲影像。① 中国台湾地区世新大学新闻传播学院口语传播系教授游梓翔则断言:"无论时代如何变迁,人与人的沟通交流依旧频繁而重要。在可预见的将来,没有任何科技可能取代人与人的亲身交谈共处。"②

　　据游梓翔的介绍,哲学家昂恩将人类传播分为口语时代、书写时代和电子时代三个时期,电子时代被昂恩称为"第二口语时代"。昂恩对第二口语时代的解释是,20世纪中期广播电视的普及使得人类如同回到了文字之前的口语时代。但与口语时代相比,第二口语时代的口头语言在书写的协助下比第一口语时代更加严谨细致。③ 美国学者沃尔特·翁进一步发展了昂恩的观点,认为电子技术将人类带进一个建基于文字之上的"次生口语文化"时代。次生口语文化也能产生强烈的群体感,并且比原生口语文化产生的群体大得多,甚至难以估量。他举例说:"广播电视使重要的政治人物成为公共讲演人,他们的听众之多前所未有,这是现代电子技术开发之前难以想象的情景。"当然,与原生口语文化相比,次生口语文化还表现出风格方面的变化,最主要的就是失去了原生口语文化面对面的对抗性而变得"温文尔雅、文质彬彬",以适应电子媒介造成的大众心理。对此沃尔特·翁解释道:"虽然笼罩着苦心经营的自发性,但这些媒介完全受制于一个严密的封闭空间,即印刷术遗产形成的封闭空间;而敌

---

① [荷]保罗·霍芬:《数字时代的公共演讲语艺修辞学》,《数字化时代的口语传播:理论、方法与实践》,厦门大学出版社2014年版,第16页。
② 游梓翔:《数字时代的口语传播学:一个学科名称、核心概念与核心能力的分析》,《数字化时代的口语传播:理论、方法与实践》,厦门大学出版社2014年版,第11页。
③ 游梓翔:《数字时代的口语传播学:一个学科名称、核心概念与核心能力的分析》,《数字化时代的口语传播:理论、方法与实践》,厦门大学出版社2014年版,第11页。

对的表演可能会冲破这个封闭的空间,从而冲破严密的控制。"①

除此之外,沃尔特·翁的老师麦克卢汉也非常肯定电子媒介带来的有声语言文化的勃兴。在谈到以广播电台为代表的电子媒介时,麦克卢汉指出:"电台不仅是唤醒古老的记忆、力量和仇恨的媒介,而且是一种非部落化的、多元化的力量。其实,这是一切电力和电力媒介的功能。"② 尽管接下来麦克卢汉并没有对电力媒介的声音属性展开论述,但纵观其名著《理解媒介——论人的延伸》,则可以大致梳理出这一观点的逻辑线索。

作为最早出现的以电学原理为基础的通信技术,电报使信息摆脱了对邮局的依赖和控制,也使边缘地区的地方报纸摆脱了大城市报纸的控制。在信息的自由流动中,报纸的"中心—边缘型"垄断模式被打散。最主要的是,电报具有声觉的性质,这是电子媒介和有声语言文化结缘的开始。

电话是高度仿制人的生理的电子产物,"具有与有机体天然的协调一致性"。人的耳朵和发声器官随着电话线而延伸,在电话的另一端,"电话听筒直接模仿人耳软骨和鼓膜的结构"。电话第一次使属于时间的声音获得了线性的空间感,点对点的传播方式恢复了面对面的交际关系。

在麦克卢汉看来,电话提供的是"一种很弱的听觉形象",这就要求人深度卷入其中,"借用全部感官去强化并补足这一形象"。当视觉引起的割裂了的注意力再次聚拢,将世界"整合成一个角色的要求"才有可能实现。所以,电话的出现"压缩和统一原来被分割的和专门化的东西","造成了一个完全而广阔的关系场",自然对那个"视象和书面结构权威的中心—边缘模式"构成了挑战。新建立的整体性世界是按照多中心模式—或者说听觉模式构建而成,而集中制的、指挥链型的结构在电话这种"非线性的、非视觉的、无所不包的""电力技术中得不到任何支持"③。

电唱机的发明初衷是将其作为"电话的复述器",即电话资料的仓

---

① [美]沃尔特·翁:《口语文化与书面文化——语词的技术化》,何道宽译,北京大学出版社2008年版,第103—104页。
② [加]麦克卢汉:《理解媒介——论人的延伸》(增订评注本),何道宽译,译林出版社2011年版,第349页。
③ [加]麦克卢汉:《理解媒介——论人的延伸》(增订评注本),何道宽译,译林出版社2011年版,第308—309页。

库。麦克卢汉认为:"爱迪生在摆弄打着莫尔斯电码的点线符号的电报纸带时,注意到一种现象:电报纸带快速传送时,产生了一种类似'听不清楚的说话声'。他突然产生了一个想法:刻有印痕的线带可以用来记录电话"。从这里可以看出,电唱机的技术基础是电报和电话。电唱机的早期名称是 gramophone,体现出的就是电报的文字性和电话的声音性。麦克卢汉认为,作为"电力内爆"代表性产品的电唱机,"给音乐、诗歌和舞蹈中的言语节奏赋予新的突出地位和重要意义"。还有一层重要意义在于,电唱机使声音的再造、复制和存储成为可能。

在谈到电报、电话之于听觉转向的历史功绩时,麦克卢汉认为,电学原理不仅"使视觉分离和功能分析的机械技术消融瓦解",而且"从一问世起就以类似的方式汇聚在言语和语言的天地里","在恢复长期受印刷文字压抑的语音、听觉和模拟世界中做出了很大的贡献"[1]。毫无疑问,以电报、电话和电唱机为技术基础的广播是最能体现声觉特性的电子媒介,也是麦克卢汉所说的第一个"会说话的机器"。

无线电报的发明让科学家们产生了无线电技术应用新的思路,认为声音也可以通过无线电技术传送。最早进行试验的是在美国气象局工作的加拿大人费森登,他一直思考如何利用电磁波将人的声音传送出去。1900年,他进行过一次广播演说,但声音极不清晰;1904年,又传送了一段接收效果失真的声音。经过改进,1906年圣诞节前夕,费森登通过自己设计的特殊高频发生器播放了一段男声朗诵的《路加福音》和德国音乐家亨德尔的《舒缓曲》的唱片片段,最后祝贺听众圣诞快乐。当时在美国东北部海域抛锚停泊的几艘轮船上的无线电报务员尽管已经得到通知,但在听到冥冥之中传来的犹如上帝或是幽灵的声音时还是大吃一惊。几乎同时开展利用无线电波传送人声实验的还有俄国的波波夫、美国的史特波斐德和德福雷斯特等。继费森登和德福雷斯特的广播实验后,"通过无线电传送接收人声和音乐的情势像今天上网一样的时髦。在美国各地,发射塔如雨后春笋般竖立起来,种类繁多的无线电接收机(使用耳机的矿石收音机)出现在商店的柜台上,顾客排着长队争相购买这些设备"[2]。据资料显示,从 1920 年 10 月到 1922 年年底,美国政府商业部批准了 570

---

[1] [加] 麦克卢汉:《理解媒介——论人的延伸》(增订评注本),何道宽译,译林出版社 2011 年版,第 314、305、317 页。

[2] 李幸、刘荃:《传播媒介的历史之光:广播电影电视史论》,南京师范大学出版社 2007 年版,第 33 页。

家广播电台，1921—1923 年售出的接收机超过 65 万台。1922—1925 年，苏联、法国、英国、中国、德国等 33 个国家开始了广播播音。1925 年，由 25 个国家的广播机构组成的世界性广播组织——国际广播联盟在日内瓦成立。这一年，电视研制刚刚起步。

由此来看，电子媒介的物理属性使其与有声语言之间有着天然的关联。其一，无论是导体中流动的电流还是空中扩散的电波，它们的连续性和平稳性更适合传播声音而不是文字或图像。电视或电影传播的图像是一帧帧图片构成，只有多幅图片按照一定的速度呈现才能被肉眼感知为流动平稳，而经由它们传播的声音则不存在这一问题。另一方面，电力和电磁波的无中心性和蔓延性也使声音立体地向四周辐射。再者来说，电子媒介也是作为元媒介的语言媒介技术进化的延伸，语言性是电子媒介的逻辑起点。广播、电影、电视、手机、网络等电子媒介同样具备声音特性。或者说，除广播之外的其他电子媒介都有"语—图"共生与互文的蓄势特征。还有，现代科学关于听觉的研究表明，外耳道收集到的声波进入内耳道后，会引起耳蜗内的液体流动，进而转化成电流脉冲被大脑感觉为声音。这也证明声音与电流之间具有天然的转化关系。总之，电子媒介瓦解了建立在视觉基础上的分割的、等级制的世界模式，也为更具有整体性、同一性特征的听觉文化的崛起埋下伏笔。如此一来，也就有充分理由相信，电子媒介不仅复活了古老的有声语言文化，而且还赋予其更多的发展契机。

3. 广播与电子媒介时代的有声语言文化

麦克卢汉对广播的出现给予极高的评价："给人提供了第一次大规模的电子内爆的经验，这就使重文字的西方文明的整个方向和意义逆转过来。"对于部落民族以及"那些整个社会存在都是家庭生活的延伸的人们来说，听广播仍然是一种充满激情的经历"[①]。在麦克卢汉看来，广播复活了口语艺术，广播与口语"这两种最亲密而有力的技术的杂交，不可能不给人的经验带来一些非常新奇的形态"[②]。这些"非常新奇的形态"就是广播带来的有声语言景观。

有声语言景观是加拿大作曲家谢弗提出的"声音景观"的重要组成部分。所谓的"声音景观"（soundscape）是谢弗于 20 世纪 60 年代末 70

---

① [加]麦克卢汉：《理解媒介——论人的延伸》（增订评注本），何道宽译，译林出版社 2011 年版，第 342 页。

② [加]麦克卢汉：《理解媒介——论人的延伸》（增订评注本），何道宽译，译林出版社 2011 年版，第 345—346 页。

年代初提出的概念，指的是居住环境中带有审美和文化意味的种种声音。① 这一概念一经提出即在社会学、历史学、音乐人类学、景观设计等领域被广泛应用。因为研究目的和研究方向的不同，对于声音景观的理解也不尽相同。美国科技史家艾米丽·汤普森认为："声音景观应该既是一个物理环境，同时又是感知该环境的方式，和所呈现出来的文化建构。"汤普森的观察视野超出了音乐学的范畴，延伸到社会、历史、文化领域。② 汤普森所要处理的声音景观已经全然不同于谢弗的自然声景，而是声学技术变迁带来的现代性的声音——就像她的书名所昭示的那样：《现代性的声音景观》。本书所要论述的广播的有声语言景观即是由此而来。

1937年，国民党中央广播事业管理处负责人吴保丰以中央台节目编排为例，将广播节目分为宣传、讲演、教育、新闻和娱乐五种。③ 本书即在此划分基础上，根据研究内容将广播有声语言景观大致分为信息声景、政治声景、娱乐声景和文学声景四类。

广播的基本功能是传递信息，如新闻、广告、交通、物价、股市、气象等，占据了广播播音的大部分时间。20世纪20年代前期，无线电广播产生并主要集中于上海，由外资和民营资本创建，目的是推销产品，如"大陆报—中国无线电公司广播电台"是由美国人奥斯邦和《大陆报》合作创建的中国境内第一座广播电台，主要是推销无线电产品——收音机。第一次播音节目有政治新闻、股票交易情况和汇总价格，音乐家的演奏和唱片作为背景。其后开设的还有音乐会、布道演说、学术讲座。奥斯邦电台的节目设置具备了后来电台节目板块的雏形。

播报新闻是广播的基本功能。早期广播节目以娱乐、广告为主，来源于各报刊的关于航务、邮政、汇兑、气象等以及国外的一些新闻消息。鉴于广播在新闻传播中的重要作用，1924年，朱其清就预见广播将"取新闻纸类、留声机类等而代之"④。三四十年代，因为战争的原因，广播新闻在激励士气、稳定民心方面发挥了不可替代的作用，有人称"广播在

---

① 孟子厚、安翔、丁雪：《声景生态的史料方法与北京的声音》，中国传媒大学出版社2011年版，第3页。
② [美]艾米丽·汤普森：《声音、现代性和历史》，王敦、张舒然译，《文学与文化》2006年第2期。
③ 吴保丰：《十年来的中国广播事业》，《中国现代广播史料选编》，汕头大学出版社2007年版，第104—105页。
④ 朱其清：《无线电之新事业》，《东方杂志》1925年第22期。

新闻事业领域内贡献，无疑可居首位"①。据1947年的统计，国民政府"中央广播电台"每天播音19小时25分，其中新闻节目占24%；国际台每天播音6小时35分，其中新闻节目占43%。②安德森认为报刊是现代民族国家这个"想象的共同体"形成的重要媒介，但从中国现代化实际情况来看，广播新闻在更大程度上比文字更能调动不识字的大众的民族意识和民族情感，在中国现代民族国家建构中功不可没。

广告也是广播的重要内容，举凡日常生活用品都可以通过广播而为大众所知。为了吸引听众，广告总是和娱乐性强的节目搭配在一起播出，当时有人评论道："有电皆广告，无台不说书。"③这一时期除上海市政府设立的上海市广播电台和福音电台、佛音电台等国营和公益广播电台外，大部分以民营为主。出于生存发展的需要，"娱乐+广告"成为这些民营电台常见的运营模式。但因为缺乏有效的监管和自我约束，"娱乐+广告"很快走向庸俗粗鄙和泛滥无度的状态，从而引起了人们的不满和抗议。

由于广播一直受到意识形态的影响，再加上20世纪中国的国内国际局势，所以将宣传、演讲、教育都归并为广播的政治声景。在20世纪的政治舞台上，广播传出的声音具有政治"布道"的意味。麦克卢汉曾经以希特勒为例，说明广播具有极大的政治影响力。他认为广播造就了希特勒，希特勒用广播这个"热辣"的"部落鼓"唤起了德国人的原始本能，让"他们踏着广播这种部落鼓的节拍如痴如狂地手舞足蹈"④。希特勒1938年在《德国无线电手册》中写道："没有扩音器，我们就无法征服德国。"⑤第二次世界大战中，西欧许多国家也利用广播对民众和军队进行动员，同时进行反宣传以对抗德国，世界电波战争发展到登峰造极的程度。1944年6月6日，英美军队在法国诺曼底登陆，当时广播的收听率达到了高峰。美国国家调查中心的一份意见调查报告表明，第二次世界大战期间，对大众服务贡献最大的新闻媒介是广播。罗斯福的炉边谈话、美国总统的竞选所产生的社会效应也都与广播的媒介特性相关。

1923年，在上海进行革命活动的孙中山返粤前在奥斯邦电台发表了

---

① 铿：《广播在新闻事业中的地位》，《广播通讯》1944年第10期。
② 行政院新闻局编《广播事业》附表八：《现有各台每日播音时间节目成分及语言种类统计表》，转引自谢鼎新《民国时期的广播认知》，《安徽师范大学学报》2009年第6期。
③ 微言：《聆余漫谈——国内播音界之现状》，《申报》1933年11月4日。
④ [加]麦克卢汉：《理解媒介——论人的延伸》（增订评注本），何道宽译，译林出版社2011年版，第340页。
⑤ 林贤治：《关于知识分子的札记》，《午夜的幽光》，漓江出版社2011年版，第31页。

一番肯定广播这一新生事物的谈话。在谈话中，孙中山对广播寄予厚望："吾人以统一中国为职志者，极欢迎如无线电话之大进步。此物不但可于言语上使中国与全世界密切联络，并能联络国内之各省各镇，使益加团结也。"① 孙中山从政治的和历史的高度赋予广播以意识形态功能，为人们勾勒出一幅未来美好的政治蓝图。后来的政界要人和文化名人也都通过广播表达关于政局、社会、文化的种种观点，如抗战期间冯玉祥、郭沫若、蒋介石、周恩来、宋美龄、洪深，等等。

传播知识和文化、提高民众素养也是广播的重要内容。广播兴起后不久就有人认识到以广播进行民众教育的必要性："我国文化落后，民智未开，文盲既极众多，交通又甚阻滞，故藉印刷品传播知识之缺点，在我国尤为明显，播音教育之推行，在我国尤感需要。"② 叶圣陶、陶行知、吴学信等也都非常重视广播在基础教育和社会教育中的作用。国家层面也渐渐认识到广播能够"宣传文化……启迪民智，辅助教育"③。民国时期教育话题非常广泛，如苏步青、顾颉刚、翁文灏、竺可桢、赵元任等在广播上就数学、文学、历史、语言等话题进行过演讲。除此之外，有关商业、农林、卫生、军事、法律、家庭、交通、电学等领域的知识也都通过广播为一般民众所了解。播音之于教育的积极作用也促使全国出现一批教育电台，如北京育英广播电台、江苏教育学院电台、江西省立民众教育馆电台、厦门同文中学试验电台等。为了增强可听性，教育管理部门还对播讲内容和播讲语调进行了要求："播讲之语句，以深入浅出，富有情趣为主""播音语调请勿过平过直，以能分出抑扬顿挫，轻重疾徐并可表达情感者为佳"④。

美国无线电公司曾把收音机称为"音乐盒"。无线电广播在传播音乐的速度和范围方面远远超过了此前所有的音乐传播媒介，音乐对社会生活的影响程度急剧增长，成为民众娱乐活动和社会音乐教育的重要组成部分。以民国时期上海的广播电台为例，音乐景观丰富多彩。传统的、现代的、中国的、外国的、宗教的、世俗的等各种类型的音乐都能通过收音机而为普通民众所收听。正如当时一篇文章所言："只将电钮一转，顷刻间

---

① 《〈大陆报〉关于本报与中国无线电公司合办广播电台的报道》，《旧中国的上海广播事业》，档案出版社1985年版，第10页。
② 詹行煦：《一年来我国之播音教育》，《播音教育月刊》创刊号，1936年11月。
③ 王娜、于嘉：《当代北京广播史话》，当代中国出版社2013年版，第5页。
④ 《教育部教育播音讲师注意事项》，《播音教育月刊》创刊号，1936年11月。

空中之绝妙音乐洋洋盈耳。"①

最早的上海电台为外国人所办,并且拥有收音机的也主要是外国人,因此在音乐选择方面首先考虑的是外国人的欣赏习惯,播放了大量外国音乐。奥斯邦电台第一次播音节目全是外国乐曲,如捷克小提琴家科西恩的独奏诙谐曲、卡尔登乐队霍尔的萨克管独奏以及金门四重唱和舞曲等。随着电台的日益增多,外国一些名家名曲也成为电台音乐的主要组成部分。广播使高雅严肃的外国音乐走出剧场,走向普通市民家庭,无形中提升了上海市民的音乐素养和文化素养。

随着上海越来越多的中产阶级拥有收音机的数量不断扩大,在音乐节目方面更侧重于本土艺术,如古曲、京剧、昆曲、粤调、评弹、三弦、流行乐曲等。在播放音乐时间方面中国音乐也远超过西方音乐。开洛电台一段时期内每天播放音乐有五六个小时,其中中国音乐占了全部节目的十分之七。各电台也以中国音乐作为吸引听众的重要手段。广播电台经常邀请名票友演唱京剧,程砚秋等名家名角也纷纷到电台献艺,"听众投书赞誉,认为空前之盛况"。② 一些电台还尝试"中西合璧"的音乐形态,给人带来一种新奇的感受。中华音乐会几位会员到开洛公司广播电台申报馆分台演奏《昭君怨》《到春雷》《柳腰金》等古曲。除了古琴等中国传统乐器,还使用了小提琴,"以餍听者之望"。③ 为了吸引更多观众,电台经常提前预告即将播出的节目。如《申报》的一则广告:"今晚本馆特请有名琴师吴君浸阳等二人奏七弦古琴,音调古雅,国内不可多观,请收音者加以注意。"④

限于制作条件和技术,广播里面传出的都是人造音景。在给人们带来"现代性声音"的同时,也带来了"污染的声音"即噪音。可以在三个层面理解广播的噪音。首先是信号不稳定造成的电磁噪音,播音者与话筒之间距离远近造成的气声、回音、咳嗽声、移动纸张等物体的声音等。张爱玲小说《倾城之恋》里就有一段关于天气原因造成广播信号不稳的描写:"……像无线电里的歌,唱了一半,忽然受了恶劣的天

---

① 《申报·本埠增刊》1932 年 9 月 25 日第 8 版。
② 赵君豪:《记〈申报〉播音》,《旧中国的上海广播事业》,档案出版社 1985 年版,第 20 页。
③ 《〈申报〉关于开洛公司广播电台申报馆分台开始播音的报道》,《旧中国的上海广播事业》,档案出版社 1985 年版,第 18 页。
④ 《〈申报〉关于开洛公司广播电台申报馆分台开始播音的报道》,《旧中国的上海广播事业》,档案出版社 1985 年版,第 17 页。

气的影响,劈劈啪啪炸了起来。"其次是播音者的语调、语气、音质、说话速度造成的声音污染。早期的无线电广播电台专业性的播音员几乎没有,大多由话剧演员或评书演员兼任,在播音素质方面难免良莠不齐。一直到30年代中后期还有人批评电台中"粗俗的口头语,滚那娘格蛋一类卑鄙说白"①,"不健全的声音,病态的、不合卫生的"声音,②"每秒钟能够叫至少十五个单音节的字"的播音速度。③还有的播音员照着文稿播读,那种书面化的语句以及缺乏情感的平直语调也让听众感到索然无味。最后是节目内容的安排有违公序良俗。从听觉的角度来说,广告的泛滥就是噪音的开始,这也是电子媒介最早制造出的声音污染。在以启蒙为中心的"五四"知识分子那里,广播的声音污染尤其表现在娱乐性节目那里。鲁迅对当时广播娱乐性节目的庸俗化现象进行了批评:"天气热得要命,窗门都打开了,装着无线电播音机的人家,便都把音波放到街头,'与民同乐'。咿咿唉唉,唱呀唱呀。外国我不知道,中国的播音,竟是从早到夜,都有戏唱的,它一会儿尖,一会儿沙,只要你愿意,简直能够使你耳根没有一刻清净。"④周作人也反感于无线电广播"以戏文为多,简直使人无所逃于天地之间"⑤。中国传统声音理论非常重视声音与社会世相之间的关联和沟通,通过自然和人世的种种声音可以"听"出国家、社会、文化、身体等已经或即将发生的变化,如"亡国之音""靡靡之音"等。从广播的声音中有人也听出时代文化的弊病,称播音电台"内容排列之滥""充分表现出一个时代文化的脆弱,国民嗜好的顽旧"。⑥

新中国成立后,广播一直发挥着"党的喉舌"的作用。对于地域广袤的中国来说,广播在社会动员、信息反应与整合能力、现场感等方面体现出媒体优势。就像传媒学者伊尼斯所说:"时间观念和空间观念,反映了媒介对文明的重要意义。倚重时间的媒介,其性质耐久,羊皮纸、黏土和石头即为其例。……倚重空间的媒介,耐久性比较逊色,质地却比较

---

① 浦婓修:《滑稽节目应速猛省》,《上海无线电杂志》1938年10月2日。
② 柳絮:《无线电听众的烦闷》,《申报》1938年12月15日。
③ 新亮:《上海的播音界》,《申报》1938年11月29日。
④ 鲁迅:《知了世界》,《鲁迅全集》(第五卷),人民文学出版社2005年版,第539页。
⑤ 周作人:《北平的好坏》,姜德明编《北京乎》,生活·读书·新知三联书店1992年版,第20页。
⑥ 曹仲渊:《从上海播音说到国际纠纷》,《无线电问答汇刊》1932年第19期。

轻。后者更适合广袤地区的治理和贸易。"① 50—70 年代，广播使社会空间的角角落落与权力中心保持着最密切的联系，强化了民众对国家和意识形态的认同感。进入 21 世纪，尽管广播的政治功能不断弱化，但在某些特殊时空——尤其是在重大突发事件中，广播发布的信息代表着政府的声音，有助于维护社会稳定、消除公众恐慌情绪，体现了政府强大的公信力。2008 年汶川特大地震导致重灾区交通、电力、通信设施受到严重破坏，道路、手机、电视、网络瘫痪，广播成为这些重灾区了解外界信息的唯一渠道。② 在 2008 年的南方雨雪灾害、2013 年的北京特大暴雨中，广播都发挥了积极的信息传递作用。

　　在隔绝的环境中，视觉获得的信息有限，其支配地位会明显减弱。所以在灾难事故中，电视、互联网不仅可能会因电力、道路等基础设施的破坏而无法发出信息，而且会表现出反应迟缓、信息来源单一、主题分散等不足。相比之下，广播的优势更为明显，如对突发事件的反应速度远远超出其他媒体。最主要的是，广播在社会心理抚慰方面也优先于电视、互联网。有学者指出："危机时分便于携带的收音机所传出的声音可以让受众感到精神上的依托，觉得在突发事件中社会的运转还在正常进行，一些帮助性的提示又给了听众克服危机的希望和启示。"③ 2008 年南方雨雪灾害期间，中央人民广播电台"中国之声"特别节目《爱心守望、风雪同行》邀请有关专家在节目中对滞留路上的司乘人员进行心理疏导，与听众形成互动，播放歌曲和听众祝福短信，减轻了他们在特殊条件下的心理压力。一位驾驶员说："听了你们对我们的广播，我热泪都流出来了，我从成都到家走了五天五夜，非常的艰难，我衷心地谢谢你们。"④

　　在商业化社会，广播还能提供社会和文化公共服务。清华大学新闻与传播学院教授郭镇之考察了英国以及中国的香港和台湾地区的公共服务广播电视运转状况，认为公共服务广播这种模式仍然富有活力和生机。在英国，英国广播公司（BBC）整合了国内外包括公共服务和商业经营在内的所有广播媒体，免费向英国公众提供服务。中国香港和台湾地区的公共

---

① ［加］哈罗德·伊尼斯：《帝国与传播》，何道宽译，中国人民大学出版社 2003 年版，第 5 页。
② 潘力、陈婷：《交通广播成为突发事件应急主力军——5·12 汶川大地震中交通广播表现的思考》，《中国广播电视学刊》2008 年第 7 期。
③ 曹璐：《广播新闻理念与实务创新研究》，中国广播电视出版社 2007 年版，第 288 页。
④ 韩鸿、莫尚凝：《突发灾害中广播媒体的功能分析与问题反思——以 2008 年南方冰雪灾害中〈爱心守望、风雪同行〉特别节目为例》，《国际新闻界》2008 年第 4 期。

广播电视"诉求的是多元的社会声音和弱势的文化表达"。郭镇之认为，这种声音诉求是"当今世界上公共广播电视存在的新理由"。与之相比，民粹性的、非中心的、商业化的互联网则"缺乏'一锤定音'的权威性，不能提供民族和文化的整合功能"。郭镇之由此进一步指出了广播"作为民族的象征和文化的中心"有其存在必要。除此之外，郭镇之还认为，那些低收入者、少数民族和边远地区的弱势群体越来越为"重利轻义"的商业广播和越来越缺乏代表社会公信力的国营广播所忽视，这也需要负有特殊文化使命的公共广播电视才能承担。[①]

总之，在20世纪，以广播为载体的有声语言文化一直伴随着中国的现代化进程，在某些时候一度成为现代化叙事的主调。广播的声音飘荡在社会空间的角角落落，为普通民众带来现代性的声音体验。广播声音不仅重构了社会生活，也在重塑着人们的情感世界、精神世界和知识世界。广播使语言开始大面积脱离声源即人的身体，为人们打开了关于现代化的想象空间。在对广播创作的种种语言景观的倾听中，人们迈入了现代化的声音世界。

---

① 郭镇之：《中国的人民广播和世界的公共广播——数字时代中国公共频道的展望》，《国际新闻界》2009年第6期。

第一章 "小说+广播":"上帝"青睐的节目

媒介之于文学作品到底是一种传播载体,还是构成了文学作品的本体性要素?媒介的物理特性与文学作品的艺术特性之间有无有机联系?这些问题在西方一直存在争议,但一般倾向于将媒介看作外在于文学作品结构,仅具有工具功能。较为重视文学作品中媒介重要性的是巴赫金,他认为:"文艺作品毫无例外地都具有意义。物体—符号的创造本身,在这里具有头等重要意义。"① 单小曦受此观点启发,将当代媒介文学生产活动的物化产品称为"媒介文本",肯定媒介要素既构成文本结构的基础层次,也是文学文本存在的本体性构成要素。② 由此来看,广播与小说之间就不能简化为传播与被传播的关系,广播作为"有意味的形式"参与小说叙事,小说也通过声音的高低起伏、抑扬顿挫展示着丰富的情感意蕴。

第一节 "小说+广播":概念梳理与内涵辨析

关于"小说+广播"的概念指称大致有三种:小说广播、广播小说、小说连播。考虑到"小说连播"是形态表现而非内涵界定③,那么前两者

---

① [俄]巴赫金:《周边集》,李辉凡等译,《巴赫金全集》(第2卷),河北教育出版社1998年版,第121页。
② 单小曦:《"文学性媒介文本"的基本特征》,《鲁东大学学报》2011年第5期。
③ 中国广播电视学会对"小说连播"有一个定义:"以中、长篇小说为基础,经过编辑加工,由一位或二、三位主要播讲者用有声语言叙述情节,烘托气氛和环境,塑造人物形象的节目形式。小说连播节目一般不允许用多位播讲者塑造角色,也不提倡使用过多的音乐和音响效果,要避免与广播剧混淆。"可以看出这个定义主要是从节目形式入手,并且"考虑到中、长篇分段连续广播这一共性","将中、长篇人物传记、回忆录、报告文学等纪实文学连播以及中、长篇评书连播并入此项"。所以学会的定义主要是为了评奖的方便。(《中国广播电视学会"中国广播奖——广播文艺"评奖立项方案、分类界定及基本要求(试行草案)》,刘海主编《新疆'93好新闻选(广播电视部分)——获奖作品集》,新疆广播电视厅政研室1994年版,第239页。)

是常见概念,并且常常混用,如 1995 年出版的《"上帝"青睐的节目》中两者并行不悖。当然,该书中使用最多的是"广播小说",就好像广播评书比评书广播使用更频繁一样。作为研究的开始,对"小说+广播"这一文艺样式/文学体裁进行辨析实属必要。

一 广播小说与小说广播:内涵特征与使用语境

较早对广播小说进行概念描述的是 1983 年出版的《家庭文化生活知识》。这本普及性的知识手册在与广播剧对比中描述"广播小说"的特征:首先,广播小说和广播剧一样,配有音乐和音响效果。其次,广播小说是"小说"的一种,具备的是小说的基本要素,如"有完整的故事情节和具体、细致的环境描写,塑造和刻画人物形象,反映和展示社会生活,以寄托自己的理想和期望"。归根结底,广播小说"仍然是文学朗诵节目中的一种形式。它仍然以朗诵为主,以叙述描写为主"。再次,广播小说中有解说,可以"交待场景变化,人物动作,而且可以大段地描述人物的音容笑貌,细致入微地刻画人物心理活动和详细地描写客观环境等等"。最后,广播小说也会出现某些戏剧场面,也有人物的分角色对话,"但没有贯穿始终的环环相扣的强烈的戏剧冲突,所以它只能是含有'剧'的成分,还不是广播剧"[①]。

从这段话可以看出广播小说具有三个基本特征:文学性、音响性、朗诵性。后来者关于广播小说的定义尽管千差万别,但这三个基本特征必不可少。比如,1990 年出版的一本面向化工人员阅读的知识性手册,书中是这样定义"广播小说"的:

> 一种用口头语言来叙述故事、塑造形象的新型小说。它是随着广播事业的发展而发展起来的新式文体。它主要通过人物各自音色上的差异,人物的一颦一笑,从而摒除讲播人对听众的说教。广播小说还运用音乐语言来完成塑造形象的任务。主题音乐不再是游离于小说主题之外的一组单纯音响,音乐在塑造人物形象中起着烘云托月的作用。从形式上看,广播小说有剧场演出式的舞台风味,但它又不是舞台艺术的录音;它有某些广播剧的特征,但又并非广播剧。它是用声

[①] 《家庭文化生活知识》编写组:《家庭文化生活知识》,内蒙古人民出版社 1983 年版,第 314—315 页。

音来塑造典型艺术形象，完成美的世界描述的文学形式。①

这个定义从文学的角度出发，将广播小说看作一种新型小说、新式文体，一种文学形式，突出了广播小说的文学性，同时提到了主题音乐和声音的造型能力。但该定义并没有对广播小说这种新型小说或新式文体"新"在哪里作出过多诠释，而仅仅是就"小说+广播"进行一种现象学描述。

与之相比，彭鸿书对广播小说的媒介特性认识更为深入。彭鸿书认为，广播小说"是通过听觉来产生联想，又通过联想产生想象再产生形象的，它的文学本完全是另一种文学体裁，是另一种艺术的再创造，一种新的创作方式"。因此，广播小说是一种不同于纸质阅读的新的文学体裁。最初出现在广播上的小说，实际上是一种书面小说作语言转换的播讲。后来，即令在播讲的时候语调上有了某些修饰和变化，但它仍然没有跳出书面语言的范围。随着广播事业的发展，听众对于广播中出现的小说没有广播的特点，已经失去兴趣。这样一来，如何使广播具有鲜明的广播特点，就成为广播文艺工作者孜孜以求的目标。要达到这个目标，就需要创新，需要拥有一个新的表现手段，使广播小说有别于其他小说，来一个质的变化。要做到这种"质"的变化，应该从广播的媒介特性出发，也就是由语言、音响、音乐演绎出作品的独特风格。语言应该是"出自人物口语化了的语言"，这样就会有"男、女、老、少不同鲜明的个性"。那么在演播时采用两人以上的男女声对播，既可以塑造出逼真的人物形象，也可以使听众与小说里的人物感情直接交流。音乐也是人物塑造的特殊表现手段，而不仅仅是选用现成乐曲以烘托气氛的简单配置或是"游离于主题之外的一组单纯的音响"。可以根据思想主题为作品谱写主题音乐，使其成为作品的有机组成部分，"这样的主题音乐又充分具有它的文学专属性，当某个旋律一出现，一定会使人联想起某个具体的人物形象来"②。

彭鸿书强调了"广播+小说"媒介性特质，是一种比较严格的"广播小说"定义。但按照这种定义来确定广播小说范围的话，一方面符合要求的作品比较少，另一方面也很容易混同于广播剧而导致自身主体性的消

---

① 解恩泽等：《化工技术人员综合知识手册》，吉林科学技术出版社1990年版，第339页。
② 彭鸿书：《闪光的珍珠——彭鸿书文艺作品选·评论与作品》，贵州人民出版社1999年版，第5—7页。

失。再者而言，该定义强调了语言的口语化，可能会导致对小说原作改动过大。事实上大部分小说原作基本上都是书面化语言，这也是现代文学问世以来语言发展总的倾向。现代小说的创作不同于话本底本，本就不是为"听"而作，所以语言的书面化是必然的趋势，何况这种书面化语言有利于表现人性的幽微、感情的细腻、情感的多重。如果对小说原作改编时不考虑作品整体风格而一味追求语言的口语化——尤其是人物语言的口语化，往往是对原作意蕴的损害，同时也可能使改编后的广播小说显得不伦不类。因此，面对小说原作，改编者考虑更多的应该是如何赋予小说人物以独特的声音特性，而不是削足适履，为了口语化而造成人物形象的失真。

还有一些学者也是在和广播剧的对比中把握"小说+广播"的内涵特征。1989 年，林骧华主编的《西方文学批评术语辞典》一书认为：

> 广播小说（Funkerzählung） 广播剧的一种特殊形式，其中以叙述成分为主要部分。这一概念是 W. 布林克于 1933 年首先提出的。布林克把广播叙述分为直接叙述形式和间接叙述的"以自我谈话为基础的形式"。理论家们对此虽有分歧，但都接受这一提法。起初，人们努力创作所谓"听觉小说"（约 1927 年），而且在卡塞尔就"作家与广播"问题进行了讨论（1929）。首批广播小说均为改编的作品，最重要的是 H. 凯赛尔的《亨利埃特护士》（1929），这部作品体现了向独白广播剧的过渡。50 年代中期后，广播小说才在广播剧节目中占了固定的一席之地。①

《西方文学批评术语辞典》之所以将广播小说看作广播剧的一种，主要是出于历史主义的考虑：广播小说表现出不断向广播剧靠拢的过程性变化。该定义还是突出了广播小说的独立性，认为广播小说是广播剧的"一种特殊形式"，"以叙述成分为主要部分"突出的是"广播小说"的"小说性"。事实上，W. 布林克区分的"广播叙述"也就是小说的叙述语言和人物语言。

相较西方学者对于广播小说的认知，国内研究者倾向于在承认广播小说和广播剧之间有共同点的同时又对二者进行严格区分，如前文的《家

---

① 林骧华主编：《西方文学批评术语辞典》，上海社会科学院出版社 1989 年版，第 134—135 页。

庭文化生活知识》和项仲平、王国臣的《广播电视文艺编导》。项仲平、王国臣认为，广播小说和广播剧有四点不同。其一，表现手段不同。广播剧主要通过比较完整的戏剧场面，各类人物的性格冲突，通过对白、独白、旁白、书信白展开戏剧情节，而广播小说的艺术特性则要保持或基本保持原小说的风貌，在戏剧场面方面既不像广播剧那样整齐、集中，也不像原小说那样散淡。其二，解说的作用不同。广播剧中的解说可有可无，是剧中的次要成分，其作用在于帮助配合展现故事情节和配合表现人物。广播小说中的解说是作品的主干，人物形象、主要情节、心理活动、外貌形象等都是依靠解说完成。其三，音乐在两种体裁中的作用不同。广播剧中已经出现没有音乐的作品，而广播小说中音乐则是必不可少的成分，"如果在广播小说中没有音乐，那只能算是'小说朗诵'，那么广播小说的韵味、美感也就相应消失了"。其四，音响在两种体裁中的作用不同。广播剧中，音响效果被称作"第二语言"。广播剧可以没有音乐，但不能没有音响效果。而在广播小说中，音响效果可以没有，也可以有。如果使用音响效果，不能太多、太碎，以免喧宾夺主。[①]

　　总体来看，研究者对"广播小说"基本内涵的把握有共识的地方，但对其概念边界和概念表述有些许出入。也许，任何定义都难免挂一漏万，这既与语言的局限性有关，也是世相本身复杂所致。在《中国广播文艺广播剧研究》一书中，王雪梅指出："什么是广播小说？广播界没人下过定义。因为在文学广播节目中，广播剧、广播小说、广播小品、配乐小说等，这几种节目形式的艺术特点和它们之间的区别不像数学公式那么严格，那么界限分明，它们之间有个性也有共性，所以下定义是不容易的。"在王雪梅看来，有些定义不仅不能达成一致，反而互相矛盾。她举例说明这一问题，比如有人认为："小说演播配上一定的音乐就可以称作广播小说；即使采取单人朗诵的方式，只要配上音乐也应该是广播小说。"但也有人认为："广播小说这种节目形式中不该配有音响效果，不应该使听众感到它是立体的，而应该保持小说原来的风貌。"又比如，关于广播小说和广播剧之间的区分，一般认为广播小说给人的艺术感觉是文学性更强，广播剧更有戏剧性。王雪梅认为："随着时代的发展，艺术特质的演变，这种说法也不一定准确。因为现在有的广播剧淡化了戏剧情节和激烈的矛盾冲突，而侧重于抒情和剧中人物的心理刻画，这样看，它的文学性却相应加强了。"尽管认识到下定义的种种困难，王雪梅还是对广

[①] 项仲平、王国臣：《广播电视文艺编导》，浙江大学出版社2003年版，287—291页。

播小说做了一个界定:"经过广播化精心处理,而又基本保持小说原来风貌,以诉诸听众声音形象的广播文艺节目,称作广播小说。"①

综上所述,笔者试图从两方面对"广播小说"进行一个内涵及边界描述,以便能更好地把握本书论述对象。首先,"广播小说"以文学作品为母本。一般来说,广播小说不改变原作的思想主题、人物形象、故事情节、时空结构、叙述视角。如果需要改动,也是词语和句式方面的局部性变动,也就是使其变得口语化,或者删削容易引起听众误解或不适合广播传播的语句。其次,"广播小说"的表现手段是声音,包括语言、音响、音乐三方面。声音是对原作"二度创作"的唯一手段,通过声音的演绎传达或挖掘出原作仅以文字无法传达出的东西,比如情感。音响和音乐在广播小说中起到辅助作用,服务于思想主题的表达、人物形象的塑造、时空场景的转换等。

与"广播小说"的理论探讨相比,"小说广播"更像是一个临时性、过渡性的概念。或者说,与"广播小说"相比,"小说广播"是"小说+广播"的初级形态。上文中彭鸿书说过:"最初出现在广播上的小说,实际上是一种书面小说作语言转换的播讲。"② 张振华也认为,小说连播不仅是对小说创作的一种推助,而且是小说本身的另一种实现形式和传播方式。③ 2009年,杜桦将"小说广播"和"广播小说"进行对比性分析,指出了两者之间的差异。杜桦认为,"小说广播"和"广播小说"是广播节目创作实践中出现的两种既有密切联系、又有所区别的广播节目形式。两者相同之处在于都是由演播者播出,以叙述为主,辅以少量的表演,并且这种表演不是真正意义上进入角色的表演,而始终是一种游离于角色之外的"代言体"式的表演。两者的区别主要在于创作手法的不同。首先小说广播只有一个播音者,通过控制声音、转变音色表示叙述声音和人物声音以及人物与人物之间声音的区别。而广播小说则由多个播音者播出,一个播音者对应一个不同的声音形象。其次,小说广播一般不主动对文学作品时空转换做广播化的处理。而广播小说会使用音乐或是文字等元素对时空转换做简单而概括的交代。最后,小说广播就是小说通过广播传播出

---

① 王雪梅:《中国广播文艺广播剧研究》,北京广播学院出版社2003年版,第158—159页。
② 彭鸿书:《闪光的珍珠——彭鸿书文艺作品选·评论与作品》,贵州人民出版社1999年版,第5页。
③ 张振华:《求是与求不:广播电视散论》,中国国际广播出版社2007年版,第265页。

去，其最低级形式就是作品朗诵。而广播小说制作更为精细，广播化程度更高，是介于小说广播和广播剧之间的节目类型。①

其实本书也是根据语境而使用"小说广播"和"广播小说"，其中比较频繁的是小说广播。之所以如此，一是与本书研究对象有关。本书的关注重点是当代长篇小说通过广播进行传播的过程和效果，当然也有广播这一媒介对当代长篇小说的二度创作。二是广播小说作为一种文体或体裁是80年代中后期随着广播技术的发展而出现，而小说广播作为一种传播方式则从40年代即已开始，因此，小说广播要比广播小说涵盖的范围更大。三是广播小说和广播剧一样，制作周期和制作成本要远超小说广播。故而作为《小说连播》节目，一般采用制作周期短、制作经费低的小说广播形式，靠演播者自身的语言艺术而不是太复杂的音乐、音响衬托表达出原著的精髓。因此，"小说广播"和"广播小说"并不是二元对立的概念关系，本书更愿意从"纸质小说和广播小说之间的过渡类型"这一意义上来理解"小说广播"这一概念：它既没有——也不可能抹除掉纸质小说生产和接受的痕迹，纸质小说是小说广播寄居的母体；也没有完全"广播化"——像广播小说那样是语言、音乐、音响的有机结合。相比较之下，本书以为严格意义上的"广播小说"应具备原创性特征，是依据广播的媒介特性创作出来的文艺类型。没有广播，就没有广播小说。而离开广播，广播小说就不复存在。当然，以此标准来考量广播小说，符合要求的寥寥无几。因此，本书一般是根据上下文而比较宽泛的使用这两个概念描述"小说+广播"这一"文学+媒介"现象。比如，当指称过程时，使用主谓结构的"小说广播"，当指称类型时，则使用偏正结构的"广播小说"。

二 广播小说剧：广播文艺新形态

21世纪以来，又出现了"广播小说剧"的说法。一般认为，小说剧是介于广播小说和广播剧之间的一种广播文学形态。较早提出"小说剧"的是王倪，认为广播小说剧是一种新的广播文艺形态，综合了广播小说和广播剧元素，但文艺性更为突出。王倪认为，广播小说剧有三个判定标准：首先，依托小说而作，通过完整的故事情节、具体的环境描写、多种多样的人物形象充分反映社会生活。其次，在尊重原著的基础上对人物语言进行角色化改编，但改动不得超过人物语言总数的三分

---

① 杜桦：《广播节目编导》，中国传媒大学出版社2009年版，第96页。

二。最后，音乐、音效作为陪衬可以使作品更为生动形象，但主要作用应该体现在叙事方面。在王倪看来，广播小说剧出现于新的世纪既和外部政策环境的改善有关，也是受众需求、编导适应市场以及数字化科技发展的结果。在王倪的文章中，列举出的广播小说剧有《卢记药号》《命运的迁徙》《狼牙》《浮华城市》《谋天下》等。① 除此之外，还有一部分作品也可归结为广播小说剧，如根据于强长篇小说改编的《爱在上海诺亚方舟》、根据陈坪小说改编的《三七撞上二十一》、章剑华的长篇纪实文学《承载》等。

作为长篇连播和广播剧的结合体，"广播小说剧"类的作品不在少数。但"广播小说剧"这一概念尚有商榷之处。目前来看，研究者使用"广播小说剧"比较混乱。燕青将《三七撞上二十一》称作"小说广播剧"，② 吕卉则将其视为广播剧。③ 在孙丽佳以"长尾理论"分析青春题材广播小说剧的文章中，标题是"广播小说剧"，但正文则改换为"广播剧"。④ 另一方面，从王倪所下的定义出发，便会发现其文中所列举的部分作品溢出了概念的外延。以《卢记药号》为例说明这一问题。首先，重庆台主任播音员高华偶然间看到赖永勤的小说《卢记药号》，想将其改编为广播文艺作品，但"唯一遗憾的是当时它的结构还不是十分完整"，"欠缺了些矛盾冲突、典型细节、情感起伏以及人物命运变化的依据和内心世界的精彩描绘"。于是就告诉作者能不能在这些方面补充完善。赖永勤查阅了大量的史料，三次修改，"终于拿出了比较满意的文稿"⑤。因此，从书稿来源看，《卢记药号》更像是专为广播而作。

其次，广播小说《卢记药号》采用男女对播，但人物语言大多没有改为对白的方式，而是在对话中插入一些关于人物态度、心理状况、说话语境等的叙述性语言，如"……他淡淡地呷了一口香气四溢的西湖龙井，被茶水清润过的喉咙显得异常清亮：'伙计们听着，大家都用不着回家宵

---

① 王倪：《时代新宠：广播小说剧——中国广播文艺的新形态》，《中国广播》2007年第9期。
② 燕青：《小说广播剧的发展》，《视听纵横》2011年第3期。
③ 吕卉：《人家已尽无人处，时见芙蓉一岸花——也谈广播剧的生存与发展》，《中国广播》2009年第9期。
④ 孙丽佳：《"通俗"与"高雅"共舞——从"长尾理论"浅析青春题材广播小说剧的存在价值》，《才智》2012年第36期。
⑤ 高华：《广播连播〈卢记药号〉编辑阐述》，刘习良主编《空中文艺画廊——第九届中国广播文艺奖集萃》，新华出版社2003年版，第251—252页。

夜了，我在顺庆羊肉馆包了两桌，轧完账后都到那儿去。'说完便轻轻地拍了拍……"，"珍沉沉地叹了一口气，然后又轻轻地摇了摇头，自言自语道：'这样的日子何时能到头？'说罢，泪珠儿刷刷地直往下淌"。对白式的处理方式在作品中唯有两处：一处是冷清的卢记药号的柜台旁，继先和珍"心灵的独白"，共有五句话；另一处是珍和卢仲瑶分别之时，共有两句话。但却是一种心灵上的交流。从人物语言来看，《卢记药号》并没有在"剧"的方向上有太多努力。

最后，音乐在广播剧中被称为"第二有声语言"，思想主题的开掘、内涵情感的升华、故事情节的发展、人物性格的刻画都需要音乐的渲染、烘托和铺垫。《卢记药号》在音乐设计方面有两方面的考虑：一是为渲染时代氛围和地域特色而"量身定做主题音乐和背景音乐"，以"揭示人物内心情感的变化，烘托主题思想。"音乐的整体性及风格的一致显然有别于广播小说仅仅作为点缀的音响，就此而言，《卢记药号》就有了"剧"的艺术形式。但作品中的音乐还有一重功能："要求播音员通过背景音乐以及相对应的影视作品去寻找演播风格的定位，进而用声音塑造各种人物形象，掌握好角色的情感起伏变化。"这样的安排等于取消了播读者之于作品的主动性和主体性，是音乐牵制语言而不是为其服务。语言魅力被音乐背景所掩盖，"广播小说"滑入"剧"中，这就很难说是"广播小说剧"了。如果从王倪的定义出发，《卢记药号》因存在如上相互抵牾的文本特征而实难归类。

高喜军、张德强也对"广播小说剧"有过界定。在对"长篇连播""广播剧"的内涵及二者之间的关系论析后，他们认为："小说剧就是长篇连播"。他们的理由是："第一，小说剧的底本依旧是小说或者散文等记叙性质的文本，不是剧本。第二，小说剧的基本表现形式是长篇连播的手段，贯穿始终的是一个或两个演播者的播讲，演播者承担的工作更多是叙述，而非剧情的旁白。从内容出发来决定如何运用人声、音乐、音效等元素，本就是长篇连播的题中应有之义，运用得丰富与否是技术问题，而非原则问题。"[1] 他们认为，作为实际作品，2005 年的《猴缘》可视为小说剧的前身，但当时没有对这种新形式进行表述的概念。上海故事广播后来推出了《三七撞上二十一》并将其命名为"小说剧"，业界才从理论上和节目生产方面对这种形式进行探索和创新。

---

[1] 高喜军、张德强：《小说剧：长篇连播的新形态——以〈承载〉为例》，《视听界》2012 年第 1 期。

综上所述，如果有命名必要的话，本书更愿意以"配乐长篇连播"或"配乐广播小说"这样的偏正词组指称这类广播文学作品。当然，命名仅仅是一种理论上的把握，并不影响这类作品的继续出现以及带给受众更多的审美享受。

第二节　小说与广播的历史遇合

一般认为，现代小说主要通过报纸、杂志及书籍等印刷媒介传播，但稍后于现代印刷媒介而出现的广播在传播现代小说方面的历史功绩却不容忽视，鸳鸯蝴蝶派小说、武侠小说、探案小说、"五四"新小说、抗战小说、解放区小说等都通过广播电台而传播。小说在广播电台中一开始仅是吸引受众以售卖商品的娱乐性节目，但随着时局的发展则被纳入启蒙大众和民族救亡的现代性视野。现代小说与广播的结合，为新中国长篇小说的广播传播积累了丰富的经验和有益的借鉴。

一　广播兴起与现代小说传播

1923年1月23日，由亚洲无线电公司子公司中国无线电公司经理奥斯邦创办的上海第一座电台——奥斯邦广播电台开始播音。1月26日，《申报》报道了25日的广播节目及时间安排，其中"九时又传播《大陆报》谐谈栏内之短篇滑稽小说"[1]。这应该是最早在广播上播出的文学作品。近代报刊一般都有"谐谈""谐文""剩墨"一类专登戏谑作品的栏目，如清末《广东日报》副刊《一声钟》、留日学生创办的第一个刊物《开智录》等都有"谐谈"专栏。因此，奥斯邦电台播出《大陆报》刊载的小说，应该有推广介绍合作伙伴《大陆报》的目的——两者合作的基础就是《大陆报》预告、刊登电台新闻等节目内容；电台播送《大陆报》内容并介绍报社情况。两者的合作客观上迈出了传播小说的第一步。因资料不足，已很难查到1月25日这天电台播放的小说名目。但一般而言，《大陆报》刊载的小说比较严肃——最早介绍过狄更斯与萨克雷、刊登过《鲁滨逊漂流记》《一千零一夜》《维新梦传奇》等，而"谐谈""谐文"一类文章短小精悍，内容多是揭露官场时弊、批判婚姻制度、讽

---

[1] 《〈新申报〉等关于〈大陆报〉暨中国无线电公司广播电台试验播音的报道（1923年1月）》，《旧中国的上海广播事业》，档案出版社1985年版，第13页。

刺社会时局等，"包罗万象，旨丰喻远，笔法夸张而冷隽，幽默而泼辣……笔锋所至，摧枯拉朽，但却没有猥下之笔"①。或许可以认为，电台播放的滑稽小说应该也属于针砭时弊之作，一定程度上提高了广播自身的文化品位。

由于当时广播主要以民办为主，广播主要播放的是广告，商业气息比较强。在吸引听众的广告效果方面，小说自然难与评弹、戏曲、三弦等相提并论。故而，虽然广播电台很多，但小说并没有和广播更好结合起来。据《交通部电政司关于严行取缔私设电台等纪事》（1923年2月—10月）所载，当时的无线电台广播事务有经济财政消息、音乐、唱歌、复述演说、新闻、报馆专电、商务报告、汇兑行情、气象报告、戏剧等，②却没有关于小说的节目安排。

随着民营广播电台的创办越来越多，广播上的文学开始以弹词、民间艺人创作表演的评书、苏滩等娱乐性作品为主。评书有黄兆麟的《三国志》、韩士良的《水浒》，弹词有朱介生的《落金扇》、杨仁林的《白蛇传》，四明南词有陈昌浩的《十美图》等。这类节目所占时间比重较大。1927年3月19日，《申报》刊载了新新公司的播音时间表，每天下午有三个多小时的苏滩表演，几乎占全天播音时间的一半。

据潘心伊回忆："无线电台说书第一人大约在五六年前。上海外滩南京路相近，有一家'开洛公司'播音。（其时还有一二家电台，名目已记不清楚，都不及开洛。）虽然是外国的无线电话公司，但也有许多中国节目，说书也是其中之一。"第一个在电台上说书的是蒋宾初，说的是"三笑"和《双金锭》。通过开洛公司这个无线电平台，"在上海开了好多年的码头""其名不彰"的蒋宾初"也就响起来了"。当时说书的主要是弹词和评话，但评话没有弹词动听。原因一是评话缺少弹词表演中弦子琵琶的热闹；二是"肯静坐着听无线电的"以女性为多，评话对女性听众的吸引力没有弹词强烈；三是评话在电台失去了表演的优势。所以说评话的人很少，仅黄兆麟、韩士良两人。③唱弹词名家众多，如李伯康、张少蟾、赵鹤荪、严雪亭、蒋月泉、朱耀祥等，所说书目既有传统的《珍珠塔》《描金凤》《双珠凤》《天雨花》等，也有新创的《杨乃武》，还有根

---

① 方志强编：《小说家黄世仲大传》，广东人民出版社1999年版，第87页。
② 《交通部电政司关于严行取缔私设电台等纪事》（1923年2月—10月），《旧中国的上海广播事业》，档案出版社1985年版，第41页。
③ 潘心伊：《书坛与电台》，《珊瑚》1933年第4期。

据鸳蝴派作品改编的《战地莺花录》等。评话作品除了黄兆麟的《三国》、韩士良的《七侠五义》外，还有许继祥的《英烈》、李冠庆的《英烈传》、范玉山的《济公传》、杨莲青的《包公》、潘伯英的《张汶祥刺马》等。当时许多电台都办有"空中书场"，到年末还有"空中书会"，一时间说书之风甚是火爆。说书节目的火热也引起了商家的注意，他们或点播或聘请说书艺人在说书的间隙广告自己的商品，起到了很好的商业效果，甚至有些商家的广告设计以聘请评弹艺人为亮点。潘心伊认为："因为说书是有连续性的，今天听了，明天还要听。今天说的广告，明天还可以再说。"① 由此来看，在无线电节目中，说书是广告商品的一种辅助形式。

这一时期的小说内容主要是以历史题材为主，很少涉及社会现实。淞沪抗战前后，出现了一批以"民族精神、民生指导、伦常、拒毒、戒赌、戒嫖"② 等为主题的广播剧。小说方面虽有《啼笑因缘》《红花瓶》等，但这些小说被郑伯奇斥为"朽旧的小说"。它们与文明戏"在播音台上有绝对支配的势力"，"代表了上海的无线电文化"。③ 郑伯奇上面的这两句话表明，以《啼笑因缘》为代表的通俗小说不仅与广播联姻，并且还很盛行。鸳蝴派的代表性作家周瘦鹃也认为："自从收音机变得越来越普及，电波可以几乎送达每家每户所添置的收音机。绝大多数听众喜闻弹词演员的弹词。"④

张恨水的《啼笑因缘》问世不久就被改编为弹词、故事、话剧、苏滩等多种样式，其中改编为弹词最多。1939 年前后，在上海各电台播出的有朱耀祥、赵稼秋、沈俭安、薛筱卿、张如秋等不同版本的弹词《啼笑因缘》，甚至形成朱耀祥、赵稼秋与沈俭安、薛筱卿各灌唱片"打擂台"的情形。张恨水的《太平花》《欢喜冤家》还被改编为广播剧，《欢喜冤家》被戚饭牛改编后由周凤文在上海中西广播电台进行过表演，浦梦古讲过《金粉世家》。有人认为，现代题材故事被改编为评书，《金粉世家》可能是第一次。⑤

---

① 潘心伊：《书坛与电台》，《珊瑚》1933 年第 7 期。
② 董每戡：《对于剧人的希望》，《抗战日报》1938 年 3 月 23 日。
③ 郑伯奇：《从无线电播音说起》，《郑伯奇文集》，陕西人民出版社 1988 年版，第 212 页。
④ 周瘦鹃：《序》，《倪高风开篇集》，上海莲花出版社 1934 年版，第 3 页。
⑤ 民国文林编著：《细说民国大文人——那些文学大师们》，现代出版社 2014 年版，第 81 页。

听众市场的扩大使讲故事成为某些电台的常设节目,如麟记、华东、佛音、东方、大中华等电台都有这一节目板块。据《上海无线电》杂志1939年1月1日的统计,当时的29家电台中有15家设置有故事播讲类的节目,其中5家电台每天安排2次以上故事节目。① 一些故事情节曲折、惊险的小说开始通过广播传播。徐哲身是最早在上海电台讲故事的艺人,讲过程小青的侦探小说《霍桑探案》。高阳山人在明远电台播过《蜀山剑侠传》,李昌鉴讲过观音戏短篇故事。汤笔花、方正等先后到元昌、麟记、新新等13家电台讲《伊索寓言》《人猿泰山》《霍桑探案》及《玉梨魂》《岳飞传》《天雨花》等。② 陈大悲的长篇小说《红花瓶》,在其自办的广播剧社"观音剧社"播出。除了《红花瓶》,陈大悲还有把第二部长篇小说《人之初》"播到无线电里去"的想法。③《秋海棠》也被范雪君改编为评弹在新新电台的"空中评弹"栏目播出。古典文学作品也经常被改编为不同曲艺形式在电台播出。杨斌奎、杨振雄唱过弹词《红楼梦》,陈大悲讲过观音戏《红楼梦》,其他还有吴情、李竹庵也讲《红楼梦》。汤笔花因讲《聊斋》而有"鬼大王"之称,孙敬修以播讲《苦儿努力记》《淘气的小汤姆》等儿童故事为主。这些小说就像《申报》为陈大悲的"观音戏"所做的广告所说:"非常曲折的情节,非常通俗的白话",符合市民阶层的审美趣味。④ 除了依照已有文本,有的说书艺人还自己编故事,像汤笔花的《一百对夫妻》《冤家夫妻》等。值得一提的是,此时期武侠小说最受欢迎。学者魏绍昌回忆:"张恨水《啼笑因缘》和向恺然《江湖奇侠传》、顾明道《荒江女侠》的畅销……又通过当时最普及的无线电,由评弹、滑稽的说唱日夜不停的广播,所造成的强烈的社会气氛,我是亲身感受到的。"⑤

因为底本改编及播音员素质问题,有些小说的广播效果并不理想。当时有人批评说书先生在电台播音太随意:"把脚本放在桌儿上,一边看一边

---

① 张元隆、谢瑾:《"孤岛"时期上海广播娱乐节目初探——以〈上海无线电〉为主体的考量》,《历史记忆与近代城市社会生活》,上海大学出版社2012年版,第30页。
② 汤笔花:《我的讲故事生涯》,《上海滩》1987年第9期。
③ 陈大悲:《〈人之初〉开场白》,《陈大悲研究资料》,中国戏剧出版社1985年版,第84页。
④ 参见周文《不要上当》,《周文文集》(第3卷),作家出版社2011年版,第44页。
⑤ 魏绍昌:《我看鸳鸯蝴蝶派》,上海书店出版社2015年版,第245页。

念,哪还有什么意思呢?"① 成了郑伯奇所说的"四不像的文艺产品"。② 并且有些故事格调低下而被禁,如《色即是空》《高烈妇》等。国民党政府对广播节目除了题材的限制,也有精神洁化的要求。1937 年,《教育节目材料标准》非常具体地规定了电台经常设置的节目内容,其中有一项即是"长篇或短篇故事",列出了一长串以历史演义为主的播出细目。

值得注意的是,上海沦陷时期,苏联呼声广播电台在传播进步小说方面发挥了重要作用。苏联呼声是抗战时期存在于上海租界为数不多的外国电台之一,于 1941 年 9 月 27 日开始正式播音,1947 年 1 月 6 日"因实际言论多左倾论调,并夸大宣传""宣传主义、摇惑人心情事"而被国民党当局封闭,③ 前后存在将近六年,为中国抗战事业乃至世界反法西斯事业做出重要贡献。苏联呼声电台被查封后,《文汇报》《联合晚报》《字林西报》《大陆报》《新生活报》《俄文日报》等均以显著地位刊载或评论这一事件,"咸认苏联呼声电台于上海沦入敌伪时代替盟国宣传有功"④。据曾在苏联呼声电台从事过广播稿翻译工作的草婴回忆:"在孤岛上海,所有电台播出的除了为敌伪做宣传的谎言之外,就是歌颂'大东亚共荣圈'和麻痹人们斗志的靡靡之音。因此,苏联呼声电台的开播可说是给上海市民和附近沦陷区人民带来反法西斯斗争的真实消息,也传出健康的音乐和歌声。许多雄壮动听的苏联歌曲最先就是通过苏联呼声电台播放的。听众对苏联电台的反应十分热烈。"⑤ 苏联呼声电台主要报道苏德战争种种消息以及苏联国家建设和战后社会政治生活生产情况等,同时也播放了大量文艺节目,尤其是对苏联革命文艺和"五四"以来我国进步文艺的介绍,弥补了 40 年代因战争带来的新文学传播不足的遗憾。

师陀曾在苏联呼声做文学编辑,选播有丁玲的《我在霞村的时候》等解放区的小说。为不触犯日本对上海文艺活动的管理政策,苏联呼声广播电台规定:"红色的、粉红色的内容不许广播,只能是灰色的。"在日军占领上海期间,师陀经常给电台"选一些灰色的东西作为其内容"⑥。

---

① 健帆:《说书场里的听客》,《芒种》1935 年第 3 期。
② 郑伯奇:《小说的将来》,《郑伯奇研究资料》,知识产权出版社 2009 年版,第 246—249 页。
③ 《上海电信局等调查封苏联呼声广播电台有关文件》(1945 年 12 月—1946 年 12 月),《旧中国的上海广播事业》,档案出版社 1985 年版,第 10 页。
④ 《〈时代日报〉关于苏联呼声电台被勒令封闭的报道》(1947 年 1 月),《旧中国的上海广播事业》,档案出版社 1985 年版,第 653 页。
⑤ 草婴:《我与俄罗斯文学翻译生涯六十年》,上海文汇出版社 2003 年版,第 131 页。
⑥ 许豪炯、袁绍发:《师陀谈他的生平和作品》,《新文学史料》1990 年第 1 期。

师陀每周选两篇"灰色"作品,连同自己写的介绍词,一并交给播音员李频播出。师陀回忆:"我前后在苏联上海广播电台任文学编辑六七年,合计起来,总共写的介绍词有几百篇……抗战胜利后,苏联不再怕日本人封闭电台,我也就放心大胆,开始介绍丁玲同志的《我在霞村的时候》、夏衍同志逃离香港经过东江游击区的纪事、八路军根据地的其他作品了。《地之子》我选的似乎不止一篇,凡是不超过电台规定的三十分钟的我都选过,我认为好的作品,即使超过三十分钟,也分作两次广播。鲁迅先生的晚年,国家的命运正处于风雨飘摇之中,日本人已经占领东北三省。他的《非攻》自然是根据当时的现状写成的,与其说是反侵略,倒不如说是一篇救亡历史小说。事实上当时全国都知道侵略宋国——也就是中国的是什么人,我只讲历史背景,不另外加什么说明,让听众从原作中去体会。"① 师陀认为,尽管解放区的短篇作品不多,但毕竟来自解放区,有着不同于国统区文学的审美格调。《我在霞村的时候》也许因为其模糊和多义主题的"灰色"而被师陀选中。

据不完全统计,苏联呼声电台陆续播出过鲁迅、郭沫若、茅盾、巴金、老舍、张天翼、曹禺、鲁彦、熊佛西、萧乾、周文等人的作品。苏联呼声电台的筹建者是塔斯社远东分社社长罗果夫。罗果夫与中国进步文艺界人士颇为熟络,与郭沫若、茅盾、田汉、郑振铎、冯雪峰、叶圣陶、臧克家、戈宝权、邹韬奋、曹靖华、萧红、丘东平等人都有过交往。他还是鲁迅研究专家,访谈过曹靖华、萧红、端木蕻良、潘梓年、许广平等人以了解鲁迅创作,发表过《鲁迅的文学遗产》《鲁迅与俄国文学》等论文,翻译过鲁迅大部分作品。1943年是鲁迅逝世七周年,此时罗果夫主持苏联呼声电台。电台举办了为期两周的纪念鲁迅逝世七周年的专题播音,从10月18日开始到10月30日,13天时间分8次诵读鲁迅作品及评论者文章。10月18日第一次播送的是《鲁迅传》,其后有小说《阿Q正传》《风波》《故乡》,根据小说《长明灯》改编的独幕剧,杂文有《现在的屠杀者》《聪明人和傻子和奴才》《娜拉走后怎样》《过客》《人话》《说面子》《病后杂谈》《答国际文学社问》《文人相轻》,评论文章有冯雪峰的《鲁迅与中国民族及文学上的鲁迅主义》和罗果夫的《鲁迅与苏联文学》。② 对于这次纪念鲁迅的活动,后来在苏联呼声电台担任播音员的桂碧清回忆道:"这样集中宣传纪念

---

① 师陀:《〈芦焚散文选集〉序言》,《师陀研究资料》,北京出版社1984年版,第154页。
② 《苏联电台鲁迅纪念周节目》,《时代》1943年10月16日,第41期。

鲁迅,在当时上海是绝无仅有的,所以影响深远。"① 从当时环境和前后几年上海的文学活动来看,此话不虚。

二 文艺大众化与解放区小说广播实践

无线电对小说传播带来的影响引起郑伯奇的注意,他也是"五四"知识分子中较早关注也最为重视广播之于新文学传播意义的一位。在《小说的将来》一文中,郑伯奇认为,作为全世界最新最流行的艺术,有声电影和无线电播音会引起文学发生巨大变化。在郑伯奇看来,作为语言艺术的文学不应该和"肉身的言语"分开,如戏剧不是供人阅览的、诗歌是吟咏歌唱的、小说是口头讲述的。但发展到现在,它们变成了"赏玩文字的艺术"、供眼睛观赏的"印刷品","和肉声的言语的关系非常浅薄",这不能不是一个"变态的事实"。比如,在小说领域,事件叙述、环境说明、心理描写等技巧是惊人的,但却做不到"对话的灵妙",这是因为"近代小说作者的修养和肉声的言语是怎样地不生关系",其结果是造成文学和大众的隔离。无线电和有声电影的出现就可以打破声音和文学在时间上和空间上的距离,尤其是无线电将会促使文学在内容和形式方面发生变化,这一变化的方向就是文学的通俗化。对于这种变化带来的结果,郑伯奇以"播音小说"为例进行了理论上的预测。

尽管郑伯奇并不清楚理想的播音小说会是什么样子,但他认为,小说在接受了声音的要素以后肯定会发生一些变化。在这方面,他建议播音小说应该向说书的技艺借鉴。他举出的成功例子是日本的"讲谈"已成为日本各电台放送的重要节目。郑伯奇呼吁,那些"专靠一些美词丽句,一些精巧的叙述和深刻的描写来满足自己"的"纯文学小说"或者说"高级小说"的作者必须"要和新机械发生关系"。其原因一方面是文学大众化的需要,另一方面也因为这"新机械"能恢复小说的言语性。不仅如此,郑伯奇还预言,将来有一天"大众不需要躺在沙发椅上一个儿闷闷地去看小说,借着电视和无线电的力量,有一个媒介的艺术家用肉声的言语把小说送到大众的面前"②。郑伯奇从文学的声音性质入手,对广播媒介可能带来的小说形变进行了展望,充分认识到了广播作为文明利器

---

① 桂碧清:《我在苏联电台当播音员》,《上海滩》2002年第4期。
② 郑伯奇:《小说的将来》,《郑伯奇研究资料》,知识产权出版社2009年版,第246—249页。

的优势以及电子媒介对文学生态带来的巨大影响。

《小说的将来》发表于1935年6月15日《新小说》第1卷第5期。就在同一期,郑伯奇又化名"华尚文"发表了另外一篇短论《从无线电播音说起》。在文中,他批评了"五四"新文学对广播媒介的忽视:"新文学要在播音中占一席地真不是容易事哩。单调的题材,幼稚的技巧,半古典半欧化的辞句,都不是大众所能够接受的。尽管唱大众落后的高调,眼睁睁地让崭新的文明利器给没落的封建艺术利用吗?弹词,文明戏和礼拜六派的小说在无线电中横行,谁说不是新文学的耻辱!"[1] 郑伯奇看到了作为文明利器的广播的启蒙作用,同时也从广播媒介出发看到了新文学的不足,不能不说在一定程度上戳破了新文学启蒙的自信,这也触及"五四"启蒙神话背后的阴影。

"五四"小说中,塑造人物性格成为新的表现任务,故事受到极大抑制。"五四"时期,无论审美情趣还是艺术形式,纯粹的故事性小说显然满足不了具有一定文化素养的青年学生、小市民们的精神需求。在"五四"新文学那里,故事性小说被划归为"传统"而被否定,但"五四"新文学本身则因主题过于深奥及文化思想批判的激烈而与普通民众拉开了极大的距离。从媒介的角度来说,这也是印刷文化应有的结果。口头语言擅长讲述情节连贯、线索清晰、结构简单的故事,而印刷文本更适合于多维度、静态地展示人物性格尤其是心理刻画。所以,"五四"新文学很难改编为口语作品。当然,这中间也有语言欧化的因素,它也很难进入广播的取材视野。除了蔡元培、鲁迅等新文化先驱以及30年代的周文等左翼知识分子对广播大多抱以审视批判的态度,即使如徐志摩这样出过国的自由知识分子对广播也有一种"隔膜"感。[2] 因此,"五四"知识分子始终热衷的是印刷媒介,创办了大量的刊物,对民众进行视觉启蒙,却忽略了声音之于主体内在建构的启蒙价值。

和郑伯奇一样,将声音纳入启蒙工程的是瞿秋白。1932年,瞿秋白《大众文艺的问题》一文中谈到"说书"之于文艺大众化的重要意义,认为革命文艺应当借鉴运用说书、滩簧等民间艺术形式。[3] 但左翼文学大众化并没有取得很好的实践效果,尤其是资金和所处社会环境等问题,并没

---

[1] 郑伯奇:《从无线电播音说起》,《郑伯奇文集》,陕西人民出版社1988年版,第212页。
[2] 徐志摩:《爱眉小札·四月七日在伦敦寄给小曼女士的信》,《徐志摩全集》(第4卷),中央编译出版社2014年版,第184页。
[3] 宋阳:《大众文艺的问题》,《文学月刊》1932年6月10日创刊号。

有考虑广播在文艺大众化中的作用。1938年，毛泽东提出"中国老百姓所喜闻乐见的中国作风与中国气派"的文艺主张以及40年代提出"为工农兵服务"的文艺方向之后，解放区作家开始重视文学创作的"故事化"倾向。其后不久，延安新华广播电台于1940年12月开始播音。"故事化"的小说遇上"大众化"的广播，两者的结合将文艺大众化落到实处，通过广播讲故事、播读小说成为文娱节目的重要内容。东北新华广播电台办有《小说联播》节目；吉林新华广播电台有《小说朗读节目》；延安新华广播电台每星期日特设《星期文艺》，主要介绍解放区作品、歌谣及一些文艺活动，如毛泽东、刘伯承等革命者的诗词以及赵树理的小说等。1946年6月，温济泽主持制定的《新华总社语言广播部暂行工作细则》在节目设置上有小说、故事、剧本、杂文等文艺项目。1948年《关于组织播音剧团的几个初步意见》也认为应该开办朗诵性的文艺节目，如诗、小说、报告等，同时也认为，应对原稿进行改编并配合以音乐、音响等，使节目具有综合性的演出效果。1947年新华总社语言广播部的"XNCR陕北阶段工作的简单总结"中，提到其因为缺少故事性的文艺节目而自我检讨。

解放区其他广播电台也重视解放区小说的广播。邯郸新华广播电台成立不久增设了戏剧、故事、解放区文艺作品介绍等节目。其中，赵树理有《小二黑结婚》等4篇作品被播出。曾在邯郸台从事文艺广播的顾湘回忆，尽管赵树理的作品数量较少，但播出的时间比重较大。这些文学作品形象地反映出解放区风貌，如翻身发家、靠劳动吃饭、民主幸福生活等，成为众多电台文艺广播的重头戏，并多以播讲的形式表现。[①] 吉林新华广播电台办有《小说朗读节目》，除了播送短篇如《小二黑结婚》，还有中长篇如《李有才板话》《太阳照在桑干河上》等。1945年9月14日《晋察冀日报》所刊登的晋察冀张家口新华广播的节目单，其中7：45—8：00是朗读故事与诗歌的时间。1946年年初，大连电台邀请西河大鼓艺人孙来奎播唱《青年近卫军》和《新儿女英雄传》。张家口电台播出过孙犁的《荷花淀》《芦花荡》等。济南特别市新华广播电台将歌剧《白毛女》、小说《血泪仇》《新儿女英雄传》《李勇大摆地雷阵》等改编为章回体故事播出。为加强艺术感染力，在播讲时配上音乐和声音。当时对听

---

① 彭芳群：《政治传播视角下的解放区广播研究》，中国传媒大学出版社2014年版，第131页。

众调查统计表明，80%的听众喜欢收听这个节目。① 除此之外，解放区部分电台播放过国统区的一些优秀长篇小说。哈尔滨广播电台1945年播放过苏秀播讲的茅盾长篇小说《子夜》《腐蚀》；齐齐哈尔广播电台1946年夏播放过田玉芳播读的茅盾长篇小说《腐蚀》。播放时配有唱片音乐，适当烘托气氛。②

从书面化的精英小说到有声语言的广播传播，反映的是知识分子启蒙与大众民族文化心理之间的角力与互动。现代小说的广播传播为新中国成立后的文学大众化提供了经验，广播文学也在新中国成立后的意识形态建构中发挥了更大的作用。

第三节　小说与广播的精神共振

纵观20世纪以来广播对文学的传播会发现，是小说而不是其他文类通过广播产生了巨大影响，成为"'上帝'青睐的节目"；同样的，是广播而不是其他媒体使小说迅速成为民众娱乐生活的重要部分。小说与广播之间结合的致密，表明两者存在着一定的精神关联，具体来说就是小说和广播都是声音的艺术、叙事的艺术、想象的艺术。

一　小说与广播：声音的艺术

小说与广播都是声音的艺术。中国早期文学具有音乐性特征，《尚书·尧典》曰："诗言志，歌咏言，声依永，律和声。"《诗经》中的诗篇大都可以合乐而歌，《楚辞》具有可歌唱的音乐性特质。后来的汉赋、乐府、唐诗、宋词、元曲等皆为合乐之辞，可唱可诵，具有显明的听觉效果。故而有学者直接宣称，中国文学就是"音乐文学"。③ 在文体嬗变中，声音经历了由主导到伴随、由物理声音到心理声音的变化。汉赋以降，文学开始脱离音乐成为独立的文体，书面文字代替语言成为文学媒介。但这并不表明声音从文学中彻底消失。在文学媒介由声音向文字的过渡中，基

---

① 赵玉明等主编：《新修地方志早期广播史料汇编》（下），中国广播影视出版社2016年版，第764页。
② 《黑龙江台〈小说连续广播〉节目》，《当代中国的广播电视》编辑部选编《〈广播电视史料选编〉之三　中国的广播节目》，北京广播学院出版社1987年版，第681页。
③ 朱谦之：《中国音乐文学史》，北京大学出版社1989年版，第31页。

于文字本身而建立了声韵规范，如中古时期的永明声律运动以及初唐近体格律化等。姑且不说唐诗宋词元曲等体现着声音的抑扬相间、平仄协调，即如一些散文作品也很讲究文字音韵之美。朱熹认为韩愈、苏洵作文"蔽一生之精力，皆从古人声响处学"。姚鼐说："诗、古文，各要从声音证入，不知声音，总为门外汉耳。"林纾尤其强调文章中声音的重要性："古文中亦不能无声调，盖天下之最足动人者，声也。"曾国藩认为古文之精神需从声中寻求："如'四书'、《诗》、《书》、《易经》、《左传》诸经，《昭明文选》，李杜韩苏之诗，韩欧曾王之文，非高声朗诵则不能得其雄伟之概，非密咏恬吟则不能探其深远之韵。"不仅读文从声音入手，即使作文也应如此。刘大櫆认为最能体现文章精义的是声音而非文字："音节高则神气必高，音节下则神气必下，故音节为神气之迹。"故而作文中，声音的搭配至关重要："一句之中，或多一字，或少一字；一字之中，或用平声，或用仄声；同一平字仄字，或用阴平、阳平、上声、去声、入声，则音节迥异，故字句为音节之矩。积字成句，积句成章，积章成篇，合而读之，音节见矣；歌而咏之，神气出矣。"①

朱光潜说过："声音节奏在科学文里可不深究，在文学里却是一个最主要的成分，因为文学须表现情趣，而情趣就大半要靠声音节奏来表现。"② 小说作为语言的艺术，自然也表现出语音属性。且不说前文字时代的神话传说到宋元时期的讲古评书通过"口耳相授"的方式传播，即使是以文字的方式呈现出来，语音也仍然有在场效应。一旦对作品发声朗读，书面语言潜在的声音属性便会明白直观地呈现出来。鲁迅不会说北京话，但他创作的《阿Q正传》一经顾随的朗读，便使人产生"鲁迅运用北平的口语实在好极了"的感觉。③

文字出现之后，因其视觉上的清晰在传达信息方面比声音更具有优先性。但汉字不同于纯粹表音的字母文字，而是形音义结合在一起的造型结构。汉字有六种造字法，其中形声字约占汉字总数的80%以上。即是说，有80%以上的汉字含有表音因素。因此作家在写作时，有意或无意会考虑到声调、音韵、格律、节奏等口语要素。而我们在阅读时，内在的声音感知也并未消停。

---

① 朱熹、姚鼐、林纾等人语，见陈引驰《"文"学的声音——古代文章与文章学中声音问题略说》，《文艺理论研究》2012年第5期。
② 朱光潜：《散文的声音节奏》，《文艺杂谈》，安徽人民出版社1981年版，第82页。
③ 朱自清：《论诵读》，《语文杂话》，生活·读书·新知三联书店2014年版，第107页。

小说中的语音不仅表现在节奏、韵律等物理形式方面以及谐音、双关等修辞层面，也参与了文本叙事。在《我怎样学习语言》一文中，老舍认为遣词造句须以情绪而定："一篇作品须有个情调，情调是悲哀的，或是激壮的，我们的语言就须恰好足以配备这悲哀或激壮。比如说，我们若要传达悲情，我们就须选择些色彩不太强烈的字，声音不太响亮的字，造成稍长的句子，使大家读了，因语调的缓慢，文字的暗淡而感到悲哀。反之，我们若要传达慷慨激昂的情感，我们就须用明快强烈的语言。"①

作为语言的物质外壳，语音能直接引发人的生理知觉体验。甚至从某种程度而言，语音是人的情感的外化形式。音调的抑扬、节奏的快慢和音域的高低与情感的强弱、好恶相关，如同样一个"a"音，既能表达久别重逢的惊喜，也能表达难以忍受的痛苦，还能表达无可奈何的叹息。比如，开口呼和合口呼的韵表示喜悦、欢乐、愤怒等强烈的感情，齐齿呼和撮口呼的韵表示哀伤、怅惘、怨悔等较为轻柔的感情。正因为小说中语音具有修辞、叙事功能，故而韦勒克和沃伦认为："一件文学作品首先是一套声音的系统，因此，是一种特定语言声音系统中的选择。""即使在小说中，语音的层面仍旧是产生意义的必不可少的先决条件……在许多艺术品中，当然也包括散文作品在内，声音的层面引起了人们的注意，构成了作品审美效果不可分割的一个部分。"②

但在清末民初的文字改革思潮中，汉语的声音体系被严重破坏，不仅白话诗没有了格律的约束，散文也失去了声韵之美，至于小说则完全成了视觉性对象。这一时期的文学语言就像周作人所说："用语猥杂生硬，缺乏洗练。"③ 文学作品充满了连篇累牍的欧化句式、生硬的文言句法、佶屈聱牙的口语，这样的语言也就谈不上音乐性，或者说音韵调的和谐搭配。"五四"之后，随着社会和政治局势的发展变化，小说语言开始向大众语言靠拢。从民国时期的国语运动到新中国成立后的推广普通话，通过学者研究、词典编纂、广播讲座、广播播音员的示范等多

---

① 老舍：《我怎样学习语言》，中国人民大学中国语言文学系中国现代文学史教研室编《中国现代文学作家作品评论文选（三）》，1983年，第57页。
② ［美］韦勒克、沃伦：《文学理论》，刘象愚等译，文化艺术出版社2010年版，第190、168页。
③ ［日］长濑诚作：《中国文学与用语》，朱自清译，《朱自清大全集》，新世界出版社2012年版，第284页。

种途径普及了语音常识，起到了很好的正音效果。尽管汉语规范化在文字改革方面最终目标是以拉丁字母代替汉字，但并不改变汉字的读音。也就是说，文字改革改的是汉语的记录符号，但对于汉语本身并不改变。由此可见，"民族性"是文字变革论者不可逾越的底线和追求的目标。更进一步来说，当文字发生改变后，语言的意义仍在，这意义就存在于声音之中。

因此，在进行文学创作时，作家总是有意无意将"朗朗上口"作为检验文学作品的一种方式，如叶圣陶、赵树理等。现代作家中，老舍最为重视小说的语音效应。老舍对语音的关注或研究开始于 20 年代。在伦敦东方学院中文部教汉语时，他和外国人合作编写了世界上最早的汉语留声机唱片教材《言语声片》，在唱片教材的第一章"语音"部分详细介绍了汉语声韵调系统，采用国际音标严氏标音法和威妥玛拼音方案对汉字注音，同时对变调、儿化、弱化等语音现象进行了注解。写作《二马》时，他试图"做出一种简单的，有力的，可读的，而且美好的文章"。① 新中国成立后，老舍对文学作品的语音效果更是从理论的高度加以关注。50 年代初期，在谈到民间文艺的语言时，老舍认为："民间文艺的语言，一般的说，是简短明快的，因为民间文艺多半不是预备悦目的，而是悦耳的——要说得出，唱得出。"② 老舍提醒道，在写作时要"注意文字的声音与音节"，发挥"语言的声韵之美"。

在写作《正红旗下》前后，老舍发表多篇文章更为集中地探讨语音的价值和意义，认为写作时应该将语音要素考虑进来，将语言的潜力挖掘出来。③ 他尤其提醒人们注意声调的平仄："像北京话，现在至少有四声，这就有关于我们的语言之美。为什么不该把平仄调配的好一些呢？"④ "在汉语中，字分平仄。调动平仄，在我们的诗词形式发展上起过不小的作用。我们今天既用散文写戏，自然就容易忽略了这一端，只顾写话，而忘了注意声调之美。其实，即使是散文，平仄的排列也还该考究。"⑤ "我写文章不仅要考虑每个字的意义，还要考虑到每个字的声音。不仅写文章是这样，写报告也是这样。我总希望我的报告可以一字不改地拿来念，大家

---

① 老舍：《我怎样写〈二马〉》，《宇宙风》1935 年第 1 期。
② 老舍：《民间文艺的语言》，《中国语文》1952 年第 7 期。
③ 老舍：《戏剧语言》，《新华月报》1962 年第 5 期。
④ 老舍：《关于文学的语言问题》，《文艺月报》1955 年第 7 期。
⑤ 老舍：《对话浅论》，《电影艺术》1961 年第 1 期。

都能听得明白。""……比方我的报告当中,上句末一个字用了一个仄声字,如'他去了'。下句我就要用个平声字。如'你也去吗?'让句子念起来叮当地响。"① "诗不是讲究精心安排平仄吗?我写对话也多少取用此法。这是使音调美好,既顺口,又悦耳。"② 由字音的讲究也就应该注意字眼的选择,"字虽同义,而声音不同,我们就必须用那个音义俱美的"③。老舍这一时期对语音不仅从理论角度表现出浓厚的兴趣,即使日常生活中,对与语音相关的问题也特别敏感。他回忆,1961年游大兴安岭时,对"大兴安岭"的语音非常感兴趣,觉得这四个字发音响亮、悦耳,让人听了"感到亲切、舒服"④。

老舍多次强调,《正红旗下》具有可读性,而他本人也多次在友人前朗读这部小说。据胡絜青的回忆,老舍自己曾经"偷偷地念过全文",并且还向朋友朗诵过:"老舍由广州回来之后,经常邀请一些老朋友到家里来,包括一些在广州会议上被平反的老朋友,很兴奋地和他们一起畅谈,老舍还给他们朗诵过《正红旗下》,请他们提意见。"⑤ 老舍这种请人提意见的方式与其他作家请别人阅读文稿以征求意见大不一样,说明《正红旗下》具有可朗诵性,是"悦耳"的作品。

广播也是声音的艺术。与之前纯视觉的书刊报纸和以图像为主的影视媒介相比,广播作用于人的感知的唯有声音。如果不能将声音进行艺术化处理,那么广播媒介就失去了存在根基。广播播送的声音要么是事前灌制好的唱片、碟片、磁带,要么是播音室现场直播,但无论哪一种,都是"人籁"之音。对于音乐、报时钟声等器乐之音,可以通过技术性处理使其艺术化。1979年除夕之夜的零点报时选用了西安景云钟的钟声,理由是"其声浑厚、庄重,有回响但没有空谷、古刹之感,对于体现我国古代文化、文明有代表性。"⑥ 但播读的声音则需要播音员在对播报内容仔细揣摩的基础上,对语气、语调、重音、轻声、节奏等进行专业化处理,从而带给受众诗意流动的声景体验。

20世纪50年代,俞敏撰文谈到广播的语言艺术以及带给受众的审美

---

① 老舍:《关于文学的语言问题》,《文艺月报》1955年第7期。
② 老舍:《情文并茂》,《剧本》1960年第6期。
③ 老舍:《对话浅论》,《电影艺术》1961年第1期。
④ 老舍:《内蒙风光》,《老舍全集》(第16卷),人民文学出版社2013年版,第577页。
⑤ 胡絜青:《写在〈正红旗下〉前面》,《新文学史料》1980年第1期。
⑥ 杨正泉:《新闻背后的故事:我的亲历实录》,新世界出版社2008年版,第253页。

感受：

> ……现代生活里印刷占极重要地位。结果欣赏语言艺术的人也就习惯了用眼睛欣赏语言。这是一种很不自然的，矫揉造作的状态。本来嘛！语言本是指有声语言说的，欣赏语言自然该用耳朵，不是吗？这也不是什么少见的事。我记得我小的时候听评书，听大鼓，听相声……都有一种"入耳心通"的境界。当时所有爱好语言艺术的人都能成段的背出评书、大鼓、相声的段子来。在背的时候，不光是美妙的词句和他反映的境界可以感动人，就是某一个演员的个人的音色，乃至于手势也都"历历如在目前"，给欣赏者无上的美感。现在在我教过的学生里问一问，有听评书……的习惯的，真可以说是百里挑一。这样子，这些青年只能用眼睛看些美观的汉字的排列和堆砌。这种欣赏只能是半截的了。举个最显著的例子吧！要是把高元钧的声音、手势减下去，只看汉字记录，那山东快书还有多少东西能感染人的呢？……说真的，听见一段话里忽然出来一个发错的音，一句不通的话，正好像吃最好的菜吃出一个苍蝇来那么难受。最近几年听广播，这种情形并没少遇见。我可以不客气的说，胃口已经倒了。要不是有"语言规范化"这一着儿，恐怕连打开收音机的勇气都不大了。……我的用意并不是来讥笑人。我只想保存一种快绝传的艺术——欣赏有声语言。①

我国早期电台播报员多由话剧演员或评书演员兼任，在播音素质方面难免良莠不齐，影响人们听广播的情绪。早期播报员不仅音质、音色存在先天性缺陷，而且语言粗俗、语调平直、语速过快。文学作品中包孕着丰富而微妙的情绪和情感，但这些情绪和情感需要读者仔细品味之后才能感知。当文学作品被声音化，就需要播读者对作品充分理解，通过音量大小、语速快慢等将作品的情绪和情感演绎出来。

德国语言学家威廉·冯·洪堡特在谈到语音之于精神活动的适宜性时认为："发音器官发出的声音恰似有生命体的呼气，从人的胸中流出，即使在未使用语言的情况下，声音也可以传达痛苦、欢乐、厌恶和渴望，这意味着，声音源出于生命，并且也把生命注入了接收声音的感官；就像语言本身一样，语音不仅指称事物，而且复现了事物所引起的感觉，通过不

---

① 俞敏：《广播语言艺术的欣赏》，《广播爱好者》1956年第11期。

断重复的行为把世界与人统一起来。"① 因此,当电子媒介兴起之后,最能够在声音层面还原小说的就是广播。《白鹿原》先后被改编为广播小说、秦腔、连环画、话剧、交响舞剧、电影、电视剧,甚至还被艺术家以泥塑的方式进行演绎。在诸多形式中,李野墨播读的《白鹿原》最贴近原作,起到了和原作一样的影响作用。

二 小说与广播:叙事的艺术

小说是关于叙事的艺术,也适合以广播传播。叙事是语言的基本功能,也是人类文化活动的基本行为。中西方文学理论一般认为,小说叙事就是用语言编织铺陈故事,故事是小说的本体特性。《朗文当代高级英语辞典》定义 Fiction 或 Novel 为"关于想象人物和事件的故事""处理虚构人物和事件的长篇书面故事"。② 中国古代文人也多认为小说讲述的是"搏刀赶棒,及发迹变泰之事",③ 小说就是"随意据事演说"。④ 鲁迅在谈到小说起源问题时也认为:"人在劳动时,既用歌吟以自娱,借它忘却劳苦了;则到休息时,亦必要寻一种事情以消遣闲暇。这种事情,就是彼此谈论故事,而这谈论故事,正就是小说的起源。"⑤ "小说"最早见于庄子所说"饰小说以干县令"。这里的"小说"既表明游说诸侯的言语行为,也表明一种不合于大道的细碎之言。班固认为小说"盖出于稗官,街谈巷语、道听途说者之所造"。一些小说也以"说"为篇目名称,如西汉刘向辑录的《说苑》,《汉书》"小说家"所录的《伊尹说》《鬻子说》《封禅方说》《虞初周说》等。可见"小说"这一文类,从一开始就有赖于有声语言。

在所有文类中,广播最青睐的也是故事性强的小说。作为世俗性的小说和作为大众媒介的广播都希望拥有庞大的接受者,如果所播讲的文学作品过于晦涩、抽象,如诗歌、散文诗等,就不易为受众所接受。韦尔施认

---

① [德]威廉·冯·洪堡特:《论人类语言结构的差异及其对人类精神发展的影响》,姚小平译,商务印书馆 2009 年版,第 66 页。
② 译文参见张同胜《关于中国小说起源的思考》,《汕头大学学报》2006 年第 6 期。
③ (宋)耐得翁:《都城纪胜·瓦舍众伎》,张锦池《〈水浒传〉考论》,人民出版社 2014 年版,第 237 页。
④ 《醉翁谈录·小说引子》,鲁德才编《中国古代白话小说艺术形态学导论》,南开大学出版社 2013 年版,第 53 页。
⑤ 鲁迅:《中国小说的历史的变迁》,《中国小说史略》(修订本),人民文学出版社 2007 年版,第 311 页。

为，与关注持续、持久存在的视觉相比，听觉关注的是暂时的、偶然的存在。所以"看"具有可重复性，可以不断地对所看之物进行审视。但"听"却是不可逆的、一次性的、不间断的，需要在对声群的整体把握中进行思维活动。罗念生认为："在亚里斯多德的视觉理论中，物件的大小与观察的时间成正比例。一个太小的东西不耐久看，转瞬之间，来不及观察，看不清它的各部分的安排和比例。"[1] 这一理论同样适合人们的听觉感知。声音单位越小，人们的感知时间就越短，也就很难把握这一声音单位的意义。米歇尔·希翁从知觉的时间阈限出发认为："如同空间形体某个被选中的点，绝对不可当成该形体整体形象的概括一样，声音运转的某个孤立时间点，并不体现声音所有的特征及形态。"[2] 比如，我们仅仅听到一个字的声音根本不可能确定这个字的意义，一是感知时间短，二是汉语中同音字很多。这个时候我们的思维是犹豫不定、飘忽无着。这和视觉不一样，看到一个字，关于这个字的多个意义便会纷至沓来。但如果我们听到的是一个词、一句话或一段话，就既能锚定单个字的内涵，也能明晰整个声群的意义。因此，以情节作为结构单位的故事能增加听觉的感知时间，但诗歌或者说散文诗因其思维跳跃大、语言意义过于丰富而适合反复琢磨。如果诉诸声音表达，就不能起到很好的听觉效果。20世纪30年代，广播也播出诗歌，但主要是民谣、童谣、小调，"这不是暗示着被无线电侵入的诗的领域，应该是最通俗的一部分吗？"[3]

即使是小说，如果故事弱化而议论、描写或抒情过多，也不适宜声音呈现。广播文学编辑认为："读一部小说，当没看懂时，可以翻过来再三、再四地品味；而听众则要求不费力地听懂，有一个字没听清楚，听众在心里就会产生变化，开始着急，若不断地要听众吃力地辨听，去思索，五分钟过去就会感到身心疲倦，无力再坚持，所以听播小说又是'一次过'的艺术欣赏，不能含糊。……如果讲述的是没有故事、人物动作性不强、节奏拖沓的小说，听众很快就会厌倦，感到乏味。"[4]

听觉心理学认为，声音源越单一、越有规律性，就越能成为相互联系的整体，也就越能够使受众长时间保持注意力。这也可以解释为什么

---

[1] 罗念生：《罗念生文集》（第1卷），上海人民出版社2007年版，第42页。
[2] ［法］米歇尔·希翁：《声音》，张艾弓译，北京大学出版社2013年版，第54页。
[3] 郑伯奇：《小说的将来》，《郑伯奇研究资料》，知识产权出版社2009年版，第248页。
[4] 范凤英：《浅谈〈小说连播〉节目的编辑工作》，《"上帝"青睐的节目》，中国文联出版公司1995年版，第37页。

故事性强的小说适宜于声音表现。首先，故事由一系列情节构成，每一情节构成相对独立的意义单位，主题指向集中，易于为受众理解，从而激发出强烈的欲知愿望。其次，按照自然时序排列的情节表现出明显的规律性，这种规律性和我们内在的时间记忆相契合。当故事以声音为载体呈现时，意义在声音的绵延中逐渐表现出来。当然，声音是一个运动的过程，那么听觉感知也不是能够在当下瞬间完成，它需要在一个相对的声音过程的终点才可将其作为意向对象。这就需要我们将声音分成各种具有同一性的单位，然后再将这些单位以意义为效果重新聚合。因此，故事性强的小说表现出明显的时间逻辑。而在结构小说的各要素中，自然时间的可辨识度也最高。1943年10月苏联呼声广播电台举办为期两周的《鲁迅逝世七周年的纪念节目》，播出了鲁迅的小说《阿Q自传》《故乡》《风波》以及《故事新编》中的小说和根据《长明灯》改编的独幕剧。应该说这些小说最具有故事性，而以心理时间为结构的《狂人日记》以及一些以第一人称写成的情绪性的小说如《伤逝》《孤独者》等就不适合声音表现。同样道理，对时间进行种种变异处理的现代主义小说就不适合在广播上播出，而传统小说则经常被改编为评书并能吸引受众的关注。

总的来看，广播的出现带来了讲故事艺术的复活。借助于广播，以故事为内核的小说拥有了更广大的读者群。

三 小说与广播：想象的艺术

小说和广播还都是关于想象的艺术。小说的想象性体现在两个方面。一是小说是想象的产物。尽管文学理论认为，小说来自现实生活，但它不可能是现实世界的自然主义式的再现。在从生活向文字的转化过程中，想象起到了酝酿、发酵的作用。可以这样认为，想象是文学创作的基本品质，没有想象就没有文学。对于文学来说，想象既是文学审美性生成的基础，也是文学独创性的保证。毕竟，没有边界的思维使想象具有不可重复性。当然，文学创作中的想象并非天马行空、漫无边际，而是受到主体创作意图的控制和制约。就好像《西游记》尽管塑造了一个超现实的神魔世界，但其主题意旨却是社会现实批判。当然，在更大程度上，想象是对人们习以为常之物/事的重新赋值。

小说的想象性还表现在能够激发出读者的想象。读者对小说的接受首先从语言开始，小说语言的符号性为读者想象的产生提供了可能。应该说，语言传递信息既有其局限，又有其优势。以前者言，在日常交际中，再严谨、完备的表述也不可能如实物般给人以清晰的印象,所谓"言不尽意"即是如此。但具有辩证意味的是,当日常语言进入小说语境,"不尽意"处则是文学作品审美的开始。如果作者处处"尽意",实际创作中既不可能也不现实,那么读者便会无"意"可得,文学作品的价值也就自然取消。因而,从另外角度来看,看似为语言不足的"言不尽意"在文学作品中转化为一种优势存在的"言外之意",留下大量的空白,留待读者以想象的方式填充。而在这一过程中,读者也品味到创造的自由和欢悦。

以声音为媒介的广播同样能给听众提供极大的想象空间。尽管麦克卢汉将广播归为信息充分、清晰度高的热媒介之列,但言语却是他所认为的低清晰度的冷媒介,因此广播提供的听觉形象仍然是模糊的、抽象的、不稳定的。这就需要听者依凭自身的经验和知识,将这种模糊的形象具象化。一位读者在回忆1979年收听刘兰芳播讲评书《岳飞传》时写过一段话:

> 当时人们并不知道刘兰芳的性别和容颜,全然被她的声情并茂的播讲陶醉了,误以为她是血气方刚的七尺男儿。她那浑厚、圆润、悦耳,富有磁性和张力的声音,凸显了一种特有的昂扬气势,扩展了听众广阔的想象空间。从她的声音中,我能分别得出将士们身披盔甲,铜墙铁壁般抵御敌军金戈铁马时的厮杀声和捶打声,以及胜利时发出旗开得胜的欢腾,叫人兴奋。①

这位读者听到的是刘兰芳"浑厚、圆润、悦耳、富有磁性和张力的声音",但在脑海中浮现的却是金戈铁马战场厮杀的激烈画面。

听觉和视觉都伴随有思维的活动。两者不一样的地方在于,思维在视觉感知活动结束后会戛然而止,因为视觉已经清晰准确地把握到外界信息,也就是平时常说的"眼见为实"。因此,视觉行为的理性化构建了关于世界的客观化知识。对于听觉而言,声音的物质感知活动结束后,思维活动却刚刚开始。声音的瞬间性使听觉主体的思维活动集中专注,通过对声音意义的探寻与领悟,听觉思维构筑了一个内涵丰富的主观化的想象世界。

从心理学角度来说,主体很难对清晰的形象和透明的信息产生想象

---

① 李艳霞:《广播里的千军万马》,《文史博览》2014年第7期。

或再创造的欲望。人们以视觉方式把握到的世界大同小异,如不同人所画的对于同一物体的素描。但听觉领略到的世界千差万别,因为没有具体形体结构的声音在不同听觉主体那里会产生不同的内在感受。听者根据自己的声音记忆"随音赋形",主体知识和经验的差异也就带来所赋之"形"千姿百态。20世纪80年代,有听众谈到收听广播文艺时的想象活动:"它可以赋予人以无限的想象,随着声音的出现,一幅幅自己构思的画面在脑海这一无形的银幕上闪现,犹如自己在编导电影。"①因此,听觉想象比视觉想象更具有主动性和创造性。就如麦克卢汉所言:"如果坐在黑暗的屋子里谈话,话语就突然获得新的意义和异常的质感。……被印刷书页剥夺了的伴随说话的体态,在晚间谈话和广播中都恢复过来。如果只提供演戏的声音,我们就不得不填补全部的感知,而不仅仅是表演的视象。"②

媒介不同,产生的艺术效果也会表现出或大或小的差别。孙易君论述到汉赋与简牍之间的关系时认为,汉赋对空间的描述与简牍的序列性相对应。简牍具有空间层次感,"适合进行有序的地理描绘"。而通过简牍,汉赋"使帝国辽阔的疆域第一次有了全面综合的文学表现"③。这表明,媒介与文学存有共生关系。王国维说"一时代有一时代之文学",如果从媒介角度而言,似乎还可以这样认为,"一时代有一时代之文学媒介"。《红楼梦》不可能出现在青铜器上,网络文学的主角也不可能是绝句或律诗。同样的道理,网络空间洋溢着文学的游戏精神,而甲骨文上的文字散发的则是神秘气息。因此,当媒介在传达文本时,它也以修辞的方式参与文本叙事中。麦克卢汉认为媒介对所传播的内容具有强烈的"塑造和控制的作用",这表明媒介既是作为载体而存在,同时也契合着传播内容从而起到类似化学反应的艺术效果。就此而言,作品审美意识和精神价值就寄寓在媒介中。

故而,小说与广播在历史的发展中走向彼此,并非偶然。在谈到《小说连播》这一广播文艺节目时,时任中国广播电视学会《小说连播》研究委员会会长的王大方用"史诗""丰碑""大碗茶"概括其文化价值及历史功绩。王大方认为,在四十多年来的人民广播史上,全国各地的

---

① 苏丽萍:《听电影的兴趣》,《光明日报》1989年1月28日。
② [加]麦克卢汉:《理解媒介——论人的延伸》(增订评注本),何道宽译,凤凰出版传媒集团2011年版,第346页。
③ 孙易君:《汉大赋:简牍媒介的文学辉煌》,《江西社会科学》2016年第12期。

《小说连播》节目加工播出了上千部古今中外名著经典,这也使得《小说连播》节目"当之无愧地成为有声的史诗与无价的文库","庶可累成耸峙青天的一座丰碑",而以《小说连播》的"大众化、广泛性、持久和简捷来说,真有点像'大碗茶'"。尽管广播改革风起云涌,但"《小说连播》这株'常青树'泰然立于节目之林",成为最受"上帝"(观众)青睐的节目。①

---

① 王大方:《史诗·丰碑·大碗茶》,《"上帝"青睐的节目》,中国文联出版公司1995年版,第7—9页。

第二章　教化与普及：政治语境下的长篇小说广播传播

在新中国成立后的社会主义文化建设中，长篇小说发挥了重要的美学功能和文化功能。如果说50—70年代长篇小说为人们所熟知离不开视觉性媒介的功劳，那么同时考虑的还应该有广播。广播的媒介特性及其意识形态属性使得传播政治书写意味浓郁的长篇小说成为自身不可推卸的责任，而这一时期的长篇小说因其故事性、民族性、大众化等"可说性"因素也适合于声音传播。与书刊等纸质媒介相比，小说广播拥有更庞大的受众群体，"听"小说也成为民众最为重要的文化生活。在对50—70年代长篇小说的"聆听"中，民众自觉认同于社会主义意识形态。因此，在相当长的时间里，小说广播起到了政治教化、文化普及的作用。

第一节　广播网建设：长篇小说意识形态实践的物质基础

所有的媒介都具有意识形态性，广播也不例外。霍克海默将广播称作"国家的话筒"："广播系统是一种私人的企业，但是它已经代表了整个国家权力……无线电广播电台则是国家的话筒。"① 作为最早的电子媒介，广播一开始表现出明显的娱乐功能，但很快就被权力视为自我意志表达的工具。如前文所说，罗斯福通过无线电广播进行的30多次"炉边谈话"，使处于经济大萧条中的美国人恢复了对政府的信任，麦克卢汉认为希特勒之所以能出现在政治舞台上与他利用广播对公众发表谈话有直接的关系。第二次世界大战期间的"广播战"和"自由欧洲广播电台"对东欧社会主义国家进行"和平演变"的广播宣传，也都表明作为"国家的话筒"的广播具有强大的意识形态功能。

---

① ［德］霍克海默、阿多尔诺：《启蒙辩证法》，重庆出版社1990年版，第150页。

一 "国家的话筒":广播意识形态性与新中国广播体制建构

20世纪20年代,民营无线电广播电台如雨后春笋般在上海出现。由于早期无线电台生存发展的基础是商家的广告收入,故娱乐节目是广播的主要内容。国家还未能从意识形态角度认识这一新的媒介对政治生态格局和社会发展带来的影响。曹仲渊批评北洋政府"实力既不足,法律又无用,行见此项事业之利权,尽数操纵于欧美人民之手"①。1927年,南京国民政府甫一成立就筹设了张静江为主任的建设委员会,负责电信事业的监管和建设。第二年出台了《中华民国广播无线电台条例》,规定广播电台需经国民政府建设委员会无线电管理处批准才能设立。1928年8月,国民党政府在南京建成中央广播电台,其后又在20多个主要城市建立起一批地方性广播电台。国民党政府之所以构建起规模如此庞大的广播网络,是因为认识到了广播在"统一国家"中的重要作用。南京中央广播电台设立的初衷,是蒋介石有感于"主义急于灌输,宣传刻不容缓"。而为了"广阐党义,训导国民",第二年又增强发射功率以扩大传播范围。② 民国时期不仅官办电台负有"党国喉舌"的宣传任务,民营广播电台也纳入"一个主义、一个政党、一个领袖"的宣传体系。

新中国的广播事业是从40年代的延安解放区开始的。当时延安解放区尽管处于封锁包围中,器材奇缺,也没有电源条件,但却非常重视广播体系建设。1940年春,以周恩来为主任的广播委员会在延安成立。这一年的12月30日,延安新华广播电台开始播音。延安广播电台被认为是"各抗日根据地目前对外宣传最有力的武器",中共中央要求"各地应经常接收延安新华社的广播,没有收音机的应不惜代价设立之"。中宣部强调在重视报纸、刊物、书籍宣传鼓动工作的同时要重视广播的作用。③

认识到广播之于政治生态如此重要,1948年11月20日,中共中央根据苏联广播建设和管理经验,确定了新中国成立后的广播管理原则:

---

① 曹仲渊:《三年来上海无线电之情形》,《东方杂志》1924年第18期。
② 赵玉明:《中国广播电视史教程》,中国广播电视出版社2009年版,第8—9页。
③ 《中共中央宣传部关于党的宣传鼓动工作提纲》,中央人民广播电台研究室、北京广播学院新闻系编《解放区广播历史资料选编》,中国广播电视出版社1985年版,第5—10页。

"新中国之广播事业,应归国家经营,禁止私人经营。"①。

有学者在论述广播在新中国的政治地位时指出:"新中国成立后,广播被纳入计划经济体制,与党和政府在特定历史条件下的政治、经济和社会的中心工作更紧密地结合,严格地宣传和推动各项中心工作,成为政治领导核心实施指挥权力的一个重要工具。在 50 年代中期到 60 年代中期'文化大革命'爆发之前,中国广播作为新中国诞生后重新改造和整合的一个行业,其运转管理机制逐渐成型。中央广播事业局作为整个行业的全国领导机关,直接负责全行业的日常行政管理工作,并不时召开全国广播工作会议,对全行业的工作重点和运行目标进行布置和协调。从 1952 年 12 月到 1966 年 3 月,总共召开了九次全国广播工作会议。这一机制曾成为加强全行业管理指挥、统领全行业运转和落实年度中心工作任务的基本方式。"② "广播是阶级斗争的工具""政治是广播工作大跃进的统帅"等论断,也表明广播已经成为意识形态的载体。毛泽东、刘少奇、朱德、周恩来等党和国家领导人非常重视广播的宣传教育功能,在多个场合强调大力发展广播事业尤其是农村的广播建设。

广播事实上已经超出大众媒体的意义,并且也事实上成为各种媒体的总消息源。中央人民广播电台的《全国新闻联播》(以下简称《联播》)是重点新闻节目,始创于 1951 年 5 月 1 日,节目时间为半小时。党和国家重要文件、政令首先在当天的《联播》节目中播出,第二天才见刊。为了增强新闻时效,1987 年将《联播》的播出时间由 20 时提前到 18 时 30 分,以赶在中央电视台《新闻联播》前发布消息。有些重要新闻在《联播》节目开始广播后才发来,就力争赶播出去;若来不及录音,则由播音员直播。在报纸尚未完全普及、电视不够发达的时代,全国各地各单位了解中央最新精神及国内外最新动态的最权威、最快捷的渠道,就是收听《联播》节目。

意识形态的价值最终要在受众那里完成,因此,传播以及传播媒介的选择对于意识形态价值化的影响范围及影响程度至关重要。广播作为大众媒介,既有资本和市场的控制与操作,也受到政治的监控和规训。马尔库塞认为,现代社会不存在仅传播信息和提供娱乐的大众媒介,大众媒介本

---

① 《对新解放城市的原广播电台及其人员的政策的决定》,《中国共产党新闻工作文件汇编》(上),新华出版社 1980 年版,第 194 页。
② 邓炘炘:《动力与困窘:中国广播体制改革研究》,中国经济出版社 2006 年版,第 49 页。

身就具有意识形态性。而在英国学者汤普森看来,意识形态的传播在一定程度上为大众传播媒介所左右,甚至大众传播媒介对意识形态具有再造与控制的可能。因此,对广播这种整合社会的重要工具,国家支配着其话语生产和话语方向。

由党和国家领导人签发的政令文件以中央人民广播电台为中介而为分散的、广大的社会主义受众所了解和接受,而广播本身也在这一过程中增强了自身的权威性和号召力。1949年9月25日,上海《解放日报》描绘了一个部队的战士收听中国人民政治协商会议开幕的消息和毛主席开幕词录音的状况:八点半开始的节目,七点不到就有人守在收音机旁,"虽然这些广播在第二天早上的报纸上都要全文刊载,但是大家还是先听为快"①。从这篇报道可以看出,50—70年代,"听广播"由时尚之举转化为神圣的政治仪式。在接受广播提供的信息中,民众对社会主义认同的"思想的同一性"渐渐形成。

二 "北京的声音":50—70年代广播网建设与社会主义国家认同

除了抗战结束后在东北、华北成立的哈尔滨、长春、张家口、吉林、大连、关东、邯郸、齐齐哈尔等电台,华东、西南、西北、中南等地的人民广播电台也陆续建立。到1950年年底,全国广播电台数量达到65座,形成了以中央人民广播电台为主体、各级地方广播电台为支柱的播音网络。同时,对私人电台也进行了稳妥的、有区别的整治和改造。1953年9月,上海人民广播电台收购了上海联合广播电台的私人股份,标志着中国大陆私营电台改造工作的基本完成。

但这些广播电台远远满足不了意识形态宣传的需要。1950年4月,国家新闻总署发布《关于建立广播收音网的决定》,认为我国目前交通不便、文盲众多、报纸不足,那么,作为群众性宣传教育的最有力的工具之一,无线电广播的作用更为重大。要求全国各级党政部门、机关团体应设置收音员。经过两年的努力,到1952年12月,全国各地共建广播收音站2.37万个,专职或兼职收音员4.2万名。1952年1—10月,21个省组织了1800多万群众收听广播,一个规模宏大的广播收音网初步形成。

新中国成立初期,各地共有收音机约一百万台,但这些收音机大多集中在东北、华北、华东和一些沿海城市的中产阶级以上家庭,大部分农民

---

① 《狂欢在收音机旁》,《解放日报》1949年9月25日。

购置不起收音机。再者，因为资金及技术等问题，无线广播经常受到干扰。① 相较之下，有线广播抗干扰能力及保密性非常好，并且由于是用导线传输，在播送时间和范围方面都能有效控制，而收听终端的廉价易得也保证了高稳定的收听率。因此，在农村发展有线广播是国家宣传工作的重要任务。1952年4月，吉林省九台县建立了全国第一座有线广播站，在公共场所安置了三百多只广播喇叭。每到广播时间，人们成群结队聚集收听。② 九台县有线广播的成功引起了中央广播事业局和毛泽东的注意。1951年12月，中央广播事业局提出要有重点地在有电源的中小城市推广有线广播。1955年10月11日，在中国共产党七届六中全会上，毛泽东提出"发展农村广播网"的要求。第二年一月，中共中央颁布的《全国农业发展纲要》第32条提出普及农村广播网的计划。随后，国务院发出《关于农村广播网管理机构和领导关系的通知》，规定中央广播事业局和省、自治区、直辖市设立相应的管理机构，负责全国和各级广播网的领导和建设工作。之后，从1955年12月第三次全国广播工作会议到1966年3月第九次全国广播工作会议，都强调要积极发展农村有线广播。1966年，77%的人民公社、54%的生产大队和26%的生产队普及了有线广播。"文革"期间，有线广播也得到迅猛发展。1975年，农村广播喇叭比1965年增长了12.5倍，"形成了一个遍及广大农村，连结千村万户的有线广播网"③。截至1976年年底，全国建成县有线广播站2503座，形成了"隔山隔水不隔音，条条红线通北京"的有线广播格局。尤其是"文革"期间报刊、无线广播电台和电视台的发展受到极大限制的背景下，农村有线广播作为联系全国、特别是广大农村地区的政治纽带，意义更为重大。④

广播网的构建不仅及时便捷地将政令方针传达至新中国的角角落落，

---

① 据吴汉华回忆，当年在农村插队时，"听说上面来了指示，要用毛泽东思想占领农村的思想文化阵地，政治局的一位显赫人物还发了脾气，说他去农村视察时，打开随身携带的半导体收音机，收到的尽是'美国之音'。比当地省市广播电台的信号还要强。于是，县里拨了专款和成套广播器材，把邻近的一个公社作为样板，办起了有线广播站"（吴汉华：《我为农民创建有线广播站》，《流逝的记忆》，武汉大学出版社2014年版，第250—252页）。

② 《当代中国的吉林》（下），当代中国出版社、香港祖国出版社2009年版，第102页。

③ 《中华人民共和国经济大事记》编选组编：《中华人民共和国经济大事记（1949年10月—1984年9月）》，北京出版社1985年版，第417页。

④ 邓忻忻：《动力与困窘：中国广播体制改革研究》，中国经济出版社2006年版，第53页。

而且激发出民众身上潜在的民族意识和国家意识。安德森将报刊看作西方现代国家形成的重要媒介，但对于现代中国的建构来说，无线电广播或者说声音媒介和报刊一起承担了这一角色。更进一步而言，无线电广播以其直观的感知形象激活了国人心中沉寂已久的民族意识。毕竟相对于口语方言诸多的西方国家来说，印刷语言是交流不便的人们想象自身与所处环境之间关系最好的媒介。但作为民族客观性之一的汉字显然省略了以视觉方式进行"想象"的环节，民族认同更需要从调动国人情感、想象和感受等主观情绪入手。20世纪30年代，已经有人比安德森更清醒地认识到现代中国民族认同的独特性，撰文分析了无线电广播在民族国家建构中的优势：

> 夫国家之统一，要在人民有统一之意识，有统一之见解与决心，此种统一心理之建设，最有效之工具，一为新闻事业，战后新兴诸国，民族主义推行不遗余力……然新闻事业，在鼓励民族感情方面，其力量不若无线电，盖以文字与人民相见，不如以语言与人民相交通也，且中国人识字者不多，交通不便利，藉报纸传播一种意见及命令，不能立刻达到全中国各隅，无线电不受时间及空间之限制，一语既发，举国可闻，喜怒悲叹，均可以因演说者之作用，而引起听者之直接反应。中国领土广大，人民思想及意见，参差不齐，使人民知有国家与政府，使人民知为国工作之途径，则此后无线电广播，当更积极利用，使南京之亚东第一大广播电台（即指本处所属中央电台）充分发挥其机能，以建设统一之国民心理，坚强之民族意识。①

与报刊比起来，无线电广播的传播范围更广、速度更迅捷，尤其是其"喜怒悲叹"的情感特性更容易引发听者的共鸣，从而在对声音的认同中达到民族认同。换句话说，与书面语言的平面化及抽象化相比，无线电广播塑造出的是一个立体的、鲜活可感的"国家形象"。袁一丹以老舍《四世同堂》中祁瑞宣听广播的情节片段分析了无线电广播与民族认同之间的关系，认为是"南京的声音使瑞宣真切地'捉摸'到了他的国家"②。南京传来的"国家的语声"就是当时正在推行的"国语"，对国语的认同即是国家认同的开始。

---

① 星：《广播事业与中国统一》，《申报》1936年1月6日。
② 袁一丹：《声音的风景——北平"笼城"前后》，《北京社会科学》2012年第6期。

新中国成立后，陆定一在一次讲话中指出，广播网的普及使全世界大部分地区都能听到"北京的声音"。① "北京的声音"对于当时的民众来说，既有广播员的声音，也有国家领导人的声音，都代表着祁瑞宣所听到的"国家的语声"。通过声音，普通民众将自身与国家的实体化存在——北京联系起来。有位读者回忆1958年初次听到毛泽东声音的感受："记得1958年的一天，村里的有线广播响了，好像那次是在转播北京天安门广场的集会，毛主席发表支持古巴抗议美国的声明。那天，我第一次听到了毛主席的声音，奇妙的广播吸引我伸着脖子一直听到结束。"② "伸着脖子"反映了听者的专注和虔诚，对于听者来说，"毛主席的声音"有着非同一般的意味。对"毛主席的声音"宗教般的情感并非个例，前文所举的《狂欢在收音机旁》一文更详尽地记述了普通战士听到毛主席声音的感受。对于从未听过的毛泽东的声音，战士们既是好奇，更是敬畏。从"严肃愉快"的听到"聚拢"起来听，再到"好像要钻进收音机里面去"，动作的集中表现出毛主席声音的凝聚力和向心力，象征性地传达出"紧密团结"的政治意味。声音的洪亮和激昂使战士们想象出毛主席就在眼前。距离的消失以及收音机内外掌声的对接表明"国家"形象不仅完整统一，而且触手可及，或者说"国家"仿佛就隐藏在收音机的内部。声音的流动使国家成为鲜活的生命存在，这是印刷文字提供不出的感知。"亲切""情不自禁""感动""狂欢"等词语表明了主体情绪投入的加深，同时也使想象的"国家"和"民族"更为具体。③ 总之，中国语境的民族认同中，广播的有声语言起到了重要的情感凝聚作用。

三 "软喉舌"：文艺广播的美学意识形态

1949年7月，第一次文代会在北平召开。在这次会议上，文艺的功能被阐释为"为政治服务、为工农兵服务"，广播文艺自然不能例外。在新中国广播事业刚刚开始，广播文艺节目就被纳入意识形态范畴。1949年8月10日，在关于成立华东广播事业管理处的指示中，中共中央宣传部及中央广播事业管理处指出："上海人民台应增加文艺娱乐节目时间，

---

① 苏东海、方孔木主编：《中华人民共和国风云实录》（上），河北人民出版社1994年版，第1004页。
② 俞洪生：《一生翻读广播这本"书"》，《广播在我心中》，北京广播学院出版社2000年版，第217页。
③ 《狂欢在收音机旁》，《解放日报》1949年9月25日。

以改善与加强这一方面的节目作为争取广大听众的任务之一,文艺娱乐节目应着重京沪杭一带地方特点。"① 1950 年 4 月,新闻总署颁布"关于建立广播收听网的决定",规定了广播的三项基本任务,其中一项就是文化娱乐。1952 年 12 月,"播送优秀的文艺作品"在第一次全国广播工作会议上被确定为广播电台的五项任务之一。1954 年的第二次全国广播工作会议再次强调要加强文艺广播。在学习和吸收苏联广播文艺经验的基础上,中国广播文艺工作者深挖各文艺节目的潜力,开办各种具有欣赏性和趣味性的广播文艺节目。到 1956 年冬至 1957 年春,中央台文艺节目占全台时间的 54.1%。1958 年召开的第五次全国广播工作会议提出了文艺节目的"三三制"原则,即传统作品、现代优秀作品、配合当前中心任务的作品各占三分之一,这一原则后来又具体化为"中七外三,今二古一"。尽管执行过程中有些过左,但还是促进了文艺节目的丰富和发展。

张凤铸等将文艺广播比作"软喉舌"②,即文艺广播所具有的意识形态性,这也是新中国成立后文艺广播存在的理由和价值所在。1954 年,在第二次全国广播工作会议上,规定了文艺广播的工作方针和任务,即:"进一步紧密结合当前任务,广泛地开辟文艺节目的来源,大力发掘劳动人民喜闻乐见的各种形式,逐步做到提高文艺节目的质量和增加文艺广播的时间。"③ 以社会主义思想对人民大众进行教育是文艺广播的最高准则。因此,文艺广播在"十七年"期间积极配合时代任务、中心任务而设置节目。湖南台 1955 年组织和编排了一些主题思想较为明确、中心较为突出、战斗性较强、内容比较生动的文艺节目。尤其是在配合中心任务方面,如编排"欢庆今年大丰收""快乐幸福的农村"等。④ 1960 年,中央台文艺部开办了《三面红旗万万岁》《文艺花开遍地红》《大跃进凯歌》《新民歌》《红色农村俱乐部》等配合中心任务的重点专栏节目。⑤ 但因为紧随政治,难免出现粗制滥造之作。为了配合小麦丰产的宣传,中央台

---

① 《中共中央宣传部及中央广播事业管理处关于成立华东广播事业管理处的指示》(1949 年 8 月 10 日),北京广播学院新闻系编《中国报刊广播文集》(二),1980 年,第 6 页。
② 张凤铸、耿文婷:《当代中国文艺广播的文化心灵轨迹》(上),《现代传播》2000 年第 4 期。
③ 湖南省地方志编纂委员会编:《湖南省志·新闻出版志》(第二十卷),湖南人民出版社 1997 年版,第 88 页。
④ 湖南省地方志编纂委员会编:《湖南省志·新闻出版志》(第二十卷),湖南人民出版社 1997 年版,第 88 页。
⑤ 王雪梅:《中国广播文艺广播剧研究》,北京广播学院出版社 2003 年版,第 40 页。

《每周一歌》找不到合适的歌曲，于是工作人员自己动手创作出了《欢庆小麦大丰收》，歌词第一句是："南风吹，小麦黄，沉甸甸的麦穗三寸长。"随着新闻报道中小麦亩产千斤、突破千斤的数字变化，"三寸长"又不断改为"七寸长""尺把长"，"成为当时文艺节目赶任务、追中心的一个典型"①。上海台1958年新录制的文学戏剧节目中，43.7%是配合政治斗争；同一年的国庆特别节目中，戏曲节目有78%具有配合性质。②

　　文艺应该是以美学方式向民众传递意识形态诉求。就像阿尔都塞所说："意识形态的效用之一就是，凭借意识形态对意识形态的意识形态特性进行实际的否定：意识形态从来也不说'我是意识形态的'。"③ 因此，意识形态从来不大张旗鼓、雷厉风行，而是以隐晦的方式产生影响，使社会个体自愿接受并遵从。尤其是当意识形态将自身植入美学话语，所产生的效果更为明显。尽管在伊格尔顿那里，美学也是一种意识形态，并且以激进的方式从边缘地带向主流意识形态发起挑战，但同样作为意识形态的美学也有与主流意识形态通约的可能，经过美学包装的意识形态也同样软化了其僵硬的理性外壳，以感性面目消解了与社会个体之间的心理距离，民众在不知不觉中认同意识形态。在某些特殊时段，美学失去了其独有的介入社会生活的方式而成为意识形态美学化的武器。

　　在当时的政治思潮中，广播界也在思考文艺广播如何发挥优势更好地为政治服务。1959年2月召开的第六次广播工作会议指出，文艺为政治和生产建设服务首先是通过文艺的形式。艺术成就越高，给听众的影响和教育也就越深刻。同样道理，听众要听文艺节目，首先是从他们对文艺的兴趣和需要出发，希望在收听节目中得到艺术上的满足，而且还要注意它的艺术性。如果文艺节目都是直接配合当前政治任务或中心工作，就会缩小取材范围，甚至降低文艺广播质量。故而不应该把文艺节目的娱乐作用看作脱离政治的和降低广播声誉的事情，应该在教育、鼓舞听众的同时给群众以有益的娱乐。④ 广东台文艺部根据中宣部1962年出台的《关于当前艺术工作若干问题的意见》以及相关的文艺广播经验，草拟了《关于

---

① 中央人民广播电台台史编写组编：《中央人民广播电台台史资料汇编》，1985年，第343页。
② 李卓敏：《回眸文艺广播》，《上海人民广播电台卷》，中国广播电视出版社1999年版，第84页。
③ [法] 路易·阿尔都塞：《意识形态与意识形态国家机器（一项研究的笔记）》，方杰译，《图绘意识形态》，南京大学出版社2002年版，第172页。
④ 中央人民广播电台台史编写组编：《中央人民广播电台台史资料汇编》，1985年，第310—311页。

改进文艺广播工作的意见（修改草案）》，提出在坚持"二为"方针的前提下，广播文艺应根据自身特点发挥媒体优势，"通过给听众的艺术欣赏来达到潜移默化的教育目的"①。

"十七年"期间，文学肩负着宣扬社会主义价值观的意识形态重任。在各种文类中，长篇小说被赋予表现整体性的现实社会和连续性的历史进程的意识形态功能，最适宜表现新中国"翻天覆地"的史诗性巨变。《小说连播》能成为广播文学类节目的重镇，固然很大程度上是因精神产品稀少的时代其强大的娱乐功能所致，也与意识形态对长篇小说美学价值的政治询唤相关。栖身于长篇小说，意识形态影响到文学话语的建构和表达。因此，相较于其他文类，"十七年"长篇小说以其故事性、通俗性、民族性更能为意识形态所青睐。

意识形态的建构与普通民众的日常生活密不可分。只有成为普通民众日常生活的有机成分，意识形态才能确立自身的牢固地位。很显然，在意识形态与日常生活之间，大众传媒是不可或缺的中介平台："大众传播的发展大大扩大了意识形态在现代社会中运作的范围，因为它使象征形式能传输到时间与空间上分散的、广大的潜在受众。"② 而在建国初期的大众媒介体系中，广播无疑又比报刊更适合意识形态的建构。

首先，广播比报刊拥有更多数量的、异质的受众。李希凡回忆，"十七年"期间，长篇小说发行量巨大。他认为："那时出版的几部优秀小说，像《红旗谱》、《林海雪原》、《苦菜花》、《青春之歌》、《红日》等，几乎是人手一册。"③ 这样的说法显然有些夸张，因为李希凡仅仅考虑的是能够阅读的读者，而当时还存在大量的不识字者。据统计，这一时期文盲率达到80%以上，农村文盲率更高，达到95%以上。对这些人来说，"看"长篇小说几乎是不可能，但他们可以通过广播"听"长篇小说。再者，当时即有人怀疑纸质出版物能否真正在不识字的农民那里产生影响。④ 两相比较，"看"长篇小说的人数远远赶不上"听"长篇小说的人数。

---

① 白玲、邝景焉：《广东人民广播电台文艺广播四十年》，《岁月留声》（上册），广东人民出版社2002年版，第2页。
② [英]汤普森：《意识形态与现代文化》，高铦等译，译林出版社2005年版，第287页。
③ 李希凡：《谈谈阅读古典文学作品》，《管见集》，作家出版社1959年版，第9页。
④ 赵树理回忆："《三里湾》第一次印了三十万册，以后几次，每次也不过五万，需要的是五千万册，差得很远。而且工人、干部、学生都需要一部分，下到农村的就没几本了。"[赵树理：《赵树理文集》（第4卷），工人出版社1980年版，第1764页。]

其次，广播可以根据人们的作息规律在不同时间段推出相应的节目，以满足不同受众的需求。其中，安排在中午十二点或下午六点"黄金时间"段的节目一方面尽可能让更多不同阶层、民族、年龄段和文化程度的受众群体来接受，同时该节目内容主要符合或是代表了社会的主流价值。[①]《小说连播》的播出时间大多安排在黄金时间段，这段时间正是人们劳作之后的休息时间。对时间的有效控制培养了受众对《小说连播》持续关注的依赖性心理——多年之后，在人们的记忆中，每天在固定的时间收听《小说连播》成为日常生活的重要内容，阅读书刊很难出现这种状况。

最后，在与"十七年"其他文艺活动的比较中，广播具有节目的稳定性和播讲内容的严肃性。20世纪50年代初，全国各地农村组建了多种形式的群众文化活动，如俱乐部、业余剧团、民校、冬学、读报组、图书室、图书流动组、宣传队、黑板报小组、幻灯小组、广播小组、文娱小组、音乐组、舞蹈小组、体育小组、腰鼓队、戏剧小组等，但因为"脱离实际、盲目冒进"，这些文化活动存在时间很短，有的只是徒具形式意义。有群众说："你们来了就干，你们走了我们散！"[②] 与之相比，代表国家喉舌的广播不可能出现节目设置编排的随意性和随机性。

那么，如何才能使意识形态经过艺术的中介为大众所认同呢？这就需要艺术形式层面能够首先被大众接受。对于刚刚在政治上获得"人民"身份而文化心理尚未转变的大众来说，民间的艺术形式对他们最具有吸引力，相声、大鼓词、戏剧、民歌、弹词等在大众中有接受基础的艺术品种特别受欢迎。因此，文艺广播的节目一方面是发掘传统艺术中有时代感和积极意义的内容，如《三打祝家庄》《九件衣》等；另一方面是"旧瓶装新酒"，利用旧形式表达新的主题思想，如豫剧《朝阳沟》、奉调大鼓《魏炳义回家》、太平歌词《过新年》等。电影录音剪辑、广播剧等也很受大众欢迎。小说广播在内容方面也表现出浓郁的民族特色。《文艺报》记者在对河北饶阳县、晋县群众收听文学广播情况的见闻札记中分析了群众最感兴趣的短篇小说的民族化问题，认为群众喜欢的短篇小说大多具有如下特征：首先是思想内容方面是社会建设和革命斗争中的英雄人物的事迹。这是中国文化中民众崇拜英雄的文化心理在新时代的延续。其次是艺

---

① 曲茹、钟英奎：《"黄金时间"与"主旋律"——有关电视剧市场与题材的话题》，《现代传播》2007年第4期。
② 吕白俦：《开展农村群众文化艺术活动的两个问题》，《文艺报》1953年第21期。

术表现手法方面要有开门见山、有头有尾、情节生动、布局精巧的特点:"最好是打开收音机,听上两、三分钟,就能把人抓住。"再次是语言方面要群众化、生动易懂并富有文学色彩。最后是艺术风格方面要"明快、有风趣和喜剧色彩较强烈……或者能够表现出中国作风、中国气派的其它风格的作品"①。

文艺广播既受到政治思潮的影响,也受到文艺思潮的影响。但无论如何,在意识形态与美学之间摇摆不定的文艺广播向大众提供了比新闻节目更有吸引力也更丰富的精神食粮,同时也无形中对民众起到了积极的教育作用。袁阔成回忆,在电视普及之前,每天中午都有好多听众聚集在十字街头大喇叭底下收听评书,"听到动人处,有人朝大喇叭大喊一声:'好!'有一次我到街上修鞋,连叫两声师傅都没有回声。我定睛一看,此公正在微合二目听矿石收音机。我的招呼可能是打扰了他的雅兴,他很不耐烦地瞟了我一眼'等会儿,特务到底抓许云峰去了!'噢,原来师傅正听我播讲的小说《红岩》呢!当时我真有点说不出来的欣慰劲儿。这只是生活中的一个小镜头,却可见《评书联播》节目之深入人心。"②《文艺报》记者在调查中也思考了如何以文艺广播教育青年农民的问题。青年农民在生产和工作中"政治热情高、干劲足、肯于学习和钻研农业技术",但由于没有经历过阶级斗争,阶级观念模糊,很容易受到旧思想旧事物的引诱。《文艺报》记者认为:"这就要求我们充分利用广播工具,通过各种形式的文学作品,向他们进行多方面的社会主义教育,把一代一代的青年农民培养成为可靠的革命接班人。"《文艺报》记者举例表明青年农民也有接受先进思想教育的理想诉求:"……我们播放了广播小说《于文翠》之后,从共青团县委书记起,到一般青年男女社员和部分基层干部,很多人都一致要求多广播向青年进行阶级教育的作品,有些人一再强调地提出像《白毛女》《血泪仇》一类的戏,也应该多演、多广播,因为有很多青年人还没有看过、听过,看过、听过的人,也仍然希望再多看、多听几遍。"③

美国传媒学研究专家格布纳在20世纪五六十年代对电视媒体研究后

---

① 《文艺报》记者:《更好地利用广播为农民服务——河北省饶阳县、晋县收听文学广播情况的见闻札记》,《河北文学》1963年第6期。
② 袁阔成:《我在电台说评书》,《广播在我心中》,北京广播学院出版社2000年版,第25页。
③ 《文艺报》记者:《更好地利用广播为农民服务——河北省饶阳县、晋县收听文学广播情况的见闻札记》,《河北文学》1963年第6期。

认为，人们在长期接触电视后，由于受到许多具有一致性的电视信息的影响，会认同电视媒介构造出来的"主观性现实"或"象征性现实"。如果不单单局限于电视媒介，那么可以认为某一时空内的大众媒介都有这种"培养"能力，通过对现实世界进行象征性或隐喻性编码，潜在地影响大众对意识形态达成共识。就此而言，"十七年"期间广播就是大众经常接触到的媒介，而文艺广播节目又最为大众关注。通过文艺广播的美学效用，意识形态培养了民众的价值观和情感倾向，动员民众主动参与社会主义事业建设上来。

第二节 "十七年"长篇小说广播传播

新中国成立后，全国大部分电台都陆续开办"小说连续广播"节目，尽管在名称方面可能有些许差别，如中央台这一栏目就经历了"讲故事""长篇小说连续广播""小说连续广播""说新书""革命故事"等不同阶段，其他还有"长篇小说连续广播""长篇小说连续播讲""长篇连播""空中小说""广播书场"等的说法，但都以长篇小说播讲为主，有的也兼顾到中篇小说、报告文学等。

一 《小说连播》与"十七年"长篇小说传播

《小说连播》是文艺广播的一种主要形式，也是新中国成立后各广播电台普遍设置的节目。1947年东北解放区一些电台的长书节目可看作《小说连播》的雏形，而有文字可查的，是1949年4月24日天津人民广播电台在《故事节目》中直播徐薇晔播读的长篇小说《吕梁英雄传》。5月27日，上海电台建台第二天开设了《讲故事》节目，郭冰播讲《李勇大战地雷阵》。1950年4月，中央人民广播电台（以下简称中央台）正式开播《故事讲书》节目，每天一次，每次30分钟。

由于书源较少，这一时期播出作品主要是解放区及新中国成立后不久出现的小说，如《洋铁桶的故事》《李有才板话》《铜墙铁壁》《铁道游击队》等。其中有些作品被不同电台反复选用，如中央台、天津台、吉林台、上海台、四川台、无锡台都录制过《吕梁英雄传》。这一时期电台所选书目也根据时代主题而定，如无锡台为了配合土改运动，播讲了《暴风骤雨》和《太阳照在桑干河上》两部以土改为题材的长篇小说。

50年代末60年代初，是当代长篇小说创作的第一个高峰期。根据

《中国新文艺大系·理论史料集》（1949—1966）关于长篇小说目录索引统计，"十七年"共出版长篇小说三百一十多部，其中 1957—1960 年这四年共出版一百三十多部，将近占总量的一半。后来被认为是"红色经典"的作品也大多出现于这一时期，这些作品问世不久很快通过广播而为广大听众所了解。王大方、叶子主编的《"上帝"青睐的节目——小说连播业务专著》中附录有《建国以来全国电台〈小说连播〉节目录制重点书目汇总表》，"十七年"长篇小说被录播情况大体见表 2-1①。

表 2-1

录制书目	制作台	集数
新儿女英雄传	天津台、中央台	55
吕梁英雄传	中央台、天津台、吉林台、上海台	50
三里湾	鞍山台、吉林台	40
青春之歌	天津台、鞍山台	45
铁道游击队	鞍山台、吉林台	105
林海雪原	鞍山台、上海台	75
苦菜花	鞍山台、上海台	65
野火春风斗古城	鞍山台、吉林台、上海台	105
敌后武工队	鞍山台	70
平原枪声	鞍山台、上海台、吉林台	120
三千里江山	吉林台	20
保卫延安	吉林台、上海台	40
铁水奔流	吉林台	46
迎春曲	吉林台	38
烈火金刚	鞍山台、吉林台、中央台、上海台	85
六十年变迁	吉林台	42
战斗的青春	鞍山台	85
迎春花	鞍山台、天津台	90
山河志	鞍山台	60

---

① 《建国以来全国电台〈小说连播〉节目录制重点书目汇总表》，《"上帝"青睐的节目》，中国文联出版公司 1995 年版，第 393—394 页。

续表

录制书目	制作台	集数
草原烽火	鞍山台、天津台	65
变天记	鞍山台	70
红旗谱	中央台、天津台、鞍山台、上海台	40
播火记	鞍山台、吉林台	70
红岩	天津台、湖北台、鞍山台、吉林台	60/55
连心锁	鞍山台	45
地道战	鞍山台	30
高粱红了	鞍山台	80
枫香树	鞍山台	40
破晓记	鞍山台	40
欧阳海之歌	天津台、中央台、鞍山台、吉林台、山东台	90
红色交通线	吉林台	28
古城春色	吉林台	30
创业史	上海台、中央台、鞍山台、天津台	75
我们在地下作战	鞍山台	65
晋阳秋	天津台	46
杨根思	中央台	27
红日	中央台、吉林台	40
边疆晓歌	中央台	37
三家巷	吉林台	35

表2-1录制书目仅仅统计了中央台和省级人民广播电台（鞍山台因录播节目突出而被统计在内），还有市级电台也录制了大量书目，如唐山电台播出过袁阔成整理改编的评书《吕梁英雄传》，竹板书艺人潘学勤、英来鹏及西河大鼓艺人王鹿春分别整理改编的《新儿女英雄传》，潘学勤改编的竹板书《节振国》，刘田俊改编的评书《林海雪原》，陈清波改编的评书《红旗谱》，等等。

五六十年代录制的广播小说中，"十七年"长篇小说远远超过旧体小说，其中反映军事题材的作品最多。越是故事性强的作品越能被多家电台改编，如《烈火金刚》《红旗谱》《红岩》《欧阳海之歌》等。也有的是因为配合了时代任务而被多次改编，如《创业史》的故事性并不强，但仍被 4 家电台改编播出。

从地域上看,《小说连播》节目主要盛行于北方。叶咏梅对全国电台开办《小说连播》节目以来录制的重点书目所做的调查统计显示,自新中国成立以来到 1995 年,全国开办《小说连播》节目最佳的和较好的电台有 8 家:天津台(168 部)、北京台(160 部)、中央台(131 部)、鞍山台(129 部)、广东台(115 部)、吉林台(112 部)、黑龙江台(100 部)和上海台。这 8 家电台中,北方电台占了 6 家,南方电台只有 2 家。这也许和北方方言区有听书传统有关。北方评书历史渊源已久,辽金时代在辽阳地区(鞍山、辽阳一带)就有说书活动。因此,北方地区的广播电台是"十七年"长篇小说传播的重镇。比如,天津台改编播出过"三红一创"(《红岩》《红日》《红旗谱》《创业史》)、"两队两歌"(《敌后武工队》《铁道游击队》《青春之歌》《欧阳海之歌》)等,而鞍山台对"十七年"长篇小说的评书改编则是以民族形式传播意识形态的典范。

1966 年"文革"爆发后,"十七年"时期的长篇小说大多被判定为"毒草",许多电台的《小说连播》节目因为书源的稀缺及政治原因而停播。1971 年,鞍山电台最早恢复评书连播节目,播出了李喜元和杨田荣改编的长篇评书《沸腾的群山》,打破了"样板戏"独占广播文艺节目的局面。在 1972—1978 年,鞍山电台播放过根据"文革"后期出版的长篇小说改编的评书《艳阳天》《金光大道》《激战无名川》《三把火》《武陵山下》《盐民游击队》《桐柏英雄》等,其中有些节目被中央台选播。1972 年天津台播出了《闪闪的红星》《高玉宝》《海岛女民兵》《海岛怒潮》《桐柏英雄》。中央台 1974 年开播长篇小说,播出了《高玉宝》《欢腾的小凉河》《金光大道》等。

浩然作为"文革"时期的代表性作家,他的作品可以公开出版发行并被借阅,因此被不同电台反复改编播出,如中央台播出过曹灿播讲的《艳阳天》、鞍山台播出过杨田荣播讲的评书《艳阳天》,袁阔成播讲的评书《艳阳天》在全国多家电台播出。"文革"期间,即使是公开出版的长篇小说也不容易买到,是"有线广播使浩然的这部长篇小说达到了妇孺皆知、家喻户晓的程度"[①]。"将军作家"马誉炜回忆:"收音机给我们这些文化生活贫乏的农家孩子着实带来了无穷的乐趣。我当时最爱听的是'小说连播'节目,印象最深的是听曹灿播讲浩然的长篇小说《艳阳天》,小说虽然被我们翻过好几遍了,但再听他绘声绘色地讲,仍觉得特别有

---

① 张凡主编:《林徽因们的流年碎影》,华中科技大学出版社 2015 年版,第 169 页。

趣。几乎每天中午都听,晚上重播还要再听一段。"① 李敬泽回忆了收听《艳阳天》的感受:"上世纪七十年代早期,每天中午十二点半,电台播讲《艳阳天》——那是小说史上一个壮丽而恐怖的时刻,是超现实的,远远超过最狂妄的幻想:世上的小说和故事都没有了,都被严厉禁止,但同时,一个叫浩然的人的讲述被亿万人倾听。"② 这种狂热而悲壮的对小说的追求,恐怕只有广播才能制造出来。

在播读作品之外,许多电台还设置了一些辅助性节目,以使听众对小说有更深入的了解。作家张学新回忆,《红旗谱》出版不久有许多电台在播讲。为了让听众能更好地理解这部小说,他撰写了长文《〈红旗谱〉的思想、人物、艺术特色》,由本人亲自连讲十几个小时,在天津台播放。据他自己在文末对这篇文章的评价:"本文在介绍《红旗谱》与普及文学知识方面,可能起到了一点作用。"③ 1958年4月17日,河北省文联召集远千里、路一、梁则先等河北省文艺界领导及梁斌的朋友,就《红旗谱》的主题、语言及创作背景等进行了座谈。座谈会的内容经整理后在电台播出,"这对广大文学爱好者是很有意义的"④。最能让听众产生亲近感的莫过于邀请作家本人或作品当事人到电台讲述一些背景性材料。四川台在纪念"抗战"13周年播出《吕梁英雄传》时,邀请作者之一的西戎介绍创作过程。1962年,中央台邀请冯德英给莫斯科广播电台做一个针对苏联听众的谈话节目,回答苏联读者有关《苦菜花》的提问。1966年3月和6月,上海台前后两次播送《欧阳海之歌》片断和全书。播全书时由作者金敬迈谈创作体会,还有工人、战士等谈读后感,加深了听众对作品的理解。

1959年3月5日,中国青年出版社邀请烈士家属及共青团领导人等座谈《在烈火中永生》的读后感,中央人民广播电台当场录音,并向全国广播了发言实况。⑤ 在《红岩》问世后不久,中央台安排"小萝卜头"的"姐姐"宋振苏发表回忆亲人的广播讲话《读〈红岩〉忆亲人》,感

---

① 马誉炜:《收音机的话题》,《磨合人生》,作家出版社2011年版,第80页。
② 李敬泽:《浩然:最后的农民和僧侣》,《为文学申辩》,作家出版社2009年版,第173页。
③ 张学新:《〈红旗谱〉的思想、人物、艺术特色》,《张学新文集》(第3卷),百花文艺出版社2006年版,第99页。
④ 《红旗手座谈〈红旗谱〉》,《梁斌研究专集》,海峡文艺出版社1986年版,第172—191页。
⑤ 张羽:《我与〈红岩〉》,《新文学史料》1987年第4期。

人的语言以及人物英勇不屈的高贵品质使得"许多听众流着眼泪听了一遍又一遍"[1]。《读〈红岩〉忆亲人》的广播讲话成为当时全国进行阶级教育的很好教材,各省市、自治区电台以及学校、码头、车站等相继播出。即使到了1985年,中央台重新播出这次讲话录音,仍然给听众留下深刻印象。

二 文学编辑与"十七年"长篇小说故事化处理

50年代的《小说连播》节目工作比较单一,从选择作品、编辑加工、选择演员、录音、复制到发播基本由文学编辑一人负责到底。蔡志评是中央台文艺部编辑,负责中央台《小说连续广播》节目的编辑、录制工作。工作流程是先准备全年的长篇小说连续广播计划,确定准备录制的作品,对可选用的演员队伍进行排队、摸底、分析和确定最终人选。[2] 虽然工作单一,但是工作量非常大。其中最主要的是对作品的编辑加工,考验着编辑的艺术功力和专业素养。由于播出时间严格控制在30分钟,这就需要编辑能够对作品进行恰当的分段,这一段还得完整、独立,结尾处还要留下扣子,那么编辑就要花费大量时间和精力处理案头工作。

改编《红岩》时,蔡志评遇到了分段的困难。蔡志评认为,《红岩》有如下几个特点:一是全书以雄浑气势和人物英雄业绩取胜,缺少惊险神奇的故事和紧张曲折的情节;二是主要人物多,但是没有贯穿始终的人物形象,尤其是人物与人物之间缺乏因果联系,"往往出现在不同的环境、事件中,甚至互不联系、交错出现";三是故事线索错综复杂,几条线犬牙交错、齐头并进;四是章节不够整齐,分量不均匀。[3]

蔡志评所谈到的问题几乎是《红岩》的先天性缺陷。《红岩》是罗广斌、杨益言、刘德彬等根据自己在重庆集中营的亲身经历写成,脱胎于宣讲活动中写成的回忆录《在烈火中永生》。团中央动员他们将这一题材写成小说,他们感到比较困难,因为此前从未写过长篇小说。经过一番努力,名为《锢禁的世界》(《红岩》第一稿)的作品于1957年初完成。中

---

① 李宜:《怎样请人做广播讲话》,《怎样做好广播编辑工作》,广播出版社1985年版,第253页。

② 蔡志评:《〈小说连续广播〉生涯断片——从濮存昕的回忆说起》,《茶味人生》,中国广播电视出版社2011年版,第24页。

③ 蔡志评:《〈小说连续广播〉生涯断片——从濮存昕的回忆说起》,《茶味人生》,中国广播电视出版社2011年版,第27页。

国青年出版社文学编辑室主任江晓天知道三人写作长篇小说的情况后,指派吴小武与作者联系约稿。他尤其叮嘱吴小武向罗广斌等问清楚,这本书"是长篇小说还是长篇革命斗争回忆录"①。江晓天这样安排的目的是想确定《锢禁的世界》的文体问题,以便安排相应的编辑室接管。在《锢禁的世界》第二稿完成之后,中国青年出版社邀请罗广斌等到北京继续就故事梗概、主题思想、主要人物、结构布局进行修改。② 这说明《锢禁的世界》此时在文体方面距小说甚远。1961年3月8日,责任编辑张羽根据小说的现状谈了七条具体的修改意见,其中第一条就是关于文体方面的改动。③

张羽推荐了苏联小说《青年近卫军》和古典小说《三国演义》给作者,前者是让他们学习怎样写人物、怎样写人物之间的关系,后者是让他们学习民族形式、民族风格、如何写人和事、如何结构布局等。尽管经过多次的修改和调整,小说还是因为"文学性"不够而被《人民文学》《延河》等刊物拒绝刊登。多年之后,中国青年出版社的一些老编辑还是认为从文学的角度而言,《红岩》"不是一部成熟的作品"④。

以上表明,《红岩》不是一部适合广播的小说。⑤ 面对《红岩》,蔡志评颇费心思。最终,她采取如下方式处理《红岩》的故事情节和文体结构:

> 基本上按照书中的自然段落划分。争取在每一天播出的节目中有一个突出的事件、有比较集中的情节、有人物的鲜明形象,给听众一个较完整的故事发展过程。而对环境不变,有相同的人物,事件也具有相关性的章节加以分段时,力争结尾卡在有"扣子"的地方,给下一段留个悬念。再有就是将两个完全不相关的两章截然分开,各自独立。⑥

---

① 张羽:《〈红岩〉与我——我的编涯甘苦》,中国出版社2005年版,第30页。
② 钱振文:《中国青年出版社与〈红岩〉的生产》,《河北学刊》2005年第6期。
③ 张羽、罗广斌:《关于〈红岩〉书稿的修改》,《编辑之友》1987年第1期。
④ 钱振文:《中国青年出版社与〈红岩〉的生产》,《河北学刊》2005年第6期。
⑤ 有些电台多是从《红岩》中选取某个相对完整的故事单元录制,如《双枪老太婆》的故事被青海台改编为平弦、河南台改编为坠子、天津台改编为快板书、鞍山台改编为评书。评书艺术家李鑫荃、袁阔成改编过《江姐上船》《许云峰赴宴》。
⑥ 蔡志评:《〈小说连续广播〉生涯断片——从濮存昕的回忆说起》,《茶味人生》,中国广播电视出版社2011年版,第27页。

案头工作准备就绪之后，由苏民（濮存昕的父亲濮思荀）播读。苏民"不仅音域宽阔雄厚，音色、音准都很好，而且有激情，有力度，非常适合表现英雄人物的气魄"。小说播出后，立刻受到关注："街头巷尾、公共汽车上，人们到处开始议论起小说《红岩》中的人物来了。……每到中午十二点半，大街小巷，宿舍楼里，居民院落，几乎家家户户都在收听中央人民广播电台的《小说连续广播》节目。……从一扇扇开着的窗户里飘出来的，全是苏民那高亢激越、正气凛然的朗诵声。"[①]

当然，大多数"十七年"长篇小说并不需要像《红岩》这样大动干戈，因为它们本身就具有传统章回小说的叙事特征，适合声音化表达。比如故事有头有尾，故事的起承转合脉络清晰，故事由若干情节单元构成，情节曲折多变、跌宕起伏；人物性格鲜明，心理描写、外貌描写、动作描写简洁利落，人物是事件的核心要素，带动故事向前发展；结构方面分章叙事，有些还分回标目，一个章节就是一个叙事单元，线索简洁清晰，结尾留有悬念。

《烈火金刚》的初稿是新体小说，考虑到传播对象及接受效果，刘流将其进行了根本性修改，最终成为"评书"形式的章回体小说。[②] 像刘流这样有意借鉴传统小说艺术形式的作家不在少数，如梁斌、知侠、陆地等。那些接受过现代文体洗礼的作家对章回体也程度不同地进行了借鉴、袭用，如马识途、周立波、柳青、赵树理等，也都表现出对传统文体的服膺。

但"十七年"长篇小说毕竟不是传统章回小说的复活，而是在时代语境中进行了适当的变化，尤其是在写法上更多受到"五四"以来现代文学的影响，如心理描写的加重、人物性格的突出、结构上的多线索等。那么在录制为广播小说时，还是要进行一定程度的调整，尤其是改编为评书时，调整的幅度更大。一般而言，将新书改为长篇评书的工作大多由评书演员来做，因为他们懂得评书的程序，能够根据评书的特点对原著进行适合自己演出个性的发挥。比如，《烈火金刚》小说的开头，第一自然段尽管交代了时间、地点，但大部分文字是对战争场景的描绘；第二自然段是对一个六十多岁的老人外貌、动作的描写，到了段末交代他是赵连荣；

---

① 蔡志评：《〈小说连续广播〉生涯断片——从濮存昕的回忆说起》，《茶味人生》，中国广播电视出版社2011年版，第26页。

② 刘丽华：《铁马冰河入梦来——我的父亲刘流的革命生涯和创作道路》，《新文学史料》2005年第4期。

第三自然段和第四自然段交代事件的起因；一直到第十自然段才引出主人公史更新。袁阔成改编后的评书开头如下：

> 今天说的这段书，这个事情发生在 1942 年，在冀中大平原，滹沱河畔，有这么一个庄子，叫桥头镇。在这庄子里边，住着我们八路军一个营的兵力，也就是三百多人。营长姓赵，叫赵保中。在这儿驻防，没有十几天。可也不知怎么走漏了消息，叫日本鬼子知道了。呵，鬼子一下子发来了两千好几百号人马。把桥头镇围了一个风雨不透、水泄不通。鬼子们用的那个武器，各色各样。什么机枪呀，大炮呀，坦克呀，还有毒瓦斯，拼着命的往庄子里边打。八路军呢，就从里边往外打……

经过改编后，原著近 1000 字的开头压缩为 200 字左右，时间、地点、人物、事件起因交代得很清楚，然后直接进入事件的过程叙述。这种开头尽管模式化，但却符合民众的接受心理，能很快调动起听下去的兴趣。

"十七年"长篇小说本就是大众化的文化产物，同时也承担着化大众的意识形态任务。因此，无论是故事情节、人物形象塑造还是文体结构都考虑到了读者的文化水平和他们的接受趣味。无论是播读改编还是评书改编，去掉了"十七年"长篇小说中那些冗长的对话描写、心理描写，使叙述更为条理分明，故事更为紧凑集中，语言更为简洁明快。经过删减修改之后，作品在本就已经大众化和通俗化的基础上更符合听觉的媒介特性，实现了小说形象由视觉向听觉的转移。

三 播读与"十七年"长篇小说声音形象建构

"十七年"时期小说广播的演播者大致由三部分人组成：评书演员、影剧演员和电台播音员。评书演员的声音造型能力自不待言，接下来谈谈影剧演员和电台播音员的播读及对文本"二度创作"带来的审美意蕴。

电台播音员的工作主要是播报新闻、社论、重要文章等，但因为专业人员少，有时还要完成其他任务，如播读长篇小说。无锡电台的胡凤云播读过《吕梁英雄传》《李有才板话》《暴风骤雨》《太阳照在桑干河上》等小说，[①] 呼和浩特广播站播出过本站播音员林沫演播的配乐小说《闪闪

---

① 胡凤云：《"广播小姐"忆当年校内电台》，《中华老人诗文书画优秀作品选集》（诗文卷），长城出版社 2000 年版，第 74 页。

的红星》、尚学林演播的长篇小说《李自成》。① 上海台由电台播音员郭冰每天直播《李勇大摆地雷阵》，而郭冰也在播读小说中开始显现出自己的播音个性。

电台播音员播读小说有一个问题，就是调子高、语气硬，不自然、不亲切，情感处理僵化或者说基本没有情感，播读风格共性大于个性。这也就是通常所说的"朗诵腔"，与播读者大多具有舞台表演经历有关，而在电台播音员这里则更为严重。1952 年，中央台主持召开了播音工作座谈会，会议要求"播音员应是有着丰富的政治情感和艺术修养的宣传鼓动家。要求每一个播音员都应是人民的喉舌，要使自己的声音真正表现出中华民族的伟大气魄"②。

播音员播音时气势很足，但未必适合情感性的文学作品。据蔡志评回忆，最早注意到这一问题的是中央台文艺部主任林琳。她认为曲艺组的评书节目挺受听众欢迎，但是内容比较陈旧，《小说连续广播》节目内容很新，但"朗诵腔"太重，缺乏民族特色。于是就有了一个"不成熟的设想"，要把《小说连续广播》节目从文学组调到曲艺组，希望能和评书节目互相取长补短，形成具有内容清新、旗帜鲜明又富有民族风格的《……连续广播》节目。③ 但"播音腔"的语言风格不是说改就能改了的。央视《新闻联播》播音员薛飞回忆，学生时代喜欢听《艳阳天》《金光大道》《西沙儿女》等小说，"虽然对小说连播很感兴趣，但对于广播电台里那种新闻节目的腔调，我是一点都不喜欢"。④ 播音员播读小说与电台人力物力的紧张有关，否则的话小说广播一般不会启用播音员。张家口台播音员冯心回忆，刚参加工作不久，电台要增加《小说连播》节目，请艺人播讲需要花钱。冯心接受了任务，播出了冯志的《敌后武工队》。尽管听众反响很好，但电台内部有不同的声音。有人提出以后还是请艺人播出，能保证质量；也有人认为播音员播小说是不务正业、出风头、不伦不类。⑤

当然，电台播音员中有一些能够准确传达出原著的思想情感，避免了

---

① 李瑛主编：《呼和浩特市志》（下），内蒙古人民出版社 1999 年版，第 413 页。
② 陈晓鸥：《广播电视语言传播风格多样化研究》，中国广播电视出版社 2007 年版，第 198 页。
③ 蔡志评：《一个"不成熟的设想"》，《茶味人生》，中国广播电视出版社 2011 年版，第 26 页。
④ 薛飞：《播音之路》，《我在匈牙利的日子》，测绘出版社 2014 年版，第 192 页。
⑤ 冯心：《我的播音生涯》，《张家口文史》（第 1 辑），《张家口文史》编委会 2003 年版，第 335 页。

"学生腔"的单调乏味。这既与播音员的朗读功力有关,也与播音员对作品思想主题和人物形象的理解程度有关。关山 1956 年进入天津台从事播音工作,1958 年开始播讲长篇小说,播读过《林海雪原》《欧阳海之歌》《四世同堂》《生活变奏曲》《平凡的世界》等。他认为,讲小说与日常播音最大的区别在于要努力加强形象思维。具体来说,所谓的形象思维就是"面对小说文字,播讲人的眼前应该跳动着一个个有血有肉的活着的人和一幅幅清晰、生动的画面"。在此基础上,播讲人要把自己被作品激发出来的爱憎分明的态度和深挚的感情以抑扬顿挫的声音表达,就会收到比较好的效果。在提高语言表现能力、丰富语言表达色彩方面,关山认为不仅要深入生活、熟悉生活,还要多方面的学习和借鉴,"比如学评书的渲染,学电影的形象,学戏剧的夸张,学曲艺的韵味……"① 从关山的体悟也许可以认为,播音员播读新闻稿件是一种照本宣科的信息传达,而播读小说则是主体身心和情感的投入,自我角色化为作品的一部分。

影剧演员兼得评书艺人和电台播音员二者之长,既有评书艺人的丰富表演经验和像电台播音员那样对原著如实的传达,也避免了评书演员对原著改编的随意性——上海市人民评弹团改编《青春之歌》时,有把卢嘉川改为最终未牺牲的想法。② 多年的表演经历和艺术积累,使他们对演播工作能够全身心投入。舒绣文休息养病期间接受了播出《朝阳花》的任务,经常向时任北京台编辑部副主任的田月华征求意见,如何分段、分章、分节,故事怎么衔接,用什么声音来塑造女主角。③ 舒绣文的认真不仅体现在播读长篇小说方面,即使像鲁迅的《一件小事》不足一千字,在开始阅读到正式朗诵期间就读了上百遍。④ 演播《朝阳花》之前,舒绣文将小说读了五遍,"而丝毫没有厌腻之感"。阅读过程中,舒绣文经常被书中的描写所感动:"这些激动人心的地方,在练习朗读的时候、在电台录音的时候,仍旧使我忍不住要流泪,而且一次比一次更加深入作者所

---

① 关山:《加强演播中的形象思维》,《中国长篇连播历史档案·演播风格卷》,中国广播电视出版社 2010 年版,第 36—41 页。
② 陈云:《对弹词〈青春之歌〉的意见(一九六一年四月二十五日)》,《陈云同志关于评弹的谈话和通信》,中国曲艺出版社 1983 年版,第 58 页。
③ 蔡志评回忆舒绣文是在中央台录制的《朝阳花》,田月华认为是在北京台,舒绣文在《我读〈朝阳花〉》中也说是在北京台(舒绣文:《我读〈朝阳花〉》,《著名表演艺术家舒绣文》,中国文史出版社 1986 年版,第 226 页)。
④ 舒绣文:《我怎样朗诵》,《回忆舒绣文》,中国文史出版社 2015 年版,第 56 页。

描写的境界，一次比一次激动。"① 小说广播后，影响非常大，和播读的《苦菜花》《迎春花》一起获得了"三花"的美称。当时播读过《朝阳花》的还有黑龙江电台的赵琮婕。"文革"后中央台又重新录播《朝阳花》，播读者是孙兆林。

像舒绣文这样精心研读原著、揣摩作品隐含深意的影剧演员不在少数。曹灿回忆，接到作品以后"都要读上两遍，第一遍叫做感性接触，第二遍叫做理性解剖。"② 张筠英接到作品后，在通读和细读的基础上进行分析归类的整理工作，"列一张人物总表。表中把作品提示有关每个人物声音特点的内容摘录下来，归成各种类型……"③ 在分析电台播音员播读小说的不足时，汪良将其归于案头工作的欠缺，"对小说作品艺术形式上的特殊性感觉不到家"④。电台播音员缺的这不小的一块，应该就是播读之前对作品的熟悉和感知。也正是补上了这一块，影剧演员创作了许多广播小说精品，像舒绣文的《朝阳花》《苦菜花》《迎春花》、董行佶的《小城春秋》、苏民的《红岩》、郑榕的《六十年的变迁》、杜澎的《三里湾》等。可惜的是，舒绣文播读的《朝阳花》以及刘玉森播讲的《烈火金刚》、董行佶播讲的《小城春秋》、郑榕的《六十年变迁》、苏民的《红岩》等录音在 1969 年被消磁。⑤

由声音演绎的文艺广播作品有时对作品的挖掘能给原作者带来种种情感上的启发和认识上的升华。1962 年，杨沫听了广播小说《青春之歌》。她在日记中写道："……从前天（十四日）起，中央人民广播电台开始播讲小说《青春之歌》。是由史林播讲的。她播讲得很好，许多情节，被她带着感情的声调一朗诵，显得更传神。有些地方听了，不禁想掉泪。很想写封信向她道谢。"⑥ 9 月 24 日，杨沫给史林写了一封信，表达谢意。

1992 年，叶咏梅在对全国首届《小说连播》节目编辑奖评奖进行综

---

① 舒绣文：《我读〈朝阳花〉》，《著名表演艺术家舒绣文》，中国文史出版社 1986 年版，第 226 页。
② 曹灿：《扬长避短形成独自风格》，《中国长篇连播历史档案·演播风格卷》，中国广播电视出版社 2010 年版，第 23 页。
③ 张筠英：《追求听觉艺术的语言内在美——谈演播长篇小说的人物塑造》，《中国长篇连播历史档案·演播风格卷》，中国广播电视出版社 2010 年版，第 14 页。
④ 汪良：《小说播讲艺术》，北京广播学院出版社 1988 年版，第 54 页。
⑤ 北京人民广播电台编著：《大音京华：纪念北京人民广播电台建台 60 周年》，中国广播电视出版社 2009 年版，第 37 页。
⑥ 杨沫：《杨沫文集》（第 6 卷），北京十月文艺出版社 1994 年版，第 481—482 页。

述的文章中提到："《小说连播》节目必须忠于原著,更需吃透原著。所谓吃透原著,不仅是要理解作品表层的主题思想、人物关系和故事情节等主要线索,困难的而又重要的是,应进一步体会作品独特的风采、神韵、色调、意绪和精髓等深层次的精神实质。"① 尽管叶咏梅所言针对的是获奖编辑的案头工作,但实际上"十七年"期间,播读小说的影剧演员们在"吃透原著"的做法上已经先行一步。

第三节 评书广播与"红色经典"的经典化

评书是以"说"为主、表演为辅的曲艺形式,以其跌宕起伏的故事、形象鲜明的语言而拥有数量庞大的受众。随着广播的兴起,评书艺人也从书场、书馆、茶馆走进演播间。新中国成立后,多数评书艺人开始到电台"说新书""说红书",多数新书是在书场演出后再被广播播出,有些代表性艺人还因此受到意识形态的高度肯定,② 以评书为代表的民间艺术形式也进入文艺界领导者的视野。③ "评书+新书"的传播机制扩大了"十七年"长篇小说的影响,对于"红色经典"的经典化起到了重要作用。

一 "说新书"与"十七年"长篇小说评书广播

评书艺人最初进入广播电台是在 20 世纪 20 年代广播进入国内不久,主要是说《三国演义》《水浒传》等传统故事。1949 年 5 月 25 日,孔厥、袁静合著的长篇小说《新儿女英雄传》开始在《人民日报》连载。时任锦州市曲艺协会会长的李鹤仙看到小说后,觉得故事很生动,于是将其改

---

① 叶咏梅:《全国首届〈小说连播〉节目编辑奖评奖综述》,《"上帝"青睐的节目》,中国文联出版公司 1995 年版,第 422 页。
② 1962 年,在中国曲协举办的说新书交流会上,李鑫荃和袁阔成被誉为"说新书的带头人"。1964 年,杨田荣所说评书《铁道游击队》在中央人民广播电台播出后,《人民日报》组织评论文章对此加以讨论,称赞杨田荣为"全国说新书的一面旗帜"。
③ 时任文化部副部长刘芝明指出:"有些同志常常忽视民间的传说和口头文学的重要意义。……把最根本的文学创造的源泉——广大群众所创造的艺术形式和民间的口头文学反而置之不问了,这将会从根本上影响一个国家的文学艺术的繁荣。……我们如果把广大劳动人民的普及工作做为创造与发展社会主义的民族的新文化不可缺少的一个重要部分来看的话,那末,曲艺就是最好的易于普及的文学艺术形式之一。"刘芝明:《祝曲艺推陈出新,繁荣昌盛》,《曲艺》1958 年第 1 期。

第二章 教化与普及：政治语境下的长篇小说广播传播

编为新评书。之后每天到锦州人民广播电台广播，反响很大，"有人特意买个收音机收听这个广播"①。1950年，张振铎在中央人民广播电台播讲评书《铜墙铁壁》，赵英颇播讲根据赵树理《登记》改编的中篇评书《燕燕》，袁阔成播讲《小二黑结婚》。以上是新小说较早改为评书的例子。在这之后，《吕梁英雄传》《铁道游击队》《暴风骤雨》等革命新书也纷纷被评书艺人改编后在广播上演播。有些小说还被多人多次改编，如演播《新儿女英雄传》的除了李鹤仙外，还有北京的连阔如、云南的雷震北、湖北的李兴凯、河北的杨田荣、山西的狄来珍、辽宁的单田芳等。

有些广播电台开辟专栏播放评书艺人所说的新书。广东台1950年6月1日开办了《讲故事》节目，第一次就是请粤语说书的代表人物陈干臣播讲赵树理的中篇小说《小二黑结婚》，之后又播讲了《新儿女英雄传》《暴风骤雨》等长篇小说。值得一提的是，作为市级电台的辽宁鞍山广播电台，是新中国成立后第一家以新评书为主的电台。该台于1956年元旦，创办《评书节目》，播出了大量根据"十七年"长篇小说改编的新评书，如《三里湾》《铁道游击队》《野火春风斗古城》《创业史》《红岩》《新儿女英雄传》《欧阳海之歌》等。自节目开办一直到1992年，鞍山台共录制了123部评书，播讲段数居全国首位，是我国生产评书的基地，② 也因此获得"评书故乡"之称。③ 鞍山台创造了几项评书连播的纪录：在全国最早录制播出现代广播评书；"文革"中最早恢复广播评书节目；最先录制播出新编传统评书。50年代，鞍山汇集了京津等地曲艺名家26位。④

鞍山电台的杨田荣播讲过《烈火金刚》《战斗的青春》《小城春秋》《红旗谱》《红岩》《野火春风斗古城》《三里湾》《敌后武工队》等多部新书。1964年，杨田荣受中央台邀请录制了评书《铁道游击队》。《人民日报》因此发文肯定杨田荣说新书的成绩，鞍山台广播评书也由此推向全国。杨田荣的评书不仅在国内受欢迎，也影响到国外。朝鲜新义州一位老人听了《激战无名川》后，写信给杨田荣说："听了您那动人的评书和惊人的口技，我简直忘记了自己是坐在收音机旁，就象我又回到了那战争

---

① 李光：《介绍李鹤仙改编〈新儿女英雄传〉的经验》，赵树理等《大众文艺论集》，工人出版社1950年版，第54页。
② 一叶：《全国电台〈小说连播〉节目录制重点书目汇总与综述》，《"上帝"青睐的节目》，中国文联出版公司1995年版，第411—412页。
③ 汪景寿、王决等：《中国评书艺术论》，经济日报出版社1997年版，第55页。
④ 苏兰朵：《鞍山是怎样炼成的》，《天辽地宁十四城》，辽宁人民出版社2013年版，第76页。

的岁月……"① 据不完全统计，从 1957 年 5 月录制的新评书《三里湾》到 1979 年的评书《李自成》，杨田荣共演播了 33 部新书，为当代长篇小说的传播做出了巨大贡献。

"十七年"长篇小说大规模改编为评书是 1958 年后，几乎只要有新的长篇小说面世，很快就被改编为评书并在各级各类电台播出。究其缘由有以下四点。

一是新书大量涌现，并且这些新书本身就有"拟话本"特征，如刘流的《烈火金刚》、曲波的《林海雪原》、梁斌的《红旗谱》等，前文已有所述。需要补充的是，有的作家创作出的小说就是为评书而作的底本。如 40 年代柯蓝的《乌鸦告状》、束为等的《苦海求生记》、马少波的《新还魂记》等，新中国成立后有意以评书为底稿进行小说创作的是赵树理，有短篇《登记》、长篇《灵泉洞》等，其他还有马烽的《周支队大闹平川》。出于普及民众文化的目的，赵树理将评书的价值定于现代小说之上："我还掌握不了评书，但我一开始写小说就是要它成为能说的，这个主意我至今不变，如果我能在艺术上有所进步，能进步到评书的程度就不错。"② 再有就是评书艺人创作或与作家合作了一些长篇小说作为演播的底本，如潘伯英、金声伯创作的《江南红》，连阔如、苗培时的《飞夺泸定桥》，李凤琪的《智闯珊瑚潭》，诸仙赋的《冷枪战》，柯蓝、蒋月泉、周云瑞创作（柯蓝执笔）的中篇弹词《海上英雄》等。

二是新中国成立后对传统艺术进行"改人、改艺、改制"活动，大大压缩了评书艺人"说旧书"的文化空间。进入新的社会，很大一部分艺人不喜欢说新书，一是说旧书轻车熟路，一部脚本可以"换来半世衣食"，③ 但改编新书则困难得多。二是说新书收入低。据资料显示，50 年代说旧书的收入是说新书收入的十几二十几倍。④ 三是听众不积极，听众认为"新书没有老书好听"，⑤ "新书上座差，有时说成空场"⑥。为了鼓励

---

① 刘传章：《梅花香自苦寒来——记著名评书艺人杨田荣》，《艺海名伶》，辽宁人民出版社 1990 年版，第 166 页。
② 赵树理：《我们要在思想上跃进》，《曲艺》1958 年第 4 期。
③ 林禽：《开展新书弹唱运动》，《大众戏曲》1951 年第 2 期。
④ 《鼓足干劲，说好新书，宣传共产主义思想——北京宣武说唱团座谈长篇新书》，《曲艺》1961 年第 2 期。
⑤ 樊炽昌：《讲好革命新书，积极参加斗争》，《边疆文艺》1964 年第 4 期。
⑥ 《鼓足干劲，说好新书，宣传共产主义思想——北京宣武说唱团座谈长篇新书》，《曲艺》1961 年第 2 期。

评书艺人说新书，文化部门首先对评书艺人进行经济扶持。最常见的就是发给评书艺人固定工资，让他们不再有生存上的忧虑。① 有资料表明，与城市普通职工相比，评弹艺人是当时的高收入群体。1957年城市职工家庭人均月收入为 21.13 元，② 而同一年河北省三河县曲艺艺人日均收入能达到四五元。③ 但并非天天都有演出活动，所以收入不固定。而加入剧团后，收入就不仅稳定，而且有的还高出工人、知识分子的工资水平。沈阳评书艺人李庆海动员单田芳学说评书时劝道："就凭你们家的现状，你能读完五年大学吗？即使你真的大学毕业了，又能怎样？当技术员？或者是见习工程师？每个月的工资也不超过百元，与说书比起来差多了。"可见评书演员在当时工资甚至高于高级知识分子。60年代前期，在本溪曲艺团做评书演员的田连元月薪 84 元，超过了同城工人工资。④ 其次是提高他们的文化地位，赋予曲艺艺人以文学艺术工作者的身份，承认他们在社会主义文艺活动中文化"尖兵"的地位和作用。⑤ 再就是体制化管理，将分散于民间的评书艺人编属于各级各类曲艺团、曲艺队、曲艺组或曲艺小组、巡回演唱队。有的地方还对评书艺人的政治情况、上演节目内容进行审查，合乎条件的发给"演员证"。⑥ 体制化后，无论主动还是被动，多数评书艺人转向了说新书。

三是积累了更多"说新书"的经验。新中国成立初期，一者新书少，二者新书故事不精彩、不紧凑，三者将新书改为评书存在诸多技术上的难题，因此说书的和听书的积极性并不是太高。沈阳评书艺人宋桐斌在茶社说演新评书《吕梁英雄传》，听众以为是《火烧红莲寺》改了新名，第

---

① 据唐耿良回忆："当时报载京剧名角李少春、叶盛兰，参加中国京剧院，放弃单干高额收入，赚固定工资。上海的雪声越剧团参加华东越剧团，袁雪芬带头入团参加革命。看来单干艺人的出路在于参加国家剧团。蒋月泉也有同感。表面看单干很赚钱，实际上是不稳定的，而且请作家编书所付稿费也很高，夏天要脱产学习就没有收入。参加了国家剧团，将来老了有退休工资，请作家编书稿费由单位付钱，夏天脱产学习照样有钱拿。"唐耿良：《别梦依稀——我的评弹生涯》，商务印书馆 2008 年版，第 69 页。
② 国家统计局编：《中国统计年鉴（1984）》，中国统计出版社 1984 年版，第 462 页。
③ 石光：《插红旗说新书——为社会主义建设服务》，《戏剧战线》1958 年第 8 期。
④ 刘岩：《历史·记忆·生产：东北老工业基地文化研究》，中国言实出版社 2016 年版，第 82 页。
⑤ 刘芝明：《在第一届全国曲艺会演开幕式上的讲话》，《曲艺》1958 年第 8 期。
⑥ 中国曲艺志全国编辑委员会《中国曲艺志·贵州卷》编辑委员会编：《贵州省文化局对全省民间艺人进行统一登记的通知》，中国 ISBN 中心 2006 年版，第 380 页。

一天上座率很高。知道是新评书,一周后"落到空堂"。① 云南纺织厂业余评书爱好者朱光甲最开始说新书时,"在台上说得口干舌燥、汗流浃背,而台下听众越来越少,一个个溜啦"②。1951 年春季,上海四响档的唐耿良、蒋月泉、王伯荫、张鉴庭、张鉴国、周云瑞以及陈希安、刘天韵、谢毓菁师徒九人在苏州静园书场全部改说新书。但新书的上座率只有七八成,生意清淡。另外,一些评书艺人对于说新书还有一层意识形态的顾忌,担心说不好会毁坏英雄形象。③ 为了改变这种状况,曲艺领导机构和部分先进评书艺人通过集体合作、个人努力积累编新书、说新书的经验。北京宣武说唱团 1956 年开始研究如何改编新书。袁阔成通过分段加工、重新安排关节等方法,对原著进行相应的梳理和铺排,使其适合于口头说演。这些编新书、说新书的经验又通过种种途径被其他评书艺人借鉴学习,进一步扩大了改、说新书的规模。云南省评书艺人宋兴仁总结出较为系统的说新书经验,通过举办评书培训班、故事员培训班的方式将说新书的技巧传授给业余评书员及故事员。④ 中国曲艺工作者协会邀请部分编说新书有成绩有经验的演员和干部,座谈编说新书的工作,提供了一些经验和方法:首先就是要选好书。什么样的书才是好书呢?一是故事性强,二是人物形象高大鲜明,三是对立面明显,四是原作的语言和生活都丰富。

当然,并不是所有的新书都可以改编为评书。相比较之下,那些受"五四"新文学影响的、以知识分子或新人为主人公的小说,如《山乡巨变》《青春之歌》《创业史》等就很少被评书艺人所关注。蔡志评认为,

---

① 李光:《怎样让群众爱听新评书》,赵树理等《大众文艺论集》,工人出版社 1950 年版,第 29 页。

② 朱光甲:《说革命新书 长革命志气》,《边疆文艺》1964 年第 3 期。

③ 改编《铁道游击队》的傅泰臣说:"我感觉这部书故事性很强,非常生动,教育意义也很大……改过两三遍以后,我记的倒是很熟了,就是不敢演出,因为这是部成功的名著,要是说坏了,群众也会有意见,同时我也怕说不好冷了场子。"(傅泰臣讲述,胡沁整理:《我是怎样改编和演唱〈铁道游击队〉的》,《山东文学》1958 年第 3 期)评书艺人雷正白说:"说新书对我们老艺人来说,是一个思想上技术上的革命。"苗岭分析认为,评书艺人如果用过去的说唱形式刻画今天的新英雄人物难免有局限之处:"比如要绘声绘影的刻划《林海雪原》中的侦察英雄杨子荣,对于比较熟悉智多星吴用等等的老艺人来说,这不能说没有困难;《红岩》中的许云峰、江姐、成岗等英雄人物的光辉形象,仅仅应用表现花和尚鲁智深、九纹龙史进等历史人物的技巧也是不行的。"(苗岭:《改进茶馆里的书曲活动》,《曲艺》1963 年第 5 期)

④ 中国曲艺志全国编辑委员会《中国曲艺志·云南卷》编辑委员会编:《中国曲艺志·云南卷》,中国 ISBN 中心 2009 年版,第 771 页。

《创业史》不适合广播,因其改编为评书比较困难:"一、故事情节性很差,故事很单纯,几句话就可以说完,情节也简单平板,缺少引人入胜的曲折生动的情节,不像某些作品那样富有戏剧性。二、对反面人物的描写很集中,心理刻画也特别细致,大段大段表现他们的罪恶心理,这一点在分段的连续广播中选用问题很大。三、文风上近于欧化的句子,大量的抒情议论及大量的人物内心独白等人物形象的描写,缺少动作感。"① 蔡志评是在1963年送审意见中提出如上看法。当时文学组组长梁光弟的批示认为,《创业史》可以录播,但不一定采用评书的方式。其实早在1961年1月1日至3月17日,鞍山广播电台就已播放杨田荣播讲的评书《创业史》。因为资料的问题,难以知晓杨田荣演播状况,但从袁阔成播讲《创业史》的情况来看,以评书的方式播讲《创业史》确实不尽如人意。在接受《外滩画报》采访时,袁阔成说:"我们说评书讲究'扣子',就是悬念。'不知梁生宝第二天能否买来稻种——',醒木一摔,'咱们明天再说!'第二天一人没来。"② 其实,即使是传统小说也并非都能改编成评书,比如改说《红楼梦》就比改说《三国演义》《水浒传》困难得多。③

四是曲艺传播新书越来越引起文艺界、曲艺界的高度重视。在"大众化"的目标旨归下,左翼作家提倡以民间说唱的艺术形式表现革命新内容。鲁迅也认为:"从唱本说书里,是可以产生托尔斯泰、弗罗培尔的。"④ 在20世纪30年代的苏区和40年代的解放区,民间说书艺人的创作及表演"为组织和领导乡村文化,建设乡村公共生活空间和新道德观念确立,提供了一种可能性"⑤。新中国成立后,面对文化水平偏低而又亟须进行革命化动员的乡村社会,以评书为代表的口头文学更是受到文化部门的极大关注。第一次文代会期间,中华全国曲艺改进协会筹备委员会

---

① 蔡志评:《再次送审〈创业史〉》,《茶味人生》,中国广播电视出版社2011年版,第189页。
② 陆彦:《评书大师袁阔成:评书是严肃的艺术》,http://cul.qq.com/a/20150302/031390.htm。
③ 袁阔成认为,改说《红楼梦》的困难有三点:一是诗词歌赋多,二是儿女情长的东西多,三是声音处理方面有困难,比如林黛玉、贾宝玉说话的声音比较娇、脆,用评书的声音表现效果差得多。袁阔成:《评书演播的二度创作》,《中国长篇连播历史档案·演播风格卷》,中国广播电视出版社2010年版,第58页。
④ 鲁迅:《论"第三种人"》,《我们要批评家——鲁迅杂文精选集》,中国言实出版社2015年版,第197页。
⑤ 孙晓忠:《改造说书人——1944年延安乡村文化的当代意义》,《文学评论》2008年第3期。

成立，其主要任务就是团结各地分散的艺人创作和改编曲词、辅导艺人改造思想。同年9月，筹委会与北平新华广播电台联合成立"曲艺广播小组"，通过广播演出反映新生活、新思想的曲艺节目。1958—1962年，对于曲艺的重视达到前所未有的程度。先后召开了全国曲艺工作会议和第一次中国曲艺工作者代表大会，举办了第一届全国曲艺会演大会，组建了中国曲艺工作者协会。在此期间，《人民日报》《光明日报》连续发表社论和评论员文章，肯定了曲艺灵活轻便的演出形式，希望曲艺能够在社会主义事业中发挥更大的作用。① 一些党和国家领导人如周恩来、陈云以及文艺界领导者周扬、老舍、赵树理等不仅参加了重要的曲艺演出和会议，而且就曲艺如何繁荣发展做出过具体的指示。1964年2月5日，《人民日报》就全国文联和曲协召开的曲艺创作座谈会发表社论《积极地发展社会主义的新曲艺》，从节目内容、创作队伍、演出方式、曲艺作品的发表出版与评论工作等做出了部署，以更好地发挥其娱乐教育功能。②

曲艺节目中，以评书演播新书的重要性日益凸显出来。《文艺报》在一篇社论中肯定了将新体长篇小说改编为曲艺形式的做法，呼吁新文艺工作者同艺人合作，对内容好但形式不能为农民所接受的作品"进行创造性的改编"。③ 1962年，曲艺界提倡"说新唱新"，新体长篇小说被大量改编为曲艺的各种形式。既然"讲小说"符合群众艺术欣赏习惯，易于为群众接受，那么在广播上"讲"显然是一种更经济的做法。

二 评书艺人与新体长篇小说"二度创作"

新体长篇小说和评书是两种不同类型、不同风格的文体样式。当评书艺人按照评书的程式改编新体长篇小说时，这种"二度创作"在一定程度上丰富了新体长篇小说新的内涵，并在艺术方面有所提高。为适合评书演播，几乎每一部作品都经过评书艺人的重新编写。④尽管改编任务繁重，

---

① 《人民日报》评论员文章：《让曲艺发挥更大的宣传教育作用》，《人民日报》1958年8月10日；《光明日报》社论：《让曲艺更好地反映现实生活》，《光明日报》1958年8月15日；《文汇报》社论：《曲艺永远是文艺尖兵》，《文汇报》1958年8月15日；《人民日报》社论：《充分发挥曲艺的文艺尖兵作用》，《人民日报》1958年9月16日。

② 《人民日报》社论：《积极地发展社会主义的新曲艺》，《人民日报》1964年2月5日。

③ 《文艺报》社论：《文艺面向农民，巩固和扩大社会主义新文艺在农村的阵地》，《文艺报》1963年第3期。

④ 侯金镜：《让短篇小说在农村中扎根落户》，《侯金镜文艺评论选集》，人民文学出版社1979年版，第272页。

但却有了与原作不同的诸多艺术创造。评书艺人对新体长篇小说的改编主要表现在人物形象的再造、艺术结构的改变、细节的补充和丰富等方面。

首先是在人物——尤其是英雄人物外形塑造方面发生了一些变化,如杨子荣、许云峰、朱老忠等。"开脸"是评书描绘人物的常用手法,一般按照由上到下、由外到内的顺序介绍人物的相貌、打扮及其他外在特征,达到先声夺人、突出性格的效果,如袁阔成改编的《肖飞买药》中肖飞的形象刻画:

> 只见他二十多岁,中等身材,白净子,宽脑门儿,尖下颏儿,细眉毛,大眼睛,留着大背头,真精神。脑袋上歪戴一顶巴拿马大草帽,宽边倒翻大卷沿儿。身穿灰纺绸的裤褂儿,脚底下是丝线袜子,礼服呢便鞋,上衣小褂儿没系扣儿,敞着怀,特意露出里边穿的"皇后"牌子背心,腰扎丝绒板儿带子,有四指宽,带穗头儿在两边耷拉着,好家伙!①

在原作中,肖飞身材小巧玲珑、眉毛黑细、睫毛又黑又长、眼睛又大又亮、脸上有酒窝儿,是"一个俊俏的青年"。如果买药的时候以这幅形象出现,并且还做出特务的品性,显得有些不真实。改编之后,仅从外貌上就能迷惑住药店里的人。无独有偶,陈清远改编的《肖飞买药》也写出了肖飞的派头和特务式的打扮。②

评书艺人塑造英雄人物主要还是关注英雄性格气质的生成变化。"十七年"长篇小说中,英雄是国家和民族意志的体现。在政治理性的规范下,英雄人物只剩下阶级属性和民族属性,个人性的思想、情感和欲望都被排除或屏蔽。因此,面对英雄人物,评书艺人在改编时顾虑重重。李鑫荃以他所说过的《保卫延安》《苦菜花》《平原枪声》三部作品中的三个干部为例,说明英雄级别越高越不好表现。在说到《保卫延安》中的部队高级首长时,只能把他说的话一字不错地背下来。《苦菜花》中最高级别的人物是区委书记,说起来就非常轻松。《平原枪声》中的马英是一个普通八路军干部,"自己感到说这部书,比过去说传统书还有劲"。对于

---

① 袁阔成改编的《肖飞买药》中关于肖飞外形描写的文字参见梁彦《北京评书》,北京美术摄影出版社2015年版,第77页。

② 朱光斗、宫钦科编:《建国三十周年辽宁省文艺创作选·曲艺选》(1949—1979),春风文艺出版社1979年版,第870页。

不能很好表现高级别英雄，李鑫荃也很苦闷，他自我检讨是思想感情跟不上。实际上这不是个人思想感情的问题，而是与思想上种种无形的束缚有关，对于高级别英雄人物无法进行创造性发挥。①

相比之下，评书演员在塑造那些具有民间草莽气质的英雄人物时发挥空间要大得多，人物形象更为丰盈饱满。这一方面是评书擅长于塑造英雄人物，另一方面也与评书艺人对生活的熟悉程度有关。为了说好《铁道游击队》，傅泰臣前后三年到枣庄和微山湖，访谈当年的铁道游击队队员，收集了很多素材。②并且他还专程拜访知侠，探讨刘洪形象的塑造问题："原来打算在表现刘洪的形象时，就像说旧书一样，把他说成是一个固定不变的性格。无论说到什么地方，只要把刘洪的炮筒子脾气拿出来演唱一下就行。经刘知侠同志给我介绍以后，使我明确了新的英雄人物的性格并不是一成不变的，通过斗争的锻炼和党的教育，人物的思想感情、觉悟程度、性格脾气都是有变化，有所发展和提高的。在演唱刘洪时我就紧紧的掌握了这一点。每经过一次斗争后，我都使他的性格有所发展和提高。可是要掌握住人物基本的性格特点，不要让他变得太快，太突然。失去了人物原有的个性，也会失去了真实性。"③

从傅泰臣的话中可以看出，在改编新书的过程中，既有对评书演唱技法的改造，也有对新书艺术水平的超越。"十七年"长篇小说中的英雄形象呈现出的是"长成"的性格，其成长过程比较模糊。比如，梁生宝、刘洪等，他们的英雄品格犹如天然生成，缺少现实逻辑和性格逻辑。故而人物虽然很高尚伟大，但有一种不真实感。写出英雄人物性格成长过程中的不足和缺点，不仅无损于英雄形象，反而会使受众产生认同心理。像傅泰臣这样，让人物性格在"每经过一次斗争后"不断发展和提高，反映出人物的"成长"过程，既符合性格逻辑，也反映了历史逻辑。

改编新书时，像傅泰臣这样向原作者请教的评书艺人不在少数。中国曲协请《铁道游击队》作者刘知侠、《烈火金刚》作者刘流为北京市宣武说唱团做报告。《红岩》改编时，罗广斌、杨益言在一些地方给予改编者徐勍、逯旭初、程梓贤以具体细微的提示。预演时也是每场必到，鼓励演

---

① 《鼓足干劲，说好新书，宣传共产主义思想——北京宣武说唱团座谈长篇新书》，《曲艺》1961年第2期。
② 瞿淑华：《琵琶依旧，人间几换——〈铁道游击队〉创作、影响史话》，《永远的红色经典：红色经典创作影响史话》，长江文艺出版社2008年版，第95页。
③ 傅泰臣：《我是怎样向生活学习的》，《曲艺》1958年第7期。

员、改编者进行大胆的改动。这样做,一方面加深了对原作的理解,另一方面增强了改编者的信心。

一般而言,评书艺人改编新书时,既不会对原著一成不变的如实照搬,也不会对故事和人物形象任意歪曲夸张,而是在意识形态和传统评书技法平衡的基础上对英雄形象进行适当的调整。高元均谈到他在演播《侦察兵》时如何处理人物动作:"在动作上我尽量地使它生活化,不去搬用旧的套子,因为新的人物与这些老动作是格格不入的,生搬硬套,往往会破坏了艺术的完整性和真实性。假如把武二郎的动作硬按到侦察兵的身上,那就会歪曲了形象,不过在动作的节奏上,我是一点都不马虎的,因为动作上鲜明的节奏,会有助于动作的美化。"① 陶湘九改编的《舌战"小炉匠"》中,一方面根据原作表现出杨子荣见到小炉匠之后焦虑、急躁、紧张的情绪,另一方面突出了他的害怕和恐惧。如杨子荣见到小炉匠时的第一反应:"杨子荣一看此人,吓的出了一身冷汗。"杨子荣猛一见到小炉匠,首先意识到的是自我安危,其次是计划能否顺利实施。在危险面前,情绪紧张是人的本能性反应,非意志所能控制。无独有偶,袁阔成在表演这一情节时,通过声音的控制突出了杨子荣心理的紧张。因此,杨子荣的心理表现属于"人之常情",这样的"惊人之笔"增强了矛盾氛围的惊险程度,同时也使人物形象真实可感。

重庆市曲艺团根据《红岩》改编而成《暴风海燕》。演员因为顾及江姐"区委书记"的身份,"对她的外形描写束手束脚,话也不敢多说了,动作也不敢多做了","恐损害英雄形象"。罗广斌、杨益言告诉演员:"可以放开描写她,外形更可以放开描绘,反正她是化了妆的嘛。"② 罗广斌、杨益言的提示给了演员以信心,同时也深化了原作的内涵。比如,原作中江姐见到丈夫老彭的人头时:

---

① 高元均:《演唱新作品的体会》,《曲艺》1958 年第 9 期。
② 重庆市曲艺团《红岩》改编小组:《四川评书〈红岩〉的改编》,《曲艺》1963 年第 2 期。另外,50—70 年代,评书艺人不仅顾忌稍一不慎会将英雄形象丑化,而且在演说反面人物时也放不开手脚。北京宣武说唱团评书艺人宋香林在一次座谈会中说:"一说到反面人物就不成了,说不上来,说得没有劲。有的听众说我不好意思,对反面人物的丑态不肯发挥,其实是不会说反面人物,办法少。这样就影响了书。反面人物表现得差,正面人物也衬不起来,味道不够。"宋香林认为主要是由于自己在旧社会对官僚、地主、狗腿子等反面人物认识不足,属于生活经历方面的欠缺(《鼓足干劲,说好新书,宣传共产主义思想——北京宣武说唱团座谈长篇新书》,《曲艺》1961 年第 2 期)。

老彭？他不就是我多年来朝夕相处、患难与共的战友、同志、丈夫么！不会是他，他怎样在这种时刻牺牲？一定是敌人的欺骗！可是，这里挂的，又是谁的头呢？江姐艰难地、急切地向前移动，抬起头，仰望着城楼。目光穿过雨雾，到底看清楚了那熟悉的脸型。啊，真的是他！他大睁着一双渴望胜利的眼睛，直视着苦难中的人民！老彭，老彭，你不是率领着队伍，日夜打击匪军？你不是和我相约：共同战斗到天明！

这段话在形式上是长短句子和感叹号、问号交错在一起，表现出江姐悲愤、怀疑、痛苦的复杂心理。要将这种书面语言转换为口语，需要准确把握江姐的心理特点。罗广斌、杨益言为改编者详细剖析了这一心理过程："江姐此时的感情，首先是惊，内心震动；接着不信，怀疑是敌人惯使的鬼把戏，夸耀成功，瓦解我斗志；再看，究竟是亲密的战友，辨认出来了，感到悲愤填膺，插叙她的回忆，由热转冷，悲痛已极……"① 这样的理解和分析对于评书演员把握人物的性格也起到重要作用。

根据评书的特点改变原作的结构也是评书艺人常用的做法。与评书单线发展的结构不同，"十七年"长篇小说情节穿插比较复杂，也有一些情节表现出游离状态，同时情节的发展常常伴随着人物思想感情活动，这些都不适合口语表达。金受申说："应该注意的是，新旧评书都是一样，必须矛盾鲜明，故事性必须强，说战争场面、惊险故事更好，最怕琐琐碎碎，那就会降低思想质量，听众也不欢迎。"② 于是，评书演员在改编时，要从原作错综复杂的情节结构中挑出主线，不枝不蔓，线索清晰，利于听众理解。

有的评书艺人根据传统评书《三国演义》或《水浒传》的结构方式，以人物或事件为单元对原作情节进行重新组合，从而起到突出某个英雄人物或事件的作用，这在评书创作中叫"卡坨子"。比如，李鑫荃以人物为单元将《红岩》改编为多个单篇，包括《江姐初上华蓥山》《彭政委就义》《甫志高叛变》《许云峰赴宴》《双枪老太婆劫刑车》《华子良装疯》《许云峰就义》等，每个单篇都可独立演出。重庆曲艺团改编的《红岩》

---

① 重庆市曲艺团《红岩》改编小组：《四川评书〈红岩〉的改编》，《曲艺》1963年第2期。
② 金受申：《谈谈新评书》，北京市文学艺术工作者联合会编《怎样写曲艺》，北京出版社1959年版，第24页。

分三部分,有《暴风海燕》《挺进报》《红岩青松》,分别以江姐、成岗、许云峰为"书胆"。宣武说唱团的朱桢富则是以故事为单元改编了《林海雪原》,包括《杨子荣智识小炉匠》《刘勋苍猛擒刁占一》《小分队奇袭老狼窝》《杨子荣打虎上山》《小分队驾临百鸡宴》等。改编之后,人物形象和故事情节更为鲜明生动。

新评书也很注重线索的起承转合,精心设置"裁笔""伏笔"。《林海雪原》中,杨子荣假扮匪徒胡彪进威虎山,说是奶头山的副官。但前文讲述奶头山一战时,并没提到胡彪这个人。此时,忽然在威虎山出现,就显得突然。于是,评书演员在叙说消灭奶头山匪徒后,加上一句:"那副官胡彪,背上中了一枪,往前一个抢步,掉下了山涧,不知生死。"就为后文埋下"伏笔"。① 最主要的是,这种安排还弥补了原著中的一个漏洞。原著中,杨子荣要扮成一个匪徒深入座山雕的巢穴。少剑波深夜在与杨子荣谈话中点出了这个匪徒叫"胡彪",除此之外,没有更多关于"胡彪"的信息。但"胡彪"这个名字的突如其来却给读者造成一种暗示,就是这是一个信手拈来的名字。在和座山雕见面时的对话中,"胡彪"称自己是许大马棒的饲马副官,逃出奶头山。但这番杨子荣自说自道的话并不能使读者确定"胡彪"实有其人。在威虎山上,当被抓的栾平看到杨子荣时,心理活动中有一句话:"……他明明认出他眼前站的不是胡彪,胡彪早在奶头山落网了;……"这就说明胡彪确实是有。"胡彪"的存在与否关系到杨子荣的生死,对这样一个关键性细节,原著显然安排得过于草率。相比之下,评书演员加上的这一句就不是可有可无之笔。

"扣子"是评书根本的结构手法,就是留下悬念,吸引听众能够继续听下去。新评书也非常重视扣子的设计。傅泰臣改编的《铁道游击队》第一回结束:"就见便衣队的特务潘长安,慌慌张张的从北边跑过来了。他来到曲德山的面前,喘了半天气才说出话来:'报……告……队长……又出事了……!'"第二回结束:"……王强赶忙向前卸下门闩,拔开门插关儿,正要开门,马上又停住手了。低声说道:'老洪!你听外面,敌人的巡逻马队来了!'"第三回的结束:"曲德山大声喊道:'给我拉出去!'四个鬼子'噢!'了一声,就冲着王强扑了过去。"② 这样的扣子设

---

① 金受申:《谈谈新评书》,北京市文学艺术工作者联合会编《怎样写曲艺》,北京出版社1959年版,第25页。
② 傅泰臣改编:《铁道游击队》(上集),《说新书》(第三辑),上海文化出版社1966年版,第175、189、204页。

置为人物命运和故事发展留下悬念，营造了起伏跌宕的艺术氛围。但评书艺人说的毕竟是新书，扣子的设置就不能像旧评书那样随意。金受申以《铁道游击队》中芳林嫂被冈村逼问为例，说明新评书的"扣子"设置不能仅仅为了惊险而忽略了听众接受心理：

> 例如说《铁道游击队》的打冈村一段，如果在旧评书里，一定说到冈村托着枪，逼问革命女同志方林嫂，而方林嫂桌子上的煎饼里，就夹着一张抗日救国的标语，可以说惊险极了，而说书的必在这里一拍醒木，"不知方林嫂生死如何，明天接演"来扣住人。今天是不行的，让革命女同志在日寇枪逼之下"呆一宿"，是谁也不答应的。今天的评书演员，明白了这个道理，一直把这故事说到冈村被打死，说出这一段革命斗争的胜利，用这么一句："那万恶滔天的日寇冈村，终于难逃人民的手掌！"做结，听众不但热烈鼓掌，保险明天一定继续来听，这比留扣子好不好？①

对于细节方面的补充和丰富也是评书演员改编时的重要内容。评书很注重细节描写，一是关乎艺人收入的问题，通过细节的渲染延长表演的时间；二是细节描写对于情节的发展起到铺垫、暗示的作用，使情节发展更为合情合理；三是口语化表达必须将对象具体化才能给听众以更直观的印象。有评论者就此而言："作为听众，即使读过小说原作，知道事件的过程和结局，也还愿意听到更详尽的细节。这些和人物、生活场景有机连系着的细节，与重要情节结合一起，就更易于从生活经验、感情变化上引起听众的共鸣与联想，在听众心目中重新构成动人的形象。"②

杨田荣改编《铁道游击队》时，听说他们的市长过去在部队当过政委，就想办法接近，"体会老干部的思想感情。以后再说《铁道游击队》的时候，就有血有肉了"③。西河大鼓演员刘田利说《铁道游击队》时，多次去铁路部门体验生活，访问老工人，了解当时的生活场景。说另一部新书《红旗谱》时，刘田利还到农村参加劳动。傅泰臣改说《铁道游击队》时，经常看一些有关抗日战争的书籍、影片以熟悉小说中的生活，

---

① 金受申：《谈谈新评书》，北京市文学艺术工作者联合会编《怎样写曲艺》，北京出版社1959年版，第26页。
② 肖祖平：《听新评书》，《曲艺》1959年第2期。
③ 杨田荣：《我坚持说新书》，《共产党员》1964年第21期。

向战士了解武器的使用方法和构造机件名称,了解司机、司炉、司旗、负责挂钩的等工作人员的工作方法和工作特点,"由于熟悉了生活,表演起来就比较逼真一些,不至于出漏子,闹笑话"①。1961年才开始学说新书的云南纺织厂业余评书演员朱光甲,也有向生活学习才能说好新书的体验:"除了学习传统外,向生活学习是顶重要的。说新书时许多说白、手眼、身段都要重新创造,要应用新词汇、新穿戴、新脸谱才能适应新书的要求,要有熟悉新事物的生活经验,说起来才会生动真实感人。"②

在对新书进行改编时,评书艺人还对原作故事情节作了许多补充和修正。傅泰臣以自己的生活记忆为基础,对原作进行创造性发挥。比如,在《铁道游击队》中增添了牛三这一人物、"宪兵队过堂"一节踢狼狗的细节以及"打炮楼"的情节,使故事情节更加合理和精彩,获得了强烈的艺术效果。③ 刘田利说演《铁道游击队》时,增写了《小春下书》一回。小春是这回书的主要人物,是刘田利根据书中情节的需要精心设计的一位少年英雄,为整部书增色不少。同时,他还充实了"打票车"的具体细节,使情节更加丰富。参加过铁道游击队的山东评书演员秦焕友在说《铁道游击队》一书时,将自身经历融入作品中,不仅丰富了作品内容,而且创作出《铁道游击队》的续篇。增添的部分有些是评书演员的即兴发挥,有些是故事发展的必要。演说《红旗谱》的评书演员陈清波在朱老巩砸钟前后增补了《三世仇》和《下关东》的情节,使朱老忠的复仇心理和行为更具有历史合理性。

交代清楚地点及环境背景,使听众有一种身临其境的感觉,这在旧评书技巧上叫"摆砌末子",是评书不可或缺的部分。有论者以《林海雪原》为例指出了"摆砌末子"的重要性:"例如《林海雪原》的杨子荣智取威虎山,威虎山究竟详细形势怎样?威虎山上的建筑是什么样子?原作品不够详细,改编时有必要添上,不然就显不出小分队的威力来,也弄不清究竟有多少条山道,小分队怎么进来的;小炉匠怎么进来的,也就不好明白了。"④ 评书艺人在改编新书时,大多会将其中含糊不清的地方和环境给以明晰化。重庆市曲艺团在改编《红岩》时,将江姐看到丈夫人

---

① 傅泰臣:《我是怎样向生活学习的》,《曲艺》1958年第7期。
② 朱光甲:《说革命新书 长革命志气》,《曲艺》1964年第2期。
③ 傅泰臣:《我是怎样向生活学习的》,《曲艺》1958年第7期。
④ 金受申:《谈谈新评书》,北京市文学艺术工作者联合会编《怎样写曲艺》,北京出版社1959年版,第25页。

头的华蓥山下的小城安放在广安,将《挺进报》中的长江兵工厂改为长安机器厂,而徐鹏飞设宴的地方是当时重庆最大的旅馆胜利大厦。这样做不仅增加了听众的真实感,而且便于演员对环境细节的铺叙渲染、穿插地方掌故、增加地方色彩。①"摆砌末子"还表现在背景环境的描写,能够起到烘托故事和人物形象的作用。《林海雪原》中,杨子荣舌战小炉匠进威虎厅时,场景描写只有一句话:"威虎厅里,两盏野猪油灯,闪耀着蓝色的光亮。"这样的描写太简单,烘托不出座山雕的凶狠狡诈。袁阔成在改编这一节时,对座山雕所处环境大肆渲染,为下一步矛盾的展开营造一种"山雨欲来风满楼"的紧张氛围:

> 拉门进来这么一看哪,嘶——呀!今天的威虎厅可与往日不同,屋子里的空气是万分的紧张。威虎厅十七间房子一通联,正面墙上挂着一张水墨大挑,画着一只老雕,独爪抓着山头,横展两翅,黄登登两眼,俯瞰威虎山。大挑两旁有一副对联。上联写:群雄啸聚威虎山靠天吃饭,下联配:众豪藏身野狼窝坐地分金。横匾上三个大字:威虎山。左上首挂着一架大铁钟,钟坠子上的杏黄穗子三尺多长耷拉着。右下首一面鼓象磨盘似的,风磨铜的鼓架晶明瓦亮。正当中桌子后面椅子前头,站着一人,正是老匪座山雕。②

评书演员还在意识形态许可的范围内,增加了大量生活化、趣味化的细节。苏州评话说书人张效声等增添了《真假胡彪》一回书,表现出杨子荣的智勇。东北说书家陈青波说《红旗谱》时,仅朱老忠闯关东一段书,补充了大量细节,连说了二十多场。③

总的来看,在对新书改编的过程中,评书演员既尊重了原著的文本事实,也有所发挥和创造,体现了民间文化对主流意识形态的软性消解。评书和小说有不同的创生机制,也有不同的审美旨趣和价值旨归。当小说成为评书艺人的底本,其主体性多多少少会受到不同程度的拆解。评书艺人在对小说的改编中,也生成了一个与原著既有联系又有区别的新的文本,

---

① 重庆市曲艺团《红岩》改编小组:《四川评书〈红岩〉的改编》,《曲艺》1963年第2期。
② 朱光斗、宫钦科编:《建国三十周年辽宁省文艺创作选·曲艺选》(1949—1979),春风文艺出版社1979年版,第365页。
③ 《当代中国曲艺》,当代中国出版社、香港祖国出版社2009年版,第70页。

体现出民间话语特性。当时有评论者即阐明了评书艺人改编新书的创造意义："如果抛开艺人的再创作过程，把曲艺作品作简单的理解，只看到它跟文人作家作品的联系，而没看到他们之间的区别就是错误的了。民间艺人，正如故事讲述者一样，在任何时候都不可能是作品的单纯转述者，优秀的艺人往往是杰出的创作家，这难道不是一种客观事实吗？"①

三 "为工农兵服务"与新评书的传播效应

文艺要为工农兵服务，这是新中国成立后文艺工作者的中心政治任务。但大多数的评书艺人对此并不能有过深理解，也并没有做出过多回应。樊炽昌回忆了自己讲新书的思想转变过程："过去自己认为旧小说故事性强，热闹，听众爱听；旧书尽讲几百年前的事，谁也没见过，说错了也不要紧，新书思想性强，分寸不好掌握，弄不好会犯错误。"所以讲新书是吃力不讨好的选择。但讲不好新书最主要的原因还是自己思想上没有重视起来，"对讲革命新书的意义认识不明确，只是挂个讲新书的招牌装装门面，并没把讲新书当做回事；思想不重视，就不愿下苦功夫钻研；功夫用不到，就无法讲好；书讲不好，听众当然不爱听了"②。

经过政策宣传、组织学习和体制身份的获得，评书艺人将"说新书"作为一项自觉担当。1966 年"文革"开始前，田连元在辽宁人民广播电台录制了长篇评书《欧阳海之歌》，获得 80 元的报酬，自愿上交给了单位。有人认为："当时的评书演员渴望播讲广播评书，主要是出于成为'人民艺术家'的荣誉感，经济上的考虑几乎可以忽略不计。"③

许多评书艺人对工农兵生活并不熟悉，对工农兵心理也不好把握。因此，要说好新评书就像文学创作一样，得熟悉、了解工农兵生活和他们的语言。老舍最为推崇能够"把书中每一细节都描绘得极其细腻生动，而且喜欢旁征博引"的评书演员。④ 他认为：

> 写新小说的人不是在写评书，人物上火车，写上火车就完了，评

---

① 张紫晨：《曲艺会演给我的启发》，《张紫晨民间文艺学民俗学论文集》，北京师范大学出版社 1993 年版，第 4 页。
② 樊炽昌：《讲好革命新书，积极参加斗争》，《边疆文艺》1964 年第 4 期。
③ 刘岩：《历史·记忆·生产：东北老工业基地文化研究》，中国言实出版社 2016 年版，第 81 页。
④ 老舍：《谈〈武松〉》，《雨花》1960 年第 4 期。

书则要说火车怎样升火,撮煤,拉什么货,都交代出来,台下的人才看得见火车。甚至有时得学火车的声音。小说把这些跳过去写,评书是口头说,非补充这些个不可。……火车是生活的一部分。这就要用心,对生活中的事物大略都知道些,介绍给人们应该知道的生活常识。……要留神丰富小说里所没有的,农业知识、卫生知识,说之无害,而且可以把小说丰富起来。说出来热水瓶为什么保温,手表怎样保护等等,保险受欢迎。……听众去听书,就是佩服说书先生多知多懂。我们带上几句话,可能就解决很大问题。①

在《把红旗插到评书界》一文中,老舍批评新小说过于讲究艺术上的控制,"都是找顶要紧的书核儿写,不写皮儿"。他认为,说新小说"照本儿数,恐不易受欢迎,必得说的细致"。这个"细致"就是生活,"有生活才能说的细致了"。过去的评书艺人都是靠自身生活去丰富原本。陈士和说"聊斋",一千多字的小段儿能说几天。因为陈士和有生活,"把北京的生活细节全安插进去,又生动又亲切,说住了听众"。因此,新小说可以说,也值得说,但评书艺人应该以新的生活去弥补新小说的粗枝大叶,"有了新的生活,新书就说活了"。老舍建议,曲艺演员应该像作家那样去体验生活,以自己的生活经验补充、丰富原作,"不应该干巴巴地讲主义","要用活生生的事,烘托出思想来,那才能尽到宣传的责任"。②

即以语言而言,评书艺人和作家一样,要深入生活学习和掌握工农兵语言。刘田利说:"工人和工人说话不同,车间里声音很大,工人高声喊,还要加上手势动作,才能听清楚。出钢分秒必争,炼钢工人不讲客套,语气肯定直接。同是铁路工人,火车上的司炉工人和站上的运输工人,就各有不同。"刘田利认为,没经过观察之前,对这些语言特点并不知道,"只能把工人说成一个样儿,一个和另一个分不清楚"。他呼吁同行:"要说好新书,我们一定要深入生活,通过各种方式去学。"③ 连阔如则从场景效应的角度谈了学习群众语言的重要性。他认为,在广播电台说书由于不能像书场中那样感受到听众的反应,就得加强"说功"以发挥

---

① 老舍:《说好新书》,《曲艺》1963年第2期。
② 老舍:《把红旗插到评书界》,《文汇报》1958年5月18日。
③ 《鼓足干劲,说好新书,宣传共产主义思想——北京宣武说唱团座谈长篇新书》,《曲艺》1961年第2期。

说书的艺术效果。这就需要评书演员掌握利用群众语言以使所说之书生动活泼，如歇后语、拗口语、舞台语、名人语、古人语、小孩语、习惯语、成语、俗语、民歌民谣、行话、笑话、俏皮话及一些地方语等。①

除此之外，评书艺人还应该懂得一些其他的知识，如历史背景、新的术语名词及生活常识等。如果能掌握些知识常识，"就能把故事讲得更真切、更生动"。评话演员唐耿良在一篇文章中举例说道："例如讲《青春之歌》，你就应该弄明白从'九一八'到抗日战争前夕的政治形势，这将大大有助于你理解故事情节发展的来龙去脉。又如讲《白求恩大夫》，一定会讲到白求恩同志因动手术中了毒，成了'败血症'，当时无药可治而身死。你对这个'败血症'的名称，非得弄清楚不可，如果不懂，就去请教一下医生，否则你就无法向听众交代这种病症为什么这样厉害。"②从这里可以看出，说新书不仅仅是政治性的娱乐活动，也在一定程度上起到了普及文化知识的作用。

评书艺人一方面是熟悉生活，另一方面是熟悉作品。刘田利说过一句话："要把作家的东西变成说书，是要有一个过程，特别是大书，非把它化在心里才行。"③刘田利酝酿改说《铁道游击队》有两年多时间，1958年第一届全国曲艺会演时才改编了个别章节。评书演员樊炽昌谈到自己创作新书的经验时说："每讲一段新书时，我一般是先看一遍，找出书中主题，分析出主要人物的性格，并初步在脑子里把情节组织一下，接着又看上几遍，把书上的东西完全变成自己的。在这个基础上进行一番创作，把书的情节按评书要求安排好，哪里是高潮，哪里冷，多设计些身段表演和用生动的语言描写来弥补冷段子，并尽可能将传统书中的'门坎'等技巧用进去。"④天津南开区评书西河队的邵增涛、顾存德和张立川为了说好新评书，租住在旅馆专心读书，背诵、研究、理解所要说的新书。在此基础上，根据评书特点对全书结构进行调整，对人物的身份、性格、人物形象、语言声调等反复推敲、设计，不断修改后再上舞台试演。⑤重庆曲

---

① 连阔如：《怎样说评书》，《播音业务参考材料》（一），北京广播学院新闻系印，1979年，第111—112页。
② 沈新炎：《在工厂中讲故事的点滴体会》，《小舞台》，上海文艺出版社1963年第4期，第68页。
③ 紫晨：《曲艺会演给我的启发》，《民间文学》1958年第9期。
④ 樊炽昌：《讲好革命新书，积极参加斗争》，《边疆文艺》1964年第4期。
⑤ 知明：《广开新"三不管"聚落的兴衰》（下），南开春秋编辑部《南开春秋·（文史丛刊）》（总第六期），1993年，第218页。

艺团《红岩》改编小组在动笔之前不仅熟读原著，而且阅读与《红岩》有关的评论文章和参考资料。他们认为："熟读原文，多读有关材料，才能对原书的内容和精神，有深刻的理解，才便于对情节进行剪裁和丰富。而且，只有深刻体会原著，思想上受到感染，才能把评书改编好。"①

如果说评书有何不足的话，可能就是表演者方言比较重。蒋月泉、严雪亭、张鉴庭都是讲故事的能手，说表、弹唱都能抓住人，一些耳熟能详的老段子都能使人百听不厌。但"他们使用的是苏州方言，比较有局限"②。汪良指出："倘将南方的评话在北方的电台播放，则听众会因语言欠通，难以接受；东北的评书语言上虽较之评话与普通话接近一些，但南方的听众听来总觉得不如本乡本土的评话来得亲切。"即使北京评书演员，土话也是"令人应接不暇"。因此，"在有声语言的表达上，评书有着不可否认的局限性"③。但也有突破方言局限、运用普通话说评书说得好的评书演员，如袁阔成。

文艺大众化是自"五四"就提出的艺术实践问题，也是提高民众思想文化的有效途径。但当知识分子提出文艺大众化时，一厢情愿对民众进行思想输出，却不去了解民众真正的需求。这种激进的启蒙主义思潮遭遇到的是民众无声的抵抗——就像赵树理所说："'五四'以来的新小说和新诗一样，在农村中根本没有培活。"④ 这不能不是对西方现代文化抱有莫大期望的知识分子最不希望看到的结果。在此情形下，1938年毛泽东提出的"中国作风、中国气派"成为精英与民众之间文化对立、思想隔膜的解药，重构了知识分子与民众之间的观察视角与交往方式。这也让民间形式在现代化语境中再度复活，40年代解放区说书人说唱新书的成功实践让知识分子和意识形态同时发现了民间形式的启蒙价值。新中国成立后，以说唱艺术为代表的民间形式继续为社会主义建设所询唤，在社会主义大众主体的形塑方面比新的艺术形式发挥了更大的作用。就像赵树理在一篇文章中所指出的那样："在农村中，收音机同时在广播评书和小说，人们一定去听评书。"⑤ 因此，在"红色经典"的经典化过程中，评书广

---

① 重庆市曲艺团《红岩》改编小组：《四川评书〈红岩〉的改编》，《曲艺》1963年第2期。
② 童自荣：《让我躲在幕后》，上海人民出版社2017年版，第144页。
③ 汪良：《小说播讲艺术》，北京广播学院出版社1988年版，第17页。
④ 赵树理：《艺术与农村》，《赵树理文集》（第4卷），工人出版社1980年版，第1362页。
⑤ 赵树理：《在长春电影制片厂电影剧作讲习班上的讲话》，《赵树理文集》（第4卷），中国工人出版社2000年版，第1943页。

播占有一席之地。

第四节　广播小说：社会主义文艺的声音美学

新中国成立后，社会主义权力意志通过"声音"辐射至辽阔疆域的角角落落。尽管承载权力意志的声音形式有多种，如音乐、戏曲等，但长篇小说以其主题的鲜明和容量的巨大而成为意识形态的重要载体。尤其是对于文化程度普遍较低的民众来说，声音消除了意识形态变现的媒介障碍。通过小说广播、评书、曲艺、电影放映、讲故事、讲小说等种种有声语言形式，新政权激活了乡土社会的传统记忆，获取了民众的情感认同。

一　社会主义文艺听觉经验

晚清以来，在启蒙民智的文化思潮中，演说、宣讲等声音形式得到前所未有的重视，在社会动员、文化传播、学术普及等方面，其功用并不亚于报刊媒介。但这种"众声喧哗"的状况并没有在"五四"新文化运动中得以延续。

尽管"五四"知识分子在语言变革方面追求"言文一致"，强调语言的大众化、口语化，但变革的基本策略是"以文统言"，即追求的是书面语的大众化、口语化。表面上口语被推崇备至，实质上却成为书面语建构自身的资源。这一语言变革思路和"五四"思想启蒙的价值指向有所乖违：思想启蒙面对大众，但承载思想的媒介却限制了大众的参与。毕竟在"五四"时期，能够接受书面文化的只是少数精英阶层。对于大众而言，他们仍然如前一样，被隔绝于书面文化之外。

"五四"知识分子并不是不重视声音在启蒙民智方面的作用，如"歌谣研究会"征集全国各地的各种歌谣民曲。但无论如何，"五四"知识分子接受的是西方印刷文化资源，启蒙对象实质上落实在小知识分子那里。他们提倡文学白话化、口语化是为了"阅"而不是"读"的方便，故而对期刊的启蒙效用特别重视，但对口传文化却并不上心。可以认为，"五四"新文学是只可"眼观"而难以"耳听"的文学。

一般认为，中国的现代性进程和西方国家一样，是从建构民族国家开始。但从晚清以来的种种文化实验来看，中国的现代性进程实质上伴随着"去民族化"的趋势，如汉字拉丁化、思想文化的全盘西化、推崇个人主义等。因此，以"五四"新文化思想启蒙民众无论形式上还是内容上似乎都有些"南辕北辙"。通过"去民族化"的方式表达民族主义的情绪，"五四"新文化运动存在一个无法化解的悖论。要想激发民众的国家认同意识，从具有民族性的有声语言入手，是后"五四"时期的文化策略，也是中国革命和社会主义建设的成功经验。

日本学者平田昌司认为，20年代中期到30年代中期，对西方现代戏剧理论的系统接受、收音机和华语有声电影的出现为"听的文学革命"提供了前提条件。① 这些现代声音在40年代的延安和新中国成立之后在民众动员方面所发挥的作用，自不赘言。但它们出现之初在空间范围上还是流行于现代都市，吻合的是中产阶级的审美趣味。就"乡土中国"这种社会结构现状来看，还不能与社会中绝大多数的非识字阶层的普通民众——尤其是农民发生联系，倒是以歌谣、戏曲、评书等为代表的民间声音在民众/乡村动员方面体现出更为明显的优势。

声音与文字不同之处在于，前者比后者更具有情感鼓动性。赫尔德认为："当人还是动物的时候，就已经有了语言。他的肉体的所有最强烈的、痛苦的感受，他的心灵的所有激昂的热情，都直接通过喊叫、声调、粗野而含糊的声音表达出来。……社会文明抑制了激情。但激情仍然在母语中通过重音表达出来。"② 声音的这种具身性特征很容易拉近人与人之间的距离，在声音的抑扬顿挫、轻重缓急中，言说者与倾听者很容易产生情感共鸣。

国外一些学者认为，对情感的激发与控制是中国共产党革命成功的重要因素。裴宜理认为，重视情感的模式是中国共产党政治动员的一个重要经验："激进的理念和形象要转化为有目的和有影响的实际行动，不仅需要有益的外部结构条件，还需要在一部分领导者和其追随者身上实施大量的情感工作。事实上，中国的案例确实可以读解为这样一个文本，它阐明了情感能量如何可能（或不可能）有助于实现革命宏图。"③ 根据杜赞奇的研究，在中国传统乡村内部，阶级观念很难动员民众。但如果阶级观念能够和民众的情感好恶结合起来，其所产生的能量也相当惊人——诉苦会上的口号足以使处身其中的民众做出狂热而极端的行动。

---

① ［日］平田昌司：《"看"的文学革命·"听"的文学革命——1920年代中国的听觉媒介与国语实验》，贺昌盛编译，《长江学术》2017年第1期。
② ［德］赫尔德：《论语言的起源》，姚小平译，商务印书馆1998年版，第2—3页。
③ ［美］裴宜理：《重访中国革命：以情感的模式》，李冠南、何翔译，《中国学术》2001年第4期。

能够将意识形态观念和民众情感很好嫁接在一起的，无疑是民间的各种声音艺术。最先进入革命视野的民间声音是歌谣。1922年的安源大罢工及1923年海丰农民运动期间，都曾产生一些政治性歌谣。1926年，毛泽东担任广东农民运动讲习所所长期间设置的课程有"革命歌"。彭湃建立的东江根据地、毛泽东建立的井冈山根据地都采用民间歌谣做宣传鼓动工作。① 大规模利用民间歌谣宣传革命思想是在中央苏区，不仅根据民歌形式创制了《八月桂花遍地开》《三大纪律八项注意》等革命歌曲，而且以歌谣的形式宣传政策布告，革命话语经由声音而为民众所了解、熟悉。

苏区时期歌谣之所以为革命队伍所青睐，在于苏区知识分子从文艺大众化的角度认识到声音在革命宣传中具有特殊的作用，成仿吾、瞿秋白、沈泽民等对歌谣所蕴含的革命潜能都有理论上的表述。成仿吾在鄂豫皖根据地担任过省委宣传部长。1934年1月，成仿吾来到江西瑞金，协助瞿秋白从事文化教育普及工作。成仿吾是从对"五四"新文学不能够大众化的反思开始思考声音在大众化中的作用。他认为，"五四"文学革命在语体方面"与现实的语言相去尚远"。这"现实的语言"当是日常生活中所用语言，即口语。既然与大众之间存在语言的隔阂，就应该用工农大众的用语去接近他们。② 1931年，瞿秋白从上海来到苏区革命根据地，负责苏区教育宣传工作，对如何普及民众教育进行了积极思考和实践。他提倡大众戏剧、大鼓书，鼓励收集本地山歌，编写通俗歌词，组织说戏队向群众讲解剧本内容，练习说故事的才能，等等。与成仿吾一样，瞿秋白的有声语言实践也与他不满于"五四"新文学着力于书面语建构而忽略声音问题相关。在《鬼门关以外的战争》一文中，瞿秋白批评"五四"新文学最大的问题是不能用耳朵来听。③ 要形成真正的大众文学，则首先应从形式上能为大众所接受。那么从声音入手，则应是建构大众文学的关键一步。

为充分发挥以歌谣为代表的有声语言在革命中的积极作用，苏区政府从方针政策和机制建构方面对歌谣的政治宣传功能做了具体要求和部署。

---

① 黄景春：《当代红色歌谣及其社会记忆——以湘鄂西地区红色歌谣为主线》，《民族文学研究》2017年第3期。

② 成仿吾：《从文学革命到革命文学》，吴秀明、陈建新主编《中国现当代文学作品与史料选》（上），浙江大学出版社2012年版，第252页。

③ 瞿秋白：《鬼门关以外的战争》，《论中国文学革命》，生活·读书·新知三联书店2012年版，第118页。

1928年7月，党的六大制定了《宣传工作的目前任务》，提出将政治书籍报章改编为"歌谣韵语"，向文化水平低的工农群众进行宣传。① 1929年，鄂西特委在一份给中央的报告中认为，歌谣及有韵的文字最适合工农群众的心理。② 同年，《中国共产党红军第四军第九次代表大会决议案》认为，红军宣传工作中"革命歌谣简直没有""口头宣传又少又糟"，从而提出"设口头宣传股及文字宣传股，研究并指挥口头及文字的宣传技术"，"各政治部负责征集并编制表现各种群众情绪的革命歌谣"。③ 福建省永定县成立的文化建设委员会提出："如有新的政治转变及新的通告、布告等，都可以造成浅白的歌谣，以易于传达。"列宁师范学校组织宣传队，通过唱山歌发动群众，产生很好的效果。④

革命领导者对歌谣的支持也反映出苏区对声音文化的重视。1929年的古田会议上，毛泽东提倡以花鼓调的演唱方式宣传革命思想，他还把红色歌谣运动称为"农村俱乐部运动"。⑤ 瞿秋白、李伯钊、张鼎丞、邓子恢、任弼时、阮山等收集、整理、改编、创作了许多山歌。时任中央苏区教育部领导的阮山及担任闽西特委宣传部长的邓子恢因此有"山歌部长"之称。

除了歌谣，活报剧、演说、戏曲、双簧、快板、顺口溜等传统的和现代的声音形式也被革命宣传所征召，一个新的文化共同体以声音为纽带开始形成。通过对革命声音的倾听，民众挣脱了古老乡村伦理道德的束缚而认同于革命意识形态。

延安解放区更进一步强化了中央苏区及各革命根据地的听觉经验，不仅继续发展歌谣、戏剧、活报剧等艺术，而且有对评书、数来宝、秧歌、鼓词、坠子等民间艺术的改造挖掘。延安时期，不仅民间声音艺术得到极大的发扬，而且出现了电影、广播等现代传播媒介和朗诵、交响乐、歌剧

---

① 《宣传工作的目前任务》，中共中央文献研究室中央档案馆编《建党以来重要文献选编（一九二一—一九四九）》（第5册），中央文献出版社2011年版，第489页。
② 王焰安编著：《红色记忆丛书·红色歌谣·导言》，广东人民出版社2010年版，第9页。
③ 《中国共产党红军第四军第九次代表大会决议案》，中共江西省委党史研究室等编《中央革命根据地历史资料文库 军事系统》（第9册），中央文献出版社2015年版，第175—178页。
④ 高有鹏：《红色歌谣是中华珍贵的民族文化遗产》，《民间文化论坛》2011年第3期。
⑤ 毛泽东：《中华苏维埃共和国中央执行委员会与人民委员会对第二次全国苏维埃代表大会的报告》（一九三四年一月），《中央苏区革命文化史料汇编》，江西人民出版社1994年版，第81页。

等现代声音艺术,在受众范围、艺术质量、宣传效果等方面都有提升。在传统和现代的声音合奏中,延安被塑造为一个新的文化共同体,唐小兵将其概括为由战时文化、革命文化和青春文化汇集而成的"声情并茂的激情文化"。这种激情文化以一种强有力的方式"催生新的情感方式和主体经验"。通过对陈学昭散文《延安访问记》的分析,唐小兵认为,听觉在想象民族共同体中起到了巨大作用,这是延安听觉经验和声音文化给予当下生活的一个启示。①

社会主义文艺从其起源开始,就从声音文化出发,征召各种声音形式对民众进行政治启蒙和社会主义情感的培养。通过声音为纽带,单独个体将自己与集体联结在一起。这种社会主义文艺的听觉经验在新中国成立之后,仍然是有效的动员手段。

二 长篇小说的声音美学与民众动员

新中国的成立意味着社会主义建设的开始。不仅是物质生产资料,包括声音也经历了一个国有化过程。对民间艺术及民间艺人的改造是当时文化思想工作的一个重要内容,而广播网的建设则使国家发出了"统一的声音"。这种"统一的声音"是建构黑格尔所说的"普遍同质领域"、排除"国民内部的异质性"②的重要方式,通过对社会主义声音的认同完成对新的社会秩序的认同。在黄钟大吕般的社会主义声音的激荡下,社会主义的主体——"人民"迸发出了热烈的社会主义情感。

但情感总是有一定的能量限度。如果情感如火山般的喷发而不是以有序的方式慢慢释放,如像喊口号那样高强度的发声,这些"强音"终有一天会耗费掉民众的狂热情感。事实上,淹没在声浪的高峰中,人们往往会忽略语音所承载的意义。就像希翁所言:"作为词音意义上的语言是无论如何不参与其效果的。"对这种不再是作为语言的声音的倾听,"经常是衰退、与总体恢复关系的象征"。③ 因此,有序地引导民众表达社会主义情感,需要意识形态采取一种美学的迂回策略,而不是将自身不加遮掩地展示在民众面前。那么,意识形态如何将自我从抽象的知识理论拓殖到民众的感性生活领域呢?

---

① 唐小兵:《聆听延安:一段听觉经验的启示》,《现代中文学刊》2017年第1期。
② [美]酒井直树:《现代性与其批判:普遍主义和特殊主义的问题》,白培德译,刘成沛校,张京媛编《后殖民理论与文化批评》,北京大学出版社1999年版,第408—409页。
③ [法]米歇尔·希翁:《声音》,张艾弓译,北京大学出版社2013年版,第187页。

应该说，现代小说是建构意识形态共同体的重要的技术手段，就像安德森所说："这些被印刷品所联结的'读者同胞们'，在其世俗的、特殊的、'可见之不可见'当中，形成了民族的想象共同体的胚胎。"① "十七年"长篇小说表现出崇高之美，表现在题材的重大、思想的深刻、场面的宏伟、英雄的崇高气质等方面。与这种崇高美相适应，"十七年"长篇小说在语言方面表现出雅正、谨严的风格特点。那么，在播读小说时，自然也会考虑到这些风格特点，在声音方面则是字正腔圆、情绪饱满、语气坚定、激昂慷慨。这种播音风格在很大程度上继承了延安时期的播音基因。

广播初兴之时，电台充满了"靡靡之音"。随着更多官办电台的出现，国统区广播电台统一招考过专业播音员，也进行过专业训练。1938年，金陵大学创办影音专修科，其课程中有"播音技术"，着重于对播音员进行技术培训，但播音效果不是很理想。尽管个人音质没有问题，但最主要的是缺少情感表达。茅盾对抗战期间的时事播音"死板板的逐句讲读"就颇为不满，认为如果采用说书的方式去播报的话，"既能通俗，又热情横溢"。② 徐朗秋也对播音情感不足提出过批评，认为照着"稿子死读，或是把句法照着词类一个一个断断续续的说下去，甚而至于像小学生唱不是唱，说不是说的念白话文那一套去读讲稿子，简直个儿是不叫人听讲演，是叫人肉麻到浑身起鸡皮疙瘩，这样的说话，一言以蔽之：'没有情感'。"③ 与之相比，解放区的播音从一开始就表现出不一样的审美特性：声音的阳刚之美。

延安新华广播电台的徐瑞璋回忆播读毛泽东撰写的《中国共产党中央革命军事委员会发言人对新华社记者的谈话》一文时的情景：

> 我们知道，皖南事变发生后，国民党反动派开动宣传机器，造了很多谣言，并且加强了对我们的新闻封锁，我们早就憋了一肚子气。这次，我们要用无线电广播狠狠地回击了！接到稿件，我们连晚饭也不想吃了，早早地进了播音室，点上小油灯，一遍又一遍地备稿。播音时间一到，我打开麦克风，做了几分钟的呼叫，接着就播起来。我

---

① ［美］本尼迪克特·安德森：《想象的共同体：民族主义的起源与散布》，吴叡人译，上海人民出版社2003年版，第52页。
② 茅盾：《对时事播音的一点意见》，《救亡日报》1937年8月28日。
③ 徐朗秋：《电播讲演的技巧》，《教育与民众》1937年第8卷第9期。

播了一遍，小姚又重播了一遍。我们几乎进出了全身的力气，想使每句话、每个字都像子弹一样射进国民党反动派的胸膛！冬夜的窑洞是寒冷的，可是我们播完音时，却已经满头大汗了……①

因为延安新华广播电台的频率弱，为了保证播音效果，选择播音员首先要求声音洪亮。当然，声音洪亮未必意味着有情感。就好像"文革"期间形成了"高、平、空、冷、僵、远"语调的"播音八股"，仿佛不大喊大叫就不能表现革命气质。有播音员回忆："大喊大叫了几年，声带已经受到很大损伤，可因为人手紧张，即使到了声带水肿、声带充血、甚至声带出血，大夫要求噤声的地步，都还得高调播音。无论我怎么用力，嗓子只是疲惫不堪、力不从心。"② 这种声音语调冷淡、盛气凌人，失去了新中国成立初期爱憎分明、亲切自然的播音风格。

播音员的情感投入不仅能使冷冰冰的文字充满温度，而且能够点燃听众的情绪。延安新华广播电台先后有徐瑞璋（麦风）、姚雯、肖岩、孙茜4位播音员，"白天，她们把当夜要播送的内容作了多次练习，并在重要的字句旁画上表示抑扬顿挫的各种符号"③。正是这种主体情感的投入，给听众留下了深刻的印象："在整个广播过程中，她们几乎进出了全身的力量，使每一个字音都深深地印入听众的心里。"④

新中国成立后，这种声音风格自然就延续下来。有听众在给中央人民广播电台的信中，谈到了齐越所播读的魏巍的通讯《谁是最可爱的人》："齐越同志的声音之所以可贵，是因为他除了音质应具有的清晰、圆润的条件外，还有种粗犷豪迈、气势磅礴的感情，一种潜伏着的火山爆发似的感情。这正是我们这个年轻的共和国所代表的感情，它鼓舞着人们的精神永远上升。"⑤ 1952年12月9日，中央台播音组在第一次全国广播工作会议期间举办了播音工作座谈会。座谈会的情况报告指出，作为"人民的

---

① 白谦诚：《让党的声音自由奔放——访人民广播的第一代播音员徐瑞璋》，《峥嵘岁月——见证中国节目主持人25年》，中国国际广播出版社2006年版，第35页。

② 吕大渝：《走近往事——一位共和国第一代女电视播音员的自述》，中国文联出版社1999年版，第232页。

③ 丁戈：《听到我们自己的广播了》，北京广播学院新闻系编选《中国人民广播回忆录》，广播出版社1983年版，第36页。

④ 傅英豪：《第一座红色广播电台》，曲青山、高永中主编《抗日战争回忆录》（3），中共党史出版社2015年版，第12页。

⑤ 刘淮：《齐越和他的播音生涯》，中国国际广播电台出版社1993年版，第38页。

喉舌",播音员"要使自己的声音真正表现出伟大的中华民族气魄"。有听众也认为新中国的播音体现出鲜明的民族特色:"收听广播,对播音员语言的品味,对朗诵文章的和谐声调的揣摩,实是一种艺术享受。中国语的普通话,是一种很美的语言音调,准确而洪亮的发音,能使人动听,入耳而不烦。"① 在这种整体声音美学风格下,小说的播读也染上了崇高而又和谐的美学色调:"憎爱分明、刚柔相济、严谨生动、亲切自然。"②

以《红旗谱》为例说明这一问题。《红旗谱》的开头是这样一句话:

> 平地一声雷,震动了锁井镇一带四十八村:"狠心的恶霸冯兰池,他要砸掉古钟了!"

《红旗谱》由天津人民广播电台播音员关山播讲。播讲时,前面五个字"平地一声雷",每个字吐音沉稳有力,字与字之间顿挫鲜明。最后的"雷"字延长两个音符后重读"í"音戛然而止,收束有力、干脆利落。"震动"两字突兀而起,音调明显高亢起来,演绎了"震动"一词的冲击力。经过"锁井镇一带四十八"的平稳过渡后,"村"字再次将音调拉升。但随之而来的"狠心的恶霸冯兰池"声音则较为低沉,"他要砸掉"以轻读的方式发声,但难掩情感的奔涌。"古钟"两字顺势厉声发出,渐次蓄积的情感一泄而出,愤怒之情、悲怆之意溢于言表。开头的这句话在声音方面跌宕起伏、舒缓有致,奠定了全书的声音基调,起到了"先声夺人"的艺术效果,预示着故事发展的一波三折。

除《红旗谱》外,关山还播读了《青春之歌》《雷锋之歌》《林海雪原》《暴风骤雨》《金光大道》《桐柏英雄》等。在多年的播音生涯中,他对于播读小说有着深深的体会和感悟。他尤其强调播读的时候须"感情真挚,态度鲜明",才能在短时间内给人留下深刻的印象。《红旗谱》中严志和被迫无奈卖了祖传的二亩"宝地",之后来到地头和土地"诀别"时有一段文字,关山认为:"播讲人在这里能不能随情节起伏,设身处地再现旧社会土地是农民的命根子,农民和土地相依为命的深情是至关重要的。……表现这样的段子,必须注满深情,掌握好心理顿歇,语言色

---

① 中央人民广播电台台史编写组:《中央人民广播电台台史资料汇编(1949—1984)》,内部资料,1985年,第623、619页。

② 中央人民广播电台台史编写组:《中央人民广播电台台史资料汇编(1949—1984)》,内部资料,1985年,第615页。

调低沉委婉,拉开节奏,决不能字字相连。特别是表现严志和扑倒在地,大口啃着泥土的场面和他与江涛撕心裂胆的对话,一定要加强语气、节奏,加大语言动作,保证恰如其分地渲染和夸张,以引起听众的痛彻肺腑的强烈共鸣。"①

关山的话表明,作为二度创作的播读者,情感的高亢婉转需要服务于文学作品的情绪节律,也就是"声随情转"。就像苏联的列维丹所言:"演员和职业朗诵家在广播里或当众朗诵以前,要花很多功夫研究文艺作品。语言的大师——卡查洛夫、亚洪托夫、什瓦尔茨等人,就像作家一样,在创造过程中多次修改事物的'艺术构图',以必要的真实的音调来代替不正确的音调,这样才能达到如此完善的地步,当我们听到他们朗诵的时候,以至使我们感到惊奇。"② 需要提及的是,新中国成立后的播音有向苏联学习的过程。1955年翻译了一批苏联播音技巧方面的文章,汇编成册。之后又召开了全国播音业务学习会,学习苏联播音经验。北京广播学院新闻系1979年选编的《播音业务参考资料》(2)收录了伏谢沃罗多夫、奥列宁娜·托尔斯托娃、高尔金娜、叶梅里扬诺娃等播音工作者的文章。13篇文章均出自广播事业局1959年以前出版的刊物,比较集中地介绍了苏联的播音工作经验。列维丹的《朗诵文艺作品的主要方法》是唯一一篇就文艺作品朗诵展开理论阐述的文章。其中一段话,可以看出播读者如何根据作品内容而不断调整播读的情绪:

> 如果你们来描述德寇在拷问室中的兽行和这些刽子手的嘴脸的时候,在你们的声音中就决不会有柔和的音调,就决不会有平静的慢条斯理的叙述语气。在你们的声音里一定会表现出憎恶和激怒。③

除了受苏联播音的影响,民间口传艺术对于小说播读的影响也很大。汉语独有的声调系统使口语表达有高低升降的音韵之美和抑扬顿挫的节奏之美。或者说,汉语口语表达具有音乐性特征,而专业化的训练则更进一

---

① 关山:《加强演播中的形象思维》,《中国长篇连播历史档案·演播风格卷》,中国广播电视出版社2010年版,第39页。
② [苏]列维丹:《朗诵文艺作品的主要方法》,齐越译,北京广播学院新闻系编印《播音业务参考资料》(2),1979年,第91页。
③ [苏]列维丹:《朗诵文艺作品的主要方法》,齐越译,北京广播学院新闻系编印《播音业务参考资料》(2),1979年,第94页。

步提升了有声语言的表达力和感染力。民间口传艺术充分发挥了汉语口语之美，如评书语言、戏曲的念白等。新中国成立后，以评书为代表的说唱艺术改编了大量的红色经典，民族化的音调语调造就了一批"红色声音经典"。

长篇小说与歌谣、口号在情感方面的直抒胸臆不一样，显得充沛、内敛。这一情绪特征不同于战时声音动员——这是歌谣、口号之所长，更适合长期的、艰巨的社会主义建设任务。其实无论是讲述"我们从哪里来"的革命历史题材，还是讲述"我们要往哪里去"的农村题材，长篇小说在结构上和容量上都和社会现实构成互文性关系。当长篇小说在声音化之后，其在情感维度上也与社会主义美学原则高度契合。

通过有声语言表达自我是意识形态自古以来惯用的策略，有声语言在民众动员方面表现出比文字更多的、也更有效的优势。毕竟，有声语言的外向性传播能够将分散的民众联结在一起，而文字则容易使个体转向内在的沉思。当然，意识形态并不是将有声语言直接征召为传播工具，而是使其充分美学化的基础上去感染民众。就像波斯彼洛夫所说："在原则上，艺术言语永远不应令人只通过视觉，只通过手稿或印刷文字去领会，而要能从听觉上，从其生动的，可以直接感受的抑扬顿挫的声音上来接受。正是在其中，语言艺术的作品才能彻底揭示自己思想内容的全部情感——形象的丰富内涵。"[1]

长篇小说的广播传播产生了巨大的社会反响。1963 年，中央人民广播电台文艺部和河北人民广播电台文艺部在河北饶阳县、晋县就收听文学广播的情况进行了调查，了解到农民特别喜欢《红岩》《红旗谱》等反映革命斗争的长篇小说。[2] 同一年，中国作家协会创作研究室对河北保定地区三个县的农民接受革命小说的状况进行了调查。资料显示，河北定县南支合村有四五十台收音机，"听《红岩》时，热腾腾地挤满了一屋子"。这种听书的情形在所调查的保定专区定兴、望都、唐县非常普遍。[3] 根据这次调查情况，侯金镜认为，在农村普及革命小说需要曲艺这种"最轻

---

[1] ［苏］波斯彼洛夫主编：《文艺学引论》，邱榆若、陈宝维、王先进译，湖南文艺出版社 1987 年版，第 401—402 页。

[2] 《文艺报》记者：《更好地利用广播为农民服务——河北省饶阳县、晋县收听文学广播情况的见闻札记》，《河北文学》1963 年第 6 期。

[3] 中国作家协会创作研究室整理：《记一次"关于小说在农村"的调查》，《文艺报》1963 年第 2 期。

第二章　教化与普及：政治语境下的长篇小说广播传播　　117

便最经常最普及也是影响最大的口头文学形式……"应"将优秀的长短篇小说通过电台来播送"①。

《文艺报》的一篇文章指出："在我国目前的农村里，'讲小说'确是一种值得提倡的文艺活动形式之一。它是不识字或虽识字而读现代小说尚觉困难的农民接触文学的好方法，也是农村里一种传统的口头文学活动。"② 因此，讲小说或者说是说书能够在1949年以后受到重视并非偶然。而下大力气构建的农村广播网无限放大了说书人的声音，弥补了口头文学"口耳相授"的不足，成为新形势下启蒙农民、重造乡村文化的有效工具。就像《文艺报》记者调查所描述的那样：

> 由一个人带上耳机子，听完里面讲的一段故事之后，就兴致勃勃地向周围的人复述一遍。不识字的农村妇女，更是入迷，因为她们平常没有甚么文化娱乐活动，又不能阅读报纸、刊物，晚上收听自己喜爱的文艺节目，就成为十分快乐的事情了。③

在对长篇小说的声音感知中，受众精神情感及价值观念也在发生程度不同的变化。民间文学研究专家涂石回忆："记得20世纪五六十年代、六七十年代，《铁道游击队》、《战斗的青春》、《青春之歌》、《林海雪原》、《新儿女英雄传》、《红旗谱》、《创业史》、《红日》、《苦菜花》、《红岩》等十多部长篇小说，不仅印数多、读者面广，而且深入到家家户户，几近家喻户晓。书中主人公的遭遇、前途和命运常常会激起了成千上万读者的关注，中央人民广播电台和地方人民广播电台播音员，在朗读这些长篇小说时，那顿挫昂扬、清脆嘹亮、优美动听的声音，深深拨动了亿万听众的心弦。为什么这些作品对于广大读者具有如此强大的艺术感染力和生活感召力呢？因为它们都不同程度地真实地反映了革命战争年代和和平年代的时代风貌，作品中的主人公的遭遇、前途和命运，以及他们的是非观念、道德情操，不仅引起了读者的共鸣，而且成为鼓舞和鞭策人们生

---

① 侯金镜：《几点感触和几点提议》，《侯金镜文艺评论选集》，人民文学出版社1979年版，第260—261页。
② 叶克：《从农村中的"讲小说"谈起》，《文艺报》1963年第3期。
③ 《文艺报》记者：《更好地利用广播为农民服务——河北省饶阳县、晋县收听文学广播情况的见闻札记》，《河北文学》1963年第6期。

活的源泉。"① 听了《小说连播》受到激励而践行人生目标的大有人在。著名演员杨立新回忆小时候听《小说连播》时的感受："我是听着电台的《小说连播》长大的。广播对我的影响太大了。小时候听到苏民、董行佶等前辈的朗诵和演播，迷得不行，特别景仰他们。他们在广播里，完全靠声音来塑造形象，用声音抓住人，太厉害了！那时候一放学立马往家跑，怕误了听小说连播。后来，当了演员以后，我一直有个心愿，就是有一天能自己播小说，带给别人收听的愉悦。"②

尽管今天有许多数据表明当年长篇小说的发行量动辄几百万册，受到读者的广泛欢迎。但相比之下，《小说连播》对长篇小说有更大范围的传播，对比"读者"数量更多的"亿万""听众"产生过影响。《小说连播》和纸质长篇小说共同构成了文化匮乏时代人们的精神食粮，而这一点不应被文学史忽略。

---

① 涂石：《读书的年代》，《读书的艺术》，东方出版中心 2015 年版，第 97—98 页。
② 杨立新：《广播对我的影响太大了》，《中国长篇连播历史档案·演播风格卷》，中国广播电视出版社 2010 年版，第 264 页。

第三章　引导与建构：启蒙思潮与长篇小说广播传播

80年代的文学思潮受到启蒙主义文化逻辑和知识观念的支配，表现出对人的自由的呼唤、对封建蒙昧主义的批判、对现代文明的渴盼等多维价值诉求。80年代的文学接续了"五四"的理论资源和价值立场，开展了一场自上而下、全民性的思想启蒙运动。作为大众媒介，广播也积极参与这一思想运动中，以"声音的启蒙"姿态发出了"启蒙的声音"。最能体现广播"启蒙的声音"的，就是广播以对社会、国家和历史负责的严肃态度，播出了一批思想和艺术俱佳的优秀长篇小说，对思想潮流、社会风气和个体人格都起到了积极的引导和建构作用。

第一节　80年代长篇小说广播传播的历史描述

新时期以来，当代长篇小说步入又一个繁荣期。其中的绝大部分都被改编成广播小说，形成了广播文学传播的又一轮热潮。有学者描述过80年代人们收听广播小说的盛况："从20世纪80年代……每逢正午来临，几乎全国所有的广播电台都播放《小说连续广播》《评书联播》或《广播剧和小说连播》节目。并以此形成一个传统，长年累月、经久不衰，呈现出万人空巷的景观。可以毫不夸张地说，'20世纪80年代，中国人的正午时光是属于广播文艺的'。"[①]"文革"结束后的广播小说从内容上可分为主流文学、精英文学、通俗文学，满足了不同层次受众的精神文化需求。

---

① 张凤铸：《中国当代广播电视文艺学》，中国传媒大学出版社2016年版，第14页。

一 1976—1980：广播小说的政治情结

"文革"十年的大部分时间，《小说连播》节目在各电台一度中断。1974年，中央台时断时续播出了《雁鸣湖畔》《千重浪》《晨光曲》《战地红缨》《金光大道》《海岛怒潮》等几部"文革"期间创作出版的长篇小说，鞍山电台试播评书《沸腾的群山》等。但除了少数几部作品外，大多因为"带有强烈的时代色彩"而在听众那里反响平平。[①]

尽管"文革"结束于1976年10月，文学却没有马上出现繁荣的局面。长篇小说因为创作周期长，还不能成为反映现实生活的主要艺术形式。据学者统计，1976年（10月以后）、1977年、1978年、1979年出版的长篇小说数量分别是5部、58部、65部、89部。[②] 虽然从数量上看已经超过1957—1961年中国当代文学第一个高峰期的总数且呈逐年递增之势，但在广播上播出的却并不多。一是因为这一时期出版的大量长篇小说是对"十七年"小说的再版。"十七年"长篇小说几乎都被广播播出过，没必要再次改编。再者来说，即使是再版小说，因为大多仍带着"文艺黑线"的帽子，也不适合在广播上播出。杨沫回忆，"文革"后有地方广播电台决定重播《青春之歌》，但因为有意见认为"这部小说有不少地方描写了爱情，广播了，会不会毒害青年"而中断。[③] 二是这一时期初版的长篇小说大多创作于"文革"期间，"文革"结束后即使出版，但在价值理念、叙事结构和话语方式方面因为"不符合现行政策"[④] 不仅不能再版，更不可能通过广播传播。

随着1978年5月10日《实践是检验真理的唯一标准》的发表和1978年12月中共十一届三中全会的召开，文艺界开始了拨乱反正的工作，《小说连播》节目也迅速跟进。1978年下半年，中央人民广播电台恢复播出《小说连续广播》节目，各省市电台在此前后也恢复了同类性质的节目。《小说连播》节目日益丰富，"历史小说、中外文学名著和革命回忆录纷纷进入长篇连播节目"[⑤]。

---

① 叶子：《对低谷与"峰巅"的思考》，《广播业务》1990年第4期。
② 肖敏：《新时期长篇小说（1976—1980）的前史分析》，《学习月刊》2011年第12期。
③ 杨沫：《我的创作为什么走了弯路》，《杨沫文集》（第5卷），中国言实出版社2015年版，第355页。
④ 刘蓓蓓：《痛苦的谌容》，罗小东等编《学术的年轮》，商务印书馆2011年版，第640页。
⑤ 李春：《当代中国传媒史1978—2010》（上），漓江出版社2014年版，第64页。

最先引起听众极大关注的是曹灿等人播读的姚雪垠的长篇历史小说《李自成》。《李自成》第二卷（上、中、下）出版于1976年12月，1977年7月再版了初版于1963年的《李自成》第一卷。中央台很快录制播出了曹灿演播的《李自成》第一、第二卷。几乎同时，《李自成》还被吉林台、鞍山台、黑龙江台改编播出。有资料表明："1979年，中央人民广播电台开始播出由著名播音员曹灿、纪维时等人演播的姚雪垠的长篇小说《李自成》，同时播出的还有已故评书演员杨田荣演播的新编评书《李自成》。这两部作品由许多电台交互播出，形成长篇小说广播的轰动效应，通过广播听故事成为一种新的时尚"。① 《万山红遍》是黎汝清的第二部长篇小说，创作于1974年5月到1976年5月。1977年，小说下卷出版后，中央台及二十多个省市电台进行了长达四个月的连续广播。

这一时期播出的长书除了《李自成》《万山红遍》外，还有革命战争题材小说如魏巍的《东方》、曲波的《山呼海啸》、孟伟哉的《昨天的战争》等，根据"十七年"长篇小说改编的《小城春秋》《青春之歌》《红旗谱》等，根据现代长篇小说改编的《骆驼祥子》《虾球传》《太阳照在桑干河上》《刘志丹》等，根据外国长篇小说改编的《基督山伯爵》《牛虻》《钢铁是怎样炼成的》等，根据革命回忆录改编的《在彭总身边》《我的一家》等。

从听众的事后回忆可以看出，人们不减对《小说连播》节目的热情与忠诚。文化学者王沛人在70年代末正上初中，"每天中午放学后都赶回家，边吃饭边收听电台12点半的小说连播，每天只有半个小时，听过后总是觉得不过瘾，还会感到些许的落寞，然后一边回味着当天的情节，一边猜度和盼望着第二天的情节赶回学校上下午的课。如果中午没听到，那晚上就一定要听重播"。② 作家王淼回忆了收听曲波的《山呼海啸》的情景："那年冬天，每天傍晚放学回家，我都要趴在家中唯一的'家用电器'前，收听曲波的《山呼海啸》，窗外北风呼啸，窗内一灯如豆，那是我童年难得的佳境。"《小说连播》给予王淼对文学、历史及生活方面更多的思考："在那台镶嵌着红火炬的收音机前，我先后收听了曲波的《山呼海啸》、黎汝清的《万山红遍》，最后是姚雪垠的《李自成》（第一卷），而因为姚先生的这本书，我也开始对历史产生了浓厚的兴趣，只是随着年龄渐长，对姚先生笔下的李闯王就有点不以为然了，这分明又是一

---

① 陈林侠主编：《广播电视概论》，暨南大学出版社2013年版，第109页。
② 王沛人：《六十年代生人成长史》，中国青年出版社2008年版，第220页。

个'高大全'吗,于是我在心中不止一次地坏笑:看你老姚如何收场,姚老果然越写越陷入困境,最后不得不草草作结。当然,这已经是后话了。"王淼认为:"'长篇小说连播'为我打开了一个新的天地,我越来越感到自己需要更多的精神养料,而'小人书'却无法完成这样的使命。"①

这一时期的《小说连播》不仅为听众提供了丰富的文化生活,更配合了政治上的思想解放以及文艺上的拨乱反正。辽宁台在中央为彭德怀平反的时候,播出了杜鹏程的长篇小说《保卫延安》。《刘志丹》《在彭总身边》能够顺利播出,以文艺的方式向听众传达出否定"文革"的政治信息。《在彭总身边》是彭德怀原警卫景希珍口述、丁隆炎执笔整理的回忆录。该书在彭德怀1978年12月平反之前即已开始创作,1979年6月由四川人民出版社出版。当时的党中央秘书长兼中宣部部长胡耀邦注意到这本书,在9月中宣部的一次会议上说:"昨晚我躺在床上,一口气读完《在彭总身边》,写得很好,很感人。"② 有了胡耀邦的肯定,北京台于1979年年底播出了齐越演播的《在彭总身边》,在听众中反响很大,半个月内就收到250多封听众来信。胡耀邦在看了北京台关于播出《在彭总身边》情况的报告后,在批示中建议"中央台也可以考虑再播一次"③。作品本身即已描绘出人物的"高大、无私、刚直不阿",播音员齐越"感情真挚、饱满,声音浑厚,充溢着阳刚之气",用声音演绎出"彭总的光辉形象"。④

天津台在长书广播选材方面也配合了文艺界的拨乱反正,制定了"三个为主和三不排斥"的原则:以现代题材为主,不排斥历史题材;以中国题材为主,不排斥外国题材;以新文艺小说为主,不排斥传统的优秀小说或口头文学。⑤ 据河北电台的平国田回忆,《播火记》在十一届三中全会召开后,"被列为首批录制和播出的重点节目。'再版'尚未问世,我便从出版社要来样稿,进行播出技术方面的修改"。随后又请曹灿播

---

① 王淼:《我的"小人书"时代》,《非常美境》,山东友谊出版社2002年版,第151—152页。

② 李致:《我所知道的胡耀邦》,《铭记在心》,天地出版社2014年版,第17页。

③ 北京人民广播电台编著:《曾经:纪念北京人民广播电台建台60周年》(上),中国广播电视出版社2009年版,第97页。

④ 洪虹:《举办〈小说连续广播〉的体会》,《岁月如歌:献给北京人民广播电台建台60周年》(中),中国广播电视出版社2009年版,第181页。

⑤ 陆小兰:《〈小说连播〉节目介绍》,《上海广播电视资料汇编》(第1辑),上海市广播电视局《当代》编辑组1986年6月30日编,第84页。

讲，后在中央台播出，"为文艺的拨乱反正发挥了积极的作用"。①

但无论如何，反映当下社会生活变化的长篇小说广播在这一时期处于青黄不接的尴尬境地。一方面是没有合适的书源，广播中的小说在表现内容方面绝大多数都是历史性题材，或者是重播、重录"十七年"文学作品，极少数反映现实的作品也是中短篇小说和报告文学，如《乔厂长上任记》《哥德巴赫猜想》《班主任》《爱情的位置》等；另一方面人们最喜欢听的还是传统题材的评书广播，如因为《岳飞传》《杨家将》《隋唐演义》的热播以至于 1980 年被称为"评书年"。在这种背景下，一些当代题材作品不容易引起听众兴趣。1983 年，一直坚持播出现代小说的辽宁台总结开办《小说连播》节目的体会时就提道："反映现代生活题材的作品听众不欢迎。"但辽宁台认为，反映现代生活题材的作品终将会有听众市场："一、电台是党的宣传工具，应当坚持文艺为社会主义服务，为人民服务的方向，应该用内容好、基调健康向上的作品影响听众，不能迎合部分听众的欣赏情趣。二、现代作品所反映的生活离现实近，容易为听众所理解，它的人物的遭遇和命运，容易引起听众感情上的共鸣，它应该是受欢迎的。"② 果然，在进入 80 年代后，辽宁台的坚守以及其他电台关注现实发展变化的《小说连播》栏目终于得到回报。

二 现实主义精神与"茅盾文学奖"获奖作品的广播传播

进入 80 年代，首先是一批反映现实改革的长篇小说进入《小说连播》视野，如反映农村变化的《芙蓉镇》《人生》③、反映工业领域变化的《沉重的翅膀》《祸起萧墙》、反映社会变化的《改革者》。除此之外，还有反思历史的《许茂和他的女儿们》《冬天里的春天》、军事题材的《高山下的花环》等。这批小说因能够对现实生活做出及时的回应而受到听众的喜爱，打破了评书一统天下的局面。《高山下的花环》登载于 1982

---

① 平国田：《回忆"文艺的春天"到来时我台的〈小说联播〉节目》，《河北广播》2009 年第 4 期。

② 《辽宁台办〈小说连播〉节目的体会》，《当代中国的广播电视》编辑部选编《〈广播电视史料选编〉之三　中国的广播节目》，北京广播学院出版社 1987 年版，第 676—677 页。

③ 路遥的《人生》字数是 14 万 4 千字，从体裁上言属于中篇小说，但在 80 年代初长篇和中篇之间没有严格的界限划分，一般认为 10 万字以上的即可归属于长篇，"茅盾文学奖"即持此标准。下文的《高山下的花环》也是中篇小说，因为播出后反响效果非常好，本书也将其作为长篇小说考虑。

年第6期的《十月》杂志,中央台将其改编为广播小说后,将正在播放的《李自成》推后一周,先播《高山下的花环》。除了中央台,还有天津台、辽宁台、湖北台、北京台、山东台、广东台也都录制了这部小说,可见作品在当时影响之大。其他如《许茂和他的女儿们》《芙蓉镇》《沉重的翅膀》等也都有两个以上的电台录制,这种"扎堆"现象反映出优质书源的短缺,当然也可以看出这些作品的受欢迎程度。在2007年"中国《小说连播》60周年最具影响力的60部作品节目排行榜"评选活动中,《芙蓉镇》《沉重的翅膀》《高山下的花环》《人生》皆榜上有名,可见电台文学编辑眼光的敏锐与超前。①

  1981年秋,中国作家协会启动了首届"茅盾文学奖"的评奖工作。本次评奖是对1977—1981年出版或发表的长篇小说的一次总结,全国各作协分会、出版社、大型文学杂志编辑部推荐了134部作品,由20多人组成的读书会从中挑选出5—7部为授奖作品。"茅盾文学奖"是遵循茅盾遗言设立的长篇小说奖项,也是新中国成立后由政府部门批准设立的以个人名义命名的文学奖项,能够脱颖而出的作品自然代表了国家最高的文学水平。经过一年多时间的准备和评比,获奖名单揭晓。获奖作品共六部,分别是周克芹的《许茂和他的女儿们》、姚雪垠的《李自成》、莫应丰的《将军吟》、李国文的《冬天里的春天》、古华的《芙蓉镇》、魏巍的《东方》。这六部作品以及一些落选作品如杨沫的《东方欲晓》、彭荆风的《鹿衔草》、陈登科的《赤龙与丹凤》、叶辛的《蹉跎岁月》、陆永兴的《海妖的传说》等都被不同电台录制播出。

  首届"茅盾文学奖"获奖作品的共同之处,就是现实主义精神的回归。具体体现在五个方面:第一,以不回避、不隐讳的态度直面社会现实,在积极批判社会现实的同时也对未来抱有无限期望。第二,塑造了一批真实可信的人物形象,许茂、胡玉音等作为"中间人物"的代表,体现出鲜明的社会意义和美学意义。第三,作品中充满了人道主义的同情和关怀,不仅那些受过折磨的苦难者受到人道主义的滋养,就是那些作恶者也能得到一定的人道主义同情,如《芙蓉镇》中的王秋赦。第四,作品契合了社会政治文化思潮的需求,表现出把握社会历史发展本质规律的强烈兴趣。第五,艺术层面上,在行动中展现人物性格的同时开始注重心理刻画、在保持故事完整性的基础上对叙事时态和叙事结构进行适当调整。

---

① 据杨沫回忆,《东方欲晓》第一部出版后,广播电台催问过第二部、第三部的创作情况。杨沫:《杨沫文集》(第7卷),中国言实出版社2015年版,第149页。

综上所述，无论文学精神、作品内容、价值旨归还是叙事结构，"茅盾文学奖"获奖作品都适合录制为广播小说。

1982—1985 年，有 300 多部长篇小说问世。1985 年从中评出第二届"茅盾文学奖"，有李准的《黄河东流去》、张洁的《沉重的翅膀》、刘心武的《钟鼓楼》3 部，其他优秀作品还有贾平凹的《浮躁》、杨沫的《芳菲之歌》、苏叔阳的《故土》、鲁彦周的《彩虹坪》、焦祖尧的《跋涉者》、吴越的《括苍山恩仇记》、吴国义的《唐明皇》、柯云路的《新星》、柯岩的《寻找回来的世界》等，它们大多在出版不久后就被录制为广播小说，其中有些作品引起轰动。张家声播读的苏叔阳的长篇小说《故土》，"为听众播送了这样一部好作品，使他们获得了思想和启迪，丰富了知识，陶冶了情操，甚至提高了文学修养和鉴赏能力"。《漩流》是鄢国培"长江三部曲"的第一部，经袁阔成改编为评书播出后，观众来信认为"比播《三国演义》、《岳飞传》的效果要好得多"。听完李野默播讲的柯云路的长篇小说《新星》后，听众建议将小说搬上银幕和屏幕。①

1985 年后，当代长篇小说创作进入高峰期。仅 1985 年，就出版 150 多部长篇，此后几乎每年都有 200 部的作品问世。1987 年 8 月，在北京召开了"长篇小说创作信息交流会"。与会人员认为，长篇创作即将进入高潮期。到了年底，邓刚预言："一代作家的长篇爆发期来到了"，"中国文坛的长篇时代即将到来。"② 一批在思想和艺术臻于成熟的作品大多出现于这一时期，如获得第三届"茅盾文学奖"的路遥的《平凡的世界》、霍达的《穆斯林的葬礼》、凌力的《少年天子》、孙力等的《都市风流》、刘白羽的《第二个太阳》，以及张炜的《古船》、王蒙的《活动变人形》、杨绛的《洗澡》、张承志的《金牧场》、莫言的《红高粱家族》、梁晓声的《雪城》、蒋子龙的《蛇神》、陆天明的《桑那高地的太阳》、周梅森的《黑坟》、张抗抗的《隐形伴侣》、柯云路的《夜与昼》、张贤亮的《男人的一半是女人》、黎汝清的《皖南事变》等。这一时期的作品在承续新时期以来现实主义文学风格的同时，表现出如下变化。

首先是作品题材的扩大和视角的丰富。除了农村题材、城市题材外，知识分子题材、知青题材、少数民族题材、女性题材等也都成为长

---

① 《中国长篇连播历史档案·作家作品卷》，中国广播电视出版社 2010 年版，第 167、237、242 页。

② 宋遂良：《气度·文化意识和形式创新》，《当代作家评论》1988 年第 2 期。

篇小说聚焦的领域。小说不仅勾勒人生万象，也展现世道人心；不仅叙写民众生活，也聚焦于个体生命；不仅有对社会写实化的描摹，也有对现实的寓言化表达；不仅刻画时代风云，也触及文化传统。总的来看，80年代中期以后的长篇小说在题材和视角方面超越了政治框架而不断开拓和创新。

其次是动态的写出了社会生活的复杂性。80年代前期的长篇小说，尽管克服了"十七年"和"文革"长篇小说在盲目的乐观主义情绪下对社会现实简单化、静态化的描绘，但在表现社会生活时有浮于表面的嫌疑，复杂问题的轻易解决反映出作家对生活思考不够深入。80年代中期开始，作家们站在历史、文化、哲学的高度审视社会现实，既表现了生活的丰富多彩，也表现出个体在纷纭复杂的社会转型阶段的困惑和迷茫，作品整体上呈现出悲壮的美学风格。

再次是作品中充满了深邃的文化思考。《洗澡》《野葫芦引》的文化品格自不待言，即以表现农村生活变化的《浮躁》《古船》《苍生》《平凡的世界》以及知识分子题材的《活动变人形》《玫瑰门》而言，"作者不再局限于从单纯的政治、经济角度观照社会生活，不再以简单的政治阶级属性来规范人物，而是以民族文化心理结构递变与时代历史发展的纠结为轴心，去展现一代人心态变化的复杂与曲折，使人们体味到的人生微妙和提供给人们思考的内容，就丰富得多，也深沉得多"[1]。

最后是人物的非英雄化。作品中人物不再是李自成、乔光朴、李向南那样的时代英雄，而更多是普通人中的一员。他们不再高大完美、积极进取，而是带上更多世俗气息，甚至还有着严重的人性弱点，但他们人生经历的丰富、对生活的希冀、实现自我的方式，以及因生活而产生的焦虑、疑惑和自审意识，表明他们是平凡的但却是真实存在的人。生命意识的高扬使人物形象丰盈饱满，人物以其性格的丰富及命运的浮沉容易引起读者的共鸣。

书源的优秀为《小说连播》提供了质量的保证，编辑对作品美学风格的把握和演播者的声音演绎使80年代中后期出现一批广播小说精品，如《平凡的世界》《穆斯林的葬礼》等。作品不仅给予听众精神的愉悦，更主要的是蕴含的理性色彩启发了听众人生之思。

---

[1] 王愚：《视角的转换与视点的高移——谈近年来长篇小说的衍变》，《当代文坛》1991年第2期。

三 大众化：广播媒介特性与通俗小说传播

尽管以"茅盾文学奖"为代表的精英文学大多被录制为广播小说，①但广播的大众化性质决定了《小说连播》所选书目不可能全部是以"茅盾文学奖"获奖作品为代表的精英文学。事实上，贯穿80年代《小说连播》的很大一部分作品来自富有传奇性、惊险性和通俗性的作品，如以《射雕英雄传》《笑傲江湖》《萍踪侠影》为代表的武侠小说、以《她的代号白牡丹》《战斗在敌人心脏》为代表的谍战小说、以《烟雨蒙蒙》《红玛瑙相思豆》为代表的言情小说、以《风流才女——石评梅传》《超越自我》《音乐世家》为代表的人物传记、以《中国姑娘》《唐山大地震》《航天英雄传》为代表的报告文学、以《温州大爆发》《中国足球之谜》《志愿军战俘记事》为代表的纪实文学等，其他还有《刑警队长》《凯旋在子夜》《中原夺鹿》《神鞭》《烟壶》《秋之惑》《今夜有暴风雪》《雷场上的相思树》《叶秋红》等文学性不是太强但故事情节惊险、离奇、曲折的长篇小说。

在20世纪文学史上，通俗文学一直处于边缘地位，不仅常常受到来自精英知识分子的批判，在某些特殊时期——"五四"新文化运动、新中国成立到"文革"期间还受到主流意识形态的否定或整肃。但与精英文学相比，通俗文学有着悠久的历史传统和深厚的现实基础。对于日常生活中的普通人来说，通俗文学为刻板的生活模式注入了浪漫情调，缓解着生活带来的重压和苦闷。恩格斯认为，民间故事之于生活有着积极意义："民间故事书的使命是使农民在繁重的劳动之余，傍晚疲惫地回到家里时消遣解闷，振奋精神，得到慰藉，使他忘却劳累，把他那块贫瘠的田地变成芳香馥郁的花园；它的使命是把工匠的作坊和可怜的徒工的简陋阁楼变幻成诗的世界和金碧辉煌的宫殿，把他那身体粗壮的情人变成体态优美的公主。"② 通俗小说不仅在下里巴人的"农民""工匠""徒工"那里起着娱乐的作用，同样也能引起小知识分子的兴趣。20世纪之交兴起的鸳鸯蝴蝶派代表性刊物《礼拜六》出版赘言写道："读小说则以小银元一枚，换得新奇小说数十篇，游倦归斋，挑灯展卷，或与良友抵掌评论，或伴爱

---

① 前三届"茅盾文学奖"共有14部作品，除刘白羽的《第二个太阳》录制较晚外，其他在当时都录制为广播小说。

② [德] 恩格斯：《德国民间故事书》，中共中央马克思、恩格斯、列宁、斯大林著作编译局译，《马克思恩格斯全集》(41)，人民出版社1982年版，第14页。

妻并肩互读。意兴稍阑，则以其余留于明日读之。晴曦照窗，花香入坐，一编在手，万虑都忘，劳瘁一周，安闲此日，不亦快哉！"①

通俗文学并非如"五四"知识分子批判的那样欺骗和蒙蔽民众，它同样具有超越世俗的一面。恩格斯认为："民间故事书还有一个使命，这就是同圣经一样使农民有明确的道德感，使他意识到自己的力量、自己的权利和自己的自由，激发他的勇气并唤起他对祖国的热爱。"②广播里播放的通俗长篇作品也很注重主题思想的时代性。《她的代号白牡丹》故事情节固然精彩，最主要的是宣传了爱国主义精神。小说出版后，连云港市团委要求全市各级团组织把它"作为一份革命传统教材，学习先辈的革命精神，培养、陶冶青少年高尚的品质和情操"③。小说不仅由著名演员张筠英播读，而且被评书艺术家刘兰芳改编为30回长篇评书《白牡丹行动》在鞍山电台播出。《神州擂》虽然属于武侠作品，但由于矛盾发生在中国民间武林人士和外国拳王之间，那么江湖之争就有了民族国家叙事的意味。小说最后，武林人士抬棺决战，打败外国拳王，实际上打出的是中华民族的威风和志气。这样的小说无论是在故事发生的年代——孱弱的旧中国，还是讲述故事的年代——新时期面对强势的西方文化，都起到了增强民族自信的精神鼓舞作用。1984年，郑州人民广播电台播送赵维莉的评书《神州擂》，郊区一个村的党支部书记带着38位村民的签名信要求重播；有一次电台停电，一上午便有50个电话询问停播原因，④足见听众的热情。《风流才女——石评梅传》播出后，"适逢清明，近两千人去陶然亭高、石之墓祭奠，仅北大团委就组织了50人的团队为高、石扫墓"⑤。

无论是精英文学还是通俗文学，由它们改编而成的广播小说构成了80年代《小说连播》节目的辉煌。1986年5月12日至7月12日，北京

---

① 王钝根：《〈礼拜六〉出版赘言》，《鸳鸯蝴蝶派文学资料》（上），知识产权出版社2010年版，第7页。

② ［德］恩格斯：《德国民间故事书》，中共中央马克思、恩格斯、列宁、斯大林著作编译局译，《马克思恩格斯全集》（41），人民出版社1982年版，第14页。

③ 刘兰芳：《白牡丹行动·后记》，肖云星原著，刘兰芳改编《白牡丹行动》，花山文艺出版社1983年版，第299页。

④ 孔祥科：《"评书新星"——记郑州人民广播电台编辑赵维莉》，《新闻爱好者》1989年第3期。

⑤ 《柯兴与他的〈风流才女——石评梅传〉》，《中国长篇连播历史档案·作家作品卷》，中国广播电视出版社2010年版，第115页。

广播学院新闻系师生对北京人民广电台听众进行一次调查,调查结果表明,有795人爱听中央电台和北京电台的《小说连续广播》节目,占61.2%(有效调查表1297份)。喜欢戏曲广播剧的占60.2%,喜欢流行歌曲的占36.5%。比较之下《小说连播》"是颇受群众欢迎的传统性节目"①。

几乎富有悖论意味的是,《小说连播》节目在制作质量和制作数量达至鼎盛之际,开始出现收听率下滑的趋势。陆群认为这与社会变革时期文化娱乐形式日趋丰富、电台恶性竞争导致播出作品质量不佳和编辑选材不严有关。② 但今天回过头来看,《小说连播》始终存在,既给不同时代的听众留下深刻印象,也不断与时俱进、开拓创新。2002年,叶咏梅自信地写下了如下一段话:"或许《长篇连播》节目已不存在令人迫在眉睫的生存问题,因为它一直有着地久天长的深厚的听众基础;或许《长篇连播》节目也不存在叫人刮目相看的品牌问题,因为它一直有着源远流长的优秀的长篇作品。"③ 或许,只要文学存在,只要在生活中辗转困顿的人们还需要来自文学的抚慰,那么《小说连播》就有坚实的存在理由,就是"上帝"永远青睐的节目。

第二节 鉴赏、改编与导播:小说广播编辑的主体性
——以叶咏梅为例

80年代《小说连播》的繁荣与辉煌,在很大程度上与编辑的努力密不可分。就像北京听众黄建所说的那样:"听长篇广播我感到胜于看原著或者看连续剧。其效果是否好,全在于编制者的选材和改编水平。"④ 80年代涌现出一批素养深厚、目光敏锐的长书编辑,如中央台的叶咏梅、南京台的陆群、黑龙江台的范凤英、北京台的赵春甫等。本节即以叶咏梅为

---

① 北京广播学院新闻系调查组:《北京人民广播电台听众调查报告》,陈崇山、弭秀玲《中国传播效果透视》,沈阳出版社1989年版,第456—457页。
② 陆群:《长书十二年:一个历史的描述》,《现代传播》1992年第1期。
③ 叶咏梅:《自序:〈长篇连播〉与时俱进的思考》,《中国长篇连播历史档案·传媒反馈卷》,中国广播电视出版社2010年版,第5页。
④ 陈建功:《置身人生最美的秋天——留在〈天籁文库〉里的珍藏》,《中国长篇连播历史档案·作家作品卷》,中国广播电视出版社2010年版,第4页。

例，谈谈小说广播编辑的编导过程及其地位、价值。

一 选书：小说广播编辑的案头工作

选书是小说广播的基础，所选书目恰当与否直接关系到节目的播出效果。电台文学编辑与刊物文学编辑对于所编辑的作品有不同的认知价值和认知标准。一般而言，电台选书应符合三个条件：一是思想性和艺术性并重，二是雅俗共赏，三是人物性格鲜明、故事性强，四是贴近生活和时代。那些引起巨大反响的小说几乎都有类似特征。从功能来说，文学编辑是作品的"把关人"和"清洁工"。而在80年代，考虑到"广播是党的喉舌"的意识形态性及广播的大众媒介特性，电台文学编辑比刊物文学编辑对作品的要求更严。新疆人民广播电台文艺部编辑赵菁对两者进行过对比。她认为，因为繁荣创作，出版社出版了一些在作品内容、形式及风格方面大胆创新的作品，但也出版了一些失误的作品，一些平庸的武侠小说和内容不健康的小说以及偏离党的宣传思想的作品等，它们就不适合广播播出。《小说连播》所播之书来源于出版的文学作品和作家手稿，但不能等同于它，只有那些"思想上、艺术上俱佳的作品才是《小说连播》节目选用最基本的条件"。①

在某种程度上，电台文学编辑比刊物文学编辑更为超前地感受到作品的时代价值。《李自成》《许茂和他的女儿们》《黄河东流去》《平凡的世界》《穆斯林的葬礼》《芙蓉镇》《都市风流》等都是在获"茅盾文学奖"之前，有的甚至是手稿状态或校样阶段就已被电台播出。叶咏梅说："作为编辑首要的是具备对文学作品的鉴赏力，不是等作品有了定论或获了什么大奖之后再去赶制节目播出，而是在作品一问世便能独具慧眼扬广播独家之优势，给亿万听众以'先闻为快'的时效性，所以要在浩瀚的小说林中选取适于广播的作品，这并不是一件容易的事情。"②

叶咏梅便是在《平凡的世界》"手稿初成"时，"独具慧眼"将其搬上电台。其实不仅仅是《平凡的世界》，当时有好多文学作品都是清样阶段被广播播出。据叶咏梅所言，这得益于《小说连播》节目的文学编辑和文学界、出版界之间建立了迅速及时的信息网。叶咏梅同中国作协、出

---

① 赵菁：《浅谈〈小说连播〉节目的选材》，《"上帝"青睐的节目》，中国文联出版公司1995年版，第42—43页。
② 叶子：《全国首届〈小说连播〉节目编辑奖评奖综述》，《"上帝"青睐的节目》，中国文联出版公司1995年版，第419页。

版社、大型刊物编辑部以及一些作家保持密切联系,能够获取及时、准确而有价值的作品信息。叶咏梅回忆,1984年她到《当代》编辑部向章仲锷取柯云路的《新星》校样,遇到了作者柯云路,柯云路很惊奇:"真想不到你的信息会这么快,我本想刊物出版后寄送给你的。"① 因此,多数作品都是在出版之前或者是被拍为影视剧之前已经通过广播为受众了解,体现出广播的"优势和威力"。也正是看到这一点,多数出版社、编辑部及作家愿意将最新作品及时告知广播电台,以使作品更早、更快地与听众见面。②

1987年,叶咏梅在北京的无轨电车上偶遇路遥,得知他正在创作《平凡的世界》。当时《平凡的世界》第一部已由中国文联出版公司出版,第二部还只是清样,第三部尚未写出。看了第一部和第二部的清样后,叶咏梅立即决定录制这部长篇小说。那么,《平凡的世界》里什么东西打动了叶咏梅,让她做出了这样带有冒险性质的大胆的决定呢?叶咏梅回忆:

> 好作品啊!我激动起来,我不把它看做是路遥个人的,它是黄土地的!就连路遥自己也是黄土地养育的!他从普通人中走来,又写了《平凡的世界》。……路遥在这部作品里有一个重要的追求,一个重要的思想追求,一种人生哲理的艺术表达。

基于这种认识,叶咏梅决定立即录制《平凡的世界》,"让它早日同生活在平凡的世界里的普通人见面"③。从《平凡的世界》中,叶咏梅发现了普通人的生活、思想和哲理。就像她在另一篇文章所说:"人生是痛苦的,能感觉到痛苦的才是活的现实的完全的人生;人生就是追求和拼搏,只有有追求敢拼搏的人才是幸福的。"④ 如果将这两段话放在80年代中后期的文学语境中,便能看出电台文学编辑选书的价值尺度。

80年代中后期的小说在形式方面追求创新,以心理时间代替自然时间,以叙述迷宫、叙述圈套的结构代替情节结构,以意识流代替故事流

---

① 叶咏梅:《〈小说连播〉的编辑业务与播讲艺术》,《天籁之梦》,作家出版社2000年版,第36页。
② 叶咏梅:《〈小说连播〉的编辑业务与播讲艺术》,《天籁之梦》,作家出版社2000年版,第28页。
③ 叶咏梅:《星星沟的皎月》,《天籁深处》,作家出版社2000年版,第66—67页。
④ 叶子:《他从普通人中走来——记中年作家路遥》,《中国长篇连播历史档案·作家作品卷》,中国广播电视出版社2010年版,第26页。

程，着力剖析人性而放弃了社会学视角。总之，这一时期的小说适合"观赏"，却难以诉诸听觉。在内容方面，新历史主义和寻根文学开辟了历史和民间两个话语空间，却偏离了现实生活。新写实主义虽然深入现实生活的肌理，但那种流水账式的琐碎的原生态生活、排除了道德评判的写作立场和零度情感的写作态度带有一种消极的人生意味，也不适合大众传播。电台文学编辑和刊物文学编辑不一样，后者更多是从文学自身出发，注重文学的审美特质和艺术创新。而电台文学编辑要根据广播的大众媒介特性去选择作品，他们更偏重于考虑作品的社会影响、意识形态及读者接受等因素。南京台的陆群认为，广播应是"传播"优秀作品而不是"发现"创新作品，应将"党和公众确认的有传播价值的优秀作品"介绍给听众。[①] 从《平凡的世界》不同媒介的传播遭遇，可以清晰看出这一差别。

刊物文学编辑中，最早接触到《平凡的世界》的是《当代》的周昌义，他刚从大学毕业，是个"编坛新人"。拿到路遥的手稿后，周昌义读了开头就很难再读下去。他"感觉就是慢，就是罗嗦，那故事一点悬念也没有，一点意外也没有，全都在自己的意料之中，实在很难往下看"。不仅周昌义不看好《平凡的世界》，即使是当时文坛批评界对《平凡的世界》评价也不高。[②] 因此，《平凡的世界》的出版命运多舛：前两部勉强起印三千册，第三部发表于山西普通文学刊物《黄河》。即使多年之后的诸多当代文学史对《平凡的世界》或轻描淡写提及，或不置一词。

尽管路遥也担心在文学的"火箭时代"，自己以"本世纪以前的旧车运行"显得滑稽，但他自信《平凡的世界》会在未来的时间维度中显露出不凡的价值。路遥的自信来自对中国本土读者阅读需求的判断："'现代派'作品的读者群小，这在当前的中国是事实；这种文学样式应该存在和发展，这也毋庸置疑；只是我们不能因此而不负责任地抛弃大多数读者不顾，只满足少数人。"正是明确的受众预设，使路遥"干脆不面对文

---

① 陆群：《长书节目的困境与出路——再谈〈小说连播〉节目的几个问题》，《现代传播》1990年第2期。

② 周昌义：《记得当年毁路遥》，《文艺理论与批评》2007年第6期。另外，《花城》刊载《平凡的世界》之后很快在北京组织了研讨会，据参与会议的《延河》主编白描回忆："第一部研讨会在京召开，评论家却对其几乎全盘否定，正面肯定的只有朱寨和蔡葵等少数几位。"（王拥军：《路遥新传》，中国商业出版社2015年版，第160页）

学界，不面对批评界"。① 也正是认识到《平凡的世界》中贴近大众的苦难叙事、普通人的生存镜像、强烈的道德感以及对理想的追求，叶咏梅做出了录播的决定。这一决定扭转了《平凡的世界》尴尬的处境：不仅销量大增，而且为获"茅奖"奠定了受众基础。据蔡葵介绍："……《平凡的世界》在中央人民广播电台播出，深受广大听众欢迎，听众来信达两千余封，创中央台'小说连播'节目听众来信量历史之最。此后，许多省又重播了这部作品，都收到了轰动效应。"②

从叶咏梅的举动可以看出，电台文学编辑不是在审美素养方面比刊物文学编辑更高，只不过是对一种文学常识的发现——作为文化公共产品的小说，其价值基点在于潜蕴的社会效益。因此，电台文学编辑不仅继承了传统说书人惩恶扬善的伦理意识，而且秉持了大众媒介的意识形态性。就像叶咏梅所说："……文学，特别是优秀的长篇小说一经广播这一大众传播工具的媒介作用，它的价值就在一个更广泛的领域中得以重新发现和体现，也就是通过广大人民群众的需求、评判和接受与否来实现。……作为一名电台编辑，应经过自己慧眼的选择，制作高质量的节目，通过广播这一媒介使优秀作品走入千家万户，脍炙人口。"③

那么，电台编辑该如何拥有一双挑出好作品的"慧眼"呢？叶咏梅认为，一位好的长书编辑，同时应该是一位出色的文学研究者和评论者。她认为：一方面，"作为一个《小说连续连播》节目编辑，加强文艺理论的学习尤为重要，否则选材没有客观标准，只凭主观好恶；另一方面还要博览群书，只有比较才能鉴别，否则只会孤陋寡闻，一孔之见。所以作品要看准选好并不容易。"④ 这种认识来自叶咏梅本人多年的编辑经验。叶咏梅担任广播文学编辑30多年，先后录制150多部长篇小说，其中有些已经成为小说广播的经典，如《平凡的世界》《穆斯林的葬礼》《寻找回来的世界》《风流才女——石评梅传》《上海的早晨》《将军吟》等。

成绩的取得离不开叶咏梅本人深厚学养的支撑。她不仅主编了《"上

---

① 路遥：《早晨从中午开始——〈平凡的世界〉创作随笔》，《路遥全集》，北京十月文艺出版社2012年版，第15—16、12页。
② 参见王拥军《路遥新传》，中国商业出版社2015年版，第209页。
③ 叶咏梅：《新时期的中国长篇连播》，《中国长篇连播历史档案·作家作品卷》，中国广播电视出版社2010年版，第10页。
④ 叶咏梅：《新时期的中国长篇连播》，《中国长篇连播历史档案·作家作品卷》，中国广播电视出版社2010年版，第4页。

帝"青睐的节目——小说连播业务专著》和《中国长篇连播历史档案》（三卷），而且创作了包括理论、作品、散文在内的三卷本文集《天籁之梦》以及大量关于小说广播的专业性论文。深厚的理论功底使她能够在诸多的长篇小说中，及时准确地选出那些思想蕴含丰富、艺术表现突出、为听众所欢迎的作品。其实，新时期像叶咏梅这样有着深厚文学素养的《小说连播》编辑不在少数。重庆人民广播电台编辑盛于娟、黑龙江人民广播电台文艺编辑范凤英、郑州人民广播电台主任编辑赵维莉、广西人民广播电台编辑吕洁贞、江西人民广播电台广播剧部主任温燕霞等本身就是作家，对于文学作品及其创作规律自然有更多的切身体会，对于小说的理解也有着理论上的自觉。

叶咏梅认为，电台编辑要充分理解作品，应尽可能提升自己的文学修养，全面掌握作家个性、作品背景、创作背景等作品外的材料，深化对作品的体验。叶咏梅指出："丰富的人生体验和全面的文化素养，常常决定着我们对作品的理解和演播的质量。"① 录制《穆斯林的葬礼》前，叶咏梅和演播家孙兆林一同到北京回族聚居的牛街体验穆斯林做礼拜，采录阿訇语言，熟悉穆斯林的习俗和语言。为了感受《风流才女——石评梅传》的历史情调，叶咏梅和作者柯兴同游陶然亭公园的高君宇与石评梅墓地。秦兆阳的《大地》是一部表现解放战争时期中国人民在三座大山的重压下寻找出路的长篇小说，叶咏梅两次拜访秦兆阳了解成书经过，并谈了录制工作的案头准备及人物声音造型的设想，得到秦兆阳的认可。范凤英建议《小说连播》节目的编辑应该走出办公室去观察、体验生活，采访作者，了解其创作意图、了解作品反映的时代风貌等。② 这些前期大量的准备工作，为小说改编奠定了感性基础。

二 编导：广播编辑与长篇小说的艺术再造

编辑选好作品之后，一方面要确定播读者，另一方面要对小说进行适合广播的改编。每个播读者都有自己的播音风格和艺术个性，寻求合适的播读者以表现出作品的风格和个性是编辑重点考虑的问题。毕竟将视觉性的文字转换为听觉性的声音，播读者是关键的一环。对于电台文学编辑来

---

① 叶子：《〈小说连播〉的社会效应与审美趋向》，《天籁之思》，作家出版社2000年版，第129页。
② 范凤英：《浅谈〈小说连播〉节目的编辑工作》，《"上帝"青睐的节目》，中国文联出版公司1995年版，第41页。

说，"选择一个优秀的演播者与选择一个好的文本同样重要"①。这就需要编辑熟悉了解、研究分析播读者的艺术风格。叶咏梅与几十名演播者合作过，建立了播读者的业务档案，记录下他们每个人的业务详细情况，以备挑选作品的演播人员时，能够"自如地调动车、马、炮，保证每个节目的高质量"②。

  叶咏梅曾以简洁的语言概括了十位演播艺术家的风格特点："曹之活、张之峻、孙之粹、查之严、王之博、瞿张之洁、牟刘之情、李之奇。"③ 正是掌握了这些演播家的艺术特点，叶咏梅才能够在选择播读者时有的放矢，为作品配备最合适的声音。在阅读柯兴的《风流才女——石评梅传》时，叶咏梅就确定了演播者——总政话剧团的演员牟云："从她的气质到声音条件都是演播石评梅的最佳人选；同时，我又想到了同她经常默契合作的刘纪宏。"叶咏梅的判断没有错，牟云和刘纪宏看完作品后向她表示，对这部作品"有一种创作冲动"④。《穆斯林的葬礼》中女性角色的分量比较重，作品人性味、动情处很多，叶咏梅选用黑龙江女演播家孙兆林。刘鹏越的长篇小说《音乐世家》情感浓烈，叶咏梅选用擅长演播文学性和抒情性强的作品的王刚。李野默录制长书40余部，其中与叶咏梅就合作了20多部，如《新星》《平凡的世界》《补天裂》等。《新星》是李野默录制的第一部作品，当时他还是北京广播学院的学生，他"亲切、淳朴而深沉"的声音给叶咏梅留下深刻印象。在看完《平凡的世界》第一部后，叶咏梅就考虑到了由李野默来演播——"只要他对陕北生活熟悉而又有深情的话。"李野默接受了演播任务，开始熟悉作品，设计演播风格，并在演播前认真做案头工作。叶咏梅认为李野默的播音气质和《平凡的世界》两者之间相得益彰："这部曾获第三届'茅盾文学奖'的长篇小说本身真实、质朴、深刻，它不仅处处讴歌了人情美、人性美，又时时可闻黄土高原清新的乡土气息，作品中还常常融进一曲曲令人神往的《信天游》。野墨正是把握住作品的这一特色与风格，以男中

---

① 钱芳：《关于〈小说连播〉编辑的二、三点思考》，《"上帝"青睐的节目》，中国文联出版公司1995年版，第60页。
② 叶咏梅：《〈小说连播〉的编辑业务与播讲艺术》，《天籁之思》，作家出版社2000年版，第29页。
③ 叶咏梅：《机遇 奋斗 成功——揭秘演播艺术家的成功之路》，《中国长篇连播历史档案·演播风格卷》，中国广播电视出版社2010年版，第6—7页。
④ 叶子：《真的磁力 美的启迪——浅析牟云的演播魅力》，《中国长篇连播历史档案·演播风格卷》，中国广播电视出版社2010年版，第144页。

音深沉、粗犷、豪放的演播特色，时说、时唱、时播，形成了作品内容与播讲形式的整体和谐美。"①

对作品进行适合广播播出的改编是编辑的基本工作。改编不是简单的字句上的微调，也是一种再创作。盛于娟认为，改编小说"是再一次的艺术创作"。小说改编虽然不像评书那样"总需添枝造叶，加以发展，把故事说得格外生动活泼"，但也得在讲好故事的基础上需要适当增补。如果照本宣科播读，难以达到感人效果。②陆群批评过有些电台文学编辑一本书拿来就播的、原始的"无技巧编辑"。陆群认为，要根据广播的媒介特性，在"尊重原著，保持原著风格"的基础上，"不求形似，但求神似"。一方面要向评书艺人学习。在评书艺人那里，作品往往就是一堆素材。经过理头绪、卡"坨子"、分"回目"这样三个二度创作过程后，作品"结构紧凑，脉络清晰，坨子与坨子相连缀，回目与回目相'独立'，听众听来清楚明了而又环环相扣"，作品能够"为我所用"。还需要向评书艺人学习的是设"扣子"："一段书要想拴住听众，至少要有一大一小或一明一暗两个扣子。只有这样，才能一起一伏，随结随解，把情节推向高潮。"另一方面也要根据小说的特点进行改编。陆群将连播小说分为经典小说、通俗小说和一般情节小说三种类型。通俗小说可以参照评书的编法，录制为以"说"为主的准评书；一般情节小说既要靠近评书的"说"法，也要突出作品的"文学味儿"。最能体现编辑基本功的是对经典小说的改编，"非但要把作品编得听众爱听，而且要把作品的神韵传达出来"。要做到这两点，根据具体作品有"故事化"和"广播化"两种处理方式。所谓的"故事化"，就是对于超长作品，"在吃透原著的基础上大砍大删，最终理出一条能够充分展现主人公性格特征的情节线索加以编录"；所谓的"广播化"，就是"尽可能地充分利用听众心理，把握选播作品适当长度，把那些广播不好表达，不便表达的情节、细节'翻译'改编得适于广播媒介"。③

在实际操作中，电台文学编辑和评书演员一样，对小说的改编也是删

---

① 叶咏梅：《李野默的艺术生涯与追求》，《中国长篇连播历史档案·演播风格卷》，中国广播电视出版社2010年版，第122—123页。
② 盛于娟：《"改编"琐谈》，《"上帝"青睐的节目》，中国文联出版公司1995年版，第47—48页。
③ 陆群：《长书节目的困境与出路——再谈〈小说连播〉节目的几个问题》，《现代传播》1990年第2期。

繁就简以突出主线、重构单元以制造悬念、语言生动简练以适合播读和收听。中央台的王决在改编《李自成》时，采用了"删、改、编、变、注"五种方法，经过这样的再度处理后，线索清晰、内容紧凑、叙述简洁明了，"把平面的读本变成了立体的故事"①。除此之外，对小说的改编还得考虑到播读者的优势和不足，使他们在播读时能够扬长避短。

当然，并不是所有作品都适合广播播出。比如，戴厚英的《人啊，人》尽管参选过"茅盾文学奖"，但因为故事性不强而不适合改编。又如获得第一届"茅盾文学奖"的李国文的《冬天里的春天》，因其叙事的芜杂也不适合播读。有学者在论到《冬天里的春天》的结构时指出："在叙事结构的创新上，过于追求技巧性，大量的剪接和时态的快速交叉，让读者应接不暇；而过分分割事件，使结构显得零乱，使读者很难形成整体阅读感。"② 小说的主要线索是于而龙与王纬宇之间的生死斗争，但作者并没有按照自然时序叙事，而是将近四十年的生活浓缩在于而龙故乡之行的三天时间内。这就不得不调动种种艺术手段对四十年的历史进行裁剪和重组，不仅增加了叙事的难度，也增加了理解的难度。小说叙事结构的芜杂使得视觉阅读尚且困难，改编为广播小说自然效果不佳。

当然，随着录制技术的不断提升，电台文学编辑也与时俱进，加入了音响、音乐等契合内容的声音元素以使广播小说更容易理解，也更好适应时代审美需求。武汉人民广播电台的李涛和傅秀云在制作湖北作家邓一光的长篇小说《想起草原》时，按照常规只需要进行语言录音、稍加剪辑即可，但这样做却体现不出广播的听觉艺术特性，也体现不出原作蕴藏着的粗犷辽阔的草原野性和起伏跌宕的故事情节。为能将这部具有恢宏气势和强烈震撼力的作品潜质激发出来，两人决定在做好语播录音的基础上，"选用一些情境音乐配进去，来抒发情感，揭示人物内心思想活动。同时还考虑用音响效果有机地穿插在故事情节中，来营造环境、渲染气氛。采取这种集语言、音乐、音响效果为一体的形式，来增加长书的画面感、现场感和真实感。让听众不仅听得懂，还要听得美，在丰富的想象中获得最大的满足"。有了这种认识，在制作时，一方面运用大量音乐烘托气氛、抒发情感；另一方面以典型音响点画环境，追求情景美。在《广播长书

---

① 王决：《学习评书手法编播小说〈李自成〉》，《曲艺艺术论丛》（第六辑），中国曲艺出版社1985年版，第100页。
② 毛克强：《回归与探索——首届茅盾文学奖获奖作品评析》，《西南民族学院学报》2003年第3期。

制作中的审美追求》一文中，两人回顾了长书中的一个细节，表明音乐的适当运用可以为长书起到锦上添花的作用：

> 长书中有这么一段："姥爷骑在马上，就着牛皮酒囊灌了一大口烧酒，仰着头挣着脖子大声地唱道：……"
> 如果光靠演员来演播这一段，就显得特别枯燥无味。姥爷那兴趣盎然、豪迈粗犷的情绪就无法表现出来。这里我们选用了一段蒙古歌手腾格尔充满草原情调的歌曲"噢……噢嗬……"衬垫在里面，一下子就把马背上民族的豪爽气概充分表现出来。①

《想起草原》播出后获得第九届中国广播文艺奖小说连播类二等奖。在对本届获奖状况介绍的《时代性·民族性·本土化——第九届中国广播文艺奖概览》一文中，中国广播电视学会高级编辑鲁言专门提到《想起草原》中的一个音乐细节："武汉电台的长篇小说《想起草原》中雪狼那一声长嚎的悠远回音……"② 可见音乐的恰当应用能够为原著增辉添色，能给听众留下深刻印象。

在有的广播小说中，音乐的使用不仅仅是表现出背景的意义，而且与语言一起表达作品主题思想。霍达的《穆斯林的葬礼》出版后，叶咏梅有了将其改编为小说广播的想法。但在录制前的案头工作中，叶咏梅突然意识到按照以前那种变动结构、加工文字、设计悬念等常规的广播化处理，会损害小说"严谨而富于审美价值的艺术结构"。③《穆斯林的葬礼》的故事发生在1919年夏到1979年的60年间，全书15章，加上序曲和尾声，共17部分。每一部分以"月"或"玉"为题，如序曲为"月梦"、第一章为"玉魔"、第二章为"月冷"、第三章为"玉殇"……"月"与"玉"既是贯穿全书的主题意象，同时也在时间方面代表着现实和过去。小说在总体上是倒叙结构。这种结构方式既有利于设置悬念、堆积谜团，增强了故事的起伏波折；同时也给人一种历史沧桑感，在时间的长河中浮现着三代人的命运。但一味的倒叙未免结构单

---

① 李涛、傅秀云：《广播长书制作中的审美追求》，《新闻前哨》2003年第9期。
② 鲁言：《时代性·民族性·本土化——第九届中国广播文艺奖概览》，《空中文艺画廊——第九届中国广播文艺奖集萃》，新华出版社2003年版，第8页。
③ 叶子：《视听手法转换的新尝试——谈〈穆斯林的葬礼〉的标题配乐》，《中国长篇连播历史档案·作家作品卷》，中国广播电视出版社2010年版，第55页。

调，所以小说的17个部分又体现出时间交错，也即"现实—过去—现实—过去……"的结构方式，两条时间链条在小说结尾处衔接在一起。同时，小说中还有多处插叙，如海马氏、陈淑彦、楚雁潮、谢秋思、郑晓京的人物经历等，这些插叙丰富了作品内容。另外，小说里还贯穿着大量对"玉"的历史发展的知识性介绍，为小说主体故事情节设置了一个永恒的时间背景。

很显然，《穆斯林的葬礼》这种叙事结构和时间设置的整饬与井然，适合视觉赏玩，就像汪曾祺所说："小说是写给人看的，不是写给人听的。"所以汪曾祺不赞成电台配乐朗诵文学作品："我觉得这常常限制了甚至损伤了原作的意境。听这种朗诵总觉得是隔着袜子挠痒痒，很不过瘾，不若直接看书痛快。"① 如果以速度和趣味来看，视觉性的文字一旦转换为听觉性的声音，则可能造成受众思维的滞后与混乱。叶咏梅也认识到时间处理的困难："……在过去式和现在式转换时加段话，譬如'回想当年'或者'再说眼下'——这样显得不伦不类……"面对《穆斯林的葬礼》这样一部形式和内容高度吻合的作品，该怎样才能最大化呈现出作品的艺术精髓呢？在苦思冥想中，叶咏梅想到了音乐："用两种截然不同的音乐来表现'月'和'玉'。即用各种情绪的民乐选段来表现'玉'（过去式），用各样情绪的管乐选段来表现'月'（现在式），以此来再现、渲染作品的艺术魅力。"② 这样，当不同的音乐响起，听众便会进入相应的故事时空。

如果细究《穆斯林的葬礼》的叙事结构便会发现，小说本身就具有一种音乐性。题目中的"葬礼"似乎已经为整部小说定下哀伤凄冷的基调，"序曲"和"尾声"更进一步暗示小说与音乐的同构，同时也点明了小说作为一首乐曲的完整性。"序曲"的结尾处，"她"伸手叩门的动作在"尾声"的开头处得到呼应："她终于拍响了门钹上的铜环……""序曲"和"尾声"遥相呼应，"伸手"和"拍门"之间萦绕着一曲60年的岁月悲歌，作为主旋律的是楚雁潮拉的小提琴曲《梁山伯与祝英台》。正文部分"现在"和"过去"的错落有致体现出音乐的节奏感，情绪的波折起伏又仿佛韵律的跳跃。小说开头是穆斯林葬礼上的祷辞，小说结尾

---

① 汪曾祺：《"揉面"——谈语言》，《岁朝清供》，生活·读书·新知三联书店2019年版，第259、261页。
② 叶子：《视听手法转换的新尝试——谈〈穆斯林的葬礼〉的标题配乐》，《中国长篇连播历史档案·作家作品卷》，中国广播电视出版社2010年版，第55—56页。

处,《梁祝》再次响起:

> ……如泣如诉,如梦如烟。琴弓亲吻着琴弦,述说着一个流传在世界的东方、家喻户晓的故事:《梁山伯与祝英台》。
> ……
> 天上,新月朦胧;
> 地上,琴声缥缈;
> 天地之间,久久地回荡着这琴声,如清泉淙淙,如絮语呢喃,如春蚕吐丝,如孤雁盘旋……

由此可见,小说《穆斯林的葬礼》就是一个典型的音乐文本。音乐在《穆斯林的葬礼》中不仅巧妙地起到了提示时间和事件进程的起承转合作用,而且强化了作品的历史氛围与悲剧格调,从而实现了声音的形式和内容的有机统一。叶咏梅说,她能够想到以音乐的变化隐喻时间的变化,是受到影片中彩色表现现实美好而黑白色反映多难过去的手法的启发,但更为根本的也许是来自小说本身的音乐暗示。多年之后,叶咏梅还津津乐道于"当年《穆斯林的葬礼》的配乐制作上有所创意"。[①]

不仅仅是《穆斯林的葬礼》,在叶咏梅导播过的《平凡的世界》《音乐世家》《西部歌王》等作品中,音乐都发挥了重要的叙事作用。对此,叶咏梅认为,与文学的结合"使音乐已不再仅仅起陪衬、烘托、渲染作用;而让音乐溶注于文学语言之中,成其灵魂,使之具有撼人的艺术魅力"[②]。

除音乐之外,编辑在改编和导播时要调动各种手段对小说进行"拟声"处理,以增强作品的真实感和现场感。在录制柯岩的《寻找回来的世界》时,叶咏梅就发现作品本身有着丰富的声音元素:"如工读生们以重新填词的《拉兹之歌》展开'舌战',演员王刚就直接用唱的形式再现了当时'舌战'的情境;谢悦对外国记者的谈话就直接用英语演播,作者最后在《黄河大合唱》的乐声中以散文诗的语言而告终,我们在处理这段尾声时采用先让演员唱,加混响。再叠入朗诵的形式,这样一来,广

[①] 叶咏梅:《"淘沙"与"铸剑"——写在重新制作的百集配乐长篇小说〈穆斯林的葬礼〉开播的日子里》,《中国长篇连播历史档案·作家作品卷》,中国广播电视出版社2010年版,第58页。

[②] 叶子:《我的广播文学事业与音乐》,《中国广播电视学刊》1997年第6期。

播的独家优势得到了充分的展现——强烈的感染力和想象力。"①

20世纪90年代初，陆群对新时期以来的小说广播进行总结时提到了电台文学编辑的作用："纵观长书12年来的发展轨迹，我们大致可以看出，长书节目是个深受听众喜爱的具有强大生命力的'长寿节目'。它从70年代末复兴至今，收听率虽自高而下呈滑坡之势，但编播水准却由低到高日见成熟之象，两者的发展始终呈现出一种耐人寻味的悖逆现象。前者是历史造成的结果；后者则是长书编播人员共同努力和探索的结晶。"②从80年代小说广播的辉煌来看，此言不虚。

第三节　小说播读与长篇小说"二度创作"

新时期以来，长篇评书如刘兰芳的《岳飞传》、袁阔成的《三国演义》等尽管掀起了"评书热"，但一来评书注重故事性，二来评书大多转向更适合程式化演出的历史题材和刚刚兴起的通俗文学，因此播读开始代替评书成为长篇小说的主要表现方式。这一时期涌现出一批各具特点的优秀播讲艺术家，如张家声、孙兆林、王刚、曹灿、关山、赵琮婕、瞿弦和、李野默等。他们对作品主旨的理解、精神的把握及艺术化的声音表现开掘了原作中的深层意蕴，使80年代的长篇小说在声音的维度上给听众带来审美享受。

一　前理解与长篇小说的"二度创作"

从传达的角度来说，小说演播者扮演的不是作品与听众之间的媒介角色，他自身就是传播内容——他要以自己对作品的体验和感悟表达出作品中所包含的思想意蕴及"言外之意"。小说演播不仅是单纯的技术性手法，如正确发音、控制呼吸、重音停顿、语调节奏等，而且是一种艺术性的再创作。并非所有的播读者都能达到艺术化的境界。口头传播学专家祝振华在指导学生练习文学作品朗读时，发现"有一半以上的学生虽然费了很大的功夫，仍然不能读出作品中的真义来；因此绝大多数的学生事后

---

① 叶咏梅：《〈小说连播〉的历史回眸与世纪思考》，《天籁之思》，作家出版社2000年版，第141页。

② 陆群：《长书十二年：一个历史的描述》，《现代传播》1992年第1期。

认为，文学作品朗读'很不简单'"①。小说播读既要全面表现作品的故事情节以及作者的思想态度，同时又不能因忠实转述而限制自己的个性发挥："朗诵者必须对构成作品内容的一切形象、现象和事件，表示出自己的明确的创作态度，在自己的创作想像中激发起一定的积极的视像，把它们传达给听众的想像。"②

小说播读者讲述故事、塑造人物、剖析心理、展现环境唯一能够依赖的物质材料是声音，而受众也是通过声音这一媒介展开形象思维。作家陈建功在谈到文学作品的声音化时认为："各国的文化大师向你展示他们的思想，描述他们所处的社会，再由演播艺术家们流畅的饱含感情的悦耳的声音朗诵出口。我感觉这种形式比自己静坐读书还要有益，因为如果不让文字发声，有些秀美的意境、隽永的哲理有时也会隐匿了行迹。这也许就是我藏书不少仍坚持收听该节目的缘故罢，这是一种美上加美的审美享受和追求。"③ 因此，播读者的声音质量及其语言表达能力对于小说意义的传达非常重要。一位听众回忆收听李野默播读的《平凡的世界》："那浑厚亲切带有磁性的男中音，让我陶醉在由小说家与演播家共同营造的美好世界中……"多年之后再听此书，犹是热泪盈眶。④ 即使一些文学性不是很突出的小说，一经声音造型，也能散发出超越原作的审美魅力。韦振斌认为，张健民的播读使《刑警队长》这部被认为是"惊险小说""侦探小说"的作品的文学性大大增强，"这就是有声语言艺术的魅力，这就是长篇小说连续广播的独特功效"⑤。

播读者对文学作品的前理解是"二度创作"的基础，这就需要播读者首先具备一定的文化素养和文学鉴赏能力。一般而言，80年代的小说播读者在学历方面高于50—70年代的评书演员及电台播音员，在文化知识结构方面更为完备，如汪良、关山、查曼若、李野默等。面对一部长篇小说，播读者一般先自己反复阅读、揣摩，有的还认真仔细做好案头工

---

① 祝振华：《口头传播学》，大圣书局1986年版，第107—108页。
② ［苏］阿克肖诺夫：《朗诵艺术：言语效用》，崔玉陵、齐越译，《广播爱好者》1956年第11期。
③ 陈建功：《置身人生最美的秋天——留在〈天籁文库〉里的珍藏》，《中国长篇连播历史档案·作家作品卷》，中国广播电视出版社2010年版，第4页。
④ 王庆杰：《路遥：应该这样保持对文学的虔诚》，《学人镜像》，中国言实出版社2015年版，第11—12页。
⑤ 韦振斌（朱世瑛）：《请重视小说连续广播》，《编播业务杂谈》，中国广播电视出版社1985年版，第282页。

作。就像曹灿所说:"为了不伤害原作意图而又能说得动听,更好地宣传作品,必须努力去吃透小说的主题、手法、风格,然后加以体现。我一般接到书以后都要读上两遍,第一遍叫做感性接触,第二遍叫做理性解剖。"①

除了整体感知作品,播读者尤其注重对细节部分反复琢磨,去挖掘细节背后的深意。《林海雪原》杨子荣打虎上山一节,有"轻迈着步子,走进了亮光"的句子。关山阅读到这句话时,对于"轻"字理解甚深:"这里的'轻'决不能轻松、舒缓,而是以加紧节奏的急促的虚声来表达,给听众一种紧张得几乎喘不过气来的感觉,造成异峰突起、牵动人心的艺术效果。"② 如果没有对"打虎上山"这一节整体文意的把握,也就不会有对"轻"字发音效果的理解。李野默播读过多部当代文学名著,如《白鹿原》《平凡的世界》《活着》《笨花》等。1991年,李野默被中国广播电视学会评选为"全国听众喜爱的演播艺术家"。李野默的播音小说能在听众那里有持久的影响,既与他的音质、音色有关,也离不开他对声音艺术精益求精的追求。在《追求完美》一文中,李野默谈到播音生涯中一个细节的处理:"比如说,一段《哈姆莱特》中的独白,可以使我在好几年的时间里,一有空闲就默默地体味,琢磨它那丰富、深沉的内涵,寻找表达每一点我所体会到的内涵更好的方式。"由此他对播音有了更深的理解:"真的,真正的好作品读起来,会让你产生一种似乎每个字都可以有无数种读法,每一个句子都可以有很多种意思,无论你怎样琢磨、钻研,都无法穷尽它的那种感觉。"③

播读者有时也根据声音的表现特性而对小说中拖沓、闪回、逸出的文字进行增删调整。曹灿在阅读梁斌长篇小说《播火记》时,觉得朱老忠带领红军打下冯老兰的宅子后看到里面摆放的东西太多。这些场景描写如果是文字阅读,有着浓浓的乡土味,但听起来难免冗长。④ 原文兹录如下:

---

① 曹灿:《扬长避短形成独自风格》,《中国长篇连播历史档案·演播风格卷》,中国广播电视出版社2010年版,第23页。
② 关山:《加强演播中的形象思维》,《中国长篇连播历史档案·演播风格卷》,中国广播电视出版社2010年版,第38页。
③ 李野默:《追求完美》,《"上帝"青睐的节目》,中国文联出版公司1995年版,第351页。
④ 曹灿:《扬长避短形成独自风格》,《中国长篇连播历史档案·演播风格卷》,中国广播电视出版社2010年版,第23页。

> 看那场院里放着大车、小车、拖车、犁耙……好多种地的家什。账房西头有一间小屋，他推开门一看，屋里搭着木架子，架子上放着大车上的绳套：有皮套、麻套、铁丝套，有长套、短套。有各种环子：铜环子、铁环子、长方环子、椭圆环子。有各种鞭子：大鞭、二截鞭、三截鞭。架上放着一大捆鞭梢：有牛皮鞭梢，有狗皮鞭梢……哎呀呀！可多着哩！小屋里还有一个小套间，套间里盛的各种农具，有各种的锄：有小锄，有大锄。有各种的镰：有柳叶镰，有鱼头镰，有割首蓿用的大镰。有各种铁锨：有小铁锨，有大铁锨。墙上还挂着鱼网：有三指眼、二指眼、一指眼、半指眼，有抬网，有旋网，有罾，有鱼叉。场院里放着大小碌碡，还有碾子有磨，有水筲，有担杖，……数也数不清。①

曹灿对这段文字进行了改动：

> 看看那场院里放着大车小车和拖车，耙子铧犁叉子耧；推开账房西头小屋一看，那架子上摆的墙上挂的各种农具应有尽有，什么绳子环子鞭子镰，鱼叉鱼网和铁钎，锄头鞭梢长短套，大大小小式样全……②

改过之后，语言精炼许多且朗朗上口，既不失生活气息，也增强了趣味性。

王刚也有修改文稿的习惯，以使"供人读"的文字变得易于"让人听"。在他一生录制的几十部作品中，除了名作短篇外，一般在编辑修改完毕后还要自己动笔再做相应的调整。③ 播读《海妖的传说》时，将原著44万字删减至30万字，并且"对于原作中讲话时用的修饰词和语气词也尽量删去，直接通过他自己有声有情的语言体现出来"④。据叶咏梅的介绍，王刚在播讲前一般要把作品读三遍，其中第二遍就是"在字里行间

---

① 梁斌：《播火记》，作家出版社1963年版，第350页。
② 曹灿：《扬长避短形成独自风格》，《中国长篇连播历史档案·演播风格卷》，中国广播电视出版社2010年版，第23页。
③ 王刚：《把根留住》，《"上帝"青睐的节目》，中国文联出版公司1995年版，第348页。
④ 叶子：《从〈牛虻〉到〈海妖的传说〉的播出——介绍深受听众欢迎的演播者王刚》，《中国长篇连播历史档案·演播风格卷》，中国广播电视出版社2010年版，第75页。

标注记号,删掉不适宜播出的内容,有的地方则改成口语化的文字"①。

为了更深入地理解作品,有的播读者通过种种方式做好文本研读之外的工作,如查看相关资料、访问作者、实地体验等。广东讲古大师林兆明为了讲好王亚平的长篇小说《刑警队长》,连续几个星期到一位在公安系统工作的亲戚家,向他了解管理劳改人员的生活情况与想法,了解劳改人员的心态。②关山回忆,自己曾经访问过十多位原著作者,一方面希望得到写作背景、创作意图等相关知识以充实有声语言再创造的素材;另一方面请作者对选讲和试讲的片段进行鉴定和提示,以加深对作品的理解并准确充实地表达。关山感觉请教作者受益颇丰:"他们分别向我交代作品主题,分析人物,谈生活体会,讲革命历史,介绍风土人情,还教我唱抗敌小调、革命歌曲等。"并且访问作者有时还会有意外收获。1978年关山录播《林海雪原》前访问了作者曲波,提出少剑波和杨子荣年龄相差悬殊,曲波也才意识到在书中将杨子荣年龄写成了41岁着实不妥,后来在录播时关山将杨子荣的年龄改为31岁。③出于对张承志小说《黑骏马》的热爱,广州市花都电视台播音员温秀程在播讲录制前,到内蒙古巴音锡勒大草原去体验生活:"设身处地认真品味小说中的字字句句,那草原辽阔的牧场,奔腾的马群,涌动的牛羊,那丘陵游牧的蒙古包,那低洼处的天然湖泊,那散发着草腥味的奶茶,……这就是一代代生活在大草原的人们的基本心态,有了这样的最初的认识,再去理解草原最原始、最古老的生活习俗、古老的歌谣和那粗犷的舞蹈语汇及人文、地理等就相对容易多了。"④

《风流才女——石评梅传》中,有石评梅中秋之夜在陶然亭弹唱苏轼词《水调歌头·明月几时有》。为了能传递出曲子冷艳凄婉的韵味,牟云专门翻录了昆曲名家蔡瑶铣演唱的苏轼的词《水调歌头·丙辰中秋》。同样的,为了表达好糖葫芦老头叫卖声的京味,刘纪宏"翻录了地道的京

---

① 叶子:《新时期王刚文化现象——论王刚的文学修养和语言功力》,《中国长篇连播历史档案·演播风格卷》,中国广播电视出版社2010年版,第91页。
② 林兆明口述,张蔚妍、林端著:《书接上一回:粤语讲古泰斗林兆明传》,花城出版社2016年版,第186页。
③ 关山:《加强演播中的形象思维》,《中国长篇连播历史档案·演播风格卷》,中国广播电视出版社2010年版,第41页。
④ 温秀程:《文艺广播的求索与实践——〈黑骏马〉广播小说节目编导札记》,广东省文化厅主编《广东文化艺术论丛·2006》(下册),文化艺术出版社2006年版,第624页。

味叫卖声录音,不知跟着学了多少遍"①。应该说《风流才女——石评梅传》并不是一部适合广播的作品,故事性弱,语言文雅,抒情句子多,心理独白多。但牟云和刘纪宏却通过声音的演绎,将其变为沁人肺腑的有声语言艺术精品,显然与他们对声音细节精益求精的追求密不可分。河南台播音员宋冰录播《吉鸿昌》之前,到吉鸿昌的故乡河南省扶沟县实地考察体验半个月,听当地百姓讲吉鸿昌的故事,对故事的主人公有了立体的感受,随后的演播才得心应手,一经电台播出就大受欢迎,并成为长篇连播的经典之一。②

二 作品风格与自我风格:博弈中的融合

播读者对小说的阅读、琢磨也就是对小说风格或小说基调的整体把握,而这一点,也经常被认为是小说播读是否成功的关键之一。③ 牟云在阅读《我的父亲邓小平》时,感觉如果按照惯常的做法,也就是以"伟人""重大事件"为基点,强调语言的"严肃""庄重",容易凝重有余而失以呆板。牟云经反复思考后认为:"小说毕竟不同于一般的历史文献,在女儿的心目中,小平同志既是伟人,更是慈父。既可敬,又可亲;既伟大,又平凡。"于是将"抒女儿之情"作为基点,在语调上尽量富有亲情、靠近生活。她的这一想法不仅得到编辑和中央台领导的认可,播出后也得到广大听众的认可。④ 如果基调确立不好,那就会适得其反。王刚在播读莫应丰的小说《将军吟》时,"一味油腔滑调",与《将军吟》的悲剧风格不相符合,"让人开始有些听不下去"。⑤

确立小说基调的过程,其实也就是如何处理自我风格和作品风格之间关系的过程。播读者在长期艺术实践中形成了独特的个人演播风格,风格的形成标志着播读者艺术的成熟,如张家声、曹灿、孙兆林、查曼若、王刚、瞿弦和、张筠英、牟云、刘纪宏、李野默等;但播读者面对的是不同

---

① 叶子:《情到真时方上品——牟云、刘纪宏的演播艺术》,《中国长篇连播历史档案·演播风格卷》,中国广播电视出版社2010年版,第152页。
② 郭振琴:《长篇连播节目的播出制作现状与解决办法初探》,《新闻传播》2014年第6期。
③ 叶咏梅:《天籁之思》,作家出版社2000年版,第41页。
④ 牟云:《我的演播感悟与点滴体会》,《中国长篇连播历史档案·演播风格卷》,中国广播电视出版社2010年版,第136页。
⑤ 袁聆:《中国长书演播艺术家漫评——献给我国长书连播六十周年纪念》,http://blog.sina.com.cn/s/blog_ 564d633b010083cl.html。

风格的文学作品，这就需要处理好自我风格与作品风格之间的关系。

首先，播读者应根据作品风格进行自我调适，而不能以自我风格改变作品风格。演播家赵琮婕认为："播讲者在进行二度创作时，必须尊重原作，忠于原作，吃透原作。"① 毕竟从受众角度而言，作为中介的播读者不能越俎代庖，削作品之"足"而适自我风格之"履"。因此，优秀的播读者总是根据作品风格作停顿、节奏、重音等语言设计。有人对曹灿的播音风格进行过细致的分析："曹灿在播讲长篇小说时，能根据不同的内容、不同的情节、不同的环境气氛而运用多种表现手法，比如语调、重音、断句、停顿、气息等等，而其中最重要的是语调。语调是语言中最富有感情的标志。曹灿在叙述时，有时平铺直叙，有时慷慨激昂，也有时欲抑故扬，听起来形象、生动、引人入胜。"② 汪良有一段话可以看作播读作品中播读者个人风格隐匿的最好说明："一部小说播讲完，听众来信大谈书中人物如何美，如何恶，什么地方曾使他悲，什么地方曾使他喜，而绝口不提播讲者的功劳，有的播讲者或以为不满足，而我们却认为这是十分可喜，可欣慰的，因为这说明，播讲者没有为着显示风格而突出自己。"③

张家声也认为，播读者应该将自我融入作品，走向人物。在一篇文章中，张家声谈到播读托尔斯泰《复活》时的体会：

> 在剖析、体会《复活》时，我仿佛听到留着大胡子的托尔斯泰舒缓地向人们叙述着他的故事。画面如潮，在脑海中不断涌起。好像有许多精神的、物质的枷锁在捆绑着他，而他挣扎着、呐喊着。声音是那么雄浑、厚实，感情是那么深沉、凝重。我似乎逐步感受到了作品的风格。因而，我在处理叙述语言时（包括聂赫留朵夫的声音）多用中音以及低音，几乎不用高音。但为了塑造不同个性的人物，出于色彩、节奏鲜明的需要，我注意到音色、音高、音量以及语调、语式的变化，如有些人物需用小高音，等等。
>
> 如果把《复活》比作一个苦海，那么在演播时，我对海面下的，

---

① 赵琮婕：《追求真情实感的演播风格》，《中国长篇连播历史档案·演播风格卷》，中国广播电视出版社 2010 年版，第 32 页。
② 洪虹：《曹灿的播讲风格》，《"上帝"青睐的节目》，中国文联出版公司 1995 年版，第 170 页。
③ 汪良：《小说播讲艺术》，北京广播学院出版社 1988 年版，第 72 页。

比对海面上的浪更重视、更强调。我以为这是作品的力度与丰富的内涵及深邃的哲理性所决定的。①

当然，并不是说播读者只能被动性地照本宣科，逐字逐句地将作品读出来就算完成了任务。这样的播读既失去了语言之美，也不能传达作品的内在意蕴，甚至在很大程度上降低了作品的品格。李野默认为，一部作品演播成功与否取决于两个方面："一方面是要看演播者对作品的感受在多大程度上与作者本来想要传达的那种感觉相类似乃至取得一致，以及与多少受众对于该作品所产生的感觉相类似乃至取得一致；另一方面要看在多大程度上张扬了演播者的个性。"② 因此，播读者不能一味地迁就作品风格，而应该在尊重的基础上，表现出播读者自身的风格特点。叶咏梅回忆李野默在演播《平凡的世界》时如何将自己的风格融入作品的风格：

> 他把书中凡有"信天游"歌词的地方都单列出来，用几种方案演唱给我听，随着琴声和歌声，那粗犷、豪放、深沉的男中音便在耳旁响起，久久萦绕在我的心畔……作品播出后，他的歌声、他的演播不仅深深地留在那片他眷恋的土地上，还深深地留在了五湖四海亿万听众"益友"的心坎上。

叶咏梅引用一位评论者的话作为对李野默播音风格的概括："贴近听众，侃侃而播，绘声绘色，口语自然，以粗犷、憨厚、豪放、诚挚的声音魅力吸引了广大听众。"③

自我风格与作品风格的融合既是变化的过程，也是创造的过程。在两者的不断磨合中，能够融汇出新的风格特色。曹灿是一位独具艺术个性的播音艺术家，在播讲风格的民族化方面做出了积极的探索。在播讲《地球上的红飘带》《毛泽东的故事》时，曹灿遇到了该如何处理领袖人物语言的难题，也就是在普通话和方言之间委决不下。经过不断揣摩，"找到

---

① 张家声：《谈作品演播风格》，《中国长篇连播历史档案·演播风格卷》，中国广播电视出版社2010年版，第160—161页。
② 李野默：《尚嫌凌乱的想法》，《中国长篇连播历史档案·演播风格卷》，中国广播电视出版社2010年版，第115页。
③ 叶咏梅：《机遇 奋斗 成功——揭秘演播艺术家的成功之路》，《中国长篇连播历史档案·演播风格卷》，中国广播电视出版社2010年版，第10页。

一种带方言味的普通话",得到了编辑和听众的认可。① 这种方式很适合中国听众的欣赏习惯和审美趣味,是广播小说民族化、本土化最好的尝试。

20世纪80年代演播的小说一般都是和某个播读者的名字联系在一起,如播讲《夜幕下的哈尔滨》的王刚、播讲《平凡的世界》的李野默、播讲《风流才女——石评梅传》的牟云和刘纪宏等。他们的艺术素养以及对于作品的感受、认识和情感在播读对象中留下主体印记,也使播读对象成为独一无二的艺术存在。黑格尔认为:"独创性是和真正的客观性统一的,它把艺术表现里的主体和对象两方面融合在一起,使得这两方面不再互相外在和对立。"② 优秀的播读者应像胡应麟所说的那样:"正而能变,大而能化,化而又不失本调,不失本调而兼众调。"③ 王刚录制的产生广泛社会影响的不仅有《夜幕下的哈尔滨》,还有《海妖的传说》《将军吟》《寻找回来的世界》等,李野默在《平凡的世界》之外,还有《新星》《白鹿原》《补天裂》等作品。这些都可以看作自我风格与作品风格融合最好的例子。

三 声情并茂:小说语言的有声"翻译"

与文字相比,有声语言具有动态的情感性、音乐性的特点。应该说,演播小说的过程也就是播读者以有声语言对文字的"翻译"。一般而言,播读小说和演播评书不一样,很少去改动原作。那么播读者能够发挥的空间就在文字之外,在情感、韵律、节奏等声音要素方面。通过声音,播读者既赋予静态的文字以动态的节奏韵律及语气的变化,也能直观地呈现隐藏在文字下面的思想情感。

李野默说过一句话:"对于一部作品来说,真正需要由演播者来表达的究竟是些什么东西呢?现成的答案就是:演播者对作品思想的理解和对作品情感的感受。"④ 文学是审美的,也是情感的,刘勰甚至以"情"作为文学作品的价值标的。这也不难理解,既然人是情感性的动物,文学又

---

① 曹灿:《书缘》,《"上帝"青睐的节目》,中国文联出版公司1995年版,第344—345页。
② [德]黑格尔:《美学》第1卷,朱光潜译,商务印书馆1979年版,第373页。
③ 胡应麟:《诗薮》,中华书局1958年版,第71页。
④ 李野默:《尚嫌凌乱的想法》,《中国长篇连播历史档案·演播风格卷》,中国广播电视出版社2010年版,第114页。

是对人的生命状态的描摹，那么，文学作品也自然以情感作为文本基调。作家在创作时，将主体情感蕴蓄在文字中。读者在阅读时，通过文字也能触摸到创作主体的情感温度。比如，阅读《伤仲永》会有惋惜之情、《背影》有伤感之情、《长征》有豪迈之情。有些汉字本身具有表达情感的功能，但因为生活经历、性格情趣、气质爱好等不同，接受个体能够理解文字的字面意义，却不一定都能通过视觉的方式体验到文字背后蕴蓄的情感。比如，同样的文字因为语境的不同会呈现出不同的情感意义。一个"好"字，既可以是表扬和肯定，也可以是贬低和否定，还可以有讽刺、傲慢的意味，这就需要联系上下文才可分清是哪一种情感表露。而以有声形式表达，只要说话者一落音，听者自然就会明白。比如，在戏院，如果观众发出的"好"短促、急切而高，那就是对演员表演的称赞；但如果缓慢而低，那就是对演员表演的否定。

视觉使主体与文字保持了一定的距离，这种主客体的分离需要主体调动起想象才能激活文字意义。相对于视觉性的文字，声音不仅以其物理力量作用于耳膜，而且直接引发主体的精神活动，如愉悦、紧张、恐怖、欢乐等情绪和身体的反应。从先后顺序来看，声音比文字更能代表主体的生命行为。因此，李野默所言即是点明了播读的价值所在，通过播读者恢复了被文字所记载的种种生命情绪，从而达到"声入于心"的艺术效果，"声情并茂"也是受众对播读小说最大的肯定。

小说播读的情感表现在两个层面：播读者的情感和文学作品的情感。多数播读者都特别强调播读时自我情感的投入是保证艺术质量的关键。关山说过："如果播讲人对作品很喜爱，思想感情与书中人物息息相通，爱主人公之所爱，恨主人公之所恨，那么，他就会使自己的感情与小说中的人物做到有机融合，怀着强烈的播讲愿望去质朴地、自然地再现他们的喜怒哀乐，而不是造作地、千篇一律地去表达。"[①] 赵琮婕认为："播讲小说，只有真情流露，真挚充实的内在感情的体验和表现才能吸引听众、感染听众。"她详细地剖析了自己阅读作品时的情感状态：

> 记得当领导通知我立刻动身到中央台播讲《许茂和他的女儿们》的时候，我那是头一次听到这部书的名字。我是在去北京的18次列车上阅读这部作品的。翻开书就看迷了，忘记吃饭了，流了多少眼泪

---

① 关山：《加强演播中的形象思维》，《中国长篇连播历史档案·演播风格卷》，中国广播电视出版社2010年版，第38页。

呀！车到北京，心已经离不开许茂老汉一家了。我想到很多很多……这正是我们优秀的民族，优秀的人民，他们就活生生地活在我的面前，我爱他们，敬重他们，我来讲述他们，内心是充实的，感情是真挚的。①

应该说，播读者的情感受创作者情感激发而生。对此，多数播读者深有体会，并且在播读中使自己的情感始终鼓荡在创作者情感的框架内，去传达出创作者的爱憎立场。《夜幕下的哈尔滨》是作家陈玙的亲身经历，"作品的字里行间都透着他对中国共产党和中国人民救亡事业那种炽热的爱和对日本侵略者刻骨的仇恨"。认识到这一点，播读者王刚认为："作品的基调，应该是压抑之中有抗争，而语言的通俗流畅之中呢，又不缺乏抒情色彩。"②

创作者的情感在很大程度上融注在叙述语言中，这就需要播读者处理好叙述语言的情感色彩。曹灿播读过《李自成》《桥隆飙》《中原夺鹿》《播火记》等多部长篇小说，叶咏梅对他播音风格的评价是"生动、活泼、形象、逼真"。曹灿不仅能贴切地通过对话塑造出个性化的人物形象，而且能准确地表达出叙述语言的情感性。曹灿认为，语言的情感性在人物身上一般比较好处理，毕竟人物说话时有具体的语境，"感情的表达在台词里已经写了，只要进入人物，真实地表达出来一般都能达到要求"。但易为播读者忽略的是叙述语言，没有明显的爱憎褒贬。对于这一部分，曹灿的实践经验是："叙述不能客观，必须带有自己的感情。"在播读《播火记》中冯老兰灵前美食摆设的一段文字时，曹灿以嘲笑的口吻读出，表示作为封建地主势力代表的冯老兰的死代表了一个阶级的覆灭。在播读《桥隆飙》中描写桥隆飙外形的文字时，读出了原作者对桥隆飙既欣赏也对其不足之处不满的情绪。《李自成》中有崇祯的描写：

虽然他还是一个不到二十八岁的青年，但是长久来为着支持摇摇欲倒的江山，妄想使明朝的极其腐朽的政权不但避免灭亡，还要妄想能够中兴，他自己会成为"中兴之主"，因此他拼命挣扎，心情忧

---

① 赵琮婕：《追求真情实感的演播风格》，《中国长篇连播历史档案·演播风格卷》，中国广播电视出版社2010年版，第34页。
② 王刚：《扬有声语言的独家优势——谈长篇小说演播的艺术处理》，《中国长篇连播历史档案·演播风格卷》，中国广播电视出版社2010年版，第5页。

郁，使原来白皙的两颊如今在几盏宫灯下显得苍白而憔悴，小眼角已经有了几道深深的鱼尾纹，眼窝也有些发暗。①

姚雪垠在一篇文章中分析过崇祯皇帝性格的复杂性：一方面辛辛苦苦、起早摸黑、勤于正事、事必躬亲，表现得精明强干、节俭清廉，故而三百多年来民间甚至包括起义领袖李自成对他都有一种同情的态度；但另一方面崇祯又多疑专断、刚愎自用、自以为是、残酷无情。姚雪垠在塑造这一形象时遵循现实主义的创作原则，对崇祯既不美化也不丑化，避免了崇祯形象的简单化和概念化。他说："我在写作中反复考虑到，像崇祯这样一个大国的皇帝，又是生活在那样复杂的社会历史环境中，他的性格也必然是充满着矛盾，是复杂的。"②曹灿读到这段文字描写时认为，腐朽、妄想、挣扎说明了崇祯的处境。苍白、憔悴、忧郁、眼窝发暗说明崇祯的心情。因此，虽然作者没有用更多的贬词去丑化崇祯的形象，比较客观真实地对这位明朝的末代皇帝进行了描写，但从字里行间不难看出作者对崇祯的态度，所以在播读时语气就带有嘲讽的口气。③ 应该说，曹灿对这段文字的情感把握非常到位，符合作者原意。

如果说创作者情感反映在叙述语言中，那么人物情感则体现在对话、独白、心理活动等语言行为中。播读者应根据人物年龄、性别、性格、身份、地域背景、文化素养及说话对象、说话语境的不同而读出不同的情感。就像有人评价清代龚午亭说扬州评话时那样："别出己意演之，微文谀词，隐显幽隽，若身为其人，而出其心术神态以表于众者。……盖午亭于人情物态，心领神会，遇事触发，无不酷肖，往往不事辞说，而自得其意于言语之外。"④

要塑造出人物语言的情感形象，播读者首先要抓住人物性格特征。在有声语言的艺术形式中，人物性格主要通过对话、独白、心理活动等表现出来。那么，播读者要根据人物经历、身份、思想、境遇等相关信息准确把握人物性格，为人物设计出个性化的语调、语式、音色以及节奏、轻重

---

① 姚雪垠：《李自成》，中国青年出版社2019年版，第2页。
② 姚雪垠：《关于崇祯形象的塑造》，《文学"马拉松"：〈李自成〉出版五十年研究文选》，中国青年出版社2013年版，第38—44页。
③ 曹灿：《扬长避短形成独自风格》，《中国长篇连播历史档案·演播风格卷》，中国广播电视出版社2010年版，第24页。
④ 谭正璧：《评弹艺人录》，上海古籍出版社2012年版，第75页。

等,以独具个性的声音为人物"画像"。杨佩瑾的长篇小说《旋风》中的赵望春海外留过学、参加过国民党,也了解一些所谓革命道理。朗读艺术家金乃千在处理赵望春的语言时,为赵望春设计了这样的语言习惯:"用不大的音量、彬彬有礼的语调,加上一种柔中有刚、半土半洋的学生腔",恰好表现了这一人物的"精明、阴险,儒气中藏着狡诈"。另一个人物田营长行伍出身,代表着国民党武装势力,凌驾于地主武装之上。讲话时居高临下、肆无忌惮、粗声粗气,一幅小军阀的派头。金乃千"给予他一种旁若无人的语调,加上浓重粗哑的喉音,造成一门土炮的气势"①。

其次,要根据人物身份、性别、年龄以及人物经历确定情感基调。赵琮婕对自己播读过的作品中的人物有这样的认识:"四姑娘许秀兰柔里含刚;颜组长老成豁朗;李国香语言造作,见棱见角;芙蓉姐由甜美活泼变为苦涩悲凄;九姑娘天真大方;七姑娘轻浮跳荡;大赤包大呼大出;王爪辣撒泼使气、哭天号地;三辣子许秋云刀子嘴豆腐心,辣子味里含糖……"② 演播艺术家陈光播读过小说《马贼的妻子》,在对女主人公秦玉竹生平经历和性格特点总体把握的基础上认为:"她的感情脉搏始终在'焦急'二字上跳动。焦急之中含着热望、悲痛、憎恨和愤怒。"于是演播时将秦玉竹的声音基调定在"高音区,在音强、音高上变化;语言节奏较快(有时急促);语势上扬(多用升调);发音部位前置,适当加点鼻腔共鸣,带点土匪的'野味儿';气息多用急吸、快呼等"③。

最后,同一人物面对不同的说话对象及不同的语境,情感表达也会不同。汪良在《小说播讲艺术》一书中,以《芙蓉镇》中李国香为例进行了详细的分析。汪良认为,李国香在和谷燕山、胡玉音谈话时,语气上有明显差别。胡玉音是个小摊贩,李国香和她谈话时是"循循善诱",播讲时在李国香的语言处理上"不宜有对胡玉音谈话的'和蔼'、'耐心',而是一种抓住人把柄的幸灾乐祸,和胸有成竹的威胁"。谷燕山是粮站主任,"是见过世面的国家干部",那么李国香在和谷燕山谈话时"是开门

---

① 金乃千:《用语言挥洒生活的画卷——演播长篇小说之一得》,《中国长篇连播历史档案·演播风格卷》,中国广播电视出版社2010年版,第12页。
② 赵琮婕:《追求真情实感的演播风格》,《中国长篇连播历史档案·演播风格卷》,中国广播电视出版社2010年版,第34页。
③ 陈光:《试论〈小说连播〉演播过程中的感情谐振》,《"上帝"青睐的节目》,中国文联出版公司1995年版,第133—135页。

见山,威胁利诱齐上","层层递进、句句带着锋芒,阴狠刻毒满藏于公事公办、生硬、冷笑之中"。"文革"开始后,李国香也被红卫兵揪了出来,成为批斗对象。李国香尽管威风不再,心情发生了很大的变化,但仍然表现出独特的个性:"她时时刻刻注意着自己的身分,即使在坏人堆里、黑鬼群中,自己也是个上等人。总有一天会澄清自己的政治分野、左右派别。"于是在诉诸声音表达时,不能将落魄中的李国香的话说得唯唯诺诺:"要在急切地、笑脸的乞求中,流露出自信和坚决。这个时候,李国香的言,确是她的心声,播讲者把她的话表达得越真诚,就越能反映出这个人的虚伪!"①

意大利著名悲剧演员萨尔维尼认为:"演员必须勤于感受,但他也必须像一个熟练的骑师驾驭烈马似地引导和控制他的感受,因为他需要完成双重的任务:仅仅自己有所感受是不够的,他必须使别人有所感受,而如果他不运用抑制,就办不到这一点。"② 因此,播读者应该用情而不滥情,不能以自己对作品的好恶而影响到作品和人物的情感表达。其一,会过犹不及;其二,播读者所用之情为听众能感受到才有意义。就像汪良所说,只有"通过声音形式把播讲者的情感变为听众可感的情感,才算是播讲有感情……不管你在播音室里留了多少眼泪,听众只要感觉不到,那播讲者的眼泪就毫无价值。"③

姚斯说过:"一部文学作品,并不是一个自身独立、向每一时代的每一读者均提供同样的观点的客体。它不是一尊纪念碑,形而上学地展示其超时代的本质。它更多地像一部管弦乐谱,在其演奏中不断获得读者新的反响,使本文从词的物质形态中解放出来,成为一种当代的存在。"④ 姚斯所说也就是文学的二度创作问题。文学作品的二度创作有多种形式,如读者的自我想象、改编为影视作品、翻译为另外一种语言、文学批评、有声语言播读等。在二度创作的诸多形式中,既不失作者一度创作之真,又能诱发受众三度创作积极性的,恐怕非小说播读莫属了。也许,小说播读的灵魂即在于此。

---

① 汪良:《小说播讲艺术》,北京广播学院出版社1988年版,第131—133页。
② [意]萨尔维尼:《演员的冲动与抑制》,陈斌译,邵牧君校,《戏剧报》编辑部编《"演员的矛盾"讨论集》,上海文艺出版社1963年版,第296页。
③ 汪良:《小说播讲艺术》,北京广播学院出版社1988年版,第69页。
④ [德]姚斯、[美]霍拉勃:《接受美学与接受理论》,周宁、金元浦译,滕守尧审校,辽宁人民出版社1987年版,第26页。

第四节　小说广播的社会效应

自广播问世以来,中国很少有像英国的安吉拉·卡特、索普,德国的马丁·瓦尔泽,马来西亚的爱薇那样为广播创作过大量作品的作家。他们没有意识到这种新的电子媒介会给文学带来什么样的变化,也很少有作家试图通过广播而让更多的受众了解自己的作品。其实不仅是作家,文学出版机构、文艺工作者都没有重视广播在推动当代小说中应起的作用,就是电台也是将小说广播当作娱乐节目,没有意识到自身媒介特质在当代长篇小说发展思潮中的意义。但无论如何,广播在客观上扩大了当代长篇小说的影响,普及了文学常识,一定程度上改变了文学生态,配合了80年代的文化思潮,使民众受到了文学的启蒙教育,将"五四"以来的文学大众化落到实处。

一　广播小说与80年代文学生态

《小说连播》扩大了当代长篇小说的影响。首先,纸质长篇小说经广播而为更多受众所了解。中国文联出版公司出版的《北京人在纽约》《他乡明月》《西部歌王》,北京出版社出版的《黄河东流去》《北国草》《穆斯林的葬礼》《暮鼓晨钟——少年康熙》《苍生》,《当代》发表的《新星》《故土》《白鹿原》等,都是通过《小说连播》走进千家万户。

其次,大多数读者也都是通过广播熟悉了当代优秀长篇小说。80年代,人们对文学产品的需求可称得上如饥似渴,但限于经济、文化程度等种种原因,并不是所有人都能有条件阅读或欣赏,而"听小说"并不受限制。多数听众都是听完广播后再将书找过来读。学者李宗刚少年时听过郭澄清的长篇小说《大刀记》,2005年再次阅读并写出两篇评论文章。[①]《炎黄春秋》编辑徐庆全回忆,自己是在听了萧克《浴血罗霄》的章节片段后购买纸质书籍阅读。[②] 柯兴则是拿着出版社的校样找到叶咏梅,希望能在中央台播出。小说不仅被中央台播出,也在全国一百多家电台相继进行联播,影响巨大。诸多报刊对小说进行连载,两千多听众直接将钱寄到

[①] 李宗刚:《中国当代文学史论·后记》,山东人民出版社2014年版,第384页。
[②] 徐庆全:《文人将军萧克》,《让思想飞——我所认识的耆老》,河北人民出版社2015年版,第19页。

中央台文艺部购书，共青团中央召开该书的讨论会。韩静霆的《凯旋在子夜》播出后，电视台向电台询问作品出处，后改编为同名电视剧，再掀收视高潮。

再次，作家也通过声音艺术对作品有了新的感受。孙犁曾经听过小说连播《许茂和他的女儿们》，他回忆："这是一部存有忧国忧民之心的小说，一部有观察、有体会、有见解、有理想的小说。……但也感到，小说中的抒情部分太多了。作者好像一遇到机会，就要抒发议论，相应地减弱了现实主义的力量。"①

一些获得"茅盾文学奖"的作品是在广播播出之后产生影响力，为获奖奠定了读者基础。中央台录制的《李自成》《许茂和他的女儿们》《黄河东流去》《平凡的世界》，北京台录制的《芙蓉镇》，天津台录制的《都市风流》等，都是在广播播出之后获第一、第二、第三届"茅盾文学奖"。《穆斯林的葬礼》从默默无闻到蜚声全国，应归功于中央台的《小说连播》。也有获奖之后默默无闻，但通过广播而得到听众肯定的作品。莫应丰的《将军吟》是第一届"茅盾文学奖"获奖作品，长篇连播录制于1983年，但因为各种原因而被尘封。新的世纪该书两度播出，听众反响比较大，甚至有的听众"有时掉下泪来"，"一天听不到就像缺了精神食粮"。②

广播小说推动了当代长篇小说的出版发行工作。叶辛的《蹉跎岁月》在中央台连播后，单行本不到一年就加印三次，行销37万册。中国文联出版公司副总编辑顾志成回忆，《平凡的世界》初版时，经过多方努力，新华书店的征订数刚刚够三千册——即使在书店里也少有人问津，社会效益和经济效益表明《平凡的世界》不适宜再加印。但"电台以博大的胸怀接纳了它，用听觉艺术——小说连续播讲的形式将它送给千千万万个听众"。小说通过广播而为听众了解之后，出版社一再加印也满足不了读者的需要，在获得"茅盾文学奖"之后共印了几十万册。③ 2008年10月，重新制作的百集配乐长篇小说《穆斯林的葬礼》在中央台播出之后，单行本再创出版发行20万册新高。四川作家黄济人的长篇小说《重庆谈判》在重庆人民广播电台播出，吸引了在重庆投资办厂的台湾人杨喜汗。

---

① 孙犁：《小说杂谈》，《尺泽集》，山东画报出版社1999年版，第93—94页。
② 王丕：《我是新中国的受益者》，《中国长篇连播历史档案·作家作品卷》，中国广播电视出版社2010年版，第165页。
③ 顾志成：《广播的威力》，《中国广播电视学刊》1995年第8期。

杨喜汗回到台湾后和台湾致良出版社当社长的朋友说起，于是《重庆谈判》顺利在台湾出版。

广播给出版界带来的不仅是数量的提升和经济效益的转变，更主要的是使刊物文学编辑开始对广播的文学作用有了新的认识。作家出版社编辑杨德华写了一篇文章，题目叫《为文学的翔飞再添上一副翅膀》。在文中，杨德华分析了小说的勃兴与媒介嬗变之间的关系："随着生活节奏的加快，人们读书的时间愈来愈少了，而广播恰恰弥补了这种不足。人们开着车，吃着饭，做着各种各样的事情，也可以收听到一段故事，陶冶着一份情感。难怪许多人已经把按时听《小说连播》当成了一种生活方式。"① 顾志成从《小说连播》受到的启示是："编出一本好书很重要，而通过广播的声音，去宣传，去引导，让更多的听众、读者从中收益，这才是更重要的。"② 北京出版社文艺编辑室在长篇小说征订数量逐渐下滑情况下向广播电台主动推荐新书，如《黄河东流去》《穆斯林的葬礼》《暮鼓晨钟——少年康熙》《苍生》等，反映出文学传播观念的变化。

出版机构对广播的重视不仅是因其促使了文学作品销量大增，更是将文学价值最大化。这就与90年代以后尤其是21世纪以来文学主动靠拢同是大众传媒的影视、网络有了明显区别。与国家权力控制下的广播相比，影视媒介被深度市场化。文学栖身于广播是为了扩大影响面，而转向影视则表现出更多的功利色彩。在此情形下，出版机构向影视的投诚也是顺势而为。

90年代，加速的市场化进程打破了出版机构在文学审美与经济效益之间的平衡，出版机构开始走市场化、商业化道路。90年代后期，消费文化规定了出版机构的行为走向，文学须借助于影视包装使自身资本化，这既是文学的生存状态，也是文学的生存方式。从王朔到刘震云再到郭敬明，文学的影视改编引发了一次次的社会效应。但这种社会效应更多是来自作为载体的媒介而不是文学自身，文学对社会文化的引领和对读者的审美教化让位给影视，对文字韵味的静态品茗和深度阅读让位于图像的震惊感受。文学沦为影视的附庸，成为文化产业的一个部分。就像刘震云所说："当下文坛排名前10位的作家，哪一个是没有与影视发生关系？哪

---

① 易木（杨德华）：《为文学的翔飞再添上一副翅膀》，《"上帝"青睐的节目》，中国文联出版公司1995年版，第361页。

② 顾志成：《广播的威力》，《"上帝"青睐的节目》，中国文联出版公司1995年版，第366页。

一个不是靠着影视声名远播？"①

正是对利益的追逐，出版机构对影视亦步亦趋，"文学影视化"和"影视文学化"成为出版机构新的卖点。就前者而言，最明显的是小说随着影视上映而热销，甚至有的小说就专为影视而作，如郭敬明的创作。就后者而言，根据电影《英雄》《无极》《集结号》改编的小说在电影放映前后迅速推出，不仅为电影造势，而且为出版机构大赚一笔。其他还有由影视衍生的文学作品，如电视小说、图文书等，也都能迅速抢占图书市场。游走在利润和消费中的出版机构成为文学、影视、网络之间的掮客，再难重拾广播辉煌时代的那种社会责任感和文化使命感。

小说广播在一定程度上影响到文坛格局。路遥的《平凡的世界》第三部尚未写完，前两部已经在中央台由李野默播出。小说广播既给路遥带来鼓舞，也给他带来巨大压力。为了将第三部在约定时间前完成，路遥"带病闷在暗无日光的斗室中日夜兼程赶写"。② 这种身体的透支加速了病情，导致了路遥英年早逝，是文坛的一大损失。当然也因为广播，小说《平凡的世界》获得了成为经典作品的听众基础。

评论家白烨曾在一篇文章中说过，《平凡的世界》能够获得"茅盾文学奖"和其改编为广播小说没有太大的关系。他认为："有时候事情恰恰相反，在读者中影响甚大的，往往很难最终获奖，因为专家的评判与读者的感觉，并不完全一样。"③ 白烨说的有一定道理，毕竟《小说连播》影响的是听众，是普通读者，而最终投票决定能否获奖的是"茅盾文学奖"评委。但不能因此而完全忽视广播传播的作用。如果没有小说广播带来的《平凡的世界》在受众群中累积的知名度与认同度这样的象征资本，没有庞大的听众群体对评委的"倒逼"，就很难解释《平凡的世界》由第一部研讨时的不看好到位居第三届"茅盾文学奖"榜首之间的跃升这一巨大的变化。《路遥传》的作者厚夫认为，经过广播播出后，《平凡的世界》产生了巨大的社会反响，"迫使评论家们重新反思自己的判断，这样路遥才荣获第三届茅盾文学奖。可以说，是亿万读者把路遥推到茅盾文学奖的

---

① 黄忠顺：《文学影视联姻擦出什么火花？——近年影视剧对文学创作影响调查》，《中国新闻出版报》，2007年5月9日。
② 路遥：《我与广播电视》，《"上帝"青睐的节目》，中国文联出版公司1995年版，第341页。
③ 白烨：《就路遥与〈平凡的世界〉答腾讯网问》，《文坛新观察》，作家出版社2017年版，第210页。

领奖台上的"①。

有些作家和作品通过广播而步入文坛或是文学史。鲁永兴的第一部长篇小说《海妖的传说》，1981年被改编为40集广播小说，在中央人民广播电台播出，后又被国内二三十家省市广播电台采用，在海内外产生较大影响。文艺界开始关注这部小说，认为是"30年代至60年代中国社会的多彩画卷"，而鲁永兴本人也由此被媒体和研究界所关注，《文汇报》《解放日报》等十余家报刊对他做过专题介绍，称其为具有"传奇作品和传奇经历的作家"。②作为文坛新人，鲁永兴受此鼓舞，后又创作出《孽障》《伏罪记》等长篇小说。

尽管柯云路在《新星》之前，已有短篇小说《三千万》获得过1980年全国优秀短篇小说奖，但"《新星》却使柯云路跻身于新时期涌现的比较重要的青年作家的行列之中。……柯云路的名字，在将来会出现的新时期文学史中，将牢牢地同《新星》联结在一起。"③柯云路和《新星》能有如此大的影响，一定程度上是广播小说推波助澜的结果。1984年9月25日到11月15日，由李野默播讲的《新星》在中央台播出后，听众达数亿人之多。山西人民广播电台将其改编为广播剧，太原电视台拍摄的同名电视剧在中央电视台上映，人民文学出版社出版的单行本一年内加印达到几十万册。

从维熙的《北国草》在广播连播后，引起了胡乔木的关注，写信给从维熙，称"这是一部激动人心的书，所以它的广播能得到那样广泛热烈的反应"。胡乔木建议，《北国草》可以拍成电视剧和电影，"使它能在教育这一代青年中发挥作用"。④胡乔木还推荐时任文化部部长、党组书记的朱穆之等读一读中央人民广播电台收到的听众收听《北国草》的反馈信件。像胡乔木这样的高层领导对小说广播的关注，对于改善80年代初期的文学生态具有很大的引导作用。

---

① 白亮、张玲玲：《读懂陕北，才能真正读懂路遥——访陕西省作协副主席、〈路遥传〉作者厚夫》，《路遥路遥——〈路遥传〉评论·访谈集》，湖南文艺出版社2016年版，第329页。

② 叶咏梅：《鲁永兴与他的〈海妖的传说〉》，《中国长篇连播历史档案·作家作品卷》，中国广播电视出版社2010年版，第221页。

③ 曾镇南：《柯云路论》，杜学文、杨占平主编《"晋军崛起"论》，北岳文艺出版社2016年版，第178页。

④ 从维熙：《重读胡乔木——文海钩沉》，《岁月笔记》，中国社会出版社2013年版，第120页。

也有作家是听了文学广播之后走上创作道路。作家刁仁庆介绍,自己有位本家哥哥并不识字,但通过听广播小说知道了刘心武,知道刘心武的小说《班主任》,并且还鼓励自己努力写作,"争取写出像《班主任》那样的作品"。他自己也有过在寒冷的雪地里收听广播剧《伤痕》的经历。① 在收听了小说连播《平凡的世界》后,一些听众开始专职或是业余从事文学创作。陕北佳县的申小平写出了长篇小说《深山女儿魂》、散文集《这样活》,新疆部队的柴俊锋写出了《大漠深处的兵》,广东的林少雄写出了自传体长篇小说《打工路》,辽宁的赵凯写出了《想骑大鱼的孩子》《我的乡园》等作品。赵凯在1988年夏因瘫痪而失学在家,是李野默播读的《平凡的世界》给了他心魂的抚慰。后来又收听了《穆斯林的葬礼》《白鹿原》等。在听完《白鹿原》后向人民文学出版社购买了此书,从而知道了责任编辑何启治,于是就给何启治去了一封信,得到了何启治、刘兆林的关怀和帮助,从而开启了自己的写作之旅。② 广西一位双目失明的听众左德华每听完一部长篇连播小说,就用磁带录音的方式和叶咏梅交流。她从广播小说受到启发,写下大量诗歌,出版了诗集《光明之歌》。

也有听众因《小说连播》而有了思想和艺术的升华。一位读者回忆,上初中时听过小说连播《平凡的世界》后,还想阅读小说文本。从一位同学那里极力央求,借来一套上下册黄土地颜色做封面的《平凡的世界》,在灰暗的灯光下边读边摘抄。大学读书期间购买到《路遥文集》的第二本,对一些精彩段落大段大段摘抄。21世纪系统地重听了《平凡的世界》,"再一次被这优美的小说打湿了眼眶"。后陆续购置了宗元的《魂断人生:路遥论》、京夫的《路遥传》以及李建军的评论集《时代及其文学的敌人》。③ 应该说,这样的阅读已经进入更专业的层次。

《小说连播》的配套节目宣传介绍了小说及文学方面的相关知识,深化了作品的内涵,加深了受众对作品的理解。早在1984年,朱世瑛就建议:"一部长篇小说播完之后,要留出两三次节目的时间,帮助听众一起回味回味、消化消化。比如,可以由电台的编辑谈谈编辑(删节、改动)

---

① 刁仁庆:《回忆我们那个文学时代》,http://drq1959.blog.163.com/blog/static/1013326 12008926103646105/。
② 赵凯:《改变命运的序曲》,《中国长篇连播历史档案·作家作品卷》,中国广播电视出版社2010年版,第89—90页。
③ 王庆杰:《路遥:应该这样保持对文学的虔诚》,《学人镜像》,中国言实出版社2015年版,第11—12页。

这部小说的意图和体会；可以请文艺评论家谈谈对这部小说的看法；可以请小说作者、演播者谈谈话；可以选播一些听众来信；可以由编辑、作家、演播者答复听众的提问；可以组织并播出这方面的座谈会录音，等等。"[1] 上海台的陆小兰介绍，为了帮助听众正确理解作品主题，使节目获得更好的社会效果，上海台加强了《小说连播》节目的评介工作，如在每播出一部作品时前面加上一段"编者的话"，经常邀请一些小说作者来电台作广播讲话，在播完一部作品后选播一些较有质量的听众来信或来信摘编。[2] 叶咏梅也从听众来信中发现，在听了小说广播之后，他们最想知道作者的创作意图及成书经过以及其他相关问题，于是就有了让作者直接与听众"见见面"的想法。只要在条件允许的情况下，叶咏梅一般都在小说开播前播放与之相关的各种形式的采访讲话录音。《猎神》开播前，叶咏梅邀请作者黄放、出版社编辑李向晨谈成书出版经过，演播结束后邀请评论家张炯、孙武臣进行评论。

秦兆阳在《大地》开播前到中央台做了个讲话，谈创作的背景及目的："我在《大地》这篇小说里就企图表现出中国人民，主要是广大农民在三座大山的重压下寻找出路的精神和愿望。表现中国人民的苦难和不可征服的特点，概括这种民族、时代精神，就是要提醒人民不要忘记中华民族是一个生机勃勃的民族，是一个硬骨头的民族，是一个不可征服的民族，记住这一点，对我们当前'四化'建设和体制改革就会树立信心，就会树立志气，就会艰苦奋斗、百折不挠。"[3] 这样的录音讲话能够联系到现实发展，自然会产生良好的社会效益。自 1988 年以来，《平凡的世界》制作两次，播出四次。在节目播出前后，中央台通过各种方式对小说及路遥本人进行介绍。2002 年，中央台《子夜星河》栏目举办纪念路遥去世十周年专题节目。节目中，编辑叶咏梅和主持人李慧敏、李野默以及路遥的女儿路茗茗回顾了路遥的创作及《平凡的世界》播出情况，深化了对路遥其人其文的理解。

《寻找回来的世界》开播前，安排有作者和演播者的讲话录音，柯岩

---

[1] 韦振斌（朱世瑛）:《请重视小说连续广播》,《编播业务杂谈》, 中国广播电视出版社 1985 年版, 第 283 页。

[2] 陆小兰:《〈小说连播〉节目介绍》, 上海市广播电视局《当代》编辑组编《上海广播电视资料汇编》（第 1 辑）, 上海东方印刷厂 1986 年印, 第 85 页。

[3] 叶咏梅:《执着的追求——访老作家秦兆阳》,《中国长篇连播历史档案·作家作品卷》, 中国广播电视出版社 2010 年版, 第 250 页。

介绍了自己的创作意图、生活经历及作品主题思想。小说播送完后，再组织各类评论文章，"使听众有一个陶醉、享受、回味、消化的余地"①。另外，《寻找回来的世界》播出后，中央台的《文学之窗》专题制作了一期听众信箱节目，介绍这部小说在听众中的反响。从播读的读者来信可以看出，很多听众对作品的理解非常到位准确。比如说，在艺术风格方面，河北的王兆龙、内蒙古的王家树、董吉林、西安基础大学的杨春艳、江苏的韩宝东等谈到或是分析了王刚的播读特色，节目组还插播了王刚的一些演播片段，以作对听众分析的认可。又如，贵州有机厂魏德全说："从艺术的角度出发，我懂得了什么是回肠荡气、心旷神怡，什么叫异峰突起、跌宕起伏，什么叫悬念。小说不以奇特惊险取胜，而以平易朴实感人。"②作为普通听众，他们的解读和表达缺少科学和严谨，但这种直觉性的感想和体验很容易引发共鸣。

《小说连播》还是向国外传播当代长篇小说的重要窗口。中国国际广播电台越南语广播的《小说连播》成为越南家喻户晓的节目，越南同奈省统一县的一位听众写信表示："我感谢你台播音员阮清并暗地里喜欢上了他的男低音，他播讲的小说听起来很有感染力和富有诗意。"③ 以蒙古语、马来语广播的《小说连播》节目也受到国外听众的欢迎和好评。为了支持柬埔寨抗美与抗越，中国国际广播电台柬语部以"配乐小说连播"等形式编播了《敌后武工队》《铁道游击队》《平原游击队》《红色娘子军》《小兵张嘎》《刘胡兰》《董存瑞》等小说和故事，在柬埔寨军民中发生了广泛影响：

> 1986年我台记者赴柬战地采访时亲眼目睹了柬军民收听我台广播的感人场面。那时正在播放《铁道游击队》，这个节目的开头音响是火车开动时汽笛的轰鸣声和车轮的滚动声，只要一听到这个熟悉的声音，人们赶紧集中到收音机旁，有的甚至端着饭碗边吃边听，收音机的声音放得很大，人们全神贯注地听着，播音员清晰悦耳的声音牵

---

① 叶咏梅：《〈小说连播〉的编辑业务与播讲艺术》，《天籁之梦》，作家出版社2000年版，第30页。
② 《文学之窗：〈寻找回来的世界〉信箱节目》，《中国长篇连播历史档案·作家作品卷》，中国广播电视出版社2010年版，第105页。
③ 《〈我与中国国际广播电台〉征文来稿选》，《中国广播电视年鉴1988》，北京广播学院出版社1988年版，第459页。

动着每一位听众的心。他们随着"剧情"的变化时而表露出紧张的神情,时而又哈哈大笑。

小说中的主人公李向阳、刘洪、小兵张嘎、刘胡兰等已是家喻户晓。据了解,不但抵抗力量控制区的军民喜欢听《中国故事》节目,就在敌占区的许多听众也偷偷地收听。①

国外的一些华语广播电台也设有《小说连播》栏目。1986 年中国国际广播电台华侨部向美国纽约"华语电台"寄送《小说连播》节目 150 小时,向澳门广播电台每周传送一次共 300 分钟的节目内容。严家炎教授回忆,1991 年到新加坡参加学术会议,坐在出租车上,听到的就是《鹿鼎记》的华语广播。② 90 年代以后,一些面向海外的电台如"北部湾之声"的《华夏剧场》就以中国广播小说为主,尤其是武侠小说如《射雕英雄传》等在越南很受欢迎。2010 年上海世博会期间,越南驻上海一位高级外交官提起当年收听武侠小说连播《射雕英雄传》的情况,印象深刻。③

二 文艺如何化大众:"启蒙"的声音与"声音"的启蒙

在 80 年代的思想启蒙思潮中,文学、美术、音乐等人文社科领域都发出了启蒙的声音。其中影响面最大的还是以书刊为主的文学阅读。毫无疑问,阅读是启蒙最常见、也是历史证明行之有效的启蒙路径。80 年代的阅读热潮让经历者事后回忆起来仍然心潮澎湃:"啊,我的勃兰兑斯,我的威廉·曼彻斯特,我的《流放者归来》,我的《伊甸园之门》,到买到十二本全套的陀思妥耶夫斯基选集,整整半年沉浸其中,看得手心冒汗体似筛糠时,这种探宝旅程达到了高潮。看到拉斯柯尼科夫走在广场上突然想俯下身亲吻那片肮脏土地的时候,正是深夜,我趴在被窝里,赤身裸体,泣不成声。"④ 毫不怀疑,这种近乎悲壮的阅读给阅读主体带来的那

---

① 张敬然:《小语种大舞台》,《以史鉴今 继往开来——纪念中国人民对外广播事业创建五十五周年》,中国国际广播出版社 1997 年版,第 414—415 页。
② 李军辉:《中国武侠小说的梳理及文化思想研究》,河南人民出版社 2012 年版,第 200 页。
③ 贾精华:《浅析通过栏目设置实现外宣广播效果最大化——以北部湾之声越南语节目为例》,《视听》2011 年第 11 期。
④ 张立宪:《闪开,让我歌唱八十年代》,人民文学出版社 2008 年版,第 80—81 页。

种灵魂上的净化和洗礼。但问题是，和"五四"时期一样，"阅读"使启蒙的思想流动在识字阶层。对于"大众"来说，仍旧有着授受之间的隔膜。

文艺大众化的问题其实就是"化"大众，但在怎么"化"上，新文学作家出现了策略上的失误。文字造成了知识的壁垒，但经过有声语言的转化之后却可以无障碍沟通精英阶层和普通民众。如果不是从西方语境的"启蒙"出发，对于占社会绝大多数的普通民众来说，戏曲和民间说唱艺术是传达国家意志和精英思想的有效通道。费孝通认为，中国传统乡土社会是没有文字的社会，或者说文字是多余的。这种听觉优越性本可以为"五四"知识分子拿来所用，却简单地被划定为旧形式而失去了时代价值。"五四"新文化运动关上了民众的"耳朵"，以文字的方式对他们进行视觉启蒙。但民众睁开的眼睛却又空无一物，文言文也好，白话文也罢，对于民众来说，生计尚未解决，识字就是奢望。"五四"知识分子尽管从西方启蒙视野和日本民族国家建构经验认识到视觉性文学之于民众启蒙的重要意义，但并非表明他们没有注意文学语言与民众的贴近。事实上，"文体革命"是"文学革命"的先声，其目标就是推进源自口语的白话文写作。这种语言"可读、可听、可歌、可讲、可记"，"要施诸讲台舞台而皆可，诵之村妪妇孺而皆懂"①。作家创作时应以"句句可以听得懂的白话"为主。②但他们站在精英文化立场，自信地投入写作品、办刊物的运动中，启蒙的声音并没有在普通民众那里得到回应，这种声音不在民众耳朵的接受频率范围之内而变得"无声"。

那么，戏曲和民间说唱艺术等这些有声语言是否在新文化运动中一无是处、一无所为？在"五四"新文化运动前，梁启超和资产阶级革命派都认识到戏曲在重铸国民灵魂中的作用。陈去病在《论戏剧之有益》一文中说："其奏效之捷，必有过于劳心焦思，孜孜矻矻以作《革命军》、《驳康书》、《黄帝魂》、《落花梦》、《自由血》者殆千万倍。"③ 陈独秀也认为："戏馆子是众人的大学堂，戏子是众人大教师。"④ "五四"知识分

---

① 曹伯言、季维龙编著：《胡适年谱》，安徽教育出版社1989年版，第101—102页。
② 俞平伯：《民众文学的讨论》（一），《文学研究会资料》（上），知识产权出版社2010年版，第214页。
③ 陈去病：《论戏剧之有益》，郭绍虞主编《中国历代文论选》（第四册），上海古籍出版社2001年版，第347页。
④ 陈独秀：《论戏曲》，林文光选编《陈独秀文选》，四川文艺出版社2009年版，第171页。

子也认为戏曲是培养民德、启迪民众的工具。傅斯年断言:"将来中国的命运,和中国人的幸福,全在乎推翻这个,另造个新的。使得中国人有贯彻地觉悟,总要借重戏剧的力量。"① 尽管"五四"知识分子很重视戏剧的教化作用,也肯定当时出现的新戏创作,但一是在实践方面乏善可陈,二是寄予戏剧以更高的功利性而不是尊重戏曲自身的艺术形式和民间审美心理,再加上他们更为看重的是视觉性的文学——对故事性的放弃、心理空间的开掘、情绪的流动、语言的书面化等,所以启蒙仅仅在部分青年学生和市民那里产生影响,却没有波及众多的"老中国儿女"。当戏曲和民间说唱艺术从"五四"知识分子的视野淡去,"无声的中国"依然如斯。因此,刚刚兴起的广播没有被启蒙者过多关注,也是事出有因。

鲁迅对电影情有独钟,但对广播却不屑一顾。他在多篇文章中表示对广播的厌烦,在这一方面,他和周作人如出一辙。但和周作人不一样的地方在于,鲁迅不是对广播本身不满,而主要是针对广播的承载内容。在《偶感》《儒术》《奇怪》等文中,鲁迅对广播形形色色节目的腐朽没落的本质进行了批判,这和他对电影"非常的风情,浪漫,香艳(或哀艳),肉感,滑稽,恋爱,热情,冒险,勇壮,武侠……"等"空前巨片"的讽刺是出于同一目的。② 广播在中国的早期遭遇也许就落入了鲁迅所说的中国文化的怪圈之中:"外国事物,一到中国,便如落在黑色染缸里似的,无不失了颜色。"③ 其实不要说周氏兄弟没注意到以广播传播文学的重要性,即使到了80年代,作家和批评者也没有这种认识。1980年1月26—30日,湖南人民广播电台召开全省广播剧、广播小说、广播小品创作座谈会。在听了几段广播剧、广播小说的录音后,参会人员才意识到作品播读也具有审美魅力。④ 霍达回忆,1988年当叶咏梅打电话给她,问是否愿意在《长篇小说联播》栏目播出《穆斯林的葬礼》时,她还"不知道中央人民广播电台有《长篇小说联播》这个栏目,也不知道怎么

---

① 傅斯年:《戏剧改良各面观》,张宝明主编《〈新青年〉百年典藏·语言文学卷》,河南文艺出版社2019年版,第320页。

② 鲁迅:《〈现代电影与有产阶级〉译者附记》,朱正编《鲁迅书话》,湖南教育出版社2007年版,第452页。

③ 鲁迅:《随感录四十三》,《鲁迅杂文集》,北方联合出版传媒(集团)股份有限公司2013年版,第110页。

④ 郑泽中:《湖南人民广播电台编辑部召开全省文学广播创作座谈会》,《现代传播》1980年第1期。

个播法儿"①。

当然，除了周氏兄弟，也有人对广播的积极作用进行了分析。广播兴起不久，无论是新文学作家还是鸳鸯蝴蝶派作家，也无论是电台的管理者还是电台工作人员，都认识到广播对于推进文化建设方面的重要性，如茅盾、叶圣陶等，而郑伯奇则认识到新文学应该和广播联姻，希望"作家抛弃高踏的态度，向这方面努力，该是目前的急务了"②。但郑伯奇的呼声并没有得到有效的回应。

尽管"五四"新文学抱定启蒙宗旨要改变国民精神面貌，但因其批判性姿态、欧化的语言和深奥晦涩的笔调在大众化方面收效甚微。构成国民的绝大多数是普通民众，他们在忙于生计之余很难有时间和兴趣去欣赏精英化的文学。80年代普通民众在社会阶层中仍占有绝大比重，而他们中大部分都是文化水平不高或不识字的人。在这样的社会结构情势下，沟通精英阶层和普通民众最有效的方式无疑是能够发出"声音"的广播，事实也证明是广播媒介适时地将那些优秀的长篇小说带到普通民众的生活之中。

路遥的女儿路茗茗撰文说，身边的朋友知道《平凡的世界》都是从广播上听来的。有读者给中央台《小说连播》编辑部写信，反映几百人同时打开一百多部收音机收听《平凡的世界》的盛况。③《李自成》是姚雪垠的长篇巨著，但"在中国的10亿人口中，能买到或借到一部《李自成》，读《李自成》的人毕竟是少数，但是听《李自成》的人却多到无法计算"④。据山东台的调查，在长篇连播时间，有些村庄许多人都不出屋，在家里围着收音机或在广播喇叭前收听。

新时期播出了一批配合时代、对民众进行启蒙的文学作品，如《寻找回来的世界》《爱情的位置》等，引发了社会各界对人生、爱情、自我等话题的探讨和思索。刘心武记载了一件事："1978年秋天，我发表了短篇小说《爱情的位置》，并由电台加以广播，我一下子得到了七千封读者来信，其中一封来自西安的信劈头便说：'当我从电台里听到《爱情的位

---

① 霍达：《难忘那一片叶子》，《中国长篇连播历史档案·作家作品卷》，中国广播电视出版社2010年版，第45页。
② 郑伯奇：《从无线电播音说起》，《两栖集》，上海书店出版社1987年版，第40页。
③ 叶子：《谈听众的审美情趣——从长篇小说〈平凡的世界〉连播引起瞩目说起》，《中国长篇连播历史档案·作家作品卷》，中国广播电视出版社2010年版，第27页。
④ 杨建业：《姚雪垠传》，北岳文艺出版社2000年版，第290页。

置》这个题目时,真是吓了一跳。我甚至有一种"是不是发生了政变",的感觉!"① 在《爱情的位置》播出后,一位渔民给刘心武写信说,听了广播激动得不行,才知道爱情并不是罪恶。小说给了他和恋人一种解放感,可以公开交往。② "五四"时期的爱情书写具有启蒙性质,但波及的范围非常狭窄,涉及的仅是能够认字读书的青年学生、小市民等。刘心武的爱情书写同样具有启蒙性,但却在普通民众那里得到回应,由此可见广播在思想启蒙方面有着纸质文学所不及之处。

听过张筠英播讲的《圈套与花环》后,一位叫"穹鹰"的小学语文教师给中央台写信表达了自己从小说中受到的启迪:

> 学生时代,我总幻想着社会上一切美的东西,全都是光明的,没有阴暗面,满腔的理想抱负,事业和青春的力量,一心想在社会上轰轰烈烈地干一番大事业。可是,一旦踏入社会后,青春的气息一下子从沸点降到了冰点。
>
> 自从张筠英播讲苏群的《圈套与花环》后,我的心渐渐地亮了,深深地被主人公邝春华求实探索的精神所打动。我觉得自己有好多地方和邝春华想的相同。既然相同,主人公邝春华能踏实地探索人世间新的、美的东西,我干吗不能?自己也是一个活生生的人,也是一个洒满青春热血的青年,为何不能走出一条新型的开拓之路?慢慢地我内疚了,面对现实指责自己的懦弱和渺小。

在信的结尾,穹鹰表示,自己开始迈步在探索的路上,利用业余时间编写美学知识讲座。她相信在不久的将来,自己也会编织出美丽的"花环"。③

像穹鹰这样因为收听《小说连播》而奋进人生的不在少数。尤为值得一提的,是《平凡的世界》改变了许多人的人生轨迹。申小平生于陕西米脂"一穷乡僻壤的乡下",因母亲去世不得不辍学,又因婚后家事等一系列不幸遭遇所累赘多次产生自杀的念头。在绝望中,她听到了收音机

---

① 刘心武:《风正一帆悬》,《刘心武文集》(第八卷),华艺出版社1993年版,第406页。
② 刘心武:《1978年春,为爱情恢复位置》,《风雪夜归正逢时:我是刘心武》,漓江出版社2012年版,第180页。
③ 穹鹰:《听了〈圈套与花环〉有感》,《中国长篇连播历史档案·作家作品卷》,中国广播电视出版社2010年版,第231页。

里播讲的《平凡的世界》，大受鼓舞。① 于是"在妄想与胆大的双重结合间"，申小平以自身经历写出了 30 万字的长篇小说《深山女儿魂》以及散文集《这样活》。② 林少雄听了《平凡的世界》大受启发，以孙少平为榜样外出打工。15 年之后，林少雄成为大型外资厂的电子工程师。《平凡的世界》也是对山西妇女干部学校的王忠铭的"人生道路产生重大影响的书"。他是在高三的时候收听的《平凡的世界》，在孙少平"不甘平庸，在绝境中奋起拼搏的精神"的鼓舞下，1988 年以全县文科第三名的优异成绩考入大学，实现了人生的重大转折。不仅如此，在后来的人生道路上，王忠铭一直保持着爱读书的好习惯，而能够让他一生如斯的也是《平凡的世界》的支撑。③ 湖南新宁县人民法院的曾令超 1981 年因为执行任务时与歹徒搏斗，不幸眼睛失明。将他带离痛苦与悲伤心绪的是广播，是中央台开办的《小说连播》《阅读和欣赏》《文学芳草地》等节目。在不知疲倦地写和改中，曾令超先后出版了长篇小说、诗集、散文集、纪实文学集等六部作品，共百余万字，成为中国作家协会会员。④ 北京大学首钢医院学生柴晓霞无意中收听了《平凡的世界》，增强了生活的信心："如今，我是一个名副其实的'北漂族'，我努力地漂着，不知道漂着的意义有多大，但我知道只有这样，父母才会有面子……"北京联合大学特殊教育商学院艺术系学生林妙燕就是从《平凡的世界》中汲取了生活的勇气和信心："自从十年前，一场突如其来的疾病夺走了我的光明，从此伴随我的是无边的黑夜，为了打发那些黯淡无光的日子，我便听起了广播，一开始只想用听觉来弥补视觉的缺憾，然而不知不觉中，电波里的精彩节目渐渐抚平我的创伤，并给我力量和勇气，使我走出了漫漫长夜。……现在由于众多原因，我又处于低谷状态，但我将凭借自己的毅力和尊严活出生命的美丽。这就是这本书给我的激励。"⑤ 陕西省咸阳秦都区姜兰芳是一位普通农村妇女，婚后在生计重压下每天晚上夜半时分坚持

---

① 申小平：《身世身世》，《这样活》，黄河出版社 2009 年版，第 91 页。
② 申小平：《远悼李老哭苍穹》，《李若冰纪念文集》，三秦出版社 2007 年版，第 167 页。
③ 王忠铭：《当代"草根"最好的励志小说——读〈平凡的世界〉》，《读与悟：山西省直机关第三届"读书月"活动读书体会集萃》，山西人民出版社 2014 年版，第 113—114 页。
④ 曾令超：《广播带给我七彩阳光》，《广播在我心中》，北京广播学院出版社 2000 年版，第 338—340 页。
⑤ 《2005 年第三次重播〈平凡的世界〉后的听众来信》，《中国长篇连播历史档案·传媒反馈卷》，中国广播电视出版社 2010 年版，第 306—307 页。

收听《小说连播》，如《穆斯林的葬礼》《平凡的世界》等。她用挤出来的时间进行创作。经过不懈努力，出版了《婚殇》《乡村风流》和《血色女人》三部长篇小说和大量散文。她本人不仅因此走上文学道路，还有机会进入西北大学学习。①

其实不仅仅是人性、自我等这些主体性启蒙话语引起听众的热议，80年代的广播小说还引导民众展开对封建主义和教条主义的双重批判、关于现代化的种种想象，配合了意识形态的自我突围。《寻找回来的世界》的听众来信普遍反映，小说"全盘否定了文化大革命"，"可诅咒的'十年内乱'，乱了我们美好的国家，安定的社会，乱了家庭，乱了人民的心"。但人们"没有抱怨，没有消沉"，"小说中的爱憎、褒贬、悲喜，无不与听众共鸣，带领听众追求那崇高的理想境界。与其说《寻找回来的世界》是一部长篇小说，不如说是社会主义新中国的教育史诗"。②听完《风流才女——石评梅传》，武汉大学听众戚建学在给中央台听工部的信中表示："我们这批大学生理应以振兴中华为己任，把自己的命运同祖国的前途紧紧联系起来，珍惜当前安定团结的大好形势。"③鄢国培的《漩流》、柯云路的《新星》、秦兆阳的《大地》、寒风的《中原夺鹿》等，将听众的思考引到对民族、国家的过去和未来讨论中，周克芹的《秋之惑》则使观众对中国的社会现实有了深深的思考。

对于80年代广播小说的社会影响，叶咏梅曾经有过比较全面的概括："《小说连播》以故事讲述的方式在电波中传播，这种简单而又直接的接收方式最容易深入人心。它使人们在获得生活经验的同时，还能体会无数不能直接体验的人生经历。作家们对世事的洞明，对人情的练达，对生活的历练，通过《小说连播》给无数听众带来关于人生真谛的思考。由于《小说连播》有着如此众多的听众，其影响力甚至让作家和出版家不可想象，这种传播效果正是他们梦寐以求的。这样的传播，让无数的听众知道了他们是怎么生活和思考的。由于《小说连播》在各个时期的审美趋向表达了对社会、文化、艺术创作的导向，《小说连播》也深刻地影响着我

---

① 姜兰芳：《我和我追逐的梦》，《孟夏草木长》，天津人民出版社2018年版，第87—89页。
② 中央人民广播电台听工部整理：《一堂彻底否定"文革"的教育课》，《中国长篇连播历史档案·作家作品卷》，中国广播电视出版社2010年版，第104—105页。
③ 张淑芝：《长篇传记小说〈风流才女——石评梅传〉》，《中国长篇连播历史档案·作家作品卷》，中国广播电视出版社2010年版，第120页。

国文学创作的方向，使更多作家在一定时期内选材与叙述生活的角度发生着变化。可以说，《小说连播》对几代作家的创作方向产生了重大影响，是《小说连播》节目为作家的作品插上了飞翔的翅膀。"[①] 总的来看，80年代的广播小说以贴近社会、贴近生活的现实主义精神备受听众青睐，使他们在价值观念、精神面貌、人生实践等方面有了不同程度的改变和提升。

---

① 叶咏梅：《传诵经典　声声不息——中国广播〈小说连播〉60周年大型纪念活动全面启动》，《中国长篇连播历史档案·传媒反馈卷》，中国广播电视出版社2010年版，第117页。

第四章　介入与担当：世俗社会中的长篇小说广播传播

90年代是一个价值多元化的时代，市场经济体制的确立、互联网时代的开启给社会阶层、社会结构带来了巨大的变化，社会活动的全球化与文化生产的资本化引起知识分子对人文精神滑坡的深深忧思，理想、信念、道德等宏大话语面临着前所未有的震荡，而这一切都映射在长篇小说的镜像中。影视与网络媒介的挤对及广播体系内部的竞争，在一定程度上造成长篇小说广播传播的式微。面对纷纭复杂的社会变化，90年代的广播小说从主体建设入手，通过种种策略与社会现实对接，在广播整体收视率下滑的情况下仍然受到听众的青睐，同时也给予社会以精神引领的价值关怀，体现出世俗化语境中的人文担当意识。

第一节　媒介变局中的广播小说

90年代，《小说连播》进入一个低谷期。主要原因在于90年代以影视、网络为主的媒介为受众提供了更多的文化娱乐产品。在受众分流的状况下，《小说连播》与时俱变，以其独特的声音魅力为自己开辟了一个不可替代的艺术空间。

一　挤对与共生：90年代广播小说媒介空间

90年代，电影和电视成为媒介网络中的核心媒介，也成为传播文学作品的重要载体，如古典名著、现代文学作品经典、当代小说等通过影像叙事而在受众中引起巨大反响和共鸣。同为电子媒介，影视却没有如广播那样促进文学作品的出版，图书和刊物的销量逐年下滑。1995年，陈丽对上海作家文学作品出版状况的调查表明，王安忆的作品80年代初印数几万册，现在几千册。叶辛的作品80年代初印100多万册，现在是

2000—3000 册。《收获》高峰时发行量百万份，现在 10 万份左右。其他《萌芽》《上海文学》在 80 年代初发行量三四十万份，现在 2 万份左右。①

问题还不仅于此，影视化还带来小说的写作危机。小说是个人化的经验表达，同时又涵有人类的共同经验。就像本雅明所说："讲故事的人取材于自己亲历或道听途说的经验，然后把这种经验转化为听故事人的经验。"② 因此从本质上说，小说创作是听觉思维下的倾诉行为。但当讲故事的人遇到影视，那种深度的心灵体验转化为一次性的平面的视觉经历——镜头语言的快速切换必定要放弃舒缓从容的文字语言的细腻描摹。赵勇在一篇文章中认为，随着作家创作影视化，视觉思维与影视逻辑开始进驻小说，小说的生产方式、叙事方式和语言表达方式发生了很大变化，小说也开始面临严重危机。③ 赵勇的论断可能有点夸大，但 90 年代《小说连播》很少找到像《平凡的世界》《穆斯林的葬礼》那样思想和语言非常"洁净"的优秀的书源却是事实。

造成这种状况的原因有多种，如 90 年代的小说越来越远离社会现实、内容的消费主义倾向、叙述语言的精英化、现代主义的叙事结构等。试举一例，"现代主义手段"的运用造成 90 年代小说的空间叙事倾向，不适合改编为时间性的广播小说。换句话说，90 年代的小说体现出时间的弱化和空间的凸显。时间的弱化表现为时间的散乱和碎片，不再有对文本作因果律的统摄能力。这就造成"描述在原地踏步，在自相矛盾，在兜圈子。瞬间否定了连续性"④。于是，小说中并置、拼贴成为常见结构，即使现实主义小说也有对此技法不同程度的借鉴袭用。空间的凸显造成故事的弱化和情节的孤立，文字叙述的线性特征就此拆解，小说就此完成了它的视觉化旅程。这样的小说阅读已是一种困难，试图在听觉上把握则是难上加难。有学者提出过针对空间叙事性作品进行"整体阅读"的策略，也就是在阅读结束后把握作品的意蕴和结构。也许这种阅读方式对于稍短篇幅的小说可能有效，但面对大容量的长篇小说则并非易事：读者需要强

---

① 陈丽：《困境与突围——对经济体制转轨时期上海作家情况的调查》，《社会科学》1995 年第 1 期。

② ［德］阿伦特编：《启迪：本雅明文选》，张旭东、王斑译，生活・读书・新知三联书店 2008 年版，第 99 页。

③ 赵勇：《影视的收编与小说的末路——兼论视觉文化时代的文学生产》，《文艺理论研究》2011 年第 1 期。

④ ［法］阿兰・罗伯-格里耶：《今日叙事中的时间与描述》，余中先译，《快照集：为了一种新小说》，湖南美术出版社 2001 年版，第 225 页。

第四章 介入与担当：世俗社会中的长篇小说广播传播

大的智力和足够的耐心才能"使作品的各个部分同时呈现出来"。[①] 而这一点在广播媒介中则是根本无法实现。美国学者爱德华·W.苏贾曾经就语言的时间性说过这样一段话："人们在察看地理时所见到的，无一不具有同存性，但语言肯定是一种顺序性的连接，句子陈述的线形流动，由最具空间性的有限约束加以衔接，两个客体（或两个词）根本不可能完全占据同一个位置（譬如在同一个页面上）。"[②] 因此，文学作品立体的空间化叙事和广播媒介线性时间叙事之间的疏离也使《小说连播》面对繁荣的90年代长篇小说一筹莫展。另外，小说的市场化、媚俗化、粗鄙化也让广播文学编辑无所适从。在利益的诱惑下，长篇小说已俨然放弃了对人文精神的坚守与弘扬。

以广播为载体的广播小说进入90年代后也进入一个低谷期，最明显的表现就是收听率的下滑。据1991年安徽省广播电视厅的听众抽样调查，80年代"最受听众喜爱的节目"之一的《小说连播》在收听率方面降至第11位，这和其80年代的辉煌构成了巨大的反差。据安徽台文艺部史辉分析，《小说连播》节目收听率下滑的主要原因是听众审美情趣发生了变化。[③] 但还应该看到广播媒介自身处境及媒介环境，即图像媒介对受众的分流。

小说广播自身质量的下滑也是收听率下降的重要原因。1993年，叶咏梅批评某些电台文学编辑，为了追逐经济利益"什么书都敢播放"。她举例作为说明："前不久在南北两次的小型长书节目交换会上，竟有些电台录制了像《金瓶梅》这样不宜广播的一批书目，还有的电台为了让企业多给特约赞助费，由对方来选择书目，什么凶杀武打皆可，只要给钱就能播。"[④] 又如《废都》，电台编辑和广播研究者都认为不适合在电台播出："像《废都》这样的作品，刚一出版，在北京被书商炒得沸沸扬扬，大有世界上只有《废都》的架式，让人一时摸不着头脑。我这里不对此

[①] [瑞士] 让·鲁塞:《为了形式的解读》，王文融译，《波佩的面纱》，社会科学文献出版社1995年版，第88页。

[②] [美] 爱德华·W.苏贾:《后现代地理学——重申批判社会理论中的空间》，王文斌译，商务印书馆2004年版，第3—4页。

[③] 史辉:《小说连播：机遇和挑战——兼论听众审美情趣的变化》，《"上帝"青睐的节目》，中国文联出版公司1995年版，第272页。

[④] 叶子:《〈小说连播〉的社会效应与审美趋向》，《天籁之思》，作家出版社2000年版，第132页。

书作任何评论，但它决不会是'小说连播'的选材对象。"①

还有一些作品因为编辑的瞻前顾后、委决不下，以至于错失良机。1992年，叶辛找到上海电台的郭在精，希望刚完成的长篇小说《孽债》能够被上海台选用播出。郭在精读完小说后，请主管长篇小说连播的领导阅看、审读，但最后被否决，"理由是写知青题材，不宜广播"。不久上海电视台决定筹拍《孽债》，且有市领导龚学平出席开拍仪式，这说明"知青题材"并不能成为"不宜广播"的理由。事后郭在精自我反思："一部好作品，不能及时发现它，不能首先选用它，这就得检讨编辑的眼光，就得检讨编辑的公心。有时有慧眼，看出是好作品，但有私心，害怕承担责任，不能破常规而选用。从《孽债》选用的故事，就显示出编辑有无慧眼、有无公心的重要性。"② 因此，尽管市场上有各种各样的热销书、畅销书，但要想从中选出适合广播播出的不是太多。

那么，这是否意味着小说广播步入穷途末路了呢？要认识这一问题，需要考察一下作为载体的广播会以一种怎样的方式应对这一媒介变局。应该说对广播媒介前途的担忧很有必要，但也有些过而不当。在这场媒介格局的变化中，广播的命运复杂而又微妙。

一方面，影视媒介挤对着广播空间。在与影视媒体的竞争中，广播节节败退、举步维艰，听众人数锐减，经济效益惨淡。同时广播内部的竞争也异常激烈。90年代初的广播体制改革使广播转向专业化、类型化，中央台与地方台之间、各级电台之间、各台内部栏目之间形成了竞争态势。竞争的激烈程度自然引起人们的担忧：广播媒体会不会即将消亡？同为电子媒介，广播有没有与影视共生的可能？

另一方面，也应该看到，新的技术、环境及受众的多元需求又赋予广播新的生机。首先，广播也与时俱进，通过改进内容板块、提高服务质量、细分受众人群等各种方式不断拓展自己的生存空间。其次，广播能够主动与其他媒体结合，极大地发挥了媒体组合的优势。就像麦克卢汉所说："媒介杂交释放出新的力量和能量，正如原子裂变和核聚变要释放巨大的核能一样。"麦克卢汉还认为，在媒介结合中，"没有哪一种能超过

---

① 项仲平、王国臣：《广播电视文艺编导》，浙江大学出版社2003年版，第273页。另，新疆人民广播电台文艺部编辑赵菁也认为《废都》在内容上不适合《小说连播》节目的播出（赵菁：《浅谈〈小说连播〉节目的选材》，《"上帝"青睐的节目》，中国文联出版公司1995年版，第43页）。

② 郭在精：《〈孽债〉故事》，《海上吟留别》，上海远东出版社2011年版，第51页。

读写文化和口头文化交会时所释放出来的能量"①。当代表口头文化的广播遇上代表读写文化的影视、网络，广播以合作而不是对抗的态度为自己获得了种种发展机遇。广播是最早开通热线电话连线的媒体，也是最早利用手机短信互动的媒体。② 另外，广播能够很容易融合于互联网中，也能将影视剧转化为声音形象。最后，广播在受众心中已经树立起一个坚固的公益形象。在一定程度上，广播比报纸、影视、网络更容易受到意识形态的重视。

最主要的是，从听觉文化角度而言，声音在生存论意义上几乎有着永恒的价值，尤其是小说广播这种通过现代技术实现的戏剧化声音与人的存在紧密联系在一起。听觉不仅指向人的自我感知与自我认同，更是感知和认同群体的媒介。全球化时代尽管拉近了人的距离，但却造成了心灵的疏远。消除距离感的不是排斥性的视觉，而是高兼容性的听觉。阿多诺认为，收听音乐可以制造出虚拟的"我们感"和"相互陪伴下的孤独"。③而对于汉民族来说，广播又可能具有别一种意义。麦克卢汉认为中国人是"听觉人"④。他之所以有此判定，是因为他认为视觉不如听觉精细，也不如听觉敏感。并且他还认为："组成口头文化的人，却不是由专门技术或鲜明标志区别开来的，而是由其独特的情绪混合体来识别的。重口头文化者，其内心的情绪错综复杂。"⑤ 这种错综复杂的情绪单以文字而言，可能有些难尽其妙，但模糊性的声音也许是最适宜恰当的表达方式，尤其是声音稍纵即逝的时间瞬间与情绪的微妙反应可能保持在同一频率上。也许只要语言存在，"广播的消亡"就是一个假命题。P. A. Laven 认为："我们也会幼稚地认为所有的新技术将会自动地取代所有的旧技术……事实上，尽管有来自更新技术的激烈竞争，声音广播和电影院却不断壮大。"⑥

既然广播前景坦然，那么对于小说广播的未来也就不会过于悲观。事

---

① ［加］麦克卢汉：《理解媒介——论人的延伸》（增订评注本），何道宽译，凤凰出版传媒集团 2011 年版，第 68 页。
② 张锐：《视听变革广电的新媒体战略》，新华出版社 2015 年版，第 44 页。
③ 王敦：《听觉文化研究：为文化研究添加"音轨"》，《学术研究》2012 年第 2 期。
④ ［加］麦克卢汉：《古腾堡星系：活版印刷人的造成》，赖盈满译，猫头鹰书房 2008 年版，第 52 页。
⑤ ［加］麦克卢汉：《理解媒介——论人的延伸》（增订评注本），何道宽译，凤凰出版传媒集团 2011 年版，第 69 页。
⑥ P. A. Laven：《预测广播的未来》（上），陈欢译，张广汉校，《广播与电视技术》1999 年第 4 期。

实上，90年代的电台还是贡献出了一批艺术质量上乘的广播小说，如《北京人在纽约》《白鹿原》《抉择》《补天裂》《尘埃落定》《长恨歌》等。

从听众一面而言，对广播小说仍葆有着持续的热情和执着的关注。1994年中央台进行节目调整，《小说连播》开播时间由12：30改为11：30，引起听众不满，呼吁恢复到原来的黄金时间。1999年10月1日再次调整，也再次引起听众不满甚至是愤懑："我想既然你们能在电台上宣读这一改动，我再等待也是没有用的。可是我十分想听到一个合理的解释。""请不要改时间，请把这个节目还给我们这些上班族。""你们有你们的理由，但一切总该以大家的心愿为前提，你们说是吗？""不要让我们失望，不要失去全国听众"。①

由此可见，"广播电台在'上帝'心目中的威望不但没有减弱，反而更有提高"②。正因如此，在90年代的各级广播电台改革中，《小说连播》成为保留节目。1994年4月1日，北京文艺台成立，《小说连播》因其历史悠久、形态成熟、受众忠实而成为少数几个在当天安排重播的栏目。③1995年，中央人民广播电台的《广播剧和小说连播节目》被听众选为最受欢迎的节目。21世纪中央台开辟《世纪回眸——百姓点播·精品欣赏》栏目，第一套和第三套节目分别安排在13：30—14：00和19：00—19：30，前者是午休时间，后者是《新闻联播》时间。但在这样劣势的时间安排下，这一栏目仍然吸引了大量听众，证据是这一栏目的广告取得了明显的经济效益。④

二 精品制作：90年代广播小说生存策略

80年代由于意识形态的原因，小说广播从选题、制作、演播各环节保证了艺术质量。但到了90年代，生存的压力促使某些电台——主要是市一级电台趋向制作和播出根据畅销书改编的小说。这样的小说故事性强、情

---

① 《又一次〈长篇连播〉节目时间变更引起听众强烈呼吁（1999年10月1日时间调整时的听众来信摘录）》，《中国长篇连播历史档案·传媒反馈卷》，中国广播电视出版社2010年版，第251—253页。

② 张淑芝：《〈小说连播〉与听众》，《中国长篇连播历史档案·传媒反馈卷》，中国广播电视出版社2010年版，第250页。

③ 郝卫群：《〈小说连播〉——枝繁叶茂，历久弥新》，《岁月如歌：献给北京人民广播电台建台60周年》（中），中国广播电视出版社2009年版，第233页。

④ 易木晨：《中央人民广播电台长篇连播节目研究》（一），http://www.360doc.com/content/14/1227/23/17631243626 3457.shtml。

节曲折,但思想格调不是太高,制作方面也比较随意。受众的被吸引主要是其内容的新奇,却很难有艺术的享受。陆群对此给予了批评,认为这些没有棱角的情节小说终究会损害收听兴趣,《小说连播》还需靠精品取胜。①

90年代的广播小说能够受到继续欢迎原因多种多样,但其中有一条最为关键,那就是这一时期出现了一批以《白鹿原》为代表的广播小说精品,在艺术质量和技术质量方面将自身与那些类型化的平庸之作区别开来。在这方面,有着几十年《小说连播》制作经验的中央台、各省级电台及部分市级电台仍然是主要生产单位,能够在社会上产生影响的主要还是这些电台的作品。

90年代的广播电台离开了计划经济的支持,走上市场化运作机制。追求利润是生存之道,《小说连播》节目也表现出商品属性。那么,该如何平衡《小说连播》"精品"与"商品"之间的关系呢?深圳台编辑权巍对这个问题做了辩证的理解。他认为,作为精神产品的广播节目同时也具备商品属性,但过多的卷入市场化会导致广播节目精神品性的削弱。于是就出现了一种悖反的关系:精神产品越"精",市场认知度越低的"怪"现象。这一时期,社会上也出现了"精神产品应该迎合市场"的观点。持此类观点者认为,强调专业化、艺术化的精品会出现曲高和寡的现象,从而影响经济效益。权巍批评了这种观点,认为这种片面观点产生的根源是对受众缺乏了解,主观臆断"下里巴人"会对"阳春白雪"避犹不及。事实上,"普通大众才更有对精品文化的追求,而且其欲望更甚"。因此权巍建议,在尊重艺术个性的前提下,重视发挥文学艺术产品的商品属性,以此提高节目的经济效益,"任何企图用降低甚至排斥精神产品的艺术性来提高商品性的做法对我们的传媒业都是有害的,所以,在广播电视节目越来越'泛娱乐化'的今天,重提'精品'二字,作用深远"②。权巍的观点在受众那里得到验证,普通大众对小说广播精品也是充满了希望和期待:"与其播一些粗俗低下的作品,不如展播经典名著,这些优秀作品是百听不厌的,是一种艺术享受。"③ 如此看来,"精品"和"商品"

---

① 陆群:《长书十二年:一个历史的描述》,《现代传播》1992年第1期。
② 权巍:《广播呼唤精品文学节目》,《中国长篇连播历史档案·演播风格卷》,中国广播电视出版社2010年版,第306—308页。
③ 安迅、吴震巧:《审时度势重磅出击——天津小说广播(AM666)创意分析》,《天津人民广播电台获奖作品选 获奖优秀论文选》(2006年度·下),天津科学技术出版社2007年版,第133页。

之间又有着相融的关系：唯有"精品"才能为电台带来稳定而持久的经济效益，畅销的"商品"首先是以"质"取胜，然后带来"量"上的突破。

广播小说的精品制作体现在选书、编辑、导播等各个环节。90年代的长篇小说仍然是《小说连播》的主要书源。第四届和第五届"茅盾文学奖"获奖作品均被各级电台改编，其中中央台改编了这两届8部作品中的4部：《白鹿原》《白门柳》《抉择》《南方有嘉木》。有些优秀作品被反复改编，如《尘埃落定》就有张家声、翟万臣两个版本，《人间正道》也被中央台和连云港台同时改编。由国家新闻出版署和中国作协共同主办的"八五"全国优秀长篇小说评奖活动中，有20部图书获奖，其中王火的《战争和人》、柯岩的《他乡明月》、朱苏进的《醉太平》、木青的《五爱街》、彭铭燕的《世纪贵族》、二月河的《雍正皇帝》、叶辛的《孽债》、穆陶的《林则徐》、王旭峰的《南方有嘉木》被全国各电台选用播出。从"中国广播文艺奖"《小说连播》的获奖作品来看，以当代长篇小说为底本改编的广播小说占绝对多数，如《苍天在上》《醉太平》《绿卡》《我们像葵花》《五爱街》《紫藤花园》《抉择》《我是太阳》《花季·雨季》《苦土》《人间正道》《女生贾梅》《不是忏悔》《突出重围》《天下财富》《贫嘴张大民的幸福生活》《大雪无痕》《尘埃落定》《我在天堂等你》《走出硝烟的女神》等。

优秀的长篇小说为广播改编提供了质量保证，而广播又以自己独特的优势扩大了小说的影响——陈忠实的《白鹿原》就是典型例子。《白鹿原》1993年甫一出版，就被中央台录制播出。在7月的《白鹿原》研讨会上，出版社肯定了广播对《白鹿原》宣传的巨大作用，因为广播使作品当月销售达5万册。在2007年"中国《小说连播》60周年最具影响力的60部作品节目排行榜"中，《白鹿原》排在第6位，可以见出作品在听众心中的分量。陈忠实在《白鹿原》播出期间写信给叶咏梅，认为《白鹿原》能与无以数计的听众交流，完全是广播的功劳。而这一点，期刊望尘莫及。2007年，陈忠实对小说广播的认同仍然情不自禁："三次连播和此次获奖，让我又添了一份踏实，读者喜欢读，听众也喜欢听，《白鹿原》把我创作的原本目的和愿望实现了。"①

在制作方面，选好播读者是基础。这一时期的播读者既有老一辈艺术

---

① 陈忠实：《最高的创作报酬》，《中国长篇连播历史档案·作家作品卷》，中国广播电视出版社2010年版，第73页。

家如曹灿(《人间正道》)、张家声(《毛泽东的故事》)、王刚(《红色间谍》),也有艺术表达正入佳境的中坚力量如李野默(《毛泽东的故事》《白鹿原》《早年周恩来》《神厨传奇》《补天裂》《大海之子》)、牟云(《轮椅上的梦》《大决堤》《北京人在纽约》《风媒花》《他乡明月》《我的父亲邓小平》《阴阳关的阴阳梦》等),还有如仲维维这样的年轻新秀(《尘埃落定》)。北京电台录播张平小说《抉择》时,请的演播者是张家声,因为他的"演播风格颇具激情与力度"①。

在播读方式方面,除了单播外,对播、多人播也比较常见。继《风流才女——石评梅传》后,牟云和刘纪宏在90年代又有过多次合作,如《我的父亲邓小平》《白门柳》《无悔的岁月》《他乡明月》等,其中《我的父亲邓小平》和《风流才女——石评梅传》一样,两度在中央台播出。尤其是1997年2月邓小平去世后,全国三百多家电台转播中央台七套播出的《我的父亲邓小平》,创下中国广播史上覆盖面之最。多人演播更是强强联合,提升了作品的精神品格。1991年录制《毛泽东的故事》时,叶咏梅采用了以曹灿主讲,张家声、谭天谦、刘纪宏、张筠英、瞿弦和、李野默分别播讲的方式。《北京人在纽约》由瞿弦和主述,李易、牟云、郑建初、王雪纯、李野默这六位演员录制。读者来信对这种形式给予了肯定:"这篇小说采用广播小说的形式播出,经瞿弦和、李易、牟云、郑建初、李野默、王雪纯等著名播音员绘声绘色的演播,真是妙极了,像听广播剧、听电影录音那么形象,那么逼真。"②

值得一提的是,借鉴于电影电视,广播小说加强了音响音乐的制作,以渲染气氛、描绘事物、显示形象、烘托情绪以及转场过渡等。背景配乐、片头片花精心制作,也为广播小说增辉生色。片头曲或反映作品基调,或揭示作品意蕴,起到"先声夺人"的艺术效果。瞿万臣版的《尘埃落定》片头曲,由洪亮的锣声和悠远的号角声拉开序幕,接着是嘈杂的诵经声,这为小说的展开奠定了宏阔的历史背景和人文背景。仲维维版的《尘埃落定》,拉开序幕的是几声咚咚的鼓声,然后是清脆嘹亮、悠扬婉转的竖笛声,两者的配合,暗示出作品思想的厚重与叙事的轻盈的艺术品格。陈滨江、韩丽蓉播读的《孽债》的片头曲是单调而又单纯的吉他声,既有青春气息,又有惆怅的意味。牟云和刘纪宏合播的长篇小说

---

① 张凤铸主编:《中国广播文艺学》,北京广播学院出版社2000年版,第353页。
② 晓潭:《是对美国社会的真实曝光》,《中国长篇连播历史档案·作家作品卷》,中国广播电视出版社2010年版,第139页。

《白门柳》的片头，呜咽压抑的箫声渐渐响起，配上几声清淡的木鱼声，营造出空旷、萧瑟的意境。背景配乐一般起着强化作品时代或地域特点的作用。杨忱播读王旭峰的《茶人三部曲》，片头曲是空蒙的丝竹声，中间时而响起潺潺流水声，体现出江南茶文化韵味。同样具有地域特色的是赵凤凯的长篇小说《大决堤》。因为故事发生在洞庭湖畔，湖南人民广播电台编辑马莉在将其改编为广播小说时借助于具有湖南地域特色的音乐作为背景，"让作品始终淡淡地处于一种地域色彩的氛围中"①。新疆台编辑纪培东指出："正是由于片头创意和音乐、音响等艺术手段的介入，加上演播者和演播风格的多样化和个性化，使得全国各地电台如今生产的《长篇连播》节目比过去可听性更强了。"②

当然，精品节目不仅仅是形式上的精致化处理，仍需靠内容本身和编辑技巧取胜，考验的是"编辑的思路、功底和水平"。编辑延续80年代的小说改编原则：追求故事性、通俗性和口语化；寻找合适的演播者；对小说文本进行单元化处理等。虽然看似没有创新，但这种模式化的改编方式适合受众的欣赏习惯。陆群就非常肯定这种模式化的做法，他认为，广播节目——尤其是连续广播节目有"固定路子"，"其传播内容与传播方式都有非常明确的限制与要求"。陆群认为，可以参考英国广播公司细分受众类型的做法，根据受众特点制定出"配方参项"。他建议，"少谈些创新，多研究些模式，相信同样可以赢得听众的青睐"。可见陆群秉持的仍然是80年代听众导向的理念。也许，只有尊重"上帝"，才能办出"上帝"青睐的节目。当然，陆群也提醒同行，不要将模式真理化，只是说在追求创新的同时不要无视模式的存在，应先顺应模式传播，再扬弃模式创新。③

创新《小说连播》机制，也是扩大节目社会影响的举措。首先是增强与听众的互动。其实，早在五六十年代通信交流不发达的情况下，《小说连播》和听众就有过互动。有听众回忆，《战斗的青春》播出后，因为听众不希望女主人公牺牲，于是在第二次播出的时候，播读者陈醇修改了

---

① 马莉：《〈大决堤〉编后记》，《"上帝"青睐的节目》，中国文联出版公司1995年版，第83页。
② 纪培东：《〈长篇连播〉节目选材、编辑、录制刍议》，《中国长篇连播历史档案·传媒反馈卷》，中国广播电视出版社2010年版，第190页。
③ 陆群：《长书节目的困境与出路——再谈〈小说连播〉节目的几个问题》，《现代传播》1990年第2期。

情节,"'原来许凤没有死',满足了听众需要"①。当然像《战斗的青春》这样根据听众意见更改故事结局的例子并不是太多。到了90年代,随着电话的普及,电台与听众之间沟通的速度和密度都远超五六十年代,比如广播热线的设置就是新的尝试。1994年,广播小说《尘缘》播送期间首次设置广播热线,让听众在听节目中设想结局,并及时反馈,参与创作。听众对这种互动方式评价甚高:"让听众来共同构思结局,真是独具匠心闻所未闻;让听众展开联想的翅膀,共同参与创作,实在难能可贵。希望继续坚持下去。"因为广播热线带动了听众的参与热情,于是又设置了第二次热线电话,安排了一次听众座谈会和给100名最佳听众举行小说《尘缘》的赠书仪式。②其后,"热线电话"成为《小说连播》与听众互动最重要的平台。到了新世纪,小说广播节目与听众的互动更为密切。天津台的"三六茶座"(播出频率是666千赫)是2006年推出的与听众互动的直播节目,半个小时的时间安排了丰富的内容,如介绍新书,采访作者、编辑及演播者,听众谈自己的感受,朗读听众来信等,取得了非常好的效果。③

其次是加大宣传力度。早在1982年,中央台的朱世瑛就指出《小说连播》宣传不足:"中央电台的文艺广播部门,对长篇小说连续广播开始前的宣传却并不重视,反映在《广播节目报》上的预告稿,多年来形成了一个'老皇历':惜墨如金、版面次要、篇幅短小。"他举了个例子:

---

① 丁婷婷口述,刘雪芹整理:《藤条店老板孙女的张园60年》,《张园记忆》,上海文化出版社2017年版,第95页。另,《战斗的青春》出版之后,读者关于许凤的结局也意见不一,雪克在修改中关于许凤的结局也是左右不定:"有人坚决要求'许凤不能牺牲',改吧。改了又有来信:'不能改!为什么又让她活?'我又改回来,又让她牺牲了。"(杨世才:《雪克:战斗的青春》,《中国当代百部长篇小说评析》,云南教育出版社1990年版,第119页)又据《战斗的青春》的责任编辑刘金回忆,初版中许凤、秀芬、小曼因越狱未成被敌人杀害。读者不满意这个结局,要求让许凤活下来。修改版——1960年6月的新一版让三姐妹被冲进据点的战士抢救下来。但新一版发行后,又有读者说"本来我读到三姐妹牺牲时非常激动,改成现在这样,反而不感到激动了。"于是新二版又改回到初版的结局(刘金:《〈战斗的青春〉出版的前前后后》,《编辑学刊》1987年第4期)。不知陈醇是否根据版本的变化进行了相应的调整。但即使是根据版本进行的调整,也可视为是《小说连播》和听众的一种互动——尽管不是太直接。
② 《做好听众工作 为广播文艺宣传服务——中央台文艺听众工作总结》,《1993—1997广播听众工作文集》(第2辑),中央民族大学出版社1998年版,第437页。
③ 刘沙:《〈小说连播〉青春永驻——记天津台〈小说连播〉的时代足迹》,《中国长篇连播历史档案·传媒反馈卷》,中国广播电视出版社2010年版,第211页。

《广播节目报》对《在秘密的书林里》有个二百多字的预告稿,"除作了题解并报告了作者、演播者的姓名之外,别无听众需要知道的进一步说明,难免使人失望。"①对小说广播栏目的宣传到 90 年代开始受到重视,不仅利用广播自身优势推介节目,而且借助平面媒介宣传,如在《中国广播报》等刊物上刊登《小说连播》信息、发表小说广播相关论文等。另外举办各种活动或奖项也是扩大小说广播节目影响的重要途径,如举办电视专题片《飞翔的史诗——小说连播五十年》等专题性节目、长书交流活动、设立"中国广播文艺奖"、将节目转让给网络、手机等新媒体。

在《中国长篇连播历史档案·传媒反馈卷》中,叶咏梅通过对三十余年广播生涯的总结得出一个结论:"要想赢得收听率,就要注重节目的质量。"② 对于 90 年代处于复杂多变的媒介环境中的广播小说来说,创作精品是《小说广播》存在的价值和意义,精品意识是小说广播的灵魂。这样的作品既寓教于乐,又氤氲着强烈的人文精神,在给听众带来"美"的享受的同时,还给他们以"思"的启发。

第二节 广播小说的地域化与方言播读

梅罗维茨曾有一个判断,那就是电子媒介的发展会带来"地域的消失"③。但与其他电子媒介不同的地方在于,广播在内容方面却表现出鲜明的地域特色,在所有媒体中最容易本土化。从某种意义而言,广播是地域性最强的电子媒体,"从线上到线下,扎根本土,贴近生活"④。最明显的表现,就是 90 年代的广播小说在取材和播读方面表现出鲜明的地域特色。

一 地域化:90 年代广播小说选材倾向

文学广播取材的地域化倾向由来已久。20 世纪 40 年代,哈尔滨中央

---

① 韦振斌(朱世瑛):《作好〈小说连续广播〉节目的宣传》,《编播业务杂谈》,中国广播电视出版社 1985 年版,第 280 页。
② 叶咏梅:《广播收听率的支柱:节目第一 内容为王》,《中国长篇连播历史档案·传媒反馈卷》,中国广播电视出版社 2010 年版,第 355 页。
③ [美]约书亚·梅罗维茨:《消失的地域:电子媒介对社会行为的影响》,肖志军译,清华大学出版社 2002 年版,第 108 页。
④ 张锐:《视听变革 广电的新媒体战略》,新华出版社 2015 年版,第 44 页。

放送局播出过广播剧《新天地》，表现的是东北沦陷区日伪统治黑暗残暴及民众的反满抗日。陕北台开办有播送解放区文艺作品的《星期文艺》。60年代广东台制作播出过《香飘四季》，70年代又播出过《虾球传》《苦斗》；北京台制作播出过《骆驼祥子》；80年代湖南台制作播出过《芙蓉镇》、陕西台制作播出过《平凡的世界》等。陕西省的蓝田、山阳、白水、旬阳、勉县、南郑、洋县、汉阴、韩城、商县等从1979年以来一直选播本县作家创作的小说。但与全国整体的小说广播比起来，这一时期的地域化倾向并不明显，如作为地方台代表的鞍山电台五六十年代录过红色经典中的大部分作品，并没有表现出明显的地域特色，而地方化特征比较明显的作品一般也会被不同电台或非本地电台录制，如《红旗谱》就被中央台、天津台、鞍山台、上海台录播，《小城春秋》被黑龙江台和天津台改编，《红岩》被天津台、湖北台、鞍山台和吉林台改编。可见80年代之前的《小说连播》，在书目选择上主要还是以时代特色为主。

90年代的小说广播制作中，中央台和省级电台是主要生产单位，但地方台作品也占有相当大的比重。在第一届到第七届"中国广播文艺奖"《小说连播》的86部获奖作品中，地方台生产的广播小说有33部，它们在主题内容、作者身份、语言风格等方面大多表现出明显的地方化倾向，如济南台录制了报告文学《高原雪魂——孔繁森》，济南台之所以选择这一题材就因为孔繁森是山东聊城人；乌鲁木齐台录制的《天狼星下》，是诗人杨牧记述自己在新疆流浪的自叙传纪实文学；其他还有沈阳台的《五爱街》、无锡台的《瞎子阿炳》、厦门台的《台湾海峡悲欢录》等，如果再加上省级电台如青海台的《雪祭唐古拉》、河北台的《苦土》、广西台的《桂系演义》、四川台的《红岩》、重庆台的《重庆谈判》、江苏台的《张家港人》、甘肃台的《敦煌之恋》等，可以说"地域性"成为90年代各级地方广播电台小说广播选材的一种趋势。

其实也不难理解这种趋势的形成，一方面尽管广播有着无远弗届的电波特性，但地方台一般传播范围有限，首先满足的是地方性需求；另一方面人们通过媒体所希望了解的信息总是和自身及自身所处的某个共同体相关，人们总是愿意了解和接受与生活、工作相关的事情、人物、地方和生活经验。这也就是传播学理论中的接近性："传播者愈具有接近性的特点，就愈容易产生好的传播效果。"[①] 地域共同体的形成就是费斯廷格研究过的"距离上的接近性"之一种情况，也是最容易产生传播效果的接

[①] 邵培仁：《传播学》（修订版），高等教育出版社2007年版，第114页。

近性。有论者认为，距离可以增减新闻趣味："由于近距离的事故对自己的生命、财产、幸福有着直接的影响，因而距离的接近性就成为新闻的主要成分之一。"① 因此，小说广播的地方化首先是自我生存和吸引受众的需要。

深圳是一座移民城市，受众构成复杂，几乎来自全国各地。还有一部分来自外国或港澳台，且数量众多。据统计，1999年，深圳常住人口达到405万人，其中90%以上是外来人口。这一受众群体职业、教育、文化、民族等各不相同，唯一相同的就是共处深圳这一地理空间，还有年龄上的接近性。深圳人口平均年龄在二十七八岁，说明"深圳人充满着青春的朝气和活力"。在这样一个充满商业气息的现代化都市，快节奏的生活及工作频率给人带来巨大的生存压力，但这里又蕴含着务实竞争、独立进取的人文精神。② 面对这样的受众群体，如何选择小说广播的素材，考验着编辑的智慧和勇气。深圳台的编辑权巍在选材上倾向于"那些反映个人奋斗、人生激励、官场博弈、侦破、情感、传奇、地域性强的作品"③。他选取的《城的灯》《欲望之路》等"乡下人进城"的小说，在现实生存境遇和内在精神世界方面契合了到深圳这座充满机遇和梦想城市来的年轻人的需求。比如，对于李佩甫的《城的灯》，权巍在改编时将其定位为"感受生命的厚重"。在这样的主题定位下，再加上技术手段和艺术表达的严格把关，赢取了听众的注意，"主动将注意力、情感投入到故事中去"，在对故事情节和人物命运的感知中"产生、释放并享受激情的状态"④。这一意图在听众那里得到了回应。有听众来信称："不同背景的人会从不同需要去听权巍演播的《城的灯》，在获取与丧失的焦灼中，人们看到了荒诞的命运和自己。这是心灵需要的，不论是罪恶还是善良，都害怕孤独。"⑤

另外，地方台一是限于经费不能制作长篇连播，二是与出版机构联系

---

① 罗以澄：《新闻采访学新论》，武汉大学出版社2000年版，第117页。
② 刘国红：《深圳移民文化及其精神》，《深圳大学学报》2001年第2期。
③ 叶子：《聆听天籁之音 尽享世间故事——权巍演播的艺术魅力与文化现象》，《中国长篇连播历史档案·演播风格卷》，中国广播电视出版社2010年版，第301页。
④ 权巍：《广播小说让作家和听众激情对接——解析广播小说〈城的灯〉的作品研究、编辑思路和包装设计》，《中国长篇连播历史档案·演播风格卷》，中国广播电视出版社2010年版，第303—306页。
⑤ 叶子：《聆听天籁之音 尽享世间故事——权巍演播的艺术魅力与文化现象》，《中国长篇连播历史档案·演播风格卷》，中国广播电视出版社2010年版，第297页。

少，三是制作名家名作的机会少，这也决定小说广播走地方化道路。乌鲁木齐电台编辑纪培东从事《小说连播》专职编辑二十多年，所编播作品大部分以新疆本土作家为主，如李宝生、赵光明、童马等，以及在新疆生活过的杨牧、王蒙。作品内容主要是反映边疆各族人民生活和新疆重大历史事件，如杨牧的自叙传《天狼星下》、童马的长篇历史小说《凿空使者张骞》、李宝生的长篇纪实文学《新疆三部曲》等，这些作品有着"多姿多彩的民族风情、交融并存的多元文化、鲜明独特的地域优势、迥然有别的风土习俗和波澜壮阔的社会生活画卷"。纪培东选材的地方性意识与电台的区域位置有关，据他回忆："起初不敢录制内地知名作家的有影响的作品，主要是怕与兄弟台'撞车'，毕竟新疆在信息、交通等诸方面与内地相比，都有很大的差距，可能你刚发现了一本好书，人家已经开始录制或录制完成了。为了避免'撞车'，只好挖掘新疆的本土文学。"① 始料未及的是，这种"避重就轻"的选材路向反而彰显出地方电台的独特之处——从内容到风格给受众带来审美上的陌生感。也有广播电台是有意选择地方性作品，以避免雷同。如哈尔滨人民广播电台录制过本土作家修来荣的长篇小说《特工行动》、唐飙创作的《黑嫂》、蒋巍创作的《海妖醒了》等作品。②

地方台选取具有地方特色的作品一方面是满足区域性听众精神文化需求；另一方面增强地域凝聚力、宣介地方文化精神。《血染的芳草》是河南省安阳市林州作家崔复生的长篇小说，讲述的是太行山民众投身抗战的动人故事。小说充满民族气节和道德力量，体现着中华民族生生不息的自强精神，字里行间是对家乡的热爱。小说出版于1992年，1995年林州人民广播电台将其改编后播出。对于林州的听众来说，这样的作品是一种精神激励。21世纪，更多地方性小说开始在影响范围更大的中央级别的广播电台播出，以产生好的宣传效果，如海南省海口市张品成的《出征在即》《腊月之城》、文昌市谭显波的《番客村的女人》等。这样的合作方式一般是由当地政府部门运作，像《番客村的女人》是文昌市委和文昌电台联合推荐给中国国际广播电台，"有国内顶尖的主持人进行播讲创作"，这种宣介方式"对于文昌华侨文化以及文昌人民广播电台是前所没

---

① 纪培东：《〈小说连播〉节目选材、编辑、录制刍议》，《中国长篇连播历史档案·传媒反馈卷》，中国广播电视出版社2010年版，第187页。
② 岳峰、杭晓玲：《立足本土文学　再现长书魅力——浅谈录制长篇连播节目的"四步曲"》，《中国广播电视学刊》2002年第8期。

有的大事，推动让世界了解文昌，文昌走向世界"①。

90年代小说广播的地方化也是文学思潮发展的结果。经过"五四"乡土文学的叙写及80年代寻根文学的自觉，地域文化成为20世纪文学的潜在风景。时至90年代，长篇小说的地域性因素更为突出，如"陕军东征"现象、文学"豫军""苏军""湘军"的出现、莫言的高密东北乡、王安忆为代表的上海叙事、池莉等的汉味小说等。第四届、第五届"茅盾文学奖"的8部获奖作品中，地域色彩明显的有《白鹿原》《白门柳》《骚动之秋》《尘埃落定》《长恨歌》《茶人三部曲》等，数量上占绝对优势。这一时期小说中地域因素的彰显有多种原因，其中最主要的是社会转型期人们精神依恋及自我认同的需要。小说中无论地理环境、文化习俗还是价值观念、审美趣味给予读者熟悉感，而读者已经拥有的文化经验也使他们易于接受小说。作为听众，当听到与自己的生活或记忆相关或相同的东西就会产生情感上的亲近，会在想象的和精神的地理空间找到栖息之所。有位听众回忆自己听《穆斯林的葬礼》时的感受："八十年代以后，也听过几部小说连续广播节目，印象最深的是霍达写的《穆斯林的葬礼》，非常感人。……除了书写得好之外，里面提到的牛街、北大（解放后的北大，即老燕京大学的旧址），都是我比较熟悉的地方，所以听起来就有一种亲切感。"②总起来看，小说广播地域化取材倾向是对受众心理和文学思潮的双重回应。

二 部落鼓：方音播读及其美学合法性

小说广播地方性不仅体现在内容方面，还体现在形式方面，也就是用方音播读。③方音播读有两种形式，一种是人物语言用方音，尤其是在历史中有影响的人物。长篇小说播读中历史知名人物语言在80年代就已经出现过方音化的情况。1988年在导播黎如清的《皖南事变》时，王凤武对蒋介石的语言设计是"声音表现可变韵调的方言音"④。进入90年代，历史知名人物语言方音化处理渐渐多起来，如《毛泽东的故事》《我的父

---

① 杨恒：《市县级广播的全媒体发展之路》，《新媒体研究》2015年第18期。
② 佚名：《听过的小说连续广播节目》，http：//blog. sciencenet. cn/blog－678176－891616. html。
③ 此处使用"方音"一词而不是"方言"，是因为"方言小说"更多侧重于纸质性的视觉文本，而"方音小说"则侧重于声音性的听觉文本。
④ 王凤武：《思考与实践——〈皖南事变〉长篇广播小说节目编辑导播札记》，严世俊主编《广播文艺与文艺广播》，延边大学出版社1992年版，第213页。

亲邓小平》《重庆谈判》等。一般来说，这种语言处理方式并不是面向特定的方音区域，而是面向全国，因此演播者不能说地道的方音，以免造成听众接受困难。所以，知名人物说的方音并不纯粹，如《重庆谈判》中的蒋介石所说的话就是带有浙东方音的官话，周恩来是苏北一带的官话，既能表明人物的地理身份，也能让其他方言区的受众听懂。

还有一种形式是从叙述语言到人物语言都彻底的方音化，如平顶山台的《龙啸中原》、河南台的《真实的毛泽东》等。以方音播读小说在南方方言区表现更为明显，如广东台、海口台等。广东台长期制作方音广播小说，有四套《小说连播》节目，三套用方音，一套用普通话播送。广东台编辑黄慧昆说："审美习惯有许多种类，其中一种为地方审美习惯。就是不同地区的人的艺术欣赏趣味都具有地方性。如广东听众，大多喜欢听粤语节目。地方台的小说连播节目，为了让听众更顺耳、亲切，应着力渲染地方色彩，大量运用方言。我们的'小说连播'节目就应在这两方面下功夫。"① 广东台自新时期以来，改编播出了广东作家黄谷柳的《虾球传》、陈残云的《香飘四季》以及以广东方音播出的《红岩》等当代长篇小说。据不完全统计，自1977年至1995年，广东台录制《小说连播》节目达115部计5176讲，培养了如张悦楷、霍沛流、冼碧莹等深受粤语听众欢迎的演播艺术工作者。② 海口台在1994年1月推出《小说连播》，以方音播出了大量长篇小说："播讲者娴熟地运用多种方言，模仿不同人物性格语气演播节目，使得该节目成为海口电台独有的风景线，成为椰城听众喜爱的名牌节目。"③

延续着90年代方音化播读的路子，21世纪的小说广播中方音播读现象更为明显，并且北方地区亚方音开始大量出现。宋怀强播出《日出东方》时，用多种方音表现人物形象，王明军播讲的《我不是潘金莲》在普通话和方音之间熟练自如的切换。同样能够用多种方言进行演播的还有权巍，在播读《城的灯》时，对部分人物语言以河南话播出，播读《喧嚣荒塬》时，以方音演唱秦腔作为片头曲。李野默播读的《神厨传奇》、

---

① 黄慧昆：《浅谈"小说连播"的改编》，白玲主编《岁月留声》，广东人民出版社2002年版，第868页。

② 一叶：《全国电台〈小说连播〉节目录制重点书目汇总与综述》，《"上帝"青睐的节目》，中国文联出版公司1995年版，第412页。

③ 《海口市广播电视志》编委会编：《海口市广播电视志》，海南出版社2002年版，第51页。

艾宝良演播的《人虫儿》《画虫儿》、梁言演播的《红案白案》等表现出了人物语言浓郁的京味儿。《白鹿原》除了王晨的方音版，网络上也出现了轻风椁和秋雨荷塘两个方音版本。

广播小说的方音播读固然能够受到听众的喜爱和首肯，但一路走来也是非议不断、踌躇难行。曹灿回忆，在播讲《地球上的红飘带》时该如何处理毛泽东、周恩来等的语言："说普通话吧，太一般，没有特点；说家乡话吧，一是难度大学不像，即便学的很像、很标准，听众也听不懂啊！怎样两全？颇费思索。"① 曹灿所虑表面上还是语言形象的塑造，但其背后还有着"广播方音播读"合法性的意识形态质疑。

在 50—70 年代的汉语规范化运动中，口语传播媒介特别受重视，被看作推广普通话的重要载体。而在所有的口头媒介中，广播的作用尤其凸显出来："在作全民族语言的规范这一点上，广播语言的重要性要把舞台语言的重要性盖过去，恐怕已经是事实了，不再有争论的余地了。"② 广播语言应该成为"汉语规范化的典范。因为广播的对象是千千万万的，全国的，甚至全世界的听众，如果不是规范化的典范，就不能使听众全部了解，就不能达到宣传和教育的目的"③。广播因其受众面广，并且和大众日常生活密切相关，对于汉语规范化的意义更为重要，以至于人们讨论什么是"普通话"时，总是以中央人民广播电台的语言为代表，广播语言成为社会各界人士学习普通话的榜样。

从 50 年代到 80 年代，国家以法律的形式要求全国推广普通话。1982 年，包括广播电视部在内的 15 个国家级单位联合发出《大家都来说普通话倡议书》，希望各行各业都要学说普通话。因此，80 年代中期，电子媒介中开始出现方音，自然会引起文艺界和语言学界的不安。方音最开始在一些影视作品中出现，比如，在《四渡赤水》《大决战》《百色起义》《巍巍昆仑》等中，毛泽东、彭德怀、周恩来、陈毅等都带有浓重的湖南口音、苏北口音、四川口音。这种语言现象引起当时文艺界和语言学界的一些争议：领袖人物说方音一是对推广普通话不利，二是造成作品艺术风格不统一、不和谐。可以说 80 年代大多对影视作品中领袖人物说方音持批评态度。陈庆祐对支持方音的理由逐条批驳，坚决反对影视剧人物——

---

① 曹灿：《书缘》，《中国广播电视学刊》1995 年第 8 期。
② 俞敏：《广播语言艺术的欣赏》，《广播爱好者》1956 年第 11 期。
③ 王松茂：《从汉语规范化谈到广播语言》，《广播爱好者》1956 年第 1 期。

特别是领袖人物使用方音。① 1992 年,《语文建设》在第 2 期发表了顾设、殷作炎等人所作的四篇短文,也是极力否定领袖人物和历史人物讲方音。但也有支持和辩解的声音。有论者道:"对于艺术作品,我们应当允许它具有一定的假定性,即在语言上强调某几个人物的特殊色彩,其他人物则保持通常语言色彩。"② 也有人从艺术效果的角度为历史知名人物说方音进行辩护,认为能够使他们的"形与神在更高层次上达到完美有机的融合"③。

  这一争议是 50 年代汉语规范化运动中意识形态的语言统一与文学创作的艺术审美两者之间角逐抗衡的继续。推行普通话实质是造就一个一体化的现代化国家,但方言潜在地对这种"统一"构成了威胁。当社会进行到"发展"而不是"一体化"的阶段,方言就从普通话的阴影下脱颖而出。在对方言的重新审视中,广播方音播读也就获得了地方人文的道义支持。有学者论道:"作为地方广播电台,方言类节目是不可替代的土特产。……饱含乡土乡情的乡音有天然的高识别度、亲近度和吸引力。……广播方言类节目,听众忠诚度、稳定性都很高。"④

  自然也就有人对普通话播读小说提出异议:"一般小说的语言,基本都是用普通话写的书面语言。即使是广东作家写的《虾球传》《香飘四季》《新绿林传》,虽然作者在小说中运用了不少的广州方言,可毕竟基本上还是用普通话写的。如果不将全书翻译成地道的广州方言,播讲起来无异于朗诵,听起来势必令人感到僵直生硬、书卷气十足,因而兴味大减。"⑤ 黄谷柳 50 年代后期将《虾球传》中的广州方言改写为现代汉语,同时也将大量广州方言进行了提炼,能为普通读者所接受,如"牛腩粉""卖猪仔""照望""马仔""爆仓""捞世界"等。林兆明 70 年代末播读《虾球传》时,又将普通话还原为广州方言。

  当然,像《虾球传》这样方言特别突出的长篇小说不是太多,毕竟一直以来以北方话为基础方言进行写作是中国文学的书面语言传统。但不可忽略的是新时期以来的长篇小说或多或少都有着方言的成分。80 年代

---

① 陈庆祜:《语文规范小议》,《语文建设》1987 年第 3 期。
② 玉良:《不必强求一律 提倡百花齐放——我看影视中的方言》,《语文建设》1992 年第 7 期。
③ 刘斌:《也谈领袖人物与方言》,《语文建设》1992 年第 7 期。
④ 夏鑫:《传统广播的品牌优势与本土优势》,《文化学刊》2015 年第 10 期。
⑤ 黄慧昆:《浅谈"小说连播"的改编》,白玲主编《岁月留声》,广东人民出版社 2002 年版,第 868 页。

初，在古华、王朔、路遥等的作品中已开始出现方言俗语，80年代中期"寻根小说"兴起的背后更是离不开方言的支撑，池莉、方方、范小青等以展现生活原生态为写作宗旨的新写实小说则使方言不加遮掩地进入文学空间。如果说80年代长篇小说中还存在方言和普通话两套话语并行不悖、各司其职——方言一般出现在人物语言中的话，90年代的长篇小说对方言的运用不仅使地域色彩更为突出，而且表达了作家基于民间立场的价值关怀。方言与文本有机融合在一起，因方言而生的风俗人情、日常生活、价值观念乃至思维方式给人带来一种直观上的或本能的感性认同。

文学中的方言和影视剧不同。影视剧里面因为仅有人物语言，方言意味着现代与传统、城市与农村、主流与民间的区分。故而说方言者总是表现出与所身处世界的——无论是影视空间还是现实空间——不可通约或格格不入，从而显现出几分滑稽、幽默，或是几分哀怨、惆怅。但小说中的方言却不具有这种现代性叙事语境中的价值承担功能，它就是文本自身，同时也指向产生这个文本的地方空间。方言的描事绘物对于说该方言的人来说"形成了可供想象的表情、会意点"①，就是在这些无数个"表情"和"会意点"组成的地方性知识体系内，方言要比普通话更容易给人带来"在地"的安稳和妥帖。

小说中的方言固然使读者感到亲切，但它却是借助于文字的躯壳、作为视觉对象而出现。尤其是方言与普通话共享同一符号体系，也会使读者不由自主将其格式化为更为强势的普通话。因此，要想让方言及其文化空间敞亮出来，只有以"读"的方式去激活那个被文字"阉割"的更为本体的、潜在的语音。在普通话"一统天下"的语音世界，方音意味着新鲜和活力。

方言和普通话的区别在语音、词汇和语法三个方面，其中最根本的区别在语音层面。在长期的历史发展过程中，方言形成了独有的地方性的字音和腔调。一个方言语汇，如果以普通话或另一种方言来读，就会打破字音与腔调之间的和谐，不仅显得不伦不类，而且会有意义的损耗。比如，韩邦庆的《海上花列传》是用吴方言写作，那么读的时候只能用吴方言，如果以普通话读，只能是失败之举。因此，从"形式即内容"的文学理论出发，对于有方言写作的长篇小说来说，以方音来播读最能体现作品的文化意蕴。吕思勉在《小说丛话》中说："凡文学，有以目治者，有以耳

---

① 项静：《方言、生命与韵致——读金宇澄〈繁花〉》，《中国现代文学研究丛刊》2014年第8期。

治者。……以耳治者，如歌谣是，必聆其声，然后能领略其美者也。"①陈忠实曾经对陕西台录制的方言版《白鹿原》非常期待，认为用陕西关中话朗读会更有韵味，毕竟"写作时心底涌动的原本就是关中话的节奏"。②有学者认为，《白鹿原》用秦腔来读，更能读出其本来的味道，能表达出人物性格和语言中所含的情感态度和力度，③也"更能体现一种生活的原生态，增加作品的质朴感，生命力"④。

也许，相对于与现代民主国家相对应的普通话，广播在方言的意义上才具有麦克卢汉所说的"部落鼓"性质。方言借助于广播复活了古老的部族关系和血亲网络，也复活了人们对故事的本能性亲近。随着现代社会进程的加速，人与社会、人与他人、人与自然之间越来越有一种疏离感。如何回归自我？如何发现自我？也许唯有借助方音这条连接着故乡、母亲、童年以及远古岁月的纽带，人才会避免异化的可能或延缓异化的速度。

第三节 90年代长篇小说广播传播的内在驱力

张凤铸曾经对90年代《小说连播》的发展状况有过形象的描述："如果把第二时期（1978.12—1990.8）的繁荣景象喻作事业的长河流经嵩势峭壁呈现千尺瀑布景观，迎接它的需要一个平静开阔的深潭，以展现它的飞沫溅玉般的倩影，以转缓它美妙神奇般的流速；这个平静而开阔的深潭需要在陶醉、享受中有一个较长时间的沉淀、思索，然后重新奔流向前。那么可不可以这样评价，90年代《小说连续广播》事业正处在这样一片平静开阔的深潭中而变得成熟；无论竞争与冲击有多大，有一点是明确的，广播不可取代，《小说连续广播》节目可以长盛不衰。在这个意义说，《小说连续广播》事业的新时期可称为成熟期。"⑤ 作为这一成熟期的开端性标志，则是《小说连播》研究委员会的成立。读者的外在期待是小说广播生存的土壤，而体制保障和理论自觉则是这一时期小说广播持续

---

① 洪治纲主编：《吕思勉经典文存》，上海大学出版社2008年版，第261页。
② 陈忠实：《添了一份踏实》，《中国长篇连播历史档案·作家作品卷》，中国广播电视出版社2010年版，第73页。
③ 王卓慈：《方言：创作与阅读》，《小说评论》1999年第2期。
④ 理洵：《〈白鹿原〉谈屑》，《与书为徒》，四川出版集团2012年版，第187页。
⑤ 张凤铸：《中国广播文艺学》，北京广播学院出版社2000年版，第346页。

发展的内在驱力。

一 评奖：示范、导向与激励

1990年8月18日，《小说连续广播》研究委员会（以下简称《小说连播》研委会）在新疆乌鲁木齐成立，是隶属于中国广播电视学会的一个专业委员会。《小说连播》研委会的前身是《小说连播》年会。研委会主要任务是组织、协调小说广播的业务交流、节目交换、论文及优秀节目评选。研委会每年定期召开会长会议和会员台全体会议，会长会议领导研委会工作，会员台代表大会是最高权力机构。办有内部交流会刊《小说连播交流》，包括中央台在内共有54个成员台。研委会首任会长是天津人民广播电台副台长王大方，常务副会长是中央台叶咏梅。自成立以来，评选出一批优秀演播艺术家、节目编辑、小说连播作品，出版了《"上帝"青睐的节目》《天籁之梦》《中国长篇连播历史档案》等理论专著，举办了一系列宣传、扩大《小说连播》影响面的专题活动、会议。

在研委会成立之前，小说广播领域也展开了多种多样的业务活动。如交换书目，主要是在市地州盟电台之间进行。1983年5月在郑州举行的《小说连播》交换会上，到会的电台有97个，交换书目19部。各台编辑抽听录制的书目，从中选出12至15部书放音复制，之后评出若干优秀书目。[①] 其后几年市级电台《小说连播》主要按照这种模式进行。这种"小作坊"的书目交换模式能使没有条件制作书目的市级电台有重点地挑选。但缺点是各台播放的书目大面积雷同，再有就是既耗时又耗钱。[②] 1985年在昆明召开全国部分省、自治区、直辖市电台的《小说连播》协作会，交换方式与市地州盟电台有三点不同：一是会上选书、会后复制；二是选书与业务经验交流并重；三是书目的有偿交换。还有一种交换方式是省会城市电台之间的交换。这是从全国市地州盟文艺节目协作会退出后重组的带有封闭性的组织，目的是"保证节目质量，减少接待台的困难"[③]。

在诸多方法和手段中，评奖成为《小说连播》最有效的推进机制。

---

① 陆群：《〈小说连播〉十二年：一个历史的描述》，《"上帝"青睐的节目》，中国文联出版公司1995年版，第10页。
② 刘建华：《试论广播小说产业化的可行性》，《中国广播电视学刊》2014年第1期。
③ 陆群：《〈小说连播〉十二年：一个历史的描述》，《"上帝"青睐的节目》，中国文联出版公司1995年版，第10、16页。

全国性的奖项是1983年开始的"《小说连播》优秀节目"奖，各省电台也有自行举办的广播电视文艺奖等。

90年代的广播小说评奖开始于1992年，《小说连播》研委会策划组织了全国首届节目编辑奖，《穆斯林的葬礼》等40部作品的43位编辑获奖。这次评选活动"是对党的十一届三中全会以来全国制作的《小说连播》节目水平的一次大检阅；也是一次对《小说连播》节目编辑工作的历史性总结"①。1995年1月，全国首届"中国广播文艺奖"在广州举行，《毛泽东的故事》《深圳的斯芬克斯之谜》等20个节目获《小说连播》项目奖项。"中国广播文艺奖"又叫"中国广播文艺政府奖"，是由国家广播电影电视总局主办的国家级奖项，也是我国评价广播文艺创作水平的最高奖。该奖每年举办一次，评选范围是过去一年中制作的广播电视精品。奖项分6个评选项目，包括音乐节目、文学节目、戏曲节目、曲艺节目、《小说连播》节目、综艺节目。其中《小说连播》节目包括中长篇小说、传记文学、纪实文学、报告文学及中长篇评书等。1999年，组织首届中国广播文艺专家奖《小说连播》节目类评选工作，28部作品获奖，"此届参赛的节目被评委专家们认为是近几届评奖活动中水平最高、质量最好的一次"②。除此之外，还有两次优秀演播艺术家评选活动、三届优秀论文评奖（其中有两届是与505共建《小说连播》发展基金举办的"505神功杯"论文奖）。

评奖是广播小说经典化或精品化的最佳途径，也是意识形态实现文化领导权的隐性方式。从文学史来看，评奖作为一种现代性选拔机制，是文学作品经典化的关键一环，如"诺贝尔文学奖""茅盾文学奖""鲁迅文学奖"等获奖作品在一定程度上代表了某一时代创作的最高水准。比如，获得首届《小说连播》编辑成就奖的叶咏梅，录制的作品超过百部，其中"茅盾文学奖"获奖作品有5部，"体现了她的质量意识和时效意识"③。而

---

① 王大方：《中国广播：小说连播60周年》，《中国长篇连播历史档案·传媒反馈卷》，中国广播电视出版社2010年版，第152页。
② 王大方：《中国广播：小说连播60周年》，《中国长篇连播历史档案·传媒反馈卷》，中国广播电视出版社2010年版，第152页。
③ 丛林：《关于评奖情况的通报和对今后运作方向的意见——首届中广学会"编辑成就奖（小说连播）"讲评》，《中国长篇连播历史档案·传媒反馈卷》，中国广播电视出版社2010年版，第166页。

她关于广播小说的理论思考文字"也为后人留下思考的文卷"①。新疆台编辑纪培东从事《小说连播》专职编辑20多年,6次获得中国广播文艺政府奖,他录制的新疆地域风情的作品"在多方位、多角度地展示新疆作家作品的同时,又宣传了新疆的历史和现实,为让更多的人认识新疆、了解新疆起到了很好的桥梁作用"②。

任何评奖都要有主观价值立场和导向性,《小说连播》评奖也不例外。1998年第五届中国广播文艺奖获奖作品,就表现出弘扬民族文化、紧扣现实生活的共性特征。③ 本届获奖的广播小说有23部,其中《大海之子》《塔克拉玛干——红·黄·黑》《抉择》《我是太阳》《龙困——贺龙与薛明》《人间正道》《红岩》《历史的抉择》等都是主旋律文学的代表性作品,《花季·雨季》《女生贾梅》《苦土》等也都是反映现实的作品,《瞎子阿炳》《盖叫天传》《刘海粟》等属于人物传记,是对人物生命意志和追求精神的挖掘,三部评书《失踪的儿子》《侠女英烈》《火牛阵》也是娱乐性和思想性并重。从整体上看,1992—2003年度获奖作品,表现出从历史题材到现实题材逐渐加重的趋势。

尽管评奖在一定程度上推动了《小说连播》的发展,但对于其评奖机制还是有值得反思的地方。作为国家级奖项,"中国广播文艺奖"首先需要保证所评作品必须吻合意识形态的要求,其次才是艺术层面。但这种评奖标准过于政治化,过于单一,从而忽略了作品本身所具有的种种价值可能性。评奖是对作品的正面价值肯定,同时也是对作品价值的再生产。但评奖的标准和最终结果受到多重因素的制约和影响,一是时代思潮、社会思潮和文艺思潮的影响,二是评委因艺术审美而带来的视角差异。而且作品自身蕴含的美学意识形态也在抗拒着政治意识形态的收编,显示出自我独立和自由的艺术力量。

布迪厄分析过影响和制约艺术生产的种种体制性力量,认为不仅要考虑作品的直接生产者,还要考虑制度性力量,如批评、收藏、展览、流通

---

① 丛林:《火红的叶子——记中央台文艺编辑、首届中广学会〈小说连播〉"编辑成就奖"获得者叶咏梅》,《中国长篇连播历史档案·传媒反馈卷》,中国广播电视出版社2010年版,第171页。

② 高延明:《消逝在广播艺术里的青春——记中国广播电视学会"小说连播编辑成就奖"得主纪培东》,《中国长篇连播历史档案·传媒反馈卷》,中国广播电视出版社2010年版,第185页。

③ 张君昌:《尽显中国气派的广播文艺——第五届中国广播文艺奖综述》,《中国广播电视学刊》1999年第1期。

第四章　介入与担当：世俗社会中的长篇小说广播传播　195

以及管理部门、艺术教育、政治经济影响等种种因素。① 可见经典的生成是多个权力场博弈的结果，但也正是如此，经典能经受得住时间的淘洗。如果是单一权力场的赋予或是直接认定，那么其经典性价值大可值得怀疑，也就难免会有遗珠之憾。这一点可以通过广播小说《白鹿原》未能获奖加以说明。

1993年，《白鹿原》刚刚出版就被中央人民广播电台录制为42集有声小说，编辑是叶咏梅，播读者是李野默。陈忠实记录过一件事，《白鹿原》首播时，"我回乡下老家去，半道上遇见一位熟识的乡民，拉住手便说他正听《白鹿原》的连播，用我熟悉的乡村语言大声感叹着他的收听兴趣"。② 广播小说还使《白鹿原》纸质版印数激增。据陈忠实回忆："当时小说出版印刷了一万五千册，还没有完全装订好，几家书店都把卡车开到印刷厂门口等着取货，图书基本没有上市就直接从印刷厂拉走，谁家动手早就谁先抢到，所以接连着印。从6月到年末半年时间大概印了5次，印了几乎60万册还供不应求。"③ 尽管《白鹿原》在听众那里获得了极大认可，但却未能获得"中国广播文艺奖"这一重要奖项。这不能不让人思考广播艺术评奖机制的不足及小说有声语言传播与意识形态之间微妙而复杂的关系。

《白鹿原》问世后，无论是普通读者还是专业评论家，对《白鹿原》赞誉有加。但"好小说"并不等同于"正确的小说"，尤其是广播作为意识形态的重要媒介，其播出的文学作品一定得做到内容上的健康和纯洁。《白鹿原》先天就有不宜有声化的内容，也就是政治话语禁忌与性话语禁忌，其获得"茅盾文学奖"一波三折的遭际恰能说明这一点。

《白鹿原》首发《当代》1992年第6期，因为作品本身的精彩，从审稿到发稿都表现出超常规运作。稍加修改后——也就是恢复了被《当代》删去的大部分性描写，同时作了近三千字的删改，于1993年6月出版。出版后受欢迎的盛况正如前文所说，7月陈忠实在进京参加研讨会时已经在火车上发现盗版《白鹿原》。但这样一部作品却未能进入1995年

---

① ［法］皮埃尔·布迪厄：《艺术的法则——文学场的生成和结构》，刘晖译，中央编译出版社2001年版，第276—277页。
② 陈忠实：《添了一份踏实》，《中国长篇连播历史档案·作家作品卷》，中国广播电视出版社2010年版，第73页。
③ 夏榆：《陈忠实：我写的革命是白鹿原上发生的革命》，《在时代的痛点，沉默》，上海三联书店2016年版，第61页。

开始的第四届"茅盾文学奖"候选之列,甚至评委何启治——也是《白鹿原》的责任编辑,联合另两位评委雷达、林为进,建议将《白鹿原》列入候选名单,却遭到临时主持人的粗暴否定。好不容易进入候选之列并在专家审读小组顺利通过,却又在评委中出现较大分歧。分歧的焦点是《白鹿原》要获奖必须得进行修改:除了删改"与表现思想主题无关的较直露的性描写"外,就是"朱先生这个人物关于政治斗争'翻鏊子'的评说"。尤其是"翻鏊子","以及与此有关的若干描写可能引出误解,应以适当的方式予以澄清"①。

有学者认为,"翻鏊子"冒犯了主流意识形态的历史叙事逻辑。② 或许因为这种禁忌,陈忠实在接到评委电话后,对《白鹿原》进行了修改,删去了"鏊子说"的相关语句,以及其他几处容易引起误解的文字。修订本于 1997 年 12 月出版,当月《白鹿原》出现在"茅盾文学奖"获奖名单的榜首。

本雅明写道:"很少有人意识到,听故事的人对于讲故事的人的那种不加判断,听什么信什么的关系,其决定因素在于他全神贯注于把所听来的东西记在心里。"③ 这说明在对故事的接受中,"听"和"看"具有不一样的艺术效果。虽然文字和语言能够指向同一意义,但声音带给接受者的感知强度明显要大于文字,声音的抑扬婉转、轻重缓急能够引发接受者此时此刻的身体反应。尤其是作为人的重要感知对象,声音是深深嵌入人的情感世界和生活世界的知识体系,塑造、规范了人的主体精神、身份意识和社会关系。声音的变化势必会影响主体听觉感知的变化,进而影响主体的身份意识和文化认同,对社会生态进行重组和再造。因此,对影响或与意识形态相左的话语的删除和屏蔽是广播这一意识形态媒介的基本反应。

但这样一改,固然符合意识形态的要求,在某种程度上对朱先生形象却是一种损害。朱先生是关中大儒,行为处事依循的是儒家的道德伦理。他能说出"翻鏊子",是其自身文化逻辑使然。如果朱先生说出了"政治

---

① 何启治:《世纪书话——我和当代优秀长篇小说的遇合机缘》,《亲历新中国出版六十年》,河南大学出版社 2009 年版,第 803—804 页。
② 吴秀明、章涛:《"获奖修订版"生成与当代主流文学话语的规范/妥协机制——以〈沉重的翅膀〉和〈白鹿原〉的修订为例》,《清华大学学报》2015 年第 1 期。
③ [德] 瓦尔特·本雅明:《本雅明文选》,陈永国、马海良译,中国社会科学出版社 1999 年版,第 304 页。

正确"的话，那么不仅他所代表的儒家文化的独特意义有可能模糊不清，而且文本整体的文化观念就会在逻辑上难以自圆其说。毕竟《白鹿原》不是按照革命史去讲述新中国的起源问题，而是从文化的角度对中国现代化进程进行重新审视。

陈忠实对朱先生能够说出"翻鏊子"有过解释："作品人物对某个事件的看法和表态，是这个人物以他的是非标准和价值判断做出的表述，不是作者我的是非标准和意义判断的表述。"他认为，"鏊子说"出自朱先生之口，准确与否、合理与否可以商榷，但绝不能等同于作者也持此观点。① 陈忠实如此为朱先生"错误的声音"辩解，不仅是要澄清一个简单的文学常识：人物观点不能等同于作者观点，也表现了朱先生置身历史之外的"超然"态度，更同时再现了历史蜕变的微妙与复杂。但二元对立的历史观显然不会考虑历史的"复调叙事"及其多重话语空间，对"鏊子说"及其他政治性话语的删除是时代氛围和媒介特性所限使然。小说在录制时，"鏊子说"的相关语句同样被删去。如果考虑到李野默1993年播读《白鹿原》时还未有后来"茅盾文学奖"评委提出的异议，那么这一删改更能见出广播作为大众媒介对话语禁忌几乎有着本能反应。

除了这些留存的政治性话语之外，性话语是影响获奖的另一道壁障。在对《白鹿原》手稿中性描写的问题上，何启治在审稿意见中认为："赞成此类描写应有所节制，或把过于直露的性描写化为虚写，淡化。"② 但修订本仅对田小娥与黑娃的初次性爱、鹿子霖与田小娥的性爱文字进行了有限度的删改，字数约1000字。田小娥与黑娃初次性爱的文字大约有3200字，1993年改编为广播小说时，仅60多字：

> 他有点懊悔站起来说："二姨——噢——娥儿姐我该饮牛饮马去了。"小女人跳起来猛地抱住他，又深深地在他的嘴上亲了两口："好兄弟……"

鹿子霖与田小娥的性爱文字从"隔两三日即逢五"到"大爱你都爱死了"约1000字，播读时用一句话一带而过："又一天晚上……"

---

① 陈忠实：《寻找属于自己的句子（连载四）——〈白鹿原〉写作手记》，《小说评论》2008年第1期。
② 何启治对《白鹿原》的终审意见，参见邢小利《陈忠实传》，陕西人民出版社2015年版，第182页。

其他如李相讲"四软""四香""泡枣"、白孝文的新婚之夜、白赵氏对白孝文性爱的阻止、兆鹏媳妇的梦境、鹿子霖和田小娥的性爱、白孝文被逐出家门后和田小娥的性爱、炉头对鹿马勺的侮辱等都进行了大幅度删改，甚至如鹿兆海、鹿兆鹏分别与白灵的第一次拥吻的文字都被删除掉。如白灵送鹿兆海参军时：

……他转身离去以后却又转过身来，猛然张开双臂把她搂进怀里。她似乎期待着这个举动却仍然惊慌失措。在那双强健的胳膊一阵紧似一阵的箍抱里，她的惊恐慌乱迅即消散，坦然地把脸颊贴着那个散发着异样气息的胸脯。他松开搂抱的双手捧起她的脸颊。她感觉到他温热的嘴唇贴上她的眼睛随之吸吮起来，她不由地一阵痉挛双腿酥软；那温热的嘴唇贴着她的鼻侧缓缓蠕动，她的心脏随着也一阵紧似一阵地蹦荡起来；那个温热而奇异的嘴唇移动到她的嘴唇上便凝然不动，随之就猛烈地吮吻起来；她的身体难以自控地颤栗不止，突然感到胸腔里发出一声轰响……

段中画线部分删去。应该说删去后并不影响文意贯通，甚至有一种含蓄之美。尤其是白灵身体反应的缺位维护了其作为未来的共产党员的纯洁性，这就和田小娥、孝文媳妇等放荡性女性有了明显区分。

但问题是，性爱话语是《白鹿原》中塑造人物形象不可或缺的部分。何启治在终审意见中认为，田小娥受鹿子霖挑唆勾引白孝文时的性描写，"很能表现鹿子霖的卑鄙，白嘉轩的正直、严厉以及小娥和白孝文的幼稚和基本人性、为人态度等等，是不可少的情节"①。但《白鹿原》发表于《当代》时，删去了田小娥与黑娃初次性爱的文字约 1000 字。有学者在谈到此事时认为，尽管文字渲染过度，但表现了田小娥追求人性和爱情的主动，"《当代》及'九七本'几乎全部删去之后，一定程度上斫伤了田小娥这个人物形象的饱满程度"②。

可以说，性话语是塑造人物形象不可或缺的部分。那么播读时想将性话语完全清除掉几乎不可能。因此，李野默版对性爱文字的删改也是

---

① 何启治对《白鹿原》的终审意见，参见邢小利《陈忠实传》，陕西人民出版社 2015 年版，第 183 页。
② 王鹏程：《戴着镣铐的舞蹈——对于〈白鹿原〉修改问题的实证研究》，《当代文坛》2009 年第 1 期。

"拖泥带水、藕断丝连"。具体来说,广播小说对性行为和性场面——"露骨的性描写"的文字进行了删除①,而对含蓄性的、能够表现人物性格的文字进行了保留。应该说,删改后更为适合有声语言的大众化传播,但也因为这些性话语的"残留",其不能获"中国广播文艺奖"也是自然而然的事情。

尽管《白鹿原》获评为"茅盾文学奖",但在国内另外两个重要官方奖项——"八五"优秀长篇小说出版奖和"国家图书奖"的评选中落选。也许,《白鹿原》就不是一部期望能够获奖的作品,但这丝毫不影响它在当代文学作品中的经典地位和它在读者—听众中"第一把交椅"的地位。②

二 从自发到自觉:广播小说业务探讨与理论研究

如果说评奖是广播小说发展的外部保障机制,那么对广播小说的理论探讨则使其发展更为自觉。80 年代的理论建设主要是各种会议上的经验介绍,有 1982 年在云南省召开的部分省级电台文学节目经验交流会,1983 年 5 月在郑州召开的选材与录制经验介绍会,1983 年 6 月在南京召开的《小说连播》制作经验交流会,1985 年在昆明召开的全国 23 个省份广播电台《小说连播》协作会议,以及 1985—1989 年在杭州、敦煌等地召开的五届省级电台长篇小说广播工作会议等。

80 年代初,市级电台关于《小说连播》的理论探讨略早于省级电台。陆群认为,1983 年 5 月郑州长书交流会上,鞍山台、青岛台、济南台、成都台就长书选材与录制等问题做了专题发言或经验介绍,而全国部分省级电台的长书制作交流会到 6 月才在南京召开。省级电台的理论色彩更为浓厚一些,讨论的话题涉及《小说连播》节目的性质、任务以及长书的改编、男女生对播和广播小说的形态等话题。到 80 年代后期,理论探讨不仅就前期话题更为深入,而且扩展到《小说连播》的语言、配乐、录制、编辑心态及发展前景等。③ 除此之外,还有叶子、陆群等发表或宣读的关于小说广播编播业务的研究论文。

---

① 雷达语,参见沈嘉达《〈白鹿原〉:清洁叙事与意识形态规约》,《当代作家评论》2015 年第 2 期。

② 何启治:《我与陈忠实和他的〈白鹿原〉》,《中国长篇连播历史档案·传媒反馈卷》,中国广播电视出版社 2010 年版,第 87 页。

③ 陆群:《长书十二年:一个历史的描述》,《现代传播》1992 年第 1 期。

值得一提的是汪良1988年出版的《小说播讲艺术》一书，既有作者播读文学作品的个人感悟，又有理论的拓展、创新，是第一本对小说播讲系统研究的专著。张颂在《序言》中概括出该书四个方面的特点：一是体系完整。作者从"小说"的源流讲到播讲流派；从小说播讲的创作原则，讲到小说播讲技巧；从对原作的加工、改编讲到各类小说播讲的特点。二是论述周详。作者论述了有关小说播讲艺术的方方面面，而每一方面又有对原作的剖析、对播讲者特点的概述以及对小说播讲流派的划分等。三是技巧独到。作者取播讲各派之长，开创了"诵讲派"的播讲流派，并形成了自己播讲小说的美学理想。四是立论精当。作者对"语势""对象感""模仿"等问题提出了自己的见解，校正了一些模糊的表述，纠正了某些认识上的偏颇，有着重要的理论意义和实践价值。[1]

1990年8月18日《小说连播》研委会成立后，决定小年（单数年）为学术研究年，理论探讨越来越规范化、制度化。这种自觉首先是表现在出现了一批有分量的研究成果。1991年全国第三届《小说连播》节目论文评选活动评出10篇论文，获奖论文和第一、第二届获一等奖论文编辑成学术研究专刊发表于1992年3月《广播业务》专辑。1993年6月和8月分别在西安和长沙举行全国《小说连播》节目首届演播专题研讨会和全国第四届《小说连播》节目暨首届"505神功杯"论文评选活动，共宣读和评选出16篇学术论文。1995年被定为《小说连播》研究会业务研究年，收获颇丰：5月井冈山年会上举行的第五届《小说连播》节目暨第二届"505神功杯"论文评选活动评出10篇论文，年会邀请著名评论家孙武臣讲授当代文学长篇创作信息和论文写作技巧；8月与《中国广播电视学刊》合作，撰写、编辑了《"上帝"喜爱的〈小说连播〉节目各界名人笔谈》专栏；12月出版了31万字的理论专著《"上帝"青睐的节目》。1997年拍摄4集电视专题片《飞翔的史诗——〈小说连播〉五十年》，讲述的是半个世纪以来写书人、出书人、说书人、广播人和听众的故事。[2]

其次是出现了一支不仅熟悉《小说连播》业务而且有理论思考的专业型研究队伍。他们大多是各电台的文学编辑人员，如中央台的叶咏梅、南京台的陆群、陕西台的王晨、鞍山台的杨佩琴、北京台的洪虹等。叶咏

---

[1] 张颂：《序言》，汪良《小说播讲艺术》，北京广播学院出版社1988年版，第2—3页。
[2] 王大方：《中国广播：小说连播60周年——2007年工作报告》，《中国长篇连播历史档案·传媒反馈卷》，中国广播电视出版社2010年版，第152—153页。

梅在世纪之交出版的《天籁之梦》第二卷《天籁之思》,是一部广播文学理论专著,其中"小说连续广播"一辑从《小说连续广播》的概况、编辑业务与播讲艺术、社会效应与审美趋向、历史回眸与未来走向四个方面对《小说连播》节目进行了全方位论述。陆群从80年代中期就一直关注《小说连播》的本体性要素及发展变化,他写的《长书十二年:一个历史的描述》是对新时期以来《小说连播》的总结性文章,翔实的史料和细节的描述为后来研究者提供了鲜活的历史现场感。王晨经常撰文将自己的播音实践上升到理论高度加以阐述总结,杨佩琴对广播评书有理论探讨。"实践+理论"的双重身份使他们的论文既有理论高度,又有可操作性。除此之外,一批文学界、出版界、演播界、评论界人士也纷纷撰文对《小说连播》功能性质进行探讨,如蔡葵、孙武臣、雷达、何镇邦、张炯、曾镇南、阎纲、冯骥才、王刚等。蔡葵、孙武臣不仅多次参加《小说连播》各种类型的节目评奖和论文评选,而且对广播小说一直保持密切的关注,像孙武臣就《新星》《大地》《逐鹿中原》《猎神》等广播小说写出过评论文章。评论家的理论素养能够高屋建瓴观照《小说连播》的全貌,但有时没有展开细致的、系统的剖析,未免在数量上和质量上显得单薄。

最后是理论研究领域进一步拓展及深化。纵观90年代的小说广播理论研究,大致集中在以下四个方面:关于当代长篇小说广播的选题、编辑、播音等方面的研究,关于"小说+广播"本体的研究,关于《小说连播》生存发展的研究,关于《小说连播》与受众、文学、社会之间的关系问题。有些话题是以前讨论的继续,但又有深化。在选题方面,钱芳认为,《小说连播》不仅能处理好传统小说文本,而且能够面对文学新形式的挑战。比如,刘心武的《风过耳》采用的是散点辐射式的文本结构,符合特定时期的混乱、盲目、无可适从的社会生活实际。中央台将其改编为广播小说,这是《小说连播》对新型文学的有益尝试。[1] 王彬注意到台湾广播界有类似《小说连播》的节目,如"空中书场""小说选播""念小说给你听"等。王彬分析了台湾听众心理特征与节目特点,提出了对台《小说连播》的一些思路和想法。[2] 在播音理论方面,论者一方面历史

---

[1] 钱芳:《关于〈小说连播〉编辑的二、三点思考》,《"上帝"青睐的节目》,中国文联出版公司1995年版,第57—58页。
[2] 王彬:《把握台湾听众心理 构架对台〈小说连播〉节目》,《"上帝"青睐的节目》,中国文联出版公司1995年版,第61—67页。

性地梳理和总结小说播读风格特征；另一方面深入剖析评书的艺术风格，为小说播读提供经验。比如，评书艺术家焦宝如写有《漫谈播讲技法》一文，结合实例分析了停顿、连接、语气、重音、节奏、气息等播讲技巧。① 杨佩琴、洪虹等分析了单田芳和曹灿的播讲风格，都富有启发性。对《小说连播》美学的探讨也进入理论视野。从微观的语言之美到宏观的题材之美都有所涉及，其余还有从接受美学分析受众的想象之美、从听觉艺术的角度分析节目的声音之美、对社会导向与审美意识之间的关系进行分析等。其中有些论断很有理论价值，如温燕霞提出《小说连播》应追求营造作品"意境"，这一视角既关注到《小说连播》节目声音美学的独特性，也是以古典文论解决现代艺术问题的一个创举。②

从80年代中期就开始的对于《小说连播》前途命运的担忧在90年代成为现实，90年代的理论研究中，有很大一部分是在探讨当代长篇小说广播的生态格局，这也可以看作是对《小说连播》节目市场危机的应激反应。研究者从市场经济对《小说连播》节目的影响、听众社会心理与《小说连播》的存在价值、《小说连播》在当代广播节目中的地位和作用、《小说连播》自身艺术形式的蜕变等方面为《小说连播》的未来走向作了理论预设，也提出了一些切实可行的措施和方法。研究者一致认为，《小说连播》是民众的精神需要，尽管听众在分化、流失，但也有一些特殊群体需要《小说连播》节目。只要有听众的支持和喜爱，《小说连播》就有存在和发展的基础，甚至还会有再造辉煌的时候。但《小说连播》应该注意到听众审美观念、审美心理和审美情趣的变化，应加强宣传、选材等工作。研究者认识到，《小说连播》既是精神产品，要发挥社会效益；也是一种商品，要顾及经济效益。要平衡两者的关系，就要树立精品意识，制作精品节目。也有研究者认为，《小说连播》不同于小说，也不同于影视，而是在传播媒介、表演形式、表演技巧方面都不能取代的艺术品类，在未来它不仅不会消亡，而且还会走向繁荣。③

90年代关于广播小说的理论探讨领域广泛、话题具有实际意义，但

---

① 焦宝如：《漫谈播讲技法》，《"上帝"青睐的节目》，中国文联出版公司1995年版，第116页。
② 温燕霞：《略论〈小说连播〉的意境与营造》，《"上帝"青睐的节目》，中国文联出版公司1995年版，第69—70页。
③ 参见《"上帝"青睐的节目》一书中的"探索篇"，中国文联出版公司1995年版，第245—335页。

因为落脚点主要在于解决问题，故理论性不是太强，并且不成体系，没有构成自己的知识框架。但无论如何，这一时期的理论探讨显示出广播小说开始表现出主体性意识，提升了自身的艺术品格。

第四节　追踪与介入：小说广播的现实情怀

关于90年代的精神现象，知识界一般将其概括为"精神滑坡"，充满欲望化写作的90年代小说也在一定程度上成为"精神滑坡"的注脚。人文学者在有力批判这一文化现象的同时，却无力寻找更为切合实际的解决方案，那种尖锐的批判因其现实性的缺失而显得空洞乏力。如何重构人文精神？如何以美学的力量唤醒欲望化、消费化主体？在这方面，小说广播提供了一种文学重新介入社会现实的路径。

一　对接社会：90年代广播小说的现实情怀

如前文所言，虽然90年代小说在量上激增，但适合改编为广播小说的并不太多。中央人民广播电台的广播编辑王葳认为，90年代尽管出版业非常繁荣，"常常有出版社和作者希望我们播出他们的作品，可是我一直没有选到满意的小说。并不是这些书不好，而是我需要的是能给人心灵带来洗涤、震荡，唤起一种崇高的理想和历史责任感的重头作品"[①]。孙武臣从小说广播的角度对90年代的小说创作与社会现实的错位提出过批评，认为小说虽多，但"不宜与不易进入《小说连播》节目的领域"[②]。

市场经济的全面展开使广播电台不得不考虑如何在市场化中更好地生存下去。既要注重经济效益，也不能就此降低或弱化社会效益。但无论如何，在公益性事业和市场化生存之间，各级广播电台在寻求均衡发展路径的同时，还是倾向于节目的社会效益。其实，如果处理得当，市场经济未必就是广播小说的噩梦。就像文化产业专家迪格雷斯所言："文化艺术营销本质上寻求文艺作品（或文艺产品）的推广并且尽可能地产生经济效益，其终极目标是为了艺术而非盈利性的。不像商业领域，是根据消费者

---

① 王葳：《〈早年周恩来〉广播的前前后后》，《中国长篇连播历史档案·作家作品卷》，中国广播电视出版社2010年版，第321页。
② 孙武臣：《时代选择题材——从〈两届中国广播文艺政府奖一等奖节目〉谈起》，《中国广播电视学刊》1997年第5期。

的需求而制造产品,艺术领域关注的是先创造产品,然后再去努力地寻求其合适的消费者群体。"① 相较之下,广播小说要比90年代的长篇小说更为注重作品的公众效益。

整体上来看,90年代的长篇小说在取材上表现出对现实的远离与逃遁。第四届和第五届"茅盾文学奖"所评选作品出版于1989—1999年,获奖作品有8部,分别是王火的《战争和人》(一、二、三)、陈忠实的《白鹿原》(修订本)、刘斯奋的《白门柳》(一、二)、刘玉民的《骚动之秋》、张平的《抉择》、阿来的《尘埃落定》、王安忆的《长恨歌》、王旭烽的《茶人三部曲》(一、二)。除张平的《抉择》和刘玉民的《骚动之秋》外,其余皆是历史题材。以《白鹿原》《尘埃落定》为代表的新历史主义小说是90年代一种主要的文学思潮。在新历史主义作品中,历史的整一性及其权威性已不复存在,历史只能以碎片的形式展示着它的琐屑与苍白。既然宏大历史无法建构,那么历史的载体便由国家、民族退缩至村落和家族,那些曾经被宏大话语所遮蔽的世俗生活渐渐从历史深处浮现出来。

90年代另外一种影响较大的文学思潮是新写实主义。与新历史主义一样,新写实主义流连于世俗生活的平庸表面,即如小说题名所标示的那样:《一地鸡毛》《烦恼人生》《不谈爱情》。理想与崇高在小说中被彻底放逐,小人物的生存本相在自然主义细致而琐碎的描写中显得消极而颓废。人的主体精神在物质化生存的挤压下荡然无存,形而下的生活欲望成为人存在的根本目的。其他如女性小说、都市小说、新生代小说等也都是沉溺于个体生命的欲望化表达,但却切割了人与其生活环境之间的关系。有意拉开与意识形态的距离,也使90年代小说不得不更多倚重于民间身份表达自我。

对于90年代的小说,有学者以新生代小说创作为例,从社会的角度进行了严厉的批评:"只述说人物在食色这一层面上'活着'的状态,他们既不高尚也不粗鄙,只是照人所需要的那样活着,其幸福只关系到自己,其痛苦、焦虑也丝毫不牵扯到国计民生。"② 90年代以来,文学开始了从文化中心向边缘地带位移的过程。对此,文学研究者不禁有些落寞与无助,继而从文学中心主义出发对文学的边缘化发出愤懑不平之声。但当

---

① [加]弗朗索瓦·科尔伯特:《文化产业营销与管理》,高福进等译,上海人民出版社2002年版,第19页。
② 李洁非:《新生代小说》,《当代作家评论》1997年第2期。

研究者将此现象归结于社会的巨变、经济的诱惑、大众传媒的挤对时，却没有认真反思过文学自身的原因。自从 80 年代中期先锋小说之后，"怎么写"远远大于"写什么"而成为文学的主体性问题。走上了注重形式创新之路的文学，在对个人化欲望和民间化猎奇的肆意展览中也走上了不归路。

那么，"写什么"的"退居二线"真的就等于所有的故事都写完了吗？文学理论告诉我们，文学来源于生活。但 90 年代的文学不仅没有跟上生活的步伐，反而躲进历史化、民间化、个人化的空间低吟浅唱。当大众向文学提出表现生活的任务，文学却成为知识分子精致的自我言说。时代的巨变为文学的大显身手提供了平台，但 90 年代的文学却畏手畏脚，不仅难与社会同步，即使涉及现实，也拘谨于故事的讲述却缺乏超越、审美的批判力量。尤其是作为叙事性作品，90 年代的长篇小说没有像巴尔扎克那样留下时代巨变的身影。相对于 80 年代长篇小说对社会生活的描绘而言，这无疑是一种倒退。90 年代的作家对于社会的变化，感觉有些迟钝，想象有些匮乏。举例而言，1987 年，贾平凹出版了长篇小说《浮躁》，记录了新旧交替时期的社会心态。多年之后回过头来看，"浮躁"仍然是时代情绪的共性特征。小说描写了一条叫"州河"的河流，"是一条我认为全中国的最浮躁不安的河"①。这条河无疑成为改革开放时代中国的一个隐喻。小说结尾，州河将有第二次大的洪水暴发。这预示着"浮躁"的情绪将会继续。贾平凹能够在"风起于青萍之末"的改革初期提炼出"浮躁"这一社会共性心态，可见其对时代变化的敏锐感知。但 90 年代的作家面对现实似乎有些无能为力，迷失在万花筒般的纷繁世事中却不能把握这变化背后的历史逻辑。时代给予他们表达"中国经验"与"中国问题"的契机，但主体精神的萎靡却又使他们错失良机。

如上所列举的种种小说症候都不适合广播的大众传播。广播承担着建构和维护社会公共伦理的使命和责任，但 90 年代的小说强化的是个体伦理和生命伦理。当然，如此比较并不是说个体伦理和生命伦理并不重要。毕竟在多年的政治文化理性的重压下，生命的感性在 90 年代喷涌而出是"人"的价值在文学中复苏的最大贡献。但文学遵循的是叙事伦理，而广播却要恪守着伦理叙事。有位广播文学编辑曾经就《小说连播》的公共属性写过一段话：

---

① 贾平凹：《浮躁》，人民文学出版社 2007 年版，第 2 页。

广播是大众传播媒介，党的喉舌，《小说连播》节目是文艺广播的一部分，一定要注重其社会效益，不能单讲经济效益，因为，当前社会中也有一些作品不一定是精品，也没有文学价值，但由于它内容的通俗，或者是言情，或是武侠，或是传奇，或是过多的描写一些不健康的情节，能迎合部分人的口味，这样的作品一般来说经济效益不差，但明显的社会效益就差了，它不能给听众积极向上的精神、惩恶扬善的潜移默化的教育作用，所以说作为广播的节目制作人，在制作节目时不仅要考虑经济效益，还要注意节目的社会效益。①

那么，该怎么发挥《小说连播》的社会效益呢？介入社会现实、反映社会热点、讲述共性话题以聚焦听众的注意力无疑是最好的选择。面对社会、媒介、文学的变化，小说广播一直在寻求与时代和社会对接的通道，从90年代出版的长篇小说中选择那些与社会、民生、大众文化心理契合度高的作品进行改编播出。大致来说，可分为如下几种类型。

一是社会热点。90年代初，出国者甚多。针对"外国的月亮就是圆"的崇洋心理，中央台播出了根据曹桂林小说改编的22集广播小说《北京人在纽约》。1997年，反腐热潮中北京台播出了改编自张平小说的《抉择》。几乎就在同时，《抉择》也被中央台和河南台改编，中央台前后播出三次。1997年的香港回归是国内外瞩目的大事，中央台在回归之日的一个月前以倒计时的方式连播了霍达的长篇小说《补天裂》，"在纪念香港回归的氛围里讲述香港的历史故事，有轰动的社会效应"②。中央台播出的王宏甲长篇报告文学《现在出发》，"抓住了时代最核心的东西，那就是让'科学技术是第一生产力'的观念深入人心，让科技产业化的思想深入人心"③。

二是生活热点。"婚外恋"一直是家庭社会、道德伦理的禁忌话题，而在社会巨变的90年代表现得更为突出、更为明显，"第三者插足"、离婚等现象成为人们议论的焦点话题。莫伸的《尘缘》讲的就是一个婚外

---

① 陶延明：《市场经济和精品意识的关系》，《"上帝"青睐的节目》，中国文联出版公司1995年版，第246页。
② 《广播收听率的支柱：节目第一内容为王》，《中国长篇连播历史档案·传媒反馈卷》，中国广播电视出版社2010年版，第354页。
③ 《〈现在出发〉座谈会摘要》，《中国长篇连播历史档案·作家作品卷》，中国广播电视出版社2010年版，第287页。

恋的故事，书稿还在印刷中，校样就被中央台改编播出。其他如《五爱街》涉及市场经济与道德之间的关系，边东子的《神厨传奇》讲述的是"民以食为天"的饮食文化，何顿的《我们像葵花》细致入微地剖析了一个普通人的成长经历及复杂痛苦的人生体验，这些话题都与普通百姓的日常生活息息相关。

三是大众文化心理热点。90年代的《小说连播》表现出明显的"怀旧"倾向。一是重新录制了一批"十七年"文学经典，如《红岩》《烈火金刚》等；二是录制了一批契合社会怀旧心理的作品。首先是对革命氛围的怀旧。1993年，中央台录制了《我的父亲邓小平》《毛泽东的故事》《早年周恩来》、沈阳台录制了《毛泽东的亲情、乡情、友情》等。其次是对历史情调的怀旧，如《白鹿原》（1993）、《尘埃落定》（1998）、《长恨歌》（1998）、《茶人三部曲》（1999）等。最后是一批80年代的广播小说精品被点播或重播，如《穆斯林的葬礼》（1992）、《平凡的世界》（2001）等。

《白鹿原》《尘埃落定》《长恨歌》等是90年代长篇小说的代表性作品，由其改编而成的广播小说也是艺术精品，但这样的作品毕竟不是太多。因为其历史观所在，那么就社会功能而言，未免解构有余而建构不足。在90年代的小说中，贴近现实的作品并不是没有，甚至占了很大一部分比重。但在汹涌的文学思潮的裹挟下，它们并没有引起主流批评家的注意。可就是这部分"非主流"作品，经过广播连播之后，得到了普通听众的认可。究其缘由，就在于这部分作品充满了现实情怀，满足了普通人的精神文化需求。对于普通听众来说，"内容为王"始终是颠扑不破的真理。但这样说不是否定"艺术至上"。小说广播的艺术性更多地体现在声音、情感等听觉因素方面，而不是小说结构的精致、语言的精粹——这些更适合于视觉阅读，但在不可逆的声音感知中，难以对其进行细细品评。

1996年9月，中央台张淑芝到云南调查听众收听中央人民广播电台节目的情况，其中有听众对《广播剧和小说连播》节目提出的建议是："多播放有意义的，激人奋发向上的和重大历史题材的广播剧和小说。"[①]因此，90年代的电台文学编辑不能不考虑听众心理和审美的需求，在播讲内容上选取那些听众更为关切的话题。当然，电台文学编辑也意识到整

---

① 张淑芝：《边疆听众需要中央台——听众调研云南之行》，《1993—1997 广播听众工作文集》第2集，中央民族大学出版社1998年版，第582页。

个社会大环境的变化使得观众审美趣味趋向于多元化,也录播了一些娱乐性较强的文学作品,如武侠小说、言情小说等,以满足不同受众的精神需求。但无论如何,"社会性"始终是小说广播严格遵循的底线。就像天津人民广播电台郑继军所说:"适应并不是迁就迎合。选择听众喜欢的、深刻地、艺术地表现当代生活,贴近现实的力作,当然并不排斥选择历史题材和娱乐性的作品,使听众从收听不同题材的小说中感受时代的气息和生活的脉搏。"①

二 怀旧与批判:90年代广播小说的热点效应

正是因为小说广播在内容上与社会现实的对接,引发了社会对小说所表现的种种社会生活的热议,作品的意蕴在听众那里得到充分释放。

"怀旧"是90年代一种普遍的社会情绪,小说广播不仅应和了这一情绪,甚至还起到了一定的引导作用。20世纪90年代,怀旧情绪在社会各个空间悄悄弥漫,老照片、经典革命歌曲、旧上海、解放鞋、民国服装、毛家湾饭店……当这些曾经的鲜活之物拂去历史的尘埃,给予了在当下飞速发展的社会中受挫的个体以精神抚慰。

怀旧是人类的一种古老情结,《采薇》中归来者对旧时光的缅怀和《奥德赛》中返乡的冲动、唐宋时期的文学复古思潮和14世纪的欧洲文艺复兴、曹雪芹的《红楼梦》与马尔克斯的《百年孤独》、新儒家的兴起与可口可乐的旧版包装……所有的经验凝聚为永恒的人类精神,在幽暗的历史隧道中闪耀着迷人的光芒。就像普希金所说:"一切都是瞬息,一切都会过去,而那过去了的,就会变成亲切的怀恋。"② 怀旧是文学的母题之一。文学中的怀旧以其文字的永恒而对后来者不断释放出温柔的诗意和情调,陶渊明的桃花源、李白的《静夜思》、现代作家的乡土叙事、"十七年"的革命历史小说等都可以成为集体无意识的怀旧原型。

小说广播的"怀旧"倾向是90年代整个社会怀旧的一个方面。广播文学编辑敏锐地把握到社会的这一心理变化,适时推出了一系列作品,切中了普通受众的情绪共鸣点。20世纪80年代末90年代初,社会上出现了"毛泽东热"。从这种"热"中,叶咏梅感觉到"毛泽东"作为一个

---

① 郑继军:《存同求异——关于〈小说连播〉》,《"上帝"青睐的节目》,中国文联出版公司1995年版,第281页。
② [俄]普希金:《假如生活欺骗了你》,《我的忧伤透着纯净的光——普希金抒情诗选》,童宁译,漓江出版社2018年版,第60页。

精神符号在当下语境中正在悄然发生变化："毛泽东在中国历史和人民心中的地位与价值；毛泽东是伟人而不是'神仙'；毛泽东有许多鲜为人知的生活故事更能表现伟人的人格道德、个性意志、社会理想、政治革命与文化变革的魅力。"由此她开始策划以小说广播的形式"还伟人一个真实可信、感人至深的原貌"。于是叶咏梅以《走下神坛的毛泽东》《红墙内外》《卫士长谈毛泽东》三本书为底本，编辑而成《毛泽东的故事》。1991年12月25日，在毛泽东诞辰98周年之际，中央人民广播电台播出了由张家声、曹灿、瞿弦和、张筠英、刘纪宏、李野默等联合播读的长篇纪实小说《毛泽东的故事》，节目引起很大反响。《光明日报》在节目播出期间刊发了采访专稿《真情交融——访〈毛泽东的故事〉演播组》，中国青年出版社出版了由广播电台供稿的同名作品《毛泽东的故事》。中央台听工部整理的《〈毛泽东的故事〉的播出，符合广大听众的心愿》的听众反馈信息表明，"许多听众都是全家收听"，并且是想尽办法、克服种种困难，如做家务时将收音机装在口袋里、漏听的地方则让家人录下来补听。吉林听众裴玉文在来信中介绍了本村农民收听《毛泽东的故事》的状况："三百多户人家有二百多户都有收音机，凡有收音机的农户都收听，没有收音机的农户也到别人家去收听，不少人听着都流下激动的泪水，无论是五六十岁的老农民，还是二三十岁的青年人，听后都要感慨议论一番。"大多数的听众来信将"毛泽东"作为一面镜子，对当时领导干部以权谋私、贪赃枉法的腐败现象大加挞伐，认为"如今社会上出现'毛泽东热'，不是偶然的"[①]。

怀旧不是保守主义的自恋，让人胶着于过去而导致自我的颓废和绝望，作"只是当时已惘然"的无奈和喟叹。或像20世纪之交那样，承载的是病理学意义上的沮丧、抑郁等负面情绪。现代人的怀旧是工业化进程中人类被剥离出整体之后无家可归的文化乡愁，怀旧的积极意义在于它给予现实中焦虑、孤独的人们以精神性补偿，让人从历史的连续性中找到存在和前进的理由。长篇广播传记文学《早年周恩来》的编辑王葳在提到选材动因时，称这是一个"末代红小兵的怀念"："我是一个末代的红小兵，周总理去世的时候我刚上学，尽管我从未见过他，但他永远是我的偶像。这种感情来源于父母和当时的环境。"读者来信也反映出对《早年周恩来》的接受更多是精神的需求。河北听众傅杰是

[①] 《〈毛泽东的故事〉播出符合广大听众心愿》，《中国长篇连播历史档案·作家作品卷》，中国广播电视出版社2010年版，第173—175页。

一名中考落榜生,"失落带来痛苦、懊恼与绝望时他变得从未有过的脆弱"。在给栏目组的信中傅杰说:"令我感受最为深刻的是总理永远的乐观主义精神和不懈的追求。因为这些正是我丧失而且企盼重新拥有的。正是这时,你们中央人民广播电台广播剧组、江苏教育出版社的各位老师千里迢迢为我雪中送炭;正是这时,我有幸分享周总理宝贵的精神遗产,并把它转化为前进的动力。"①

怀旧是一个极具有现代性意味的话题。20世纪90年代,正是中国文化心理快速转型的时期。作为转型期的个体,会产生"认同危机",会有"失去家园时的茫然"②。在这种现代性焦虑中,"领袖"作为精神图腾无疑给了茫然中的人们以信心和抚慰,重新赋予了生活的整体意义和来自历史深处的价值支撑。从《红太阳》专辑的风靡全国,到样板戏的回归热潮,再到"红色经典"的影视改编,可以看出革命文化在后革命时代的不断复魅。

当怀旧情绪升腾于消费社会语境,它更容易从一种心理感受转化为可消费和再生产的能指符号。换句话说,经过包装和广告,怀旧可以转化为消费资源。利用怀旧复兴某种品牌也是现代商业的一种策略。有学者认为:"现代信息社会,消费者的怀旧消费需求的唤起不单单依赖内部需要,外部的各种媒介提供的信息刺激逐渐成为其需求产生的驱动力。个人的、群体的或社会层面的怀旧通常都与大众传媒有密切关系。电视、剧场、杂志、T型台等不仅是表现怀旧作品的手段,也是烘托、唤醒、传播大众怀旧情绪的手段。"③因此,怀旧不仅成为小说广播再度赢得大众青睐的心理基础,而且成为《小说连播》节目生产的心理基础。

人们如此喜欢怀旧是因为现实存在某种精神匮乏或是价值的缺失。因此整个社会情绪除了向过去寻求提供给主体身心平衡的精神养分,也对现实展开了批判与揭露。边东子的《神厨传奇》是一部讲述厨师柳德承传奇人生的长篇小说。小说既有对饮食文化的充分展现,也有对现实公款吃喝现象的揭露,在趣味性和思想性方面各有兼顾。小说一经李野默在中央台播讲,很快产生反响。一位听众在给中央人民广播电台听工部的信中写道:"就在我往返北京的途中也要随身带着收音机,生怕漏掉一节,而且

---

① 王葳:《〈早年周恩来〉广播的前前后后》,《中国长篇连播历史档案·作家作品卷》,中国广播电视出版社2010年版,第322—325页。
② 汪丁丁:《回家的路》,中国社会科学出版社1998年版,第78页。
③ 张莹、孙明贵:《怀旧消费的形成机制与营销启示》,《理论探讨》2011年第4期。

是逢人便告之《神厨传奇》，劝他们赶紧收听，必有收益。"观众来信从悠久灿烂的饮食文化和深刻有力的现实批判两方面谈论收听《神厨传奇》的感受：

> 我们从《神厨传奇》中领悟到许多"吃"之外的东西。近年来，一掷千金地吃，稀奇古怪地吃，公款消费地吃，复古仿古地吃，崇洋媚外地吃，直吃得败坏了党风，伤害了身体，已成为严重的社会腐败现象。人们也在同这一腐败现象进行着坚决不懈的斗争，希望有表现这一题材的好作品播出，让我们在享受了《神厨传奇》的美好风味后，再来一次痛快酣畅的精神"会餐"。

> 我每天中午都要排除干扰静心收听《神厨传奇》，通过连续十几天的收听，不但领略了中华民族饮食文化之博大精深、精湛的烹调技艺，还学会了许多营养保健及设宴礼仪方面的宝贵知识。

> 饮食文化之光，照射在餐桌上，又使餐桌成了一面镜子。这面镜子清晰地映出围在餐桌周围的各色人物的嘴脸。①

关于《神厨传奇》的专业性评论不是太多，切入角度与收听《神厨传奇》的读者来信观点也相差甚远。朱珩青从"京味小说"的角度，阐述了《神厨传奇》是"提供给我们有关北京人，北京文化形态，'京味小说'的平民特征的生动例证"②。进入作品的角度不同，显示的是不同的知识视野。对于普通听众而言，尽管他们尚停留在"观点"层面，但这些观点是从自身经验和社会现实得来，或者说，《神厨传奇》这样的小说为他们对生活的感性认知提供了一个可以进行言说的平台。由此可以反衬出 90 年代小说的另外一个问题，那就是不仅作品在历史和民间的空间凌空虚蹈，文学批评同样缺少问题意识和现实情怀。

小说广播的政治身份使其在注意到社会公共效益的同时，还暗含着构

---

① 《中国饮食文化博大精深　色香味形意皆源远流长——小说连播〈神厨传奇〉深得听众喜爱》，《中国长篇连播历史档案·作家作品卷》，中国广播电视出版社 2010 年版，第 318—319 页。

② 朱珩青：《"京味小说"作家又增新秀——谈"京味小说"的平民性》，《外部的和内部的世界》，作家出版社 1998 年版，第 262 页。

建意识形态的价值冲动。在20世纪八九十年代国门大开之际,"美国"作为现代化的典型符号对国人构成了极大的物质和生活的诱惑。在不对称的信息背景下,"美国"被想象为实现梦想的价值空间。那么,"美国"是否意味着某种理想化的生活呢?抑或它仍是罪恶的资本主义的代表?

20世纪90年代初出现了两部以"真实"为底色、反映普通中国人移民美国生活的长篇小说——曹桂林的《北京人在纽约》和周励的《曼哈顿的中国女人》。曹桂林在小说《前言》中说:"我写的是一个从八十年代到九十年代,一家新移民的真实故事。"① 周励也指出《曼哈顿的中国女人》是一部以本人真实经历为基础的自传体小说。② 同为"真实",但前者写的是"美国梦"的破灭,后者写的则是"美国梦"的实现。那么,到底哪一种"真实"才更为"真实"呢?这种"真实"又该由谁来判定呢?

1991年10月11日,22集配乐广播小说《北京人在纽约》在中央人民广播电台连播。从听工部整理的听众来信看,作品戳破了"美国梦"的幻影,展示了"想象"之外的美国的真实面貌。东北工学院张晨的来信颇具有代表性:"这部小说,除了有很高的艺术写作手法外,对我们青年一代也具有很大的现实教育意义。平时电影电视看得多了,对于美国等发达资本主义国家的生活,总有一种盲目渴望感。现代派的生活方式,谁不乐意享受,但是外国果真一切都十分美好吗?平时却很少听或看到有关感性材料,而这部小说却是这一欠缺的最好弥补。有力地驳斥了'外国的垃圾也是宝'、'外国的月亮比中国圆'等错误思想,小说播完后的作者与剧组人员的座谈会更增添了小说情节的真实性,就我的感受来说,听完这一部小说,比听课堂上的思想政治教育课所起的作用大得多了。"③

听工部将听众来信综合为《广播小说〈北京人在纽约〉——一部爱国主义教育的生动教材》一文发表在《编播日报》上。从题目可以看出,"爱国主义"是这部广播小说的价值核心,也是作品的播出意图。很显然,《北京人在纽约》是在意识形态的询唤下进入电台文学编辑的视野。

---

① 曹桂林:《北京人在纽约·前言》,中国文联出版公司1991年版,第5页。
② 周励:《周励答读者问》,林锋编《曾经沧海难为水:〈曼哈顿的中国女人〉出版前后》,同济大学出版社1993年版,第55页。
③ 张晨:《对年青一代具有现实的教育意义》,《中国长篇连播历史档案·作家作品卷》,中国广播电视出版社2010年版,第141页。

毕竟对于刚刚在经济上起步的中国来说，以大国形象出现在世界舞台不仅是摆脱近代以来屈辱历史的需要，也是重新恢复国际话语权的需要。在这种背景下，就有对美国形象进行重新建构的必要。《北京人在纽约》的出现恰好成为这一意识形态叙事的逻辑起点，对处于文化失衡焦虑中的国人来说，起到了振奋人心的作用。相比较之下，周励的《曼哈顿的中国女人》这样表现"美国梦"实现的作品在其问世之初就争议不断、毁誉参半，由其改编而成的广播小说自然就不能同《北京人在纽约》相提并论（所能查到的资料显示，只有六盘水人民广播电台播出过），并且也没有像《北京人在纽约》那样改编为电视剧。

当然，热点话题也意味着一定的风险性。莫伸的小说《尘缘》以冷静自然的态度讲述了因第三者插足而导致家毁人亡的现代家庭悲剧。小说出版后，引发了读者对爱情、婚姻以及家庭的议论。小说的清样送到叶咏梅手中后，凭着多年的编辑经验，她意识到"婚外恋这种社会热点话题已成为当今婚姻家庭中一个极为敏感而现实的问题"。她认为："这部小说如能播出定会引起广大听众的共鸣，会有轰动效应，我自信。"① 尽管编辑意图很快得到领导的批复与认可，但叶咏梅还是有一种担忧："这可是非常敏感的社会问题，稍有不慎，引导不当，就会遭受灭顶之灾，各种不堪入耳的舆论便会四下涌来。"担忧归担忧，叶咏梅还是以最快的速度将《尘缘》录制成长书节目，并且还首次尝试了开通听众热线的做法，让听众参与对作品的讨论中。这种开拓性的做法源于叶咏梅对这部作品所触及的社会热点的自信，同时来自作品本身所具有的严肃态度。在编辑日志中，叶咏梅写了自己对作品的认识："事实上，婚外恋的现象已在我国现实生活中普遍存在，作家莫伸正是以严肃认真的态度来写这部作品的。视而不见，充耳不闻，采用回避态度并不足取；指责咒骂，采用过激行为便会酿成人间悲剧。如何正确对待和引导呢？只有使每一个人在情感上健康些，心理平衡些，家庭生活美好些，才会使社会更安定，事业更辉煌，人生更有意义。这个话题的探讨实在有极大的现实意义和社会意义。一句话，要敢于引导——以群众教育群众的方式，使迷茫者及早清醒，陷入者悬崖勒马，徘徊者珍惜已拥有的美好，贪欲者受惩后悔悟……"而对于听众的热情参与，叶咏梅也是感慨万分："大众式的探讨多么好啊，入情入理，深刻透彻。一封封信函，一个个电话，一篇篇文章，每位参与者都

---

① 叶咏梅：《做一个敢吃螃蟹的人——〈小说连播〉节目首设热线的编辑思考》，《中国长篇连播历史档案·作家作品卷》，中国广播电视出版社2010年版，第311页。

真诚地畅述了自己的人生感悟、亲身经历,包括经验与教训。这种群众自我教育的讨论无疑使我们的节目远远超出了它本身的价值,更具社会性、人民性。"①

  在20世纪90年代小说不断回避社会热点问题的时候,小说广播以其纪实性题材与日常化风格回应、引导着社会热点问题的有序探讨。事实上,这种现象并未引起文学创作者和文学批评者的关注。甚至在"纯文学"的观念下,广播小说并未被纳入"文学"的框架加以考量。被广播选中的多数作品可能在知识化、逻辑化、理性化的文学史上难有一席之地,但它们却在普通听众那里激起一轮轮的热议。这种现象也许表明,重新恢复文学作品的现实精神,让文学成为时代的代言人,文学才有可能在读者/听众那里永葆生机!

---

  ① 叶咏梅:《做一个敢吃螃蟹的人——〈小说连播〉节目首设热线的编辑思考》,《中国长篇连播历史档案·作家作品卷》,中国广播电视出版社2010年版,第313页。

第五章　坚守与弘扬：消费时代的长篇小说广播传播

消费时代，社会结构、意识形态、精神生活、主体自我等方方面面都处于急剧的调整和重构之中。置身于以视觉化为主的新世纪媒介生态中，作为纯声音艺术的广播小说在改编类型、传播途径、传播方式等方面，既继承传统，又出现了种种新变。但无论如何，对人文精神的坚守与弘扬是广播小说基本的道德操守。从价值理性的角度来说，受众真正所需要的，并不是不同媒体带来的新奇的形式感受，而仍然是能够带来心灵启迪和灵魂愉悦的精神质素。也许，对于具有价值性的经典作品来说，所有的媒介传播不过是价值的转场。所以，无论以何种途径抵达听众，人文关怀是广播小说始终遵循的至上准则。

第一节　新媒体环境下广播小说的坚守与新变

21世纪，在大众文化浪潮冲击下，文学边缘化程度日益加剧，不仅有面对现实无力发声的功能性失守，而且又有道德底线被击溃之虞。因此，尽管广播对长篇小说的宣介有着自身生存与发展的考虑，但还是以自己的媒介优势潜在地、间接地、持续地推动着新世纪长篇小说的发展。

一　媒介重组中的"逆势增长"：广播与新媒体

相对于报刊、影视、广播等传统媒体，互联网、手机、数字广播、数字电视机、电子书、车载移动电视等以数字、网络技术为基础产生的媒体都可以叫作新媒体。相对于传统媒体，新媒体表现出即时传播、传受互动、信息开放、资源共享、交互融合等特征。新媒体崛起后对传统媒体的业务空间和生存空间不断挤对，瓦解了广播对声音的垄断，并且分流了声音听众。以美国为例，广播音频遭遇数字化媒体的全面侵蚀。潘多拉、声破天和 TuneIn 等流媒体数字音频争相瓜分广播广告市场,数字视频网站 YouTube 已然成为广播劲敌。调查显示,近三成 12 岁以上美国人使用 YouTube 观看、收听音乐片段。[①]

新媒体的出现,带来传播理念、传播手段、传播方式、传播环境的巨大变化,其中最明显的变化是媒介融合。所谓的媒介融合,即媒体之间的联合及媒体介质属性的互渗和互补。数字技术推动传媒产生融合效应,单一媒体趋向于多功能一体化,媒体边界越来越模糊。比如,手机是媒介融合典型代表,集报刊、网络、影视、广播等各种媒介形态于一身,成为当今功能最为强大、完备的媒体终端。

在新媒体来势汹汹的进逼下,广播电台的不足愈发明显。首先,新媒体去中心化的空间传播达到了真正的"无远弗届"。当今没有一家广播电台的频率能做到全球覆盖。其次,新媒体的数字化传播有利于信息的保存和反复使用,但广播电台发出的声音却具有不可逆性。最后,新媒体能为微群体或个体提供更精准、更个性化的服务,但广播电台还只能做到对某一类群体的"窄播"。

但新媒体并非是广播电台的天敌,广播也没必要将新媒体看作影响生存的对手。两者既颉颃竞争又相互交融,从而出现了网络广播化和广播网络化的新的传播形态。尤其是广播电台,通过制作自有网站,或开发 APP,或搭建微博、微信平台,或与互联网音频平台合作,展现出顽强的适应性。有学者从四个方面概括了广播在互联网时代的变化:

> 在内容生产上,坚持广播的传统优势内容,同时更新其资源的新媒体表达模式;在传播方式上,以用户为中心,更加注重互动性;在平台渠道上,不断促进传统广播与新媒体的平台融合,形成全媒体传播;在营销推广上,通过线上线下双轨运营,拓展其产业链。[②]

在这场媒介属性的变化中,广播积极吸取融合其他媒体的优势,呈现出双向、交互、立体的传播模式特征,既拓展了信息生产与创新的空间,也深度融入现实社会的发展演变,"参与并建构着"人们的"思考方式和

---

① 宋青:《美国音频广播数字化媒介化融合现状与趋势》,《中国广播》2014 年第 12 期。
② 凌昱婕、赵洁、欧阳宏生:《"广播+":互联网时代的全媒体整合——2015 年中国广播媒介融合年度报告》,《中国广播》2016 年第 2 期。

文化表达方式"。① 中央人民广播电台从 2008 年开始与网络、手机电视、手机听书、互联网电视、电视购物网络商城等新媒体在内容、渠道、平台、经营、管理等方面融合发展，成效显著。② 北京人民广播电台面对新媒体也在媒介内容生产、跨媒体经营、内容合作、数字化发展等方面做出有益探索。比如，其官方网站北京广播网的日访问量和网上直播节目数量在地方电台网站中均排名第一，与北京团市委合作开设的青檬网络电台是国内第一家面向大学生群体的网络电台。由所属的北京交广汽车俱乐部研发的 1039 新媒体机既可便携、也可车载。提供的产品除实时路况、GPS 导航、DMB 数字电视收看、DAB 数字音频广播收听之外，还可以及时提供最新最快的政务、财经、娱乐、体育、天气、出行等实用信息。③

但媒介融合也会带来种种问题，比如媒体权威性的削弱、传播门槛的降低、信息垃圾化、传播内容的趋同性、人文底蕴被忽视、媒介伦理的丧失等；另外，也并非所有传统媒体都要加入这场融合的狂欢。能够保持自己的个性并且以自己的优势给予新媒体以一定的启发，这才能表明"传统"并非"过时"，而是有着与人类社会生活和精神生活相伴随的生命力。

在新媒体冲击下，传统媒体将被边缘化可能是一个概念的误判。数据也许可以表明，广播在我们的生活中从未远去。据赛立信公司 2016 年的统计，车载收音系统的使用率达 47.3%，在所有收听工具中居首位。广播听众占比接近 60%，便携式收音机的使用率依然坚挺在 30% 以上。手机收听的使用率有较大幅度下滑，下滑的原因是自带调频功能的智能手机越来越少。2015 年的调查表明，广播是传统媒体中唯一逆势增长的媒体。④ 因此，在这场数字化的媒介重组中，广播应该保持自己的媒体个性，发挥自己的媒体优势。

在第二届中国广播学研讨会上，中国传媒大学曹璐教授认为，音频广播不是万能的，但某种程度上来说它是"万岁"的。⑤ "万岁"一词既表

---

① 孟伟：《媒介融合背景下解析英国广播的新发展》，《中国广播》2011 年第 3 期。
② 李向荣：《媒介融合语境下传统广播发展的思考——以中央人民广播电台为例》，《中国广播》2014 年第 12 期。
③ 冉丽：《媒介融合趋势下中国广播业的发展策略研究——以北京人民广播电台为例》，《广告大观》2010 年第 3 期。
④ 额尔德其木格：《传统广播牵手新媒体——由"2015 上海广播节"成功举办引发的思考》，《中国广播电视学刊》2016 年第 5 期。
⑤ 隋欣、刘逸帆、范国平：《媒介融合背景下的广播发展——第二届中国广播学研讨会综述》，《中国广播》2011 年第 3 期。

明广播媒介的悠久历史，也表明其与社会现实和日常生活的密切关联度。英国桑德兰大学广播电视媒体研究教授安德鲁·克里赛尔教授对广播的未来作了深情的展望："当我们收听传统广播的时候，我们可能会全身心地投入这件事情的本质所在，更能理解它的深刻含义，只要我们认为世界上还有许多事物是超越图像所能表达的，那我们就会对广播有一个更深的理解。"①

那么，在新媒体环境中，《小说连播》是否仍然葆有旺盛的生命力，依然是"'上帝'青睐的节目"呢？

先看几个事例。2006年，湖州广播电视台做过调查，89%的听众希望电台能保留层次较高的《小说连播》栏目。② 央视索福瑞调查表明，2012年和2013年《小说连播》市场份额均为北京市场第一名，与小说广播相关的《子夜柔情》《午夜拍案惊奇》《长书天地》《纪实广播小说连播》均在前三名。③ 北京地区小说类节目大致有14档，播出时长共计8.5小时，约占北京地区20个频率全天播出时长的0.0192%。④ 连云港电台四套广播节目中有三套开办了广播小说节目，仅故事广播每年的播出量就达2190小时（不含重播）。⑤ 据学者2016年10月的调查，北京人民广播电台文艺广播《小说连播》节目在收听率方面落后于本台的新闻广播《北京新闻》，但36.74%的市场份额远远高于后者。也就是说，在其播出的时段内，听广播的听众中有超过三分之一的听众在收听《小说连播》。很明显，《小说连播》的节目竞争力高于《北京新闻》。⑥ 有些电台则在故事广播栏目中又专设播放长篇小说的频道。新疆电台故事广播有《好书抢先听》《水磨书场》《文化中国》等栏目播放长篇小说，安徽人民广播电台的《文化力量》和《小说大世界》分别播放畅销小说和经典长篇小说。

---

① ［英］安德鲁·克里赛尔：《广播是不可战胜的》，宁黎黎根据发言编辑整理，《中国广播》2009年第12期。
② 华佩瑶：《小说连播：风景依然独好——浅谈小说连播节目形式的创新》，《视听纵横》2006年第6期。
③ 顾楠楠：《全国小说节目市场研究》，《赢在创意：广播节目创新样态与研究》，清华大学出版社2015年版，第539页。
④ 顾楠楠：《全国小说节目市场研究》，《赢在创意：广播节目创新样态与研究》，清华大学出版社2015年版，第543页。
⑤ 刘建华：《试论广播小说产业化的可行性》，《中国广播电视学刊》2014年第1期。
⑥ 徐立军主编：《收听率调查与应用手册》，中国传媒大学出版社2017年版，第253页。

最主要的是，目前广播小说的制作已经满足不了各电台的需求。河南台的郭振琴发现，广播电台除了流行音乐，大多都有长篇连播类节目，时长在两三个小时以上甚至更长，这就造成作品生产远远跟不上播出速度。她认为，全国不少兄弟电台也会有类似问题。①郭振琴的猜测在另一位研究者那里得到验证：尽管全国每年有三万小时左右的广播小说，但对于电台来说犹如杯水车薪。该研究者以连云港故事广播来说明这一问题的严重性，"全年的节目缺口达1460小时"。②数据表明，无论是电台各栏目之间还是在社会受众中，小说广播在新的世纪仍有市场需求。

依托广播而生的广播小说也顺应媒介融合趋势，借助各种平台传播自己。2000年，中央人民广播电台文艺中心进入全面改革，《小说连播》一马当先，计划与新浪网合作，共建《长篇连播》新天地。尽管因为种种原因（新浪网是商业网站），两者失去了合作机会，但将《小说连播》作为改革的前锋，可以看出这一栏目的底气与自信。

总而言之，传统广播和新媒体在传播方式、传播主体、传播效果等方面各有所长，它们在齐头并进中共同为人们提供丰富的精神产品。从这一意义而言，两者难分轩轾。自从麦克卢汉提出"媒介即讯息"后，媒介对社会发展的决定性作用无疑在现代性语境中被无限放大。文学理论家希利斯·米勒就认为，媒介决定了意识形态乃至于整个人类文化，文学自然也不可能摆脱媒介的影响。这种观点不过是西方近代以来技术理性不断膨胀的结果，技术理性对价值理性的僭越可能仅是一种理论上的神话。就像张骏德等所言，人们对信息的要求不在于"用什么传达"的，而在于"传达了什么"。因此，无论是新媒体还是传统广播，应该以服务和促使人类物质生活的丰富和精神生活的自由为宗旨。就此而言，传统广播和新媒体之间的媒介边界仿佛不再重要，它们和报纸、影视等一样，发挥自身媒介属性之所长，开掘出文学作品的深度内涵。

二 细分：新媒体语境下广播小说策略新变

新媒体环境下，传统广播电台显露出自己的拘谨与滞后。但依托几十年积累下来的经验和技术，广播小说在新媒体语境中仍有广阔的生存空间，推出《亮剑》《八月桂花遍地开》《高纬度战栗》《历史的

---

① 郭振琴：《长篇连播节目的播出制作现状与解决办法初探》，《新闻传播》2014年第6期。

② 刘建华：《试论广播小说产业化的可行性》，《中国广播电视学刊》2014年第1期。

天空》《中国近卫军》《菊花香》《奋斗》《以共和国的名义》《为荣誉而战》《吹着进军号撤退》《一路格桑花》《人气》《世纪贵族》《人间正道》《西北王的败落》《各奔前程》《国家干部》《股海别梦》《傅雷别传》《亡魂鸟》《上帝的花园》《贞观之治》《圈子圈外》等一批优秀之作。

  一些广播电台主动与出版社合作,将优秀长篇小说有声化。北京电台与阿里文学达成合作意向,共同推动"精品有声小说"的创作与传播。在首批合作中,阿里文学与十月文艺联合发起了"匠心计划"。北京电台将其中的作品优先有声化创作,然后进行融媒体运营推广。上海故事广播与世纪文睿等相关出版社合作,定期同步推出纸质书的出版和同名书籍有声读物的制作和播放。[①]

  如果说 90 年代的广播小说是在继承传统经验的基础上有所深化,那么新世纪的广播小说可称为"告别传统",表现在主题的类型化和播读形式的细分。

  在 50—80 年代,因为文化生活的单一和文化资源的稀缺,阅读小说是人们最主要的精神文化生活。以"十七年"文学而言,一部小说的问世能够引起极大的轰动,动辄发行几十万册甚至上百万册,被成千上万不同职业、性别、年龄的读者传阅。在革命意识形态的熏染下,读者的阅读趣味与文学的教化意识保持高度一致。"文革"结束后,文学承载着的是"五四"以来的启蒙话语,指向的是民族国家宏大叙事和集体经验的表达,读者仍然摆脱不了文学话语的潜在制约,在对文学作品饥渴式的接受中保持着阅读的一致性。90 年代大众文化的兴起似乎为受众的娱乐和休闲提供了更多选择的可能,但实际上他们的兴趣仍然受大众媒体的操纵。在那些标准化、普通化的大众文化产品面前,受众成为"被社会或曰大众传媒在有形或无形中剥夺了自主和自由、阅读取向和习惯已经同一化的阅读群"[②]。

  受众的分化是在世纪之交,新媒体的崛起分割着传统传媒市场。电子媒介的速度撕裂了"大众"阅读群体而使受众变为"小众"。阅读表现出轻松化、浅表化、碎片化倾向,"深度体验""震惊体验"等传统阅读中的精神感受渐趋于消失。尽管"读书"好处多多,但"读屏"者却越来

[①] 傅淳:《中央人民广播电台在有声阅读领域的探索与实践》,《中国广播》2018 年第 4 期。

[②] 詹福瑞:《大众阅读与经典的边缘化》,《复旦学报》2014 年第 6 期。

越多。"屏"的丰富重组着受众群体,这种状况下,广播小说的栏目细分也是趋势使然。

针对受众的细分趋势,小说广播也在"细分"自己的栏目类型,向特定人群提供相应的作品。2000年秋,中央台根据听众需求的变化对《长篇连播》栏目进行改版,针对不同时段的听众特点,推出不同题材的作品。[①] 2002年,上海电台文艺频率开始尝试将小说广播节目细分为爱情、惊险、武侠等类型。这一做法为其他电台借鉴。如北京地区的小说类节目有中央电台文艺之声的《长篇连播》《名家书场》,北京台的《纪实广播小说连播》《纪实传奇》《品读时分》《长书连播》《小说连播》《午夜拍案惊奇》《子夜柔情》《爱家故事连播》等。陕西台《故事广播》是中国西部第一家专业故事广播,全天24小时播出,包括《603书场》《小说长廊》《流行阅读》等。其中《秦人秦事》则是用方言播出陕西籍作家创作的小说。江苏故事广播的《情感故事》播出过《离婚没有故事》《新结婚时代》《婚姻漩涡》等家庭情感类长篇小说。

栏目在内容和时间安排方面也是根据受众人群特点而定。比如,《午夜拍案惊奇》安排在夜里零点,这一时间点最能引起人对未知、神秘事物的好奇和恐惧。绵绵暗夜使人置身于无尽的孤独中,人的心理和感觉此时也最为脆弱,沮丧、迷茫、压抑等种种负面情绪慢慢升起。此时收听恐怖小说,可以直接引起生理上的反应,尤其是背景音乐的设置,大大提升了"刺激"的艺术效果。有读者谈到自己夜里阅读悬疑小说时的心理:"熬过白天的忙碌,度过喧嚣的时光,每当捧起那些情节诡谲、布局巧妙的悬疑小说,紧张之余,更有一种放松、一种快感,一种与作者智力上的顶级博弈,它常常令我回味无穷。"[②] 听恐怖小说的感受也大致如此。那么,为什么听恐怖小说能给人带来快感呢?

"恐怖"一开始是作为一种文学元素出现在西方文学作品中,如中世纪史诗、传说和戏剧中的鬼魂、哥特式小说中的幽灵或怪物、爱伦·坡小说中的死亡场景以及伴随这些恐怖元素而生成的神秘感和恐怖感等。作为一种文学类型,恐怖小说的产生与资本主义的发展有密切关系。科学理性告诉人们,幽灵、鬼魂、怪物只是人们对某些神秘未解力量的文化解释。

---

① 顾楠楠:《全国小说节目市场研究》,《赢在创意:广播节目创新样态与研究》,清华大学出版社2015年版,第542页。

② 张美华:《从〈午夜拍案惊奇〉看广播小说节目的发展方向》,《中国广播》2011年第9期。

这种异己力量始终被压抑在人类文化的边缘地带，并不能给这个秩序化的世界带来真正的威胁或毁灭性打击。但"恐怖"这种古老的情绪体验并未随科学的发展而有所消减，怪物、幽灵、鬼魂从古堡来到现代化都市，对整个现代文明造成致命性威胁。尽管我们认为这种场景不过是一种艺术的夸张或变形，但却相信这一场景出现的合理性——所谓的怪物、幽灵或鬼魂不过是我们每个人都置身其中的现存世界种种悖论、荒谬等结构性矛盾的隐喻或符码。这是自爱伦·坡之后作为类型小说的恐怖小说出现的社会性背景，国内恐怖小说的出现与这种对现代社会前途未卜的情绪性焦虑关联很大。

尽管恐怖能带给人生理和心理上的毛骨悚然的感觉，但却可以艺术化地转为获得某种快感的审美对象。尤其是对于希望摆脱平庸生活的人们来说，恐怖和崇高、悲剧一样可以给主体带来快感，只不过这是一种刺激性的、创伤性的、极致性的快感。有学者分析过恐怖给人带来的审美体验："恐怖艺术追求生命力消耗的死亡感，但是在恐怖艺术的审美接受过程中却往往伴随着高度的兴奋和刺激，对揭示秘密和禁忌的好奇、对死亡本能的攻击性和性本能欲望的满足等，都极大地提高了欣赏者的兴奋度，人们欣赏恐怖艺术时常处于一种高度紧张的状态。"[①] 从《午夜拍案惊奇》的成功可以看出广播小说对听众心理活动和审美取向的精准把握。在《午夜拍案惊奇》之后，北京文艺广播小说又创立了《武林天下》和《子夜柔情》，"打造出一个类型小说连播时间段"[②]。

栏目细分不仅仅是国家级、省级电台广播小说频道的应对策略，一些市级电台也根据时代和受众的变化而对广播小说频道进行专业化和精准化调整。白城人民广播电台《长书广播》致力于打造"一个有故事的广播"，设置有8个书场，2档评书连播，根据听众收听习惯和不同年龄将栏目分布在一天之内的不同时段，如早上和上午安排的有面向中老年听众的《名家书场》《热播书场》《评书连播》，晚上安排的是面向青年群体的《纪实文学》《广播故事会》《小说剧剧场》。[③] 连云港故事广播设有《刘兰芳书场》《单田芳书场》《张少佐书场》，向中老年听众提供传统评书节目；《981书场》播出根据热播电视剧改编的小说剧；《畅销书风云

---

① 李艳：《恐怖——一个新的审美范畴》，《河北学刊》2011年第1期。
② 张美华：《从〈午夜拍案惊奇〉看广播小说节目的发展方向》，《中国广播》2011年第9期。
③ 马艳华：《新媒体时代如何办好地方广播评书节目》，《新媒体研究》2016年第8期。

榜》紧跟文学流行潮流，播出最新流行畅销书目，吸引扩大中青年收听人群。①

形式方面广播小说也在"细分"，出现了故事广播、小说剧、贺岁小说等种种变体。其中值得一提的是贺岁广播小说。贺岁广播小说是随着贺岁电影、贺岁剧的发展而起的广播小说类型。2003年，在上海电台文艺频率的倡议下，"华东六省一市广播贺岁小说联播推广会"在上海召开。会议参加者有安徽、福建、江苏、江西、山东、浙江六家省级电台和上海电台。代表们认为："在春节期间播出的、具有喜剧或轻戏剧风格、主题健康、适合大众口味、演播清新明朗的广播长篇小说"都属于"广播贺岁小说"。这一概念既有时间上的限定——春节，也有风格上的要求——"喜剧或轻戏剧风格、主题健康、适合大众口味、演播清新明朗"，适合在"春节"这轻松、愉悦、祥和的环境氛围下收听，满足了普通民众关于日常化的幸福意识的渴求。2003年春节期间播出了首部"广播贺岁小说"《99玫瑰》，展示的是当代社会最贴近普通民众的都市生活，讴歌了人与人之间的亲情与良知。小说人物众多，结构精巧，语言幽默，时代感强，"在新年到来之际，为听众增添一份温馨和浪漫"②。

2004年在南京召开的第三届华东六省一市电台贺岁小说会议上，与会代表对贺岁小说的价值及个性特点有了更为深入的认识："贺岁小说在选材、演播、制作上有着特殊性，贺岁小说在选材上既不能过分清灵，也不能过分厚重；其特点是欢乐、祥和、具有一定力度。在编播上既不能过分刻板教条，也不能过分贫朴落俗；其特点是故事链、名人效应和风格的平易朴素。在制作上既不是书本小说体，也不是电影电视的视角体，而是一种独特的广播声音体，要充分应用音乐、音响效果、特效手段，使之成为故事连贯、语言流畅、音效和谐的声音制品。"③ 安徽人民广播电台的《都市情缘》、江苏总台文艺频率的《名利圈》、山东人民广播电台的《金融街》等贺岁小说大体上符合这一风格特点。

业界人士普遍认为，作为一个特定的长篇连播小说新概念，"广播贺

---

① 刘建华：《故事广播品牌化发展探析——从连云港故事广播谈起》，《中国广播电视学刊》2010年第4期。

② 黄家基：《文艺频率新创意 "贺岁小说"将开播——上广文艺频率推出全国首部"广播贺岁小说"〈99玫瑰〉》，《中国长篇连播历史档案·传媒反馈卷》，中国广播电视出版社2010年版，第204—205页。

③ 范成斌：《贺岁小说渐成收听热点》，《中国长篇连播历史档案·传媒反馈卷》，中国广播电视出版社2010年版，第206页。

岁小说"有着广阔的市场推广前景和独特的品牌效应，可以作为一个文艺新品牌进行打造。这就需要引入市场机制，最后走上全市场操作的轨道。有人提议，贺岁广播小说可以从三方面着手经营，一是寻求冠名，二是联合制作，三是广告吸纳、利益分成。① 贺岁广播小说走品牌化经营对于广播小说的发展具有启示性意义，是对自我形象的一次重新认识和再次界定。但广播小说如何将这种商业化的消费文化旨趣提升到情感寄托的层次，如何在技术和艺术的平衡中良性发展，如何以质量取胜而不是仅仅打出一个概念的噱头，是"广播贺岁小说"同人们值得深思的问题。

三 广播小说与21世纪长篇小说生态

广播小说仍然以自己的方式推动并改变着当代长篇小说的生态格局。首先，对当代优秀长篇小说的录播是广播小说的坚守。北京人民广播电台2008年改版了文艺广播频道的长书广播栏目，成为北京地区第一个以长书为播出内容的类型化广播。其中《小说连播》"以播出近期出版社的优秀中、长篇文学作品为主，侧重选择反映重大社会题材的当代现实主义力作，并兼顾其他类型题材的具有较高文学性和可听性的名篇佳作"②。将这一栏目安排在12：00—12：30这一黄金时间，无疑是对《小说连播》播送经典名作的肯定和重视。

21世纪的小说连播节目也推出了一些作家。但和20世纪一般选取知名作家作品的"稳健"做法不同，21世纪《小说连播》推出的多是一些"名不见经传的年轻作者"。这就需要编辑依赖敏锐的眼光和冒险的精神去努力寻找与发现，毕竟广播电台的严肃和严谨不允许出现失误。徐北威以《子夜柔情》为例，认为年轻作家尚未经过大众检验，贸然播出他们的作品会有风险。当然《子夜柔情》也发现了优秀的年轻作家，如《樱桃错》的作者一盈、《走开，我有情流感》的作者芷辛等。③

芷辛又名蒋离子，1985年出生。20岁出版长篇小说《俯仰之间》，后陆续出版《走开，我有情流感》《婚迷不醒》《半城》《糖婚》《老妈有喜》

---

① 范成斌：《贺岁小说渐成收听热点》，《中国长篇连播历史档案·传媒反馈卷》，中国广播电视出版社2010年版，第207页。
② 马仕存、亢亚志主编：《北京人民广播电台年鉴》（2008），中国广播电视出版社2010年版，第129页。
③ 徐北威：《情感类小说连播节目的探索与实践——以北京人民广播电台〈子夜柔情〉栏目为例》，《理论观察》2009年第3期。

等多部长篇小说。在 2018—2019 年，芷辛及其作品获得"第二届茅盾文学新人奖·网络文学新人奖""2017 年度优秀网络文学原创作品""2018 年度中国十佳数字阅读作品"等十多项不同级别的奖项和荣誉。芷辛现任丽水市作家协会副主席、浙江省网络作协理事。北京台在芷辛崭露头角之际选播芷辛的小说，显现出电台编辑对芷辛文学才能的肯定与信任。多年之后，网友"跑路的兔子"对广播小说《走开，我有情流感》仍记忆犹新："大概是 2006 年吧，在文艺台的广播里听完了这本书。那档节目是午夜一点的，半梦半醒的时刻，听着与青春有关的残酷爱情。节目主题歌儿用的是郑钧的《私奔》，一首让我莫名洒下很多泪水的歌儿。那一年我二十二岁，还有不顾一切追求爱情的冲动，但又像书中的子夜一样，一次次逃走又一次次回到原地，也许私奔的幸福仅仅存在于想象之中。"①

《小说连播》节目推动了当代长篇小说的影响。上海台故事广播特色栏目《书市排行榜》每天播出由专家推荐、读者投票的关于上海书城、全国各大出版社、大型网上书店等各主要书市销售情况，以引领阅读。专家选出近期最值得关注的十本书作为候选榜单并进行专业点评，听众投票选出自己喜欢的图书。每周六在节目中，主持人还以介绍背景、朗读片段、采访作者等形式详尽介绍排行榜上的图书，如对唐隐的《大唐悬疑录：兰亭序密码》、何慕的《三国谍影》、陈强等的《深爱食堂》、岛田庄司的《恶魔岛幻想》等的介绍。上海台故事广播自己也从中挑选出《做单》《七杀》等作品为《小说连播》选材之用。连云港故事广播《畅销书风云榜》紧跟文学流行潮流，播出最新流行畅销书目，吸引扩大中青年收听人群。② 顺义人民广播电台《广播小说》栏目录播了大量原创小说作品，尤其在重要历史节点制作相关节目，如配合"三严三实"教育制作了《焦裕禄》、配合改革开放四十周年制作了《大江东去》等，③ 节目因其时间的特殊而释放出特殊意义。

越来越多的国内优秀长篇小说通过广播走向国外。北京台《纪实广播小说》栏目的开篇之作是阎延文创作的长篇小说《青史青山》，由王刚等人录制。《青史青山》是阎延文"台湾三部曲"的第三部，写的是台湾

---

① 网友"浅望幸福双鱼"语，https://zhidao.baidu.com/question/1759176657823878988.html。
② 刘建华：《故事广播品牌化发展探析——从连云港故事广播谈起》，《中国广播电视学刊》2010 年第 4 期。
③ 王会永：《讲好中国故事　展现广播力量》，《西部广播电视》2019 年第 15 期。

地区民众50年的抗日斗争历史。小说的主人公是国民党荣誉主席连战祖父连横,通过他的经历"表现台湾知识分子辉煌坚韧的生命旅程"。这部小说引起了美国华人的关注。经由全美中国作家联谊会主席冰凌多次与阎延文联系,纽约"大华语电台"连播了这部小说,并与北京新闻台《纪实广播小说》栏目形成对播,"堪称小说连播领域中的一大盛事"。① 佛山电台制作的一些广播小说经常在国外电台播出。2005年推出的精品广播小说《金色浪漫》因其时尚的音乐与制作手法而被一些外国媒体"选中",在洛杉矶等地播出。2007年,佛山电台推出的四十集长篇精品广播小说《丝都寻梦》在美国华语电台播出,受到热烈的反响与赞誉。②

需要提及的是,一些国外电台也以评论的方式介绍过中国新世纪长篇小说。2009年,美国兰登书屋推出余华的长篇小说《兄弟》的英文版,美国评论家莫琳·科里根在美国全国公共广播电台发表了对《兄弟》的看法。她认为:"无论从风格、历史跨度还是叙事技巧来看,《兄弟》都称得上是一部宏伟的作品。"莫琳·科里根的评论在美国读者那里引起很大反响。③ 英国BBC电台对麦家的小说《解密》也是评价甚高:"《解密》是部伟大的小说,麦家是你尚未知道的全世界最成功的作家。"④ 刘慈欣的《三体》被译为英文后,美国国际公共广播电台（PRI）和美国国家公共广播电台（NPR）分别发表书评加以推介。⑤

广播小说栏目类型的细分还推动了当代长篇小说某类题材创作的兴盛,如恐怖小说。中国恐怖小说的源头应为魏晋时期的志怪小说,但因鬼神形象模糊,氛围营造简约,所谓的"恐怖"并未超出人的心理安全域。唐宋元明小说中的恐怖元素主要还是鬼神,形象已渐清晰,氛围渲染浓郁。但因作者做小说的目的是"志异",故而恐怖仍然在人的心理可承受范围内。由"志怪""志异"传统发展而来的是蒲松龄的《聊斋志异》。蒲松龄小说中的花妖狐怪不过是某种道德伦理的具象化,他们在外观容貌、内在品质和道德智慧方面与人无异——唯一不同的是拥有某种超人类力量。所以鲁迅说:"《聊斋志异》独于详尽之外,示以平常,使花妖狐

---

① 《反映台湾历史的小说〈青史青山〉将在纽约开播》,《华文文学》2006年第2期。
② 陈婉青:《融媒时代广播剧的生存》,《大舞台》2010年第8期。
③ 姜智琴:《西方人视野中的余华》,《山东师范大学学报》2010年第2期。
④ 滕梅、左丽婷:《中国文学对外传播的译介途径研究——以〈解密〉的海外成功译介为例》,《外语与翻译》2018年第2期。
⑤ 王亚文:《中国本土文学译介传播能力的提升:从走出去到走进去——以刘慈欣小说〈三体〉为例》,《中国出版》2019年第1期。

魅,多具人情,和易可亲,忘为异类。"① 教化功能和谐趣风格抵消了变形或变异带来的恐怖感或不适感,所以,严格说来,蒲松龄的小说不能称为恐怖小说。

启蒙理性是20世纪文学的价值基座,本就缺少人文精神的寄生于鬼神之上的"恐怖"或主动或被动地以"无稽之谈"的名分从文学中退场。偶有"恐怖",或是作为背景点缀,或是最终出现一个现实的或是叙事的逻辑解释,比如,"五四"时期乡土文学中的"冥婚题材",沈从文、萧红小说中的巫鬼文化,《一双绣花鞋》《神秘的大佛》的悬疑叙事等。徐訏、无名氏作品中出现了"鬼魂""海神",但它们或是自以为鬼,或被误认为鬼,或是幻觉,或是人神结合体。这种虚拟化的处理方式使鬼神形象附载了更多的象征意义,而不会对人类的现实秩序世界带来任何颠覆性或破坏性的影响。

世纪之交,彭懿、丁天、张宝瑞、李西闽等人创作的《半夜别开窗》《脸》《一只绣花鞋》《蛊之女》等小说开始出现。在这些作品中,"恐怖"不仅构成了叙事的动力,而且成为内容和情节的主体,唤起了隐藏在心灵深处的恐怖情绪,可称得上是真正意义上的恐怖小说。2005年恐怖小说的出版掀起一股风潮,乃至于有人称2005年为中国"恐怖小说元年",表明了恐怖小说成为中国文坛一个正在崛起的新的创作流派。

但恐怖小说作为一种类型成为引人关注的创作现象,在一定程度上是广播电台介入的结果。最初专播恐怖故事的栏目是沈阳电台的《张震讲故事》,以短篇为主。从收听数据反馈可以看出受众对恐怖悬疑故事很感兴趣,其后南京、山东等电台也纷纷设置类似栏目。1999年,经过市场调研和分析论证,北京台《午夜拍案惊奇》面世。据北京台编辑张美华的介绍,《午夜拍案惊奇》成立之初是希望播出中国本土的优秀悬疑小说,但当时大部分所谓的悬疑恐怖小说,无论在内容方面还是结构方面尚处于对西方恐怖小说的模仿阶段,缺少反映现实和直指人心的人文精神。因此这一时期的中国恐怖悬疑小说市场环境不太理想,并没有太多读者关注。为了办好节目,《午夜拍案惊奇》的编辑搜寻并阅读了大量的作品,从中挑选适合栏目播放的作品。正是编辑的不懈努力,"《午夜拍案惊奇》发掘了一批当时尚不为人所知的中国原创悬疑小说的佳作"。如天下霸唱的《鬼吹灯》、余以键的《背后有人》、何马的《藏地密码》等。《午夜拍案惊奇》很快引起媒介关注,也引起其他电台的纷纷效仿。在将收听

---

① 鲁迅:《中国小说史略 汉文学史纲要》,吉林人民出版社2013年版,第150页。

率和市场占有率不断推高的同时,"极大地扩展了中国原创悬疑恐怖小说市场的影响范围和影响力。"在这一过程中,"广播的影响功不可没"。另外,《午夜拍案惊奇》通过与国内第一个恐怖悬疑文学品牌"773恐怖系列"的合作、举办悬疑推理文学比赛、召开作品研讨会的方式推动恐怖悬疑小说"成为通俗文学的领军人物"。①

除此之外,小说被改编为影视剧或是获奖前后,一些广播电台迅速跟进进行连播,进一步扩大了小说的知名度和影响力,如上海故事广播播出的《大丈夫》、河北电台播出的《人间正道是沧桑》、山东电台播出的《铁梨花》、上海电台播出的《新结婚时代》等。《匆匆那年》是九夜茴的小说,是2008年的畅销书。在同名电影上映之前,上海故事广播的《1072小说连播》开始播出。播出后,"在年轻听众中获得了共鸣,引发了年轻群体对广播作品的热捧"②。2012年,莫言获得诺贝尔文学奖。上海故事广播于当年推出《红高粱》简读版和《白狗秋千架》的有声读物节目。电视连续剧《贞观长歌》播放期间,中央人民广播电台"畅销书屋"栏目播出广播小说《贞观长歌》。如果说在21世纪之前广播小说领文学风潮之先,那么21世纪广播小说渐渐失去了这种能力,而是开始对热点小说进行追踪,或者说是小说经过电影、电视、网络引爆之后开始搬上广播电台。如何将优秀的长篇小说第一时间推出,考验着21世纪广播文学编辑的慧眼。

为了能让听众在有限的时间了解长篇小说,一些广播电台推出了小说简读节目,如中央人民广播电台的《长篇短读》、上海故事广播的《长书短读》等。2012年10月,上海故事频率"小说连播·简读时光"栏目播出热播小说《后宫·如懿传》第二部,掀起了一股收听率的小高潮。③

有人曾经对广播在数字化时代的功能进行过评述:"数字化时代的广播与其他媒介融合已经绝非简单的、不同媒体功能的线性叠加,而是一种复杂的整合,是在不同层面上有机结合。在新的媒介生态环境系统中,广播的地位以及它对社会经济、文化和政治建设的贡献度,远远超出我们的

---

① 张美华:《从〈午夜拍案惊奇〉看广播小说节目的发展方向》,《中国广播》2011年第9期。
② 王贤波、叶帆编著:《广播文艺节目编辑与制作》,中山大学出版社2015年版,第87页。
③ 邬宵蕾:《浅论广播电台有声读物的生存空间》,硕士学位论文,上海师范大学2015年,第17页。

想象。"① 由此看来，广播参与 21 世纪长篇小说生态格局的建构中，也是其诸多贡献之一。

第二节 重播/重录与当代长篇小说创作再思考

21 世纪，一批八九十年代录制的广播小说作品也在重播或根据原著重新录制。那么，大量的重播/重录是电台出于经济效益的驱使，还是缓解电台书目不足？抑或是作品思想价值有着强烈的受众市场需求？又该如何理解这种类似于"重读"的文本现象呢？

一 重播与重录：广播小说及其经典化

2000 年，中央人民广播电台开辟了《世纪回眸——百姓点播·精品欣赏》栏目，先后播出了《平凡的世界》《穆斯林的葬礼》《白鹿原》《尘埃落定》《将军吟》《白门柳》等一批荣获"茅盾文学奖"的长篇作品。2001 年和 2005 年，《我的父亲邓小平》两度播出。2005 年，中央台在《文艺之声》栏目安排重播荣获"茅盾文学奖"的系列节目。2008 年，重新制作了由徐涛、李慧敏播读的 100 集配乐长篇小说《穆斯林的葬礼》。同一年，陕西人民广播电台录制完成王晨播讲的关中方言版《白鹿原》。2009 年，广播小说《平凡的世界》原班人马将小说重新制作为 150 集配乐长篇小说。

关于重播有两方面的原因。一是听众要求。兰州听众郭建华认为重播"茅盾文学奖"获奖作品对于提高国人的文学欣赏水平、促进获奖作品销售都有作用。甘肃听众王栋林是因为 80 年代没有听全《平凡的世界》而要求重播，"以飨久渴的心灵"。也有读者出于个人喜好点播节目，如北京读者吴晓钢在信中一次点了《李自成》《东方》《地球的红飘带》《高山下的花环》《山中，那十九座坟茔》《赤橙黄绿青蓝紫》《平凡的世界》等十几部作品，他称这些广播小说是"宝贵的精神食粮"，认为自己喜欢的作品"也是我们的青年、老年朋友同样的心情吧"②。第二个原因是编

---

① 姚争：《"后广播时代"的简媒体艺术——新兴媒介竞合下的广播》，《现代传播》2014 年第 1 期。

② 郭建华等听众来信，《中国长篇连播历史档案·作家作品卷》，中国广播电视出版社 2010 年版，第 30 页。

辑的有意安排。对编辑来说，安排作品重播不是简单的节目调整或应急之举，而是基于对作品价值的自信和对其播出效果的预期把握。叶咏梅两次安排《平凡的世界》就是出于以上两方面原因的考虑。《平凡的世界》在新千年的播出居排行榜之首，2005年播出后，收到六万多字的听众来信。① 由重播后的反响，可以看出广播小说《平凡的世界》意义的丰饶和持久。

重录分两种情况。一是仍然按照原著进行播读，但在形式方面有所变化。2008年重新制作的《穆斯林的葬礼》采用了男女对播的方式，加大了背景音乐的比重，第一集片头有一段解说词，对小说主旨及思想意蕴进行概述，以便于听众进入剧情。2009年重录的《平凡的世界》的报题设计也很新颖：背景音乐是陕北民歌《信天游唱不到头》，路遥1987年接受叶咏梅采访时的录音谈话随之响起：

> 我个人认为这个世界是属于普通人的世界，普通人的世界当然是一个平凡的世界，但也是一个永远伟大的世界。我呢，作为这个世界里一名劳动者，将永远把普通人的世界当做我创作的一个神圣的上帝。听众朋友，无论我们在生活中有多少困难、痛苦、甚至不幸，但我们仍然有理由为我们所生活的土地和岁月而感到自豪。②

这段话既是路遥的创作理念及创作感言，也是对《平凡的世界》主题的阐释。在《平凡的世界》播出期间，中央台全天滚动播出5个版本的宣传广告，分别从纪念作家、作品影响、听众感受、编辑制作等几个方面进行介绍，为听众理解作品进行了知识和情感的铺垫。

还有一种情况比较复杂，就是在文本方面有所变化。2008年陕西人民广播电台王晨录制的方言版《白鹿原》在字数方面与李野默版比较接近，但在对原著的删减方面表现出明显差异。李野默版删去的多是性话语、政治话语、迷信话语、暴力话语，表现出文本的洁净。王晨方言版也对这些话语进行了不同程度的删减。在政治话语方面，不仅和李野默版一样删去了朱先生对躺在病床上的白嘉轩所说的"翻鏊子"以及"荞面/饸

---

① 叶咏梅：《长篇连播历史档案——20年来激励人们带着光明前行的作品》，《中国长篇连播历史档案·传媒反馈卷》，中国广播电视出版社2010年版，第299页。

② 叶子：《像牛一样劳动，像土地一样奉献》，《中国长篇连播历史档案·作家作品卷》，中国广播电视出版社2010年版，第32页。

饹"的比方，而且连李野默版保留的另外两处涉及"鏊子说"的文字也一并删去：一处是白嘉轩对垒砌"仁义白鹿村"石碑的工匠说的"我的戏楼真成了鏊子了"；另一处是田福贤在白鹿仓对三十六弟兄的家属谈论自己对朱先生所说"鏊子"的理解。在性话语方面，王晨版也和李野默版一样，尽管删去了那些非常露骨的描写，同时也对一些比较明显的刺激性词语进行了修改，但还是无法对性话语清除殆尽。

另外，王晨版保留了一些李野默版删去的地方，如朱先生的种种神奇预言、阴阳先生关于白秉德将迁墓地的说词、地主黄老五舔碗的故事、白鹿原上锣鼓班子的文化历史介绍等，表现出更多乡土趣味。有些保留的地方还体现了民间情怀，如保留了白孝文听说田小娥死后的反应——"孝文失控地站起来"一句话。与鹿子霖的冷漠比，"失控"两字表现出白孝文对田小娥还有一丝真心。保留了黑娃在大拇指面前因为田小娥的死而哭出来的文字："……你受冤枉了……我的你呀！"这句话反映出黑娃对田小娥的情义。另外王晨版还删去了一些较为诗意性的语句，如第四章白嘉轩和鹿三去种鸦片一节关于秋天田野景色的描写、白孝文在田小娥死后来到窑内看到的蛾子等，其他还有"他坐在窑院里一块石头上陷入柔情似水的回味……"，"久雨初晴的夜空洁净清爽，繁密的大大小小的星星一起闪烁，星光给白鹿原单调平直的原顶洒下了妩媚和柔情"等句子。王晨版以方言演播，面对的更多是本土听众。而李野默版出现于20世纪90年代初，面向的是全国听众。也许，是因为时间和地域的不同决定了两者在改编时重心稍有不同，体现出更细微的思想意蕴的变化。

时过境迁，随着自媒体的兴起，《白鹿原》又被多人播读。大致情况见表5-1：

表 5-1

播出时间	播读者	传播平台	语言	集数
2014.9.4	徐凯/梦雪	有声听书吧	普通话	88
2017.6.13	李野默	喜马拉雅	普通话	120
2017.9.15	桑梓	喜马拉雅	普通话	118
2017.11.3	且听风吟	蜻蜓FM	普通话	97
2018.9.5	陈二狗不吃肉	喜马拉雅	普通话	75
2018.9.8	秋语荷塘	喜马拉雅	普通话/方言	119

续表

播出时间	播读者	传播平台	语言	集数
2018.10.13	轻风樗	喜马拉雅	陕西方言	183
2019.7.12	花果山一听客	喜马拉雅	普通话	93

从2014年徐凯/梦雪版开始，基本上是按照初版播读，即使李野默于2016年重录的版本除了将人称代词改为人物名称外，其他也少有改动。

对于小说中的性话语，即使按照初版原封不动播读，在听众那里也没有引起过多的反响或不良影响。网友"王媛_x6"在秋雨荷塘版本"第九章—03"（黑娃与田小娥的性爱）下留言："不愧是名著，性的感觉写的到位！"① 在李野默120集版本第45集（鹿子霖勾引田小娥）下有留言："鹿子霖这魂淡，黑娃砍死他"，网友"我就是小静静"留言："鹿子霖真特么恶心。"② 从网友评论可以看出，听者并没有停留在性话语的感官刺激方面，而是将其与生命、故事等结合在一起进行理解，可以看出网络空间对性话语的宽容及网民文化素养的提升。

并不是所有的二次或多次播出都可以叫"重播"。因为制作能力的有限和书目交换机制的制约，20世纪生产的广播小说几乎都在多个电台播出过，如《穆斯林的葬礼》《夜幕下的哈尔滨》等在省市级电台多次播出，《平凡的世界》在中央人民广播电台播出后，随之在浙江、新疆、内蒙古、陕西等十几个省市电台播出。但这基本上是共时性的播出，能够像《穆斯林的葬礼》《平凡的世界》这样在不同时间段多次播出的作品不是太多。多数作品基本上是"一次播出，永久入库"，而那些能够被反复历时性播出，能为不同时代、不同职业、不同生活习惯、不同年龄的人们持续关注并保持足够高的热情的作品才具有"重播"的自信和价值，这样的作品也可以称得上是经典之作。

什么是"经典"？不同的人有不同的认识，但大致有以下几个基本要素：创造性、价值性和时间性。"经典"的创造性有两方面的含意：一是"经典"作品本身的创造性，也就是原创性；二是"经典"作品能满足读者创造的渴望并实现创造的快感，读者在阅读中既验证了自己的先见之"明"，也从中受到启发从而有了理性思索。"经典"的价值性体现在对社会

---

① https://www.ximalaya.com/renwen/4190227/106304147.

② https://www.ximalaya.com/youshengshu/8677450/42583657.

万象的勘破和人性、心性的发掘，也对个人心性修养和社会精神文化的发展起到源源不断的价值输出作用。"经典"的时间性指的是"经典"的经典化是一个历史过程，必须在时间中完成，其价值也在时间的流程中慢慢释放。但显然，构成"经典"的不止这三个要素。并且，"经典"的内涵不仅复杂也伴有极大的争议，它既具有时代性，又具有超时代性；既具有社会性，又具有超社会性；既有封闭性，又有开放性；既是陌生的，又是熟识的；既是民族的，又是世界的；既有个人性的独特体验，又有人类性的普遍感受。正因为这些悖论的存在，"经典"才具有常说常新的意味。

无论定义有何区别，作为"经典"的前提条件是能够被反复不停地阅读、解释和评价。如《诗经》《离骚》《荷马史诗》等在走向"经典"的过程中经历了上千年的时间，作品的意义不断裸露。卡尔维诺说："经典是那些你经常听人家说'我正在重读……'而不是'我正在读……'的书。"他认为，每一次的阅读"都会产生独特的滋味和意义。"① 费迪曼也认为："千万别忘记，这些著作不能只读一次；应该一读再读。"② 布鲁姆对于经典的重读性说得更为绝对："不能让人重读的作品算不上经典。难以避免的类似是色情作品。"③ 刘象愚认为，可复读的次数与范围越大，经典性就越强。④

那么，广播小说的"重播/重录"是否可以称得上"重读"呢？这首先得看广播小说是否有成为"经典"的可能。闫续瑞、冯宁并不看好这种可能，认为电子媒介取代印刷媒介，会不同程度解构文学经典。电子媒介的直观性和感官性将想象的世界变成了拟真的甚至"超真实"的世界，世界被抽象为媒介本身，大众的审美主动性随之瓦解，文学经典的"韵味"消解在影像刺激带来的震惊中。这种直观的展示改变了人们对待经典的态度，把经典当作饭后消遣娱乐的对象，文学经典的权威价值遭致放逐。另外，电子媒介对商业利益的追逐也降解了文学经典的永恒价值，文学经典变成了流行的时尚。当然，闫续瑞、冯宁也认为电子媒介在对文学经典解构的同时也在使文学经典"再生"，如电子媒介对文学经典的改编

---

① [意] 卡尔维诺：《为什么读经典》，黄灿然、李桂蜜译，译林出版社2006年版，第1—2页。
② [美] 费迪曼：《一生的读书计划》，乔西、王月瑞编译，花城出版社1981年版，第10页。
③ [美] 哈罗德·布鲁姆：《西方正典》，江宁康译，译林出版社2005年版，第21页。
④ 刘象愚：《经典、经典性与关于"经典"的论争》，《中国比较文学》2006年第2期。

一方面将文学经典重新纳入大众视野,带动人们回归经典的热潮,另一方面电子媒介对经典的改编也使经典精神在当下获得再生。①

对于闫续瑞、冯宁的说法,笔者并不十分认同。首先,闫续瑞、冯宁所说的电子媒介指的是影视,并没有包括广播在内。毫无疑问,影视对文学经典的改编扩大了文学经典的影响力,但无可置喙的是影视对文学经典的偏离也最大。即使如 86 版《西游记》也并不是完全忠实于原著,后来的多次重拍更是为人诟病。相反,语言与文字的共生性使广播能基本上如实传达原著的文本内涵,并且避免了影视、互联网等以大话、细说、恶搞等形式对原著的解构。另外,广播对原著的传达是一种意义的叠加,而不是如影视那样稍一不慎造成意义的流失或虚化。

其次,闫续瑞、冯宁认为只有文字表达的作品才称得上经典,说法不甚严谨。"经典"是一个流动性的概念,否则的话一切艺术创新不过是不断的复古。以文字为媒介可以产生经典之作,但以身体、声音、图像为媒介一样可以产生经典,如杨丽萍的舞蹈、中国古典音乐、《西游记》《红楼梦》《三国演义》《水浒传》等电视剧。即使是以大话、细说、恶搞等后现代形式生成的影视剧如《大话西游》也可称得上经典。因此,广播小说未必不可以成为经典。在此之前,我们一直以"精品"来指称那些广播小说中的优秀之作。但和精神性、人文性的"经典"相比较,"精品"更侧重于艺术形式的肯定。

最后,闫续瑞、冯宁认为电子媒介可以使经典再生,但这种再生却是以经典人文品性的丧失为代价。② 但如果没有了道德、理性、正义等价值为底,所谓的"艺术感染力"不过是一场华丽的图像盛宴,就像电影《无极》《夜宴》《满城尽带黄金甲》等商业大片一样,除了带给观众视觉的震撼,并不能在灵魂空间驻留片刻。相比之下,以解构为能事的后现代电影如《大话西游》也有解构不了的"核"——爱情。"爱情"在《大话西游》这个后现代文本里散发着前现代的神话光芒,使观众在酣畅淋漓的笑闹之后有着挥之不去的久久回味和留恋。如果没有对生命的呵护和人类命运的永恒关怀,影视等电子媒介对经典的改编就不能称为"再生",而只能是"寄生"。

综上所述,广播小说有成为经典的可能,"重播/重录"实际上就是对广播小说的"重读",而这一"重读"过程反过来也在促使"重播/重

---

① 闫续瑞、冯宁:《电子媒介对文学经典的解构与再生》,《求索》2010 年第 11 期。
② 闫续瑞、冯宁:《电子媒介对文学经典的解构与再生》,《求索》2010 年第 11 期。

录"作品的经典化或稳固其地位。

二 "沉默的大多数"：听众与广播小说经典建构

在收听了重播的《平凡的世界》后，听众陈宏飞在给中央台的信中谈到了再听的感受。陈宏飞第一次收听《平凡的世界》时还是个初中生，现在"还记得小说最后一集的怅然以及突然不再一样的我的世界，更开阔更深沉"。十几年后陈宏飞已是一名外企的高级经理，月薪过万元，"却依然守在收音机旁，体味着同样的感动。只是多了对著者英年早逝的唏嘘"。再次收听，陈宏飞在思考一个问题："到底是什么力量超越了地域、时空、贫富、年龄，感动了一代代的中国人？"陈宏飞认为：

> 是路遥在小说中表现的一种生命的力量，一种大美。这种高尚的力量超越了陕北，超越了黄土地，也超越了那个特定的变革的年代，也超越了意识形态。上升为一种人道的哲学。小说中没有中国文学中常见的顾影自怜，怨天尤人。有的是中国文学中珍贵的生命价值观、热血和乐观，对生命本身的歌颂。路遥的这部作品将随着时间的流逝，在沉沙洗尽之后放射出更加灿烂的光华，这才是其中最需要的脊梁。①

很显然，陈宏飞的第二次收听对作品有了更为理性的认识，能够从社会发展、文学思潮的高度认识作品的价值所在。事实上，在听众中，大多数是因为《平凡的世界》的生活描写切近自身而感动，而像陈宏飞这样从理性层面把握《平凡的世界》的听众亦不在少数。

经典作品能够以艺术的力量给予现实生活和现实中的人以价值关怀，从听众来信可以看出广播小说《平凡的世界》几十年来一直以自己平和厚重的内在品质激励、抚慰着平凡世界中的普通人。文盲老人田富琴将诗一般的语言送给路遥："他的作品，是用生命加血汗写出来的，是中国农民历史的记录，是推动社会前进的精神食粮，是人们奋进的鞭策，也是文化战线的清洁剂，同时是人生道路的教科书，我一定努力学习书中人物的品德。"北京的一位听众表示了自己从收听中受到的人生的启迪："现在我已有妻有儿。我还经常给妻子和儿子讲我以前的事。告诉他们生活要勤

---

① 《2005年第三次重播〈平凡的世界〉后的听众来信》，《中国长篇连播档案·传媒反馈卷》，中国广播电视出版社2010年版，第310页。

俭,做人要有志气,人家才不会笑话你。人只有经过磨难,才能成熟,才能有正确的人生观,才能干好事情。"

《平凡的世界》除了给予那些在生活中奋斗的青年人以生活的力量和改变处境的斗志,也激发出人们对历史、社会、民族、国家等宏大话语的思考,其中不无知识分子忧国忧民的焦虑和忧思。北京听众徐树贵写道:"我个人感觉我们的社会处于改革开放的转型期,文学创作领域也像社会环境一样,泥沙俱下,鱼龙混杂,为了使我们的社会正常发展,除了有党和国家政策方针外,还必须有好的精神产品引导和教育人们,特别是引导和教育我们的下一代,不能把勤劳、勇敢、善良等这些我们民族传统的优良品质都抛弃了!"陈宏飞说道:"我希望我们这个民族的下一代,不只用图像思考,还会用文学、文字思考。不只会收发短信、打游戏,还有读书和写信。"听众赵赵称路遥的《平凡的世界》如托尔斯泰的《复活》一样,是"特定时代的镜子","是我们现实社会的真实写照"。他认为:"中国的社会,还有待从各个层面上不断进步,才能达到所谓和谐。路遥笔下中国社会七八十年代的弊端经过 20 年后的今天仍旧是弊端,并没有多大改变,可见作家以艺术手法对中国社会作了极为深刻的剖析,因此我对路遥、对他的作品致以深深的敬意!""路遥要比写那些《上海的金枝玉叶》这样的人伟大得多,与当年物欲横流社会环境中靠一支笔在书斋中写自己的想象中编造的'金枝玉叶'的作家相比,路遥及其作品是一座里程碑。让年轻一代了解我们这个社会,必须让他们通过阅读《平凡的世界》这样的作品才能达到!"①

布鲁姆对于经典之于人的价值有个说法:"没有经典,我们就会停止思考。"② 经典作品就是如此,它不仅不断向受众散发着思想和艺术的光辉,而且能够引导受众由内向外地对个体与群体、历史与当下、社会与人生等进行积极的思考。《平凡的世界》就是这样一部作品,而经由它改编的广播小说也是如此。它的意义并不因媒介的变化而变形、走调。这就是经典的魅力,即使是人文精神严重匮乏的时代,依然有将人从沉沦的泥淖中救赎出来的力量。

一般来说,经典的建构是一个复杂的过程。除了时间的自然淘洗和筛选,意识形态、知识、审美、宗教、时代的精神潮流等各种话语权力的纠

---

① 《2005 年第三次重播〈平凡的世界〉后的听众来信》,《中国长篇连播档案·传媒反馈卷》,中国广播电视出版社 2010 年版,第 302—312 页。
② [美]哈罗德·布鲁姆:《西方正典》,江宁康译,译林出版社 2005 年版,第 29 页。

葛，教育部门、出版机构、学校等以及具有不同价值标准的政治家、批评家都在这一过程中各自发挥大小不等的作用。但在经典建构的话语竞技场上，普通读者最容易被忽视。尽管普通读者有阐释文学的权利，但文学的最终阐释却是将他们的感受和观点排除在外。在作品成为经典的过程中，权威人士或专业人士的意见起到了决定性作用。但在广播小说的经典化过程中，这一结构出现了颠覆性转变：是听众将广播小说《平凡的世界》《穆斯林的葬礼》《白鹿原》等推上经典的圣坛。当然，这里并不否定这些广播小说的原著本身就是经典作品。但并非所有的经典作品改编之后都可以成为经典。同样的，也不能否定编辑在发现和制作过程中所起的关键性作用。但如果没有听众的持续性关注和收听的热情，电台也不会将作品一再播出。

童庆炳认为读者是文学经典建构的重要力量，文学作品是否能成为经典最终要有读者的接受和参与才有意义。他认为，外部意识形态及文学理论、批评观念的力量不能以命令的方式强令读者接受某个经典。如果读者不认同或者不阅读和再创造，文学经典便无法成立和流行。再者来说，文学作品展现的世界只有经过读者的阅读和理解才会转变为审美对象。故而童庆炳认为："一部作品能不能成为经典，最终是由广大的读者批准的，不是由意识形态的霸权所钦定的。"① 从《平凡的世界》获得"茅盾文学奖"可以看出，它首先是在读者那里得到承认，然后影响到批评家和评委。而对于广播小说《平凡的世界》的重播和重录，既没有意识形态的介入，也没有批评家的论述，是听众的响应和认同构成了《平凡的世界》重播和重录的外部环境和意义释放的内在驱力。那些被权威话语拒绝的读者对经典的建构显示了他们的历史主体性。尽管他们没有丰厚的理论储备，但却对作品有着朴素的、直接的感性把握。他们靠生命的直觉与作品对话，也以自身体验丰富着作品的语义空间。在这一过程中，受众延展了自我生命的广度。

听众的兴趣点在哪里？詹福瑞对此问题有过回答："就是与人、人生和人性相关的事物。"② 那么，作为听众，他们希望从广播小说中听到什么？和批评家带着专业的眼光试图从作品中发现永恒、正义、美等形而上价值不同，听众所关心的是作品是否写出了与他们生活相类似的生活、是否有他们生活过的或正在生活着的影子。他们不会沉溺于一个纯粹的艺术

---

① 童庆炳：《文学经典建构诸因素及其关系》，《北京大学学报》2005年第5期。
② 詹福瑞：《陌生与熟识：经典的耐读性》，《河北学刊》2014年第6期。

世界，而是作品能否为生活中奔波的个体提供一种精神上的启示甚或一个人生的解决方案。这看起来未免有些悲观：文学变为实用主义的注脚，听众在功利主义的驱使下奔波在现实的路途中而不是朝圣之旅。

得出这样一个观点也许是在艺术天堂上俯瞰芸芸众生时"知音难觅"的一声慨叹，或是自居批评家、作家之列时优越身份使然。如果能够俯下身去，听一听普通读者的声音，也许会对自己的傲慢和对大众的陌生产生一丝愧疚。《穆斯林的葬礼》首播之时，有听众在信中除了表达对作品的喜爱，也表达了对精神净土的渴望。叶咏梅认为，听众来信表达了他们的好恶，这说明"人民需要真善美，人民理解真善美"①。

事实上，所有的经典作品都不是蜷缩在自己的世界里喃喃自语。它们首先"通俗"，然后才能"超俗"；首先"低头"，然后才能为人仰望。《论语》讲的首先是形而下的日常人生，然后才是形而上的哲学道理。《红楼梦》先有"亲睹亲闻""追踪蹑迹"的生活琐事，然后才有"万境归空"这样对宇宙人生"大观"的大悟。《平凡的世界》《穆斯林的葬礼》《白鹿原》等作品又何尝不是如此？经典之作与现实生活的关系应是"入乎其内、出乎其外"——内容上的贴近和精神上的超越。叶咏梅在文章中借用某位评论家的话说明《平凡的世界》在"大俗"与"大雅"之间的衔接与贯通："这平凡的人物和世界，正是历史的主体，正是我们每一个人生命的重要组成部分，正是人类各种情感和追求潜伏着的奔流，智慧的哲学家常从这里给人们揭示历史和人生的意义，富有才情的艺术家常从这里发现了令人们灵魂颤抖的美。"②

邵燕君认为，像《平凡的世界》这样的现实主义作品，其"价值无须专家鉴定，读者完全可以根据自己的审美能力做出自信的判断，他们也倾向于把自己心中'经典'的位置留给这样的作品"③。其实，这种现实主义精神也是经典广播小说的基本品质。可以这样认为，"现实主义"是广播小说成长为经典的起点。考察那些为听众所喜爱的广播小说，它们几乎都是现实主义的力作。如果说在文化资源匮乏的时代，听小说是一种精

---

① 叶子：《轰动效应的启迪——写在〈穆斯林的葬礼〉播出后》，《中国长篇连播历史档案·作家作品卷》，中国广播电视出版社 2010 年版，第 52 页。
② 叶子：《他从普通人中走来——记中年作家路遥》，《中国长篇连播历史档案·作家作品卷》，中国广播电视出版社 2010 年版，第 25 页。
③ 邵燕君：《〈平凡的世界〉不平凡——"现实主义常销书"生产模式分析》，马一夫、厚夫主编《路遥研究资料汇编》，中国文史出版社 2006 年版，第 701 页。

神补偿，而在大众文化泛滥的新世纪，仍然有人对广播小说持之以恒，那只能说是现实主义的胜利。

叶咏梅根据黄国荣小说《乡谣》改编的同名广播小说于 2002 年播出后，收到数百封听众来信。这让叶咏梅感觉诧异："现在除了搞有奖活动，听众一般是不写信的。"自发的听众来信表明"作品真的感动了他们"，"这完全靠小说自身的艺术感染力"。那么，感动听众的是什么呢? 以下是部分来信的摘抄：

> 《乡谣》这部小说离我们太近了，汪家兄弟和他们那村庄和我们中堡村一模一样，二祥及他的哥嫂兄弟，还有韩秋月等栩栩如生的男女，都可以在我们村里的人中对上号。

> 《乡谣》的文字是那样的朴实，像邻居的老人在给我讲过去的事情，一点没有现在有些小说的浮躁与张扬，反而具有无穷的魅力。尤为难得的是原汁原味地反映了农村 50 年的沧桑变化，这在当今文坛千篇一律地以写城市贵族化生活为时髦的情况下，更显得难能可贵。我国毕竟是个农业人口占绝大多数的国家，农村的巨变不应该被作家们，被文学，被影视所遗忘。

> 小说中没有离奇的情节，没有夸张渲染，却有很强的感染力。它揭去了蒙在几十年中各个历史问题上的面纱，还历史一个本来面目。

> 小说成功地塑造了汪二祥等一系列人物形象。汪二祥既像鲁迅笔下的阿 Q、祥林嫂，又像高晓声笔下的陈奂生，还像我们农村生活中的某一个，或者就是我们自己，为当代文学画廊增加了新的形象。①

这种熟悉的生活、熟悉的人物引发了听众熟悉的感受，类似这样的感受的句子在听众来信中比比皆是。从这些来信中，我们看到现实主义的大纛始终矗立在那些无名的普通听众的信念深处。但就是这样一部作品，在批评者那里反响平平——甚至没有反响。②

---

① 《〈乡谣〉部分群众来信摘要》，《中国长篇连播历史档案·作家作品卷》，中国广播电视出版社 2010 年版，第 365—366 页。

② 蒋泥语，参见黄国荣《恋爱不等式》，同心出版社 2007 年版，第 217 页。

在广播小说这种大众化的文艺样式中，听众夺回了评判经典的话语权力，显示了"沉默的大多数"集体发声的力量。听众是经典传承的主体，他们以对作品思想和切近生活的忠诚对抗、违拗着批评者的美学标准。正是认识到这一点，优秀的作家从来不对读者取轻视的态度，而将他们看作裁定作品生命力的"上帝"。霍达曾经在一本小说集的序言中表示："'俗人'并不傻，也不大好糊弄的！"作家"得好好地想想生产什么样的精神食粮，既让人家认账，又得让自个儿不坑人，不亏心，不装腔作势，不招摇撞骗，不砸牌子"。① 陈忠实在参与《我与〈小说连播〉60 周年》的征文中写道："我看重长篇小说连播，出于我对小说创作的理解，我希望我写的小说读者越多越好……有品位的纯文学素来都为读者所期待。"② 正是有了对读者的尊重，才能赢得读者对作家的尊重。在这种相互尊重中，作品就有了高贵的精神品格。

三　广播小说：当代长篇小说的镜像与净土

广播小说的创作意旨是"内容为王、听众至上"。这种创作态度不能不促使我们思考当代长篇小说创作的边缘化问题和当代文学批评的盲视与偏见。以广播小说为镜，也许能映照出当代长篇小说创作的种种征候。

80 年代中后期以来，我们时代的文学以超现实的加速度飞奔。"告别革命"的手势还未放下，人性恶的话语就开始遍布各个文本空间；现代主义文学余温尚在，后现代主义文学即已气势不凡；60 后作家还缠绵在历史叙事和民间叙事之中试图摆脱过去政治的梦魇，80 后作家就以校园叙事和青春叙事设计了"断裂"一代的生活样板；舒婷、张辛欣刚刚失望于理想、和谐的男女二元世界建构的艰难，陈染、林白就走向了极端个人化的封闭房间；先锋文学的形式实验方才落幕，网络文学借助于技术以迥异于传统的姿态纵横于赛博空间；现实还在苦难中挣扎，身体叙事又成热点；当人们正需要文学的精神性支持时，文学反而成了商业化的消费品。在众声喧哗中，文学思潮彻底失去了方向感。

写实让位于虚构，想象代替了生活，这就是当代文学的基本写作方

---

① 叶子：《轰动效应的启迪——写在〈穆斯林的葬礼〉播出后》，《中国长篇连播历史档案·作家作品卷》，中国广播电视出版社 2010 年版，第 52 页。
② 陈忠实：《添了一份踏实》，《中国长篇连播历史档案·作家作品卷》，中国广播电视出版社 2010 年版，第 72—73 页。

式。弗洛伊德的潜意识和技术主义操纵下的人性变异成为西方现代主义文学的哲学基础和思想主题，当它们未经理性的甄别而在 80 年代匆匆进入国内，很快就成为当代文学的精神咒语。在东方和西方、传统文化和现代文化、生活和生存、人性和社会之间还存在暂时无法填补的鸿沟时，当代文学越来越表现出精神分裂的种种征候，追求审美的纯文学和欲望叙事的媚俗文学各自走向极端。但无论是哪一种写作，都是对现实的偏离、扭曲或变异。它们在向读者提供某些新鲜感受的同时，也在失去文学某些被公认的基本品德。

一是对公共领域的放弃。"公共领域"是哈贝马斯提出的一个政治哲学范畴的概念。哈贝马斯认为公共领域是一个"自由王国和永恒世界"，在这个世界里，那些具有主体性的个体可以对公共事务进行自由的、批判性的讨论。哈贝马斯认为，文学阅读群体形成了最初的公共领域，培养了资产阶级公众的主体性、批判意识和理性论辩能力。①

本来，文学公共领域是联结私人领域和公共领域的一个桥梁，但当文学不再对公共领域发言时，它就完全退回到私人空间。这也是 90 年代中期以来"文学边缘化"的内在原因。"文学边缘化"是 90 年代中期以来文学界最大的焦虑。从 80 年代初掀起的一波波文学高潮到 21 世纪文学的被冷落，文学经历了过山车式的心理落差。但历史地看，也许文学本就应该处于社会生活的边缘地带。比如，"小说"之"小"就无法与"建国之大业，不朽之盛事"的"文章"之"大"相匹敌；唐诗宋词虽历经千古而熠熠生辉，但那不过是知识分子兼济天下之余的产物。但这种边缘地带的"无用之用"却使文学滋生出自由精神，在脱离历史理性的监控后以游戏的方式占据了美学高地。当那些"有用之用"随着时间的流逝而变得"无用"，文学反倒成为"有用"。古代以"先天下之忧而忧，后天下之乐而乐"为最高情怀的文人何其多，但流传千古的却是李白、杜甫、白居易等那些写下美丽诗篇的人。吟诵"明月几时有，把酒问青天"时，苏轼科举场上写的纵横捭阖的策论反倒是无足轻重。让李白名垂后世的是那些"笔落惊风雨，诗成泣鬼神"的浪漫诗篇，而他终其一生孜孜交结的操纵国家命脉的权贵王侯却如云烟般成为历史背景。

当然，这样说并不表明文学是一个孤芳自赏的空间，它总得以人的生活为中心才有存在的可能和存在的价值。自居于边缘，但却要对公共领域发话，这才是文学的使命所在。徐贲认为："只有当在现实公共生活中有

---

① 陶东风：《论文学公共领域与文学的公共性》，《文艺争鸣》2009 年第 5 期。

真话要说，而且确实能把真话公开地说出来的时候，文学才成为一种体现人的主体价值的社会行动。"① 广播小说所选书目之所以能引起公众的注意，就在于这些作品体现出我们这个时代少有的公共性品格。一位普通读者在听了黄国荣的另一部小说改编的《街谣》之后说："文学并不单单是一种娱乐，它是能反映社会中种种状态的。"② 听完了《平凡的世界》，多数听众想到了农村"三农"问题、社会上的不正之风、民众精神引导、民族的前途命运等。因此，当代长篇小说不应该放弃公共领域，而应该以艺术的力量培育社会理性的成熟。也只有这种对社会公共生活的深度介入，才能恢复文学的自律性和自主性。

二是对生活领域的放弃。一般认为，新写实主义描述了被政治遮蔽了的日常生活。但如果考虑到人物的物质化困境和精神满足的廉价，毋宁说新写实主义写的不是生活，而是生存。生存是生活的基础，没有本能性的、物质性的生命存在就谈不上生活。但生存毕竟不是生活，生活中还包含有精神、情感等这些超越生存的形而上的东西。进入21世纪，这种写实性的生存被想象的生活所代替。按照张光芒的说法，这是一个"低于生活"的"表象世界"，读者从中不仅体验不到深度存在，甚至还"不如读者自己的生活更痛彻，更有悲剧感"③。

贾平凹的《秦腔》、余华的《兄弟》、周大新的《湖光山色》是作家在21世纪的代表性作品，但在对生活的表现方面并没有提供比新闻报道更多的信息。换句话说，这些作品成为对生活不甚高明的模仿或是现实世界的拓本，也失去了对生活预见性的展望。以贾平凹为例，他在80年代的小说《浮躁》，写出了社会变动之际精神、文化、人性即将产生的动荡以及对这种动荡的期望和隐隐的不安。尤其是小说题目所表明的那种"浮躁"情绪，至今仍不失其现实意义。但在21世纪的长篇小说《秦腔》中，我们体味不到"作者面对乡村衰颓而惶恐、辛酸的情绪"，④ 有的只是生活的琐碎无聊。余华在谈到《兄弟》时颇为自信，认为自己把握住了当下的现实生活。⑤ 也许这确实是"现实"：李光头的成功和宋钢的失

---

① 徐贲：《文学的公共性与作家的社会行动》，《文艺理论研究》2009年第1期。
② 《〈街谣〉听众来信整理》，《中国长篇连播历史档案·作家作品卷》，中国广播电视出版社2010年版，第370页。
③ 张光芒：《"低于生活"的"新世纪文学"》，《东岳论丛》2011年第4期。
④ 刘志荣：《缓慢的流水与惶恐的挽歌——关于贾平凹的〈秦腔〉》，《文学评论》2006年第2期。
⑤ 张英、王琳琳：《余华：我能够对现实发言了》，《南方周末》2005年9月14日。

败正是我们这个社会道德混乱的隐喻；但这似乎不是"生活"：它以轻松戏谑的语调解构了苦难，让人看不到生活的诗意和理想的光芒。与前两部作品相比，周大新的《湖光山色》讲述的更像是一个脱离了现代乡土的"神话"故事：楚王庄建立的一帆风顺缺少现实生活的逻辑性，这不能不使人想到某种神性力量的存在。事实上，作为精神底版的楚文化和拥有古老生存智慧的暖暖以及丹湖中心的迷魂区、凌岩寺和尚犹如天启的神秘预言都在喻示着作品生长的神话基因。神话只需人们相信而不必追问，所以作品中所有的矛盾在还未完全展开之前就匆匆走向结局。不能说作品没有触及现实生活的痛点，但所有的痛点终将在道德的诗意抚慰下变得麻木。复杂的现实简化为正义与邪恶之间的斗争，生活徘徊在楚王庄外。从作品中，可以看出作者凭借叙事的优越编织出一个理想的但却是虚构的乡土世界。对于以上种种"不及物"的写作，有学者直指要害："作品停滞在对社会现象、矛盾、问题、时尚、调侃的平面堆积上，或者陷入自我言说的絮絮叨叨，诉之者催心伤肺，读之者无动于衷，既缺乏对生活的深层次思考，更不可能创造一个超越性的审美空间。"①

我们常说，文学来源于生活，但又高于生活。从文学与生活的关系也许可以这样认为，所谓的文学就是生活的逻辑性和艺术审美结合之物。今天的作家不缺少表现生活的技术，但缺少将生活转化为人的生命感受的能力。造成这种写作匮乏的根本原因在于作家与生活的隔膜。触摸生活代替了深入生活，于是立体、丰富、充实的生活变得平面、贫瘠、苍白。为什么广播小说能够让听众产生生命层面上的共鸣？就是因为这些小说有着生活的坚实底座。有听众在谈到黄国荣的《街谣》时说："原作者肯定是位知青，起码是了解知青的人，要不怎么写得出这么感动人的小说！尤其是那位拖拉机手为爱情失意把拖拉机从桥上开到河里去了。悲剧，也许是那特定历史条件下人物所做的必然选择吧。"② 其他优秀的广播小说也都布满了充实的细节和丰厚、广博的生活常识。因此，如何亲身体验生活而不是依赖信息材料进行写作，是作家首要面对的问题。

三是对价值领域的放弃。作为人类精神世界的建构者，文学和哲学、历史、法律、宗教等一样，有着自己的价值范畴。一般认为，真善美是文学的核心价值。除此之外，还有道德、伦理、正义、信仰等，构成了一个

---

① 雷达：《原创力的匮乏、焦虑和拯救》，《黄河文学》2008 年第 12 期。
② 《〈街谣〉听众来信整理》，《中国长篇连播历史档案·作家作品卷》，中国广播电视出版社 2010 年版，第 370 页。

广阔的价值场域。文学的价值系统具有流动性和时代性特征。比如，文学在孔子那里是"言志"，到了梁启超这里则可以"新民"，再到新时期，又体现为浓郁的人文关怀。但文学价值还有一些稳固不变的东西，如对美的追求和对丑的鞭笞，对善的褒扬和对恶的否定，对真的亲近和对假的拒绝。但在解构盛行的后现代文化语境中，这些稳固的东西摇摇欲坠、分崩离析。更为可怕的是，当这些人性之恶披着美学的外衣出现时，那些被否定了的负面价值开始以合法的身份堂而皇之地游走于各种文本空间。几千年来，文学精心呵护的价值之塔轰然倒地，良善、理想、自由、理性、平等、公正等种种古老的和现代的价值被纷纷放逐。

21世纪文学中对价值坚守的作品不能说绝无仅有，但大多数作品表现出反价值、价值缺失或价值迷惘的征候。邵燕君批评余华的《兄弟》"彻底沦为了失败者的象征"[1]。姚晓雷也看到了《兄弟》因价值伦理的错乱带来的文本内虚："《兄弟》这部小说的重心在于以对生活负面特征的展览而哗众取宠。……除了迎合读者的猎奇心理，背后其实根本没有什么引人思想升华的积极力量。"[2]

2010年，《人民日报》发表了江岳的一篇文章，对21世纪以来的文学乱象进行了严厉批判："文学的沙龙化、影视化、网络化、小品化、浅俗化也带来了'过度娱乐'和'玩技巧'的问题。当文学被脑筋急转弯式的搞笑包围、不动脑子的艺术泛滥时，会损害一个民族智力的健康。"[3]与之相比，广播小说经常被听众称为"净土"，这不能不是对作为母体的当代长篇小说领域的莫大讽刺。从广播小说的"净土"开始反思，也许是当代长篇小说在娱乐至死时代摆脱困局、涅槃重生的契机。

第三节 广播小说故事化与受众心理

21世纪，面对越来越丰富的文化娱乐生活，受众的选择项也越来越多元化。如何让小说广播在受众那里继续保持"'上帝'青睐的节目"的地位是电台编创人员不得不考虑的问题，而在取材方面突出作品的故事性

---

[1] 邵燕君：《"先锋余华"的顺势之作——由〈兄弟〉反思"纯文学"的"先天不足"》，《当代文坛》2007年第1期。
[2] 姚晓雷：《论新世纪文学理想表现的枯竭》，《探索与争鸣》2011年第2期。
[3] 江岳：《文坛思想贫乏危及民族智力》，《人民日报》2010年6月29日。

是新世纪小说广播的共同趋向。故事培养了受众对栏目的忠实度，也使小说广播焕发出了新的生机和活力。

一　21世纪长篇小说故事化及其讲述

21世纪，小说广播的取材及内容越来越多样化，如报告文学、纪实文学、人物传记等。为能将这些类别的文学体裁包括在内，有的电台则将《小说连播》类的名称改为《长书连播》《长书天地》《有声阅读》等。但无论如何，小说广播重要的书稿资源仍然是公开出版的长篇小说。这其中除了长篇小说能在思想主题、艺术质量方面有保证外，最主要的原因在于新世纪长篇小说中的故事性特征越来越突出。21世纪长篇小说的这一叙事变化不仅使自身从"纯文学"的泥淖中脱身而出，也为小说广播在融媒体时代多元文化中的强有力竞争提供了坚实支撑。

按照本雅明的说法，"故事"本就是"口口相传的经验"。在文字出现之前和没有文字的部落，故事通过"口耳相授"而在时间中流转，维系着群体彼此之间的亲密关系。但在以文字为载体的小说兴起之后，故事及讲故事这种群体性行为从"口传"转为"眼观"。因此可以认为，故事的衰亡是口语被书面语言僭越的结果。现代印刷媒介造成故事在小说中的弱化，人的主体性成为现代小说的写作重心。故而本雅明认为，故事的衰亡"是以现代社会初期小说的兴起为标志的"[①]。印刷媒介的静态性可使读者长时间、反复地凝视文字，这是视觉性现代小说产生的前提，它代替了由口语衍生的故事而成为文学的主要表达方式。

自梁启超提升小说地位之后，小说的认识功能和教育功能远远超过了娱乐功能。启蒙文学、左翼文学、抗战文学、革命历史小说、农村题材小说、伤痕文学、反思文学、改革文学、寻根文学等，单从命名上就可以看出中国现代文学与其所处社会环境和时代背景之间的紧密关系。20世纪90年代，现代主义小说成为主潮。由于这些作品专注于呈现个人生活经验及生命极致感受，小说越来越成为孤独个体的自我言说。小说在向内转的同时，也切割了它和广阔的社会及丰富多彩的群体生活之间的通道。故事还在，但被细节的精致描写、心理的深度挖掘和主题的哲学化表达肢解为情节碎片。

21世纪以来，故事逐渐在小说中复活，表现在如下几方面：一是

---

① 参见肖锦龙《电子传媒和故事讲述——论西方后现代文学的本质特征》，《文艺研究》2015年第11期。

当年风光一时的先锋作家，如莫言、余华、苏童、格非等自90年代以来，尤其是21世纪的作品表现出很强的故事性。2012年，莫言获得诺贝尔文学奖，在瑞典文学院发表文学演讲的主题即称自己是"讲故事的人"。二是网络小说接续了中国传统文学的叙事传统，表现出故事的类型化特征，如灵异故事、玄幻故事、盗墓故事、后宫故事等。三是"非虚构"写作对现实中国的故事化叙述，如梁鸿的《中国在梁庄》、王树增的《抗日战争》三部曲等。四是一些文学期刊有意的倡导。如《北京文学》于世纪之交提出了"好看的小说"的办刊方针，组织了两次关于"好看"小说的讨论，其后《啄木鸟》《长江文艺》等也纷纷设置"好看小说"专栏。"好看"首先就是故事性要强，然后才是如何艺术化地对其讲述。

1998年，《北京文学》第10期发表了莫言的短篇小说《一匹挂在树上的狼》。责任编辑章德宁在"编者按"中写了一句话："本刊倡导'好看的小说'，既是对小说现状的忧虑，更是对当下乃至将来小说写作趋向的一种设想。"章德宁的忧虑和设想与英国文学批评家迈克尔·伍德所提观点遥相呼应。伍德认为："小说正在面临危机，而故事开始得到解放。"伍德指出了小说与故事之间此消彼长的因由："那些依赖于读者与世隔绝的孤单的小说，将太多的东西拒之门外，特别是每个读者脑海中都会有的那种多重和无形的社群。从这一点来看，故事没有小说那么挑剔，更欢迎多样性，也不那么执意要从奇幻中筛选出合理和从历史中筛选记忆。故事中没有特定的政治观，因此也就没有东西对应小说中的自由主义。"[①]

自"五四"以来，中国现代文学往往以西方现代文学为圭臬，西方小说对故事的阉割也影响到国内小说的创作。小说对故事的统治和压抑一直延续到20世纪90年代末。在经历过对西方现代小说技巧一轮又一轮的追逐之后，作家们疲惫地发现文学越来越脱离读者。要想恢复文学曾经有的地位，乞灵于故事是自我突围的一种有效策略。当故事从被小说压抑的文本深处浮现，小说重新恢复与现实的关系就有了可能。

在新媒体时代，故事几乎是全面回潮。讲述故事的方式也越来越多样化，不仅电影、电视剧、广告、广播剧、电子游戏等形成了自己独特的故事语言，而且诸如新闻、报告文学等也都倾向于故事化描述。21世纪小

---

① [英]迈克尔·伍德：《沉默之子：论当代小说》，顾钧译，生活·读书·新知三联书店2003年版，第1—4页。

说也被不同媒介讲述,但能够做到还原性传达的,还是以语言为介质的小说广播。毕竟故事天然就与口语有着亲和性关系,从"小说"之"说"可以看出故事与口语的共生共存。学者王齐洲认为,《汉志》中的小说的材料来源是"街谈巷语道听途说",内容方面具有传奇性和故事性。那么"小说"也就是对"街谈巷语道听途说"的文字记录。

电子媒介时代,故事再度与有声语言结合,故事广播在全国各广播电台纷纷兴起,可以看作对故事化潮流的回应。自2005年3月合肥故事广播建立之后,全国电台掀起了建立故事广播的热潮。据2014年10月统计,全国故事广播频率有50多家。故事广播所包含内容比较混杂,除传统节目如《小说连播》《武侠传奇》等,还有《滴滴叭叭故事会》《档案解密》《财富人物》《闲话上海滩》等,后几类更像是播讲内容的故事化。

一个有趣的现象是,随着故事性强的长篇小说在广播中被讲述,评书也开始了与长篇小说的再度结合。新中国成立后,当代长篇小说通过评书广播而得到了大面积传播。但进入新时期,由于小说的故事性减弱,不适合评书的演播程式,播读成为当代长篇小说有声化的主要方式。当然,评书的方式也还存在,如郑州人民广播电台赵维莉播讲过《康熙大帝》《萍踪侠影》等。21世纪,随着长篇小说中故事的增强,评书又开始进入演播者的视野。在故事广播中,评书开始升温。当下,几乎每个广播电台都有评书专栏,有的则直接以"评书"命名,如内蒙古台《评书曲艺广播》、安徽台《小说评书广播》、烟台台《评书广播》、抚顺台《评书广播》、临沂台《评书故事广播》等。从统计数据可以看出评书在听众中有着较大的市场份额。内蒙古台《评书曲艺广播》2006年3月开播,2017年的平均收听率是0.57%,仅次于该台的《交通之声》;周到达率是13.30%,在呼和浩特地区10个主要电台频率中,排名第三。安徽台《小说评书广播》位居安徽文艺广播市场第二位,抚顺台《评书广播》一周人均收听时长,在2009年和2010年均达到400分钟以上。

除了对传统故事题材进行评书演播,21世纪一部分长篇小说也被改编为广播评书。袁阔成之女袁俊贤录制过主旋律评书《明镜高悬》《中国爹娘》、辽宁孙刚2005年播讲过唐浩明的长篇小说《曾国藩》,立誓十年内只说"新书"的王封臣演播过反腐打黑的小说《无影之墙》。其中最具有品牌影响力的是吉林人民广播电台青雪演播的《青雪故事》。青雪是评书演播艺术家焦宝如先生的弟子,迄今为止以评书的形式录播过《盗墓笔记》《茅山后裔》《鬼吹灯》《十四年猎鬼人》《冒死记录》《凶宅笔记》《无家》《西风烈》《三体》《狼图腾》《闯关东》《冰是睡着的水》等长篇小说。评书在《青雪故事》中得到了传扬和创新，将传统评书最大限度地赋予了时代感。青雪评书的华语听众遍及国内各省及全球30多个国家和地区，收到的华人听众反馈信息数千万人次。①《青雪故事》的成功，足可以见出古老的评书艺术和现代故事结合在一起能够继续散发出巨大的艺术魅力。

傅修延认为："拜传媒变革之赐，人类讲故事的形式和手段较之过去已进步太多，但就维系群体的作用而言，一些用高科技武装的现代叙事不一定比得上过去篝火边的夜话。"② 在市场上能够提供越来越多娱乐产品的当下，"听故事"不仅仅是老人、儿童或视力障碍者的行为，也是大多数普通人的选择。据《北京电台收听优势分析报告》（2012年4月数据）统计，北京电台以畅销小说、评书、传记、纪实文学或经典作品播讲的《长书天地》栏目，"听众以中等学历为主，达到了五成以上，35—44岁听众群占比最大，1500—2500元收入群体达到五成，女性听众远远多于男性"③。从听故事的群众基础也许可以认为，尽管今天的人们享受着高度发达的物质文化带来的便利，但在精神深处，还保留着自远古遗传而来的某些天性，而对故事的喜好就是其中之一。

二 故事化广播与大众文化心理

一般认为，故事广播是小说广播的继承和发展。但故事广播的迅速崛起并大有取替小说广播的趋势，表明"故事"契合了受众爱听故事的天性。合肥台《故事广播》开播不到半年，即在合肥广播收听市场份额中收听率、到达率均名列榜首，④ 可见人们对"故事"的天然亲和。就像美国学者罗伯特·麦基所说："我们对故事的嗜好反映了人类对捕捉人生模式的深层需求。"⑤ 人们喜欢听故事，一是故事提供的是大多数人普遍感兴趣的话题和集体生活经验，讲故事的人和听故事的

---

① 贾旭、信险峰：《〈青雪故事〉简介》，《北方传媒研究》2018年第4期。
② 傅修延：《人类为什么要讲故事——从群体维系角度看叙事的功能与本质》，《天津社会科学》2018年第4期。
③ 《北京电台收听优势分析报告》（2012年4月数据），https://wenku.baidu.com/view/8a40fc58804d2b160b4ec075.html。
④ 陈程：《发现故事的魅力》，《中国广播》2011年第11期。
⑤ ［美］罗伯特·麦基：《故事：材质、结构、风格和银幕剧作的原理》，周铁东译，中国电影出版社2001年版，第14页。

人身历其中,能够找到许多共鸣点;二是故事描述的是一个开放性、不可预期的事件,听故事的时候人们可以赋予事件以不同的意义。这样的参与让听众有一种智力上的优越感和自我实现的成就感;三是"听故事"在长期的历史积淀和民间生活中已形成人们的精神原型。人们可以不读小说,但没有谁拒绝故事。当讲故事的声音响起,情节的轻松愉快会一扫劳作的辛劳与疲惫。

中央人民广播电台一直是当代长篇小说广播传播的重镇,编播的广播小说以思想性和艺术性获得听众的首肯。21世纪以来,中央台在保证思想和艺术高标准、高质量的前提下,在取材上倾向于选择那些故事性强的小说进行演播,以保证广播小说的"可听性"。叶咏梅在《中国长篇连播历史档案·作家作品卷》中对几部反响比较大的广播小说介绍时,都使用了"可听性""故事性强"等词;《以共和国的名义》是一部"可听性很强的优秀作品,在全国几十家电台播出后提升了收听率,受到广大听众的喜爱。故事性强"。《为荣誉而战》讲的是"见证改革开放30年一家民营企业发展的故事,全国20多家电台选用播出。这是瞿新华在短短的一年里又一部故事性强的长篇小说"。《少年股神》"以夸张戏说手法演绎少年股神在股市里起伏跌宕的故事,可听性极强"①。其他如《亡魂鸟》《非法智慧》《八月桂花遍地开》《上帝的花园》《中国近卫军》《铁梨花》《藏地密码》《金陵十三钗》等小说不仅具有"可读性",改编后"可听性"效果也非常好。

八九十年代的广播小说故事性也比较强,但这些故事的背后是作者力图反映历史发展规律的写作动机,如《平凡的世界》《白鹿原》等。与这种"宏大故事"不同的是,21世纪广播小说的故事大多是普通人的故事。这些故事多发生在校园、家庭、职场等日常化空间,小说中的人物不再是站立在时代风口浪尖上的风云人物,也不再是历史的人格化身。他们的故事多是日常生活的纠葛。也正因此,他们的遭际和命运才有了更广泛的代表性。举例来说,"部队""军人"应该是最具有故事张力的取材对象,但"十七年"期间和八九十年代出现的军旅文学由于注重宣传功能而导致主题思想和人物形象概念化、模式化,从而导致思想性大于故事性,故事成为思想的模具。新世纪广播小说也出现了一批表现部队、军人生活的作品,如《八月桂花遍地开》《中国近卫军》等。在后现代主义文化思潮

---

① 叶咏梅:《瞿新华与他的三部作品》《紫金陈与他的〈少年股神〉》,《中国长篇连播历史档案·作家作品卷》,中国广播电视出版社2010年版,第432、449页。

语境下，作家们更愿意将"军人"作为普通人进行表现，以人性品格代替公共精神，从而赋予了"军人"以新的文化内涵。比如，军人不一定拥有完美人格，也不一定大义凛然、视死如归，但这些并不妨碍他们可以成为英雄。甚至正因为有了这些人格上的瑕疵，他们才更具有性格上的真实性，也更能够引发普通受众的情感共鸣。

与日常化故事相比，还有一类广播小说走的是"奇观叙事"的路径，如根据盗墓、玄幻、灵异、穿越等网络小说改编的作品。这批诞生于网络世界的小说具有"超现实"的叙事特征，在时间和空间上与现实世界迥然相异。但这种"异托邦"叙事的生成机制仍然受制于现实社会，人物模式和情节矛盾也未脱离"日常"两字。就人物而言，"奇观叙事"的主人公也是生活中的普通人，只不过因缘际会，获得超能力，或有了一番大作为。至于那种"奇景化"的空间，也不过是对现实生活领域的夸张、放大和变形。文学作品都是个人化体验的外化，但作为一种公共的精神产品，它们仍然关联着大众的生活经验和情绪感受。因此，无论"奇观叙事"如何的夸张和变形，终究还是无法改变日常生活逻辑。网络小说之所以能引起读者兴趣，主要原因还不是那些传奇性的情节，而在于故事中蕴含的日常伦理关怀。

日常化、平民化是21世纪以来长篇小说的写作趋势，作家们通过故事的讲述试图将读者拉回到阅读空间，呼应了当下中国人的精神生活状况，甚至在一定程度上起着缓释精神焦虑的作用。曲春景认为，传统伦理价值已无法应对当代人的精神焦虑。出于伦理的需要，人们对故事是一种本源性需求："故事中那些被推崇的人物、被肯定的行为方式、或者所呈现的某种生存状态，成为失去神灵庇护后人们寄放心灵和反观自身的精神寄托。"[①] 因此，对故事的期待是当代人的伦理诉求。如果人们在现实世界中感到困顿、不安的时候，是故事宣泄、排解了这种负面情绪，从而驱除了精神的紧张，恢复了心理的平衡。

"讲故事"和"听故事"是人类最为古老、最为悠久的生命行为，也是聚合群类和族类重要的精神纽带。人们喜欢听故事，是因为故事中的经验给予听故事者可资借鉴的人生模板，同时也提供了另一种的人生意义，极大缓解了人面对不可知世界的惶恐和焦虑。故事给予不同时代的人们以想象的自由，即使在科技高度发达的今天也是如此。现代媒介重新恢复了故事的"讲—听"机制，而人们也更乐意借助于故事去了解丰富多元的

---

① 曲春景：《观众的伦理诉求与故事的人文价值》，《上海大学学报》2007年第3期。

世界，为有限的自我拓展生命的边界。

迈克尔·伍德指出："故事不见得一定是激进的，它也可能是自由主义的，或者甚至比小说更保守，因为它常常更传统，更少与现代化的世界相连结。"① 现代化世界与传统世界的明显区别就是技术理性取代了经验而成为建构的哲学根基。在技术理性明晰的逻辑结构中，经验迅速贬值。尤其是新媒介完全改变了人们获知客观世界的途径和方式，关于某时某地某事件的消息铺天盖地，足不出户有可能比身在现场了解得更多。消息的透明性使经验的可靠性遭到严重质疑，也使消息的接受者对自我和外界的想象越来越格式化。人的自由本质淹没在难辨真假的信息的泛滥中，而能够抵抗信息蛊惑的，唯有故事。在技术理性的迷失中，也许唯有故事提供的经验才可重构人类的生存方向。

三 警惕与反思：故事限度及其可能

如前所述，好听的广播小说首先是一个故事性非常突出的小说。但故事的内涵显然不是到"好听"为止，还应该具有"价值"。人们对故事的喜好和接受并不仅仅因为一种好奇心的满足，更主要的在于通过故事"寻找精神寄托和人生模式的深层启发"。② 由此看来，"好听+价值"是广播小说不可或缺的两翼。

一般而言，像那种单纯为了故事而故事、在故事下面缺少价值支撑的小说很容易被电台文学编辑排除掉，但还有一类小说看起来也表现出积极的社会意义，却在基本价值观上出了问题。这样的问题极具有隐蔽性，如果不能廓清，极容易给听众以某种负面的暗示。刘震云的长篇小说《我不是潘金莲》也许能对如上所述做一个恰当的说明。

《我不是潘金莲》发表在《花城》2012年第5期，同年由长江文艺出版社出版单行本。这部小说是刘震云获得"茅盾文学奖"之后又一力作，很快就引起了评论界的关注，大多数评论者给予小说以肯定性认同，但也有一些文章表示了疑惑，如徐勇、徐刚认为很难将李雪莲看作国民性或人性的代表，也很难"赋予她太多的文化内涵"③。黄德海认为这部小

---

① [英]迈克尔·伍德：《沉默之子：论当代小说》，顾钧译，生活·读书·新知三联书店2003年版，第4页。
② 曲春景：《观众的伦理诉求与故事的人文价值》，《上海大学学报》2007年第3期。
③ 徐勇、徐刚：《芝麻、西瓜和历史——评刘震云的〈我不是潘金莲〉》，《文艺评论》2012年第11期。

说"讲得是个压根儿不可能成功的告状故事"①。但徐勇、徐刚、黄德海等很快越过这一丝暧昧的价值疑惑而开始了对小说的叙事学分析,从而使这一极具有价值意味的话题被悬置起来。

所有的价值不过是叙事主体对叙述对象的意义赋予,这种意义的生成有时候不需要更多思想或知识的支持,叙事主体如果能具备一定的常识就可以对叙述对象做出价值判断并进行提取。常识性的匮乏往往会导致质疑和批判缺少现实逻辑,失去常识性价值尺度的作品远离了正常的社会和常态的人性,只是一味地迎合着市场和读者的兴奋点。《我不是潘金莲》从一开始就将故事建构在一个偏离了常识的逻辑起点上,这个逻辑起点就是"李雪莲上访有没有道理"。如果没有道理,那么后面的上访事件就面临着叙述的崩塌。如果有道理,徐勇等人的疑惑又由何而生?

知乎上一位网友发表了自己的看法:"这个事情的起由,李雪莲其实不占理,她为了房子和生第二个孩子,和老公假离婚,结果给老公钻了空子,变成真离婚。房子没捞到孩子也流了,所以气不过闹到法院,要求法院判她和前老公假离婚,然后他们再结婚,然后再离婚。"② 可以说,从一开始,李雪莲的做法就显得很荒唐。但更为荒唐的是,刘震云竟然由此敷衍出一部十多万字的长篇。

李雪莲20年的作为其实是为了讨得一个说法,但李雪莲的"讨说法"并不能和《秋菊打官司》中秋菊的"讨说法"放在同一价值平台上比较。秋菊讨要个说法是因为一开始她遭遇到村长对自己的人格羞辱和道义贬低。无论是上访还是上告,她都寄希望于国家司法部门能够维持公平、伸张正义。事实上公安、法院等国家司法部门也确实尽到了责任,尤其是对秋菊这样的弱势群体给予了应有的帮助和保护。秋菊对国家司法部门的信任和国家司法部门对秋菊诉求的回应高度契合,对于我国社会法治建设起到了正面的宣传和教育作用。但李雪莲的"讨说法"及其过程显然体现不出这种公共价值。

在李雪莲那里,法律显然不具有正义的光环,它只是维护私利的工具:需要假离婚时,法律要为她假离婚;需要法律保护权益时,法律也得保护权益。李雪莲不再是秋菊式的弱势群体的代表,她也不是寻求法律的

---

① 黄德海:《平面化的幽默陷阱——刘震云〈我不是潘金莲〉》,《上海文化》2012年第6期。
② 《〈我不是潘金莲〉中有哪些细思恐极的细节?》,https://www.zhihu.com/question/52689576。

保护，而是征召法律保护自己并不合法的私利。法律成为一个变量，又如何让人有敬畏之感？因为缺失了原始正义，那么李雪莲20年的上访历程以及上访过程中的种种艰辛并不具有悲剧感，反而造成公共资源的极大浪费，读者也不会施之以命运的同情。当上访开始后，李雪莲似乎忘记了自己是因讨说法才上访，而是因为没人认真听她说话。这样一种叙述动力的置换，就像刘震云所说的那样："……中国社会的逻辑：一件事经常会变成另一件事，直到变成8件事。这种事情不是偶然的，也不是个别的，随时随地发生在我们身边，那我就先写李雪莲吧。她家的家务事渐渐变成了国家大事，牵扯太多的社会面，从而把中国的生活都搅动起来了。"① 这就表明，作者的叙述动因也许不是提供一个普法文本，而是以一种荒诞的方式去探讨"生活的逻辑"和"人的逻辑"。但"荒诞"不能成为叙事的脱身术。如果失去了常识，"荒诞"将沦为"荒唐"，从而丧失其对无序的、矛盾的社会现实及个体自我审视观照的哲学价值和美学价值。

不可否认，《我不是潘金莲》讲述了一个精彩的故事——2012年版本的封底，销售分类建议即是"畅销/文学"。中央人民广播电台娱乐广播《畅销书屋》栏目在同名电影热映后，于2016年11月播出了王明军播讲的《我不是潘金莲》。也许中央台在选择播出该书时，没有考虑到知乎网友所指出的叙事缺陷。其实别说是中央台这样的传播机构，即使是专业领域也未必能辨识出小说的逻辑缺陷。早在2013年，《中国检察官》上发表了余辉胜的文章《荒诞与隐喻：李雪莲的上访故事——读刘震云〈我不是潘金莲〉有感》。文章对小说颇多肯定，认为"作者想用荒诞的剧情发展来构建对社会的隐喻，用故事拷问现实，这才是小说的重点"②。问题是，一个经不起推敲的故事如何拷问现实？因此，在对名家名作进行广播小说改编时，还需要对作品隐含的价值观念进行剖析。

学者曾志华、卢彬主持有文化部科技创新项目"基于新媒体背景下有声读物播读评价体系研究"。项目组在调研、问卷调查、多地研讨基础上拟定了有声读物播读评价标准和指标，其中一级指标"价值维度"中二级指标的第一项是"思想性"。③ 因此，讲好一个既"好听"又有"价值"的故事是对21世纪电台文学编辑的考验，也是对电台社会责任意识

---

① 刘震云：《荒诞没有底线》，《南风窗》2012年第19期。
② 余辉胜：《荒诞与隐喻：李雪莲的上访故事——读刘震云〈我不是潘金莲〉有感》，《中国检察官》2013年第1期。
③ 曾志华、卢彬：《中国有声读物播读评价体系构建研究》，《现代传播》2018年第7期。

的考验。

21世纪以来,讲好"中国故事"既是文学创作的潮流导向,也是广播新的历史任务。什么是"中国故事"呢?李云雷的定义是:"所谓'中国故事',是指凝聚了中国人共同经验与情感的故事,在其中可以看到我们这个民族的特性、命运与希望。"[①] 这就要求文艺创作者将目光聚焦到已经过去的中国历史和正在发生变化的社会现实,创作出以现实主义为主、融合种种现代主义甚至后现代主义的艺术手法,表现普通中国人的生活面貌和文化心理的作品。当然,既然是现实主义的讲述,对现实应该抱着不回避、不隐饰的态度,这样才能通过普通个体去映射出时代和民族的面貌,"展现真实、立体、全面的中国"。中国故事中应通过中国元素、中国经验呈现出中华民族的自信与尊严、展现出本土叙事资源和叙事智慧。在突破现代性话语和全球性话语标准之后,中国故事将整合传统和20世纪以来的种种文学资源,重构文学和社会关系,重新恢复文学的公共话语形象,重建汉语文学的美学价值。那么,在讲述中国故事的热潮中,广播小说应该发挥自己的媒介优势,在讲好"故事"的基础上,发出"中国"的"好声音"。

第四节 "互联网+"与广播小说的网络传播

无论广播小说在内容和形式上如何更改或创新,一个不争的事实是以网络为主的有声小说分流了大部分受众,改变了人们的听书习惯。在新媒体背景下,广播小说必须走"互联网+"的路径,才能适应新的时代语境。事实上,"互联网+"的模式不仅扩大了广播小说的传播面,而且能够引领有声小说良性发展。

一 延伸:"听读"氛围与广播小说的"上网"

如果说广播是长篇小说有声化的先行者,那么互联网则使长篇小说有声化有了革命性转变,一是网络能使当代长篇小说的传播范围更大,二是当代长篇小说有声化的转化速度更快,三是更能适应受众的碎片化生活,四是能提供更为精准的个性化服务。当然,这种革命性转变最根本的还是表现在阅读方式的改变,即人们由用眼睛"看书"转为用耳朵"听书"。

---

① 李云雷:《何谓"中国故事"》,《人民日报》2014年1月24日。

这种"听读"氛围的酝酿为广播小说"上网"提供了天然土壤。

有声读物最早出现于20世纪50年代，以磁带、CD为载体。进入新世纪，有声书开始从实体向网络发展，出现了"听书网""天方听书网"等听书网站，用户可随时收听、点播、下载、互动。2012年前后，喜马拉雅FM、酷我听书、蜻蜓FM等移动端有声书平台陆续上线。2018年，有声书行业进入高速发展时期。根据艾媒咨询数据，在用户规模方面，2018年中国有声书用户规模达3.85亿人，年均复合增长率为26.7%。[①] 艾媒咨询分析师认为，智能手机普及以及移动端技术发展推动有声书规模的扩大，而有声书适用多场景阅读和针对人群广泛的特点，将吸引更多用户，带动更多阅读人群转变阅读习惯。[②]

当然，有声读物的兴起并不仅仅是市场化的商业行为，也是国家文化发展的重要组成部分。有声读物市场份额扩大的背后是相关政策支持的结果。2005年的"两会"，有代表提出过发展国内有声读物的提案。同年，《积极发展我国有声读物的建议》指出了发展有声读物的重要意义，也提出了促进有声读物发展的政策建议。2017年3月18日，中华文化促进会朗读专业委员会成立大会暨全民悦读全国阅读会联盟第二次代表大会在中国传媒大学国际交流中心召开。自2018年开始，中宣部出版局组织有声读物出版工程。同年12月9日，中国广播电影电视社会组织联合会有声阅读委员会成立，引导中国有声阅读市场的秩序发展。

2006年，中宣部等多部门首次共同倡导全民阅读活动。其中，有声阅读在全民阅读占有相当大的比重。2019年4月16日，中国新闻出版研究院在京公布的第十六次全国国民阅读调查数据显示，2018年通过网络、手机、电子阅读器等进行数字化阅读的接触率为76.2%，较2017年的73.0%上升了3.2个百分点，而图书、报纸、期刊的阅读率均较2017年有不同程度的下降。[③] 在数字化阅读中，有声小说又占了相当大的比重。

根据上海合进数据咨询2010年年底进行的"手机阅读听书"调查，

---

① 《有声书专题报告：市场竞争格局已呈现，新兴技术将持续为行业赋能》，http://dy.163.com/v2/article/detail/E6KIDF9U0514A1HE.html.

② 艾媒报告：《2018中国有声书市场专题研究报告》，https://www.iimedia.cn/c400/61220.html。

③ 《有声阅读成全民阅读新增长点》，https://www.jbzw.com/news/20195/20195620703.html。

影视类和小说类的有声书内容是用户选择最多的两种类型，选择人数均超过50%。① 在 2016 年，喜马拉雅研究院首次发布的"中国移动音频用户收听习惯图谱"数据显示，在收听热度的类目排行榜上，有声小说高居榜首。截至 2020 年 1 月 17 日，喜马拉雅 FM 有声书热播榜前十名除了《明朝那些事儿》外，其余都是有声小说。其中紫襟演播的《摸金天师》以 47.5 亿次的点击量高居榜首，远远超过其他小说。

在这样的社会背景下，广播小说的"上网"是势在必行。其实，早在 20 世纪 90 年代末，吉林人民广播电台的《青雪故事》栏目就已经通过网络传播。② 进入 21 世纪，各级广播电台开发了自己的网站，推出了 App 软件，在微信、微博中设置微电台，入驻喜马拉雅、蜻蜓等专业音频平台，为广播小说"上网"构建了通道，受众可以通过手机、车载 MP3、听书机、iBooks 等电子终端收听广播小说。

广播小说以其精良的制作很快受到网民的关注。2014 年，上海东方广播中心推出广播移动应用"阿基米德"，《小说连播》栏目的收藏人数高达几千人。③《青雪故事》在 PC 端以及手机移动客户端的点击播量达数十亿次，听众遍及国内各省以及全球 30 多个国家和地区。④ 在幻听网，李野默播讲的 152 集《平凡的世界》以 64 万次的点击量居"热门小说"榜首。在蜻蜓 FM 网站，李野默播讲的 42 集《白鹿原》在付费的情况下点击量为 1 亿次，⑤ 可以表明广播小说在网上所受到的欢迎程度。

广播小说"上网"之后，突破了地域和终端的限制，利用网络技术向受众提供主动、智能、精准的服务，数字化的存储方式使受众能够定制、点播、回放自己喜欢的小说。并且，广播小说"上网"之后，也可能会解决那些精心制作出来的作品"一次性播出、永久性入库"的尴尬局面。举例来说，《中国〈小说连播〉60 周年最具影响力的 60 部作品节目排行榜》中，排在前十位的、改编自当代长篇小说的、由广播电台制作的广播小说，截至 2020 年 2 月 4 日在喜马拉雅 FM、蜻蜓 FM 和懒人听书上播出的大致情况见表 5-2。

---

① 夏威:《移动互联时代的有声阅读创新》,《中国记者》2013 年第 8 期。
② 青雪:《〈青雪故事〉的"融媒体式"成长》,《北方传媒研究》2018 年第 4 期。
③ 邬宵蕾:《浅论广播电台有声读物的生存空间》,硕士学位论文,上海师范大学,2015 年,第 36 页。
④ 张文东、王雪纯:《融媒体时代广播有声书发展路径研究——以吉林健康娱乐广播〈青雪故事〉为例》,《传媒》2019 年第 21 期。
⑤《平凡的世界》《白鹿原》点击量数据统计截至 2020 年 2 月 4 日。

表 5-2

序号	篇目	电台制作	喜马拉雅	蜻蜓 FM	懒人听书
1	夜幕下的哈尔滨	王刚/75 回	王刚		
2	穆斯林的葬礼	孙兆林/88 回			
3	青春之歌	查曼若 关山 孙兆林			
4	红岩	袁阔成 40 回（《红岩魂》） 李鑫荃/42 回 张悦楷/49 回		袁阔成	袁阔成
5	李自成	单田芳/120 回 曹灿/77 回+136 回+91 回（三卷）	单田芳 曹灿	单田芳 曹灿	单田芳
6	白鹿原	李野默/42 回 王晨/54 回	李野默	李野默 (付费收听)	
7	平凡的世界	李野默/126 回 李野默/150 回			
8	林海雪原	袁阔成/45 回 关山/60 回 曹灿/60 回	袁阔成	袁阔成 曹灿	袁阔成
9	上海的早晨	王刚/139 回	王刚		
10	野火春风斗古城	袁阔成/80 回	袁阔成	袁阔成	袁阔成

由表 5-2 可知，除 4 部评书改编的作品外，其他作品在听书软件上很少或几乎没有。尤其是像《平凡的世界》《穆斯林的葬礼》这样的作品不能入驻听书软件，应该说其价值不能得到有效释放。不能入驻的原因可能有很多，如说版权问题、用户兴趣问题等。但无论如何，广播小说和听书软件的融合还有待进一步加深。

二 引领：作为有声小说标杆的广播小说

目前在新媒体——主要是听书网站和听书软件上流布的有声小说除了传统广播电台制作的作品外，有很大一部分来自有声读物制作公司、热心或热爱有声小说的网友录播的作品。① 但由于网络进入的门槛低，网络空间上的有声小说难免在选材和录播质量方面泥沙俱下、良莠不齐。

首先是所选作品脱离社会现实，选材不严，价值导向模糊。以各听书网站、听书软件"排行榜"榜上有名的有声小说而言，即使是名次排的靠前的作品，问题也是相当突出。喜马拉雅"热播榜"排在第一的是紫襟演播的《摸金天师》，47.6亿次的点击量远超过紧随其后的2.4亿次点击量的《庆余年》、16亿次点击量的《猎罪者》、10亿次点击量的《盗墓笔记》。但就是这样一部作品，有网友在第1129集下留言，批评作者"把主角从一个盗墓贼硬生生写成了宇宙的主宰"，"最后结局太扯了，从一个盗墓的最后变成了一个统治太阳系的"，"这种故事结局基本都挺狗血的，我们也懒得听了，写成修仙的了，没意思"。也有网友在知乎留言评论这部作品："听了30多集被吸引住了，找到小说看，完全看不下去。完全是两种风格，前面还是摸金，后面完全变玄幻了。前面写摸金不停水字数，一个注释重复来重复去，估计写不下去了，后面就直接编了，杀怪升级，圣人、天尊、伏羲都跑出来了。"②

像《摸金天师》这样高居榜首的作品难免诟病，其他的小说问题更为严重，尤其体现在价值观的模糊与扭曲。阎真指出："网络文学如果有什么致命的弱点，那就是思想深度的欠缺，缺乏沉甸甸的分量。"③ 自由写作开启了欲望的泛滥、游戏心态的背后是叙事的失控、个性张扬导致了信仰的崩塌。尽管如此，并不影响网络有声小说高的点击量。相比较之下，经典文学在网络有声小说中所占比重甚低。对比荔枝FM"文化"专栏中经典文学与通俗文学作品的播放量便可发现，通俗文学作品能获得较高的收听量，而经典文学关注者甚少。对严肃文学的规避反映出网络有声

---

① 应该说，声音化的小说都可以称为有声小说。就此意义而言，广播小说属于有声小说之一种。但就本书论述而言，认为广播小说和有声小说还是有明显区别。一是，制作单位不一样。广播小说是电台录播，有声小说是文化公司、有声读物平台及自媒体录播。二是，传播平台及路径不一样。广播小说以音频的方式由电台传播，有声小说以数字化方式跨媒体传播。三是，传播对象不一样。广播小说面向不确定的公共群体，有声小说针对有确定需求的个体。四是，接收终端不一样。广播小说通过收音机收听，有声小说通过移动终端收听。另外，广播小说和有声小说价值重心不一样。尽管两者都具有人文性和商业性，广播小说更突出人文性，有声小说更注重商业性。比如，中央台制作的李野默版《白鹿原》（42回）在蜻蜓FM上就需要付费点播。
② https://www.zhihu.com/question/288182583?sort=create。
③ 阎真：《网络文学价值论省思》，《文艺争鸣》2005年第4期。

小说对集体主义道德和社会公共意识的放弃。作为文学之一种，网络小说应该遵守叙事伦理和伦理叙事的统一，恪守道德、人性、审美等艺术底线。失去了精神价值支撑，有声小说可能只有"有声"，但却不再是"小说"。

其次是缺少必要的编辑工作，导致网络有声小说结构臃肿、叙述芜杂。蜻蜓 FM 综合排序前十位的作品有《鬼吹灯全集》《我和美女院长》《盗墓笔记 8 部完整版》《六道仙尊》《超品农民》《我的美女俏老婆》《谋杀法则》《武逆》《都市之全能奇才》《山村高手》。从集数上来看，有 4 部作品超过 1300 集（《武逆》1686 集、《我的美女俏老婆》1557 集、《都市之全能奇才》1539 集、《六道仙尊》1301 集）。有网友听到《摸金天师》第 440 集时评论道："不叫摸金天师，应该叫墨迹天师！太墨迹了！"第 820 集有网友评论："应该说是靠心理活动堆字的作者，不停地各种回忆……各种重复……语言好匮乏。"

因为缺少编辑导致体量庞大还仅是一方面，另一方面表现在播读作品没有对脏话、粗俗语、骂詈语进行处理，使得作品格调低下。《白鹿原》是一部优秀的长篇小说，但字里行间还是有一些粗俗语、骂詈语等。中央台播出的李野默版和陕西台播出的王晨版将其中大部分删除殆尽，使得文本更为洁净。李野默版是将一些不适合广播播出的话语成段或成句的删去，如第一章删去了长着"狗的家伙"那段文字。有的地方进行词语替换，如将"婊子"换为"烂货"、"骚"换为"淘"。甚至有些关于性的暧昧性或暗示性的语汇，李野默版也进行了删改，但通过网络传播的桑梓版、秋雨荷塘版、李野默 120 回版等对这些语汇基本未做处理。同样是粗俗语、骂詈语、生殖器语，以口语表达和以书面语表达产生的效果不一样。麦克卢汉将报纸称为"低温宣传工具"，认为"人家看了不会头脑发热，酿成乱子"。相比之下，广播则是"高温"宣传工具。① 所谓的"高温""低温"指的是激起身体、情感反应的程度，如喊出来的口号明显比写在纸上要更有鼓动力。因此，粗俗语、骂詈语和生殖器语可以以文字的方式出现在文本中，但却是口语传播的禁忌。

再就是播读能力参差不齐、播读风格单一的现象也非常突出。语言基本功不扎实是首要问题。字音读不准倒还在其次，一些常见字读错则是不应有的情况。景程录播的有声小说《流血的仕途》，将"荀卿""荀老夫

---

① ［美］威廉·曼彻斯特：《1932—1972 年美国实录：光荣与梦想》（第 1 册），宋协译，商务印书馆 1978 年版，第 270 页。

子"读成了"苟卿""苟老夫子"。李青林提到,仙侠、修真类小说中经常会出现"般若"(bōrě)二字,而许多播讲人在播讲时将其读作"bānruò"。这样的字或词读错其实已经不单纯是字音的问题,而是暴露出播读者文化素养的不足。桑梓播读的《白鹿原》于 2017 年在喜马拉雅上线,点击量高达 1418.8 万次,而同种作品中排在第二位的李野默播读的 42 集版的有 309 万次点击量,前者是后者的 4 倍。但就是这么一部高点击量的作品,却经常会出现一些常识性错误,如把"唖吮"之"吮"(shun)读为"yun"。又如从头到尾将鹿子霖父亲鹿泰恒的"恒"(heng)读为"huan"。在所有公开出版的《白鹿原》小说中,唯有 2003 年蓉蓉选编、由延边大学出版社出版的《陈忠实精品集》中将"鹿泰恒"印为"鹿泰桓"。① 桑梓应该不是照此书为底本进行播读,如果是的话,只能表明选书不严。因此,出现这种读音错误,实不应该。其实,桑梓版出现的读错字的现象还不算严重。在轻风桭、陈二狗不吃肉、秋雨荷塘、且听风吟所播读的《白鹿原》中,错音错字比比皆是。比如,轻风桭将"残垣断壁"中的"垣"(yuan)读作"huan",陈二狗不吃肉读错的有"二十石""褡裢""喟叹""干涸""愠怒""佃户""铡刀""呜咽""交媾""轧花""瓦砾""聒噪"等。且听风吟将"谝"(pian)读作"bian",有网友表示:"主播一直念'扁',实在受不了咯⋯⋯"② 周建龙播读的《五大贼王》(合集)起首一句,就有网友指出将"清末民初"读为"清末明初"。③ 海上渔夫俊俊播读的《传奇女人:想起草原》来自湖北作家邓一光的《想起草原》,在第一集中不仅读得结巴、磕绊,在不该断句的地方断句、不该停顿的地方停顿,而且随意的省略、重复、掉字、加字、男女声音量不一致,如此等等,不一而足。

播读者对人物形象和故事情节把握不准,也是网络小说的一大弊病。李青林对《鬼吹灯》的七个有声版本进行对比,认为艾宝良在播讲《鬼吹灯》时,因为语言定位不当,王胖子的形象严重失真,痴呆笨拙,与"二十多岁的青壮年形象相去甚远,让很多人无法接受"。李青林还举出一个例子,表明播读者态度的不认真、不严谨:"笔者曾在懒人听书网站上听过一部仙侠类小说连播,播讲人将某个章节里一个配角的名字一会读作赵明,一会读作赵朋,实则就是同一人,当时听得云

---

① 蓉蓉选编:《陈忠实精品集》,延边大学出版社 2003 年版,第 239 页。
② https://www.ximalaya.com/youshengshu/11358734/56561902。
③ https://www.qingting.fm/channels/203834/programs/6265222。

里雾里,怎么莫名其妙又多出来一个人?于是果断放弃了。这仅是同步更新的诸多弊端之一。"①

对于网络有声小说的乱象,除了文化政策的约束、平台的严格把关外,还需要积极的、正面的引导,承担这一任务的也只能是广播小说。新世纪的广播小说在制作、技术方面更为精湛,多数都能达到广播剧级别,一些名家联合演播之作更能彰显出作品的恢宏气势。除此之外,严格的选书程序、细致的编辑工作和演播人员对作品的准确理解也是广播小说获得听众认可必不可少的准备工作。所有这些,都应该是网络有声小说最值得学习的地方。

正如前文所述,广播小说选书方面在注重"可听性"的基础上挖掘作品的思想意蕴,体现出构建社会公序良俗的精神意旨。为了能把优秀作品第一时间推送给听众,一些广播电台以各种方式与出版机构合作,"经常获取和了解全国长篇小说创作情况,及时、准确地推出最新,最有价值的长篇小说"②。对于获取的书目,一般广播电台也比较谨慎,还要对其思想价值和社会价值进行充分讨论,然后决定是否播出。比如,叶咏梅在编辑日志中提到,对凌力的《梦断关河》从五个方面进行了价值定位:"1. 在鸦片战争爆发160周年之际播出《梦断关河》的现实意义是什么? 2. 吸鸦片及当今日益蔓延的吸毒现象对人类和社会的危害是什么? 3. 如何制止历史悲剧的重演? 4.《梦断关河》的史学价值和艺术价值是什么? 5. 对《梦断关河》节目的播出、制作及演播有何感受、体会和建议?"③讨论之后认为,此书最具深度和新意的地方有五个方面:一是选材角度新颖,二是主题开掘深刻,三是人物塑造具有典型概括力和艺术个性魅力,四是结构严整、针脚细密,五是语言丰润、多彩多姿。小说由牟云和刘纪宏演播,在播出后的读者来信中也能看出他们感受到了作品爱国主义的思想意蕴。④《青雪故事》节目的选材标准比较严格,"不仅仅悬疑,还要观照社会、内省人性、直指人心"⑤。正因为一直坚持这种人文价值标准,

---

① 李青林:《从周建龙版〈鬼吹灯〉谈有声小说的播讲》,《今传媒》2017年第4期。
② 叶咏梅:《新时期的中国长篇连播》,《中国长篇连播历史档案·作家作品卷》,中国广播电视出版社2010年版,第5页。
③ 叶咏梅:《长篇历史广播小说〈梦断关河〉节目编辑案头》,《中国长篇连播历史档案·作家作品卷》,中国广播电视出版社2010年版,第337页。
④ 《〈梦断关河〉深受听众朋友青睐》,《中国长篇连播历史档案·作家作品卷》,中国广播电视出版社2010年版,第339—342页。
⑤ 青雪:《〈青雪故事〉的"融媒体式"成长》,《北方传媒研究》2018年第4期。

无论播读《鬼吹灯》等悬疑故事还是《三体》这样的科幻小说，《青雪故事》反映了"传播爱和善，注重社会价值，传播正能量"的节目宗旨。①因为人文价值的缺失，尽管改编自网络小说的有声小说很多，但能在广播电台播出的少之又少。

播读前的案头工作保证了作品的精炼与连贯。权巍播读过多部长篇小说，在最大可能保留原作文学价值完整性基础上，"做到保故事主干，去繁冗枝节；做到放大精彩章节或情节，注重人物心理的描摹和刻画；做到集集设'扣儿'，常常按照作品的风格设置'扣儿'"②。青雪编辑所播读的作品也是煞费苦心，从点到面进行大量的修订删改："曾经制播过的一部60万字的原著，在进行'有声化改编'进入'制播环节'之前，原文的每一行都被精编过，全书的'编辑点'超过1.7万处。"③

正因为充分的编辑工作，播出来的小说不仅得到听众的喜爱，也受到原书作者的肯定。《日出东方》的作者黄亚洲认为，宋怀强播读的同名小说比同名电视剧更符合他的创作意图。④金晶播读的《水边的记忆》获得作者张洁的高度认可："你演绎得太好了，音乐配合等效果都非常好，我一次次眼眶潮湿，是你和你们的作品打动了我。"⑤在《青雪故事》中播出的《追杀》的作者王晋康、《冒死记录》的作者张海帆、《无家》的作者冰河、《茅山后裔》的作者"大力金刚掌"等都对青雪的编辑工作进行了肯定。

李野默播读的《白鹿原》共有42集，每集约24分钟。播读语速约每分钟220字，总字数在22万字左右。相较原著，减少了大半篇幅。李野默版的文学编辑是叶咏梅，对作品或删减，或修订，或调整，前期文本工作量非常大。删减大致有整体性删减和局部性删减。

整体删减情况大致如下：一是第十一章除保留交代"乌鸦兵"驻进白鹿原，其余全部删掉。二是第二十一章、二十二章全部删去。三是第二十六章除保留焚烧田小娥骨殖、鹿三精神变化、孝义成婚、朱先生告知白

---

① 董晓平：《〈青雪故事〉的人文价值》，《北方传媒研究》2018年第4期。
② 叶子：《聆听天籁之音 尽享世间故事——权巍演播的艺术魅力与文化现象》，《中国长篇连播历史档案·演播风格卷》，中国广播电视出版社2010年版，第294页。
③ 青雪：《〈青雪故事〉的"融媒体式"成长》，《北方传媒研究》2018年第4期。
④ 袁媛：《长篇连播〈日出东方〉重播 宋怀强一人演绎史诗篇》，《中国长篇连播历史档案·演播风格卷》，中国广播电视出版社2010年版，第281页。
⑤ 金晶：《实习总结》，《中国长篇连播历史档案·演播风格卷》，中国广播电视出版社2010年版，第357页。

孝文要回村之外，其余大部分篇幅全部删去，包括白孝武找鹿子霖商议填族谱、岳维山逼鹿子霖交出鹿兆鹏、鹿兆海敲打岳维山等。四是第三十三章删去鹿马勺的故事。

局部性删减比较复杂，主要有以下四种情况：一是删去与故事主要情节有所游离或不适合有声语言表现的文字，如关于人物日常生活的描写性文字、朱先生以文言所写的《乡约》等。二是一些倒叙、插叙或预叙性文字，如"传帖交农具"一节删去"直到死亡，鹿三都没有想透，怎么会产生那样奇怪那样荒唐的感觉"。三是暴力、迷信及民间传说类的文字，如铡碗客、蹾死贺老大、杀死田小娥后鹿三的幻觉及田小娥鬼魂附体的控诉等。四是性话语，主要是删去与田小娥相关的大部分性爱文字。五是政治话语。

至于局部性的文字修改更是琐碎，一是将人称代词改为人物姓名，以有利于听众区分。二是将一些文言词汇改为口语词。三是将一些不合适的语言文字如性话语另换一种委婉的说法。四是对删减的内容进行概括或总结，以保持上下文衔接连贯、文气畅通。比如，小说第二章从"这个带有神话色彩的真实故事……"到"……一边支起一个三角支架烧水沏茶"，大概有3500字，介绍的是朱先生的神奇故事和白鹿书院的结构布局。广播小说中，此处缩减到172字：

> 白嘉轩的这位姐夫朱先生不仅仅被人们看作是知识渊博的才子，而是被当作能知道过去、未来的神在白鹿原上神秘而又热烈地传颂着。白嘉轩也敬重姐夫，但不是把他看作神，而是看作一位圣人。他相信姐夫是一位圣人，而他自己不过是个凡人罢了。进了白鹿书院，见过了姐姐以后，姐夫把他领到前院的书房里说话。两个人坐在桌子两边的直背椅子上，中间是一个木炭盆在静静的燃烧着。

这样的文字修改使叙事更为紧凑，前后之间的逻辑关系更为明显，不致旁枝逸出，影响听众对故事前后走向的理解。

专业的播读人员保证了作品的艺术标准，给听众更高的艺术享受。新的世纪，一些播音艺术家继续播出一批有影响的作品，如李野默播读了《亡魂鸟》《天高地厚》《八月桂花遍地开》《各奔前程》《贞观之治》《股海别梦》以及重录了150集《平凡的世界》等，徐涛播读了《非法智慧》《绝顶》以及重录了《穆斯林的葬礼》等。一些更为年轻的演播人员如录制宗璞《野葫芦引》的王勇、播读过《水边的记忆》的金晶等也展示出自己的独特风格，其中最为突出的是权巍。权巍编辑、演播了《欲望之路》《浮华背后》《城的灯》《深喉》《龙票》《大雪无痕》《绝对权力》《香气迷人》等，"建树成权巍的'长篇小说品牌'"。播读过周梅森长篇小说《绝对权力》的王俊在听了权巍编辑并演播的《绝对权力》后写下了一段话：

> 我为什么至此还深陷于这个故事中？这不仅是因为权巍的演播突出了语言对白的戏剧性和张力，而且要归功于他善于留出让听者思索的空间，时而紧紧攥着你的思绪在那些狂波恶浪中颠簸冲锋，时而松开你的神经，与你一起在人物心灵深处徜徉游弋，他的演播与你的呼吸和心跳是同在的，与那些小说人物的喜怒哀乐是融为一体的。权巍只是在你和那些虚拟的主人公之间搭建一座可以无间沟通的桥梁。表面上，他退位于故事之后，实际上，不动声色的他却是最成功的讲述者。[1]

为了更恰切的表达出作品意蕴，演播人员在播读前做了大量的准备工作。尤其值得肯定的是，一些年轻的演播者能够静下心来对作品研读揣摩，做好播读前的案头工作。金晶的播读体会是："对于人物众多，线索繁杂的小说，演播者在塑造角色之前，应该为每个人物'立小传'，了解相关的经历背景，进而把握人物的本质特征。"[2] 啸岚在《少年股神》的书上写满了眉批旁注，有对人物形象的理解，有对语言的口语化改编，有对故事情节的批注，也有对演播中需要注意问题的标示[3]。

王勇是中央人民广播电台文艺之声《广播故事会》《天下奇谈》的节目主持人，因其声音的可塑性强而进入叶咏梅的视野，被选中朗读宗璞《野葫芦引》中的《南渡记》和《东藏记》。在一篇文章中，王勇回忆了自己播读宗璞长篇小说《野葫芦引》的过程。接到任务，首先是"借助字典"将作品通读一遍，然后根据叶咏梅的要求分析作品、列出人物声

---

[1] 叶子：《聆听天籁之音 尽享世间故事——权巍演播的艺术魅力与文化现象》，《中国长篇连播历史档案·演播风格卷》，中国广播电视出版社2010年版，第287、299页。

[2] 金晶：《从"本色突破"到"人物群体的塑造"》，《中国长篇连播历史档案·演播风格卷》，中国广播电视出版社2010年版，第361页。

[3] 啸岚：《余味犹未尽——酷谈〈少年股神〉编辑演播二三事》，《中国长篇连播历史档案·演播风格卷》，中国广播电视出版社2010年版，第374—375页。

音造型。在将备稿作业交给叶咏梅时,遭到叶咏梅的迎头一棒,批评他完全没有读懂作品。① 叶咏梅的批评不是没有道理,她认为《野葫芦引》"是由内而外地、亦史亦诗地讲述了西南联大的历程与精神。……它渗透、体现在战乱、迁徙、饥寒、生死等无常中的'不失常'中,从容朴素、洁净充实,又包含热情、道德与勇气,也许古老的'天地心'一词才可形容。"她认为这种"'亦史亦诗'的作品风格决定了演播的基调应该是恢宏、沉静、唯美的,从叙事演播的角度看,应该是自然、亲和、艺术的;无论是叙事的基调,还是人物的塑造都应该在对作品的风格把握上凸现历史的厚重感、命运的多元化、语言的丰富性"②。而王勇对作品的理解则来自网友的评论:"《野葫芦引》是一部全景展现中国抗日战争题材的优秀小说。"这是对作品题材的表面化理解,所以当王勇将"自认为还不错的备稿作业"交给叶咏梅时,没有得到满意的回应。为了进一步理解作品,叶咏梅让王勇准备了一份采访提纲。在写作提纲中,王勇提出了如下问题:

1. 《野葫芦引》是一段刻骨铭心的历史……这段历史对中华民族来说太重要了。这是不是作者写作的初衷?她想告诉人们什么?

2. ……(《野葫芦引》有 7 首序曲——引者注)这序曲与间曲是否就是作者"野葫芦引"里装的"药"?是作者的一种精神寄托?

3. ……作者为什么要从 1937 年 7 月 7 日这一天写起,有什么特殊的意义?

4. 作品中塑造的这群人物一直是作者笔下挥之不去的那段历史中的典型人物,无论写人生还是写生死,作者自己最喜欢的是哪些人物?而想通过这些人物表达自己的什么情怀?

5. 作者在《野葫芦引》里要写四卷……后两卷的写作情况如何?③

---

① 王勇:《高贵〈野葫芦引〉"引出"的凡人俗事——〈野葫芦引〉演播全景》,《中国长篇连播历史档案·演播风格卷》,中国广播电视出版社 2010 年版,第 321—329 页。

② 叶咏梅:《〈野葫芦引〉内容简介》,《中国长篇连播历史档案·作家作品卷》,中国广播电视出版社 2010 年版,第 191—192 页。

③ 《〈野葫芦引〉第一、二卷采访提纲》,《中国长篇连播历史档案·作家作品卷》,中国广播电视出版社 2010 年版,第 195 页

尽管采访宗璞时未完全按照如上提纲进行,但通过采访提纲却可以看出王勇对作品的理解显然已经突破了最初的"抗战题材"的认识而进入"抗战时期的知识分子"这一文化层次。有了这样的思想提升,王勇对作品的理解开始由"史"进入"诗"的境界。在做《野葫芦引》案头工作时,王勇写出如下一段话:"小说表面没有太多的紧张冲突,确又隐含一个重要的悬念,这批由北平迁出的知识分子,这批在战争中成长起来的小儿女,已经随着小说的展开,遭际了他们命定的特殊时代环境里的复杂性与严酷性,他们的优美、智慧、自信与平安的生命会遭遇怎样的命运呢?这种理想和现实处境在小说家宗璞先生的笔下又将被如何对待?因为它是'史'的品格,我们似乎可以知晓它悲剧的结局,但因为它有'诗'的品格,我们又将对它有很高的心灵期待。"[1] 厚重的题材配上王勇浑厚的嗓音,《野葫芦引》这么一部纯文学作品"成为长篇连播中不可多得的好作品"[2]。通过王勇播读《野葫芦引》中认识的升华可以看出,作为播读者,充分的阅读作品、深刻的理解作品是播读成功的关键。只有在对作品意蕴正确理解的基础上才能发挥出播读者的主体性功能,这也是广播小说乃至于网络有声小说思想价值与艺术审美现实化的关键。

广播与网络的结合改变了单向的、线性的传统广播方式,有声小说网站与广播网站的建立使受众可以更为灵活便捷地选择适合自己的广播小说。但因为相关制度的不完善、播读水平的参差不一、录播技术水平的高低,有声小说从内容到制作难免会有粗制滥造之作。如何促使有声读物良性健康的发展,是政府、社会和学界共同面对的话题。而在这一发展过程中,广播小说的在场将在思想和艺术两方面起到引领和示范作用。

---

[1] 叶子:《"七七卢沟桥事变"70周年祭——制作荣获"茅盾文学奖"的〈野葫芦引〉侧记》,《中国长篇连播历史档案·作家作品卷》,中国广播电视出版社2010年版,第200页。

[2] 《荣获第六届"茅盾文学奖"作品——58集〈野葫芦引:东藏记〉收听反馈》,《中国长篇连播历史档案·作家作品卷》,中国广播电视出版社2010年版,第201页。

结　　语

　　当代长篇小说通过广播传播始于20世纪50年代初，并且一直延续到当下。广播不断从当代长篇小说获取文本资源和文化精神资源，而当代长篇小说也通过广播更好地实现了自身社会功能和审美价值。广播媒介在传播当代长篇小说过程中从传播主体、传播方式、传播机构等方面建构起一系列机制，保证了当代长篇小说在意识形态传达、文学大众化与艺术审美之间的平衡，而当代长篇小说经过声音的二度创作后，在文体结构、文学精神等方面发生了种种变化，释放出文字压抑下的情感的丰富和思想的富饶。当代长篇小说与广播在历史发展过程中互为支撑、深度融合，创造了小说传播史和广播发展史的一个个辉煌节点。

　　当代长篇小说的广播传播是对古老的"听读"传统和民间讲故事传统的赓续。在文字广泛普及之前，阅读方式就是——也只能是"听读"。苏美尔人书写文字的目的就是用来大声念出，声音仿佛就是文字的灵魂。古埃及语中表示阅读的最常见的词汇就含有朗读之意，阅读即是口头行为。在古希腊，阅读即是在公开场合诵读自己的作品。这种阅读方式同样风行于整个罗马帝国时期。《楚辞》《诗经》的"程式化"语汇和《论语》的"述而不作"表明中国文学在其发端处即有了口头性特征，后来的诗词曲赋等韵文文学也是为口诵耳闻而作。在民间，说故事和听故事是最常见的文化娱乐方式。西方的《荷马史诗》和中国的《格萨尔》都曾是通过声音的传播而为他人所感知，并通过口耳相授流传下来，而以说书为代表的民间文艺表明声音在漫长的农耕社会给予了民众以最大可能的人文关怀。

　　但以身体为声源的有声语言的小众传播限制了文学作品的大面积影响，并且其即时性存在也在文字面前显出弱势。电子媒介的出现放大了有声语言的"分贝"，为"听读"的复兴奠定了技术基础。就在广播问世后不久，有人便指出了广播"无远弗届"的声音特性："广播以其极为非凡的特质见证着这个时代的所有奇迹……我们现在就像上帝,能面对全人类讲话。"① 最主要的是,录播技术的发展能够将有声语言的细微变化清晰地传送出去,从而避免了口头时代因听众过多和场所过大而带来的艺术失真。

广播的媒介优势使其成为当代长篇小说传播的重要载体,其与汉字之间天然的姻亲关系不仅可以最大限度还原作品,而且以其声音特性将作品的情感意蕴从文字的躯壳中裸露出来。这种意义的增殖显然在书刊等纸质媒介那里无法实现。那种文字的不断复制只是量上的增加,却不能赋予作品以文字之外的审美新质。尤其是印刷媒介用书写符号捕捉住了言语中的语义,而将语音压抑为沉默的在场之物。语音和语义的分裂"使意识和文化分割成许多碎片",也"把古老口语丰富的有机体转换成单薄而抽象的切片,以便人们能够悠闲地观察和分析"。② 书刊等印刷媒介不仅奠定了眼睛在感知器官中的霸主地位,而且在某种意义上阉割了有声语言的人文情怀。

从听觉角度而言,一部人类发展史就是声音的被阉割史。在早期人类的生存活动中,听觉发挥着重要的作用,但人类历史并没有按照听觉逻辑展开。文字的产生不仅将人类的视觉经验凝固下来,而且使人类更为理性化地对客观世界和主体自我进行秩序化的分类和分析。印刷术使视觉空间进一步拓展,电子媒介的出现造成了视觉文化的扩张,就像丹尼尔·贝尔所说:"当代文化正在变成一种视觉文化,而不是一种印刷文化,这是千真万确的事实。"③

21世纪,国内外学者开始反思视觉文化的缺陷与不足,如视觉文化对传统审美方式的消解④、"图像至上主义"对文化的潜在破坏性恶果⑤、视觉垄断与视觉殖民造成当代人类审美能力的全面衰退⑥、视觉污染导致

---

① 李宝玉:《私密的公共性:广播、声音技术与媒介现代性——本雅明广播媒介思想研究》,《艺术探索》2019年第1期。
② [加]埃里克·麦克卢汉等:《麦克卢汉精粹》,何道宽译,南京大学出版社2000年版,第448页。
③ [美]丹尼尔·贝尔:《资本主义文化矛盾》,赵一凡、蒲隆、任晓晋译,生活·读书·新知三联书店1989年版,第156页。
④ 甘锋:《论视觉文化对传统审美方式的消解》,《西北师大学报》2007年第5期。
⑤ 王馥芳:《听觉互动之于文化的建构性》,《江西师范大学学报》2016年第2期。
⑥ 魏毅东:《视觉文化背景下的视觉垄断与视觉殖民》,《学术月刊》2009年第4期。

个体心灵损害、身体规训、欲望催长①，等等。在对视觉文化反思的同时，人们也越来越认识到听觉及听觉文化的重要意义。

20世纪60年代以来，哲学家们断定听觉必将取代视觉而成为人类当下所有问题的解决之道。在《理解媒介》一书中，麦克卢汉尖锐批评了西方文化中的视觉中心主义，提出了与之相对的"听觉空间"概念。约阿希姆·恩斯特·贝伦特在他的著作《第三只耳朵：论听世界》中宣称："旧有的组织形式是'视觉秩序'，新的形式将是'听觉有机体'。"② 另外一个系统探讨听觉文化的是加拿大学者雷蒙德·默里·谢弗，在《为世界调音》一书中，谢弗由视觉性的"风景"一词创造了"声音景观"的概念，影响到音乐、建筑、文学等诸多领域研究范式的重构。21世纪以来，国内外连续召开了几次学术会议，推动了听觉文化研究的进展。傅修延、王敦、路文彬、肖建华、杨震、陈智勇、李新亮、陆涛、张昉、邹琳等学者也分别从叙事学、文化学、美学等角度开始了对听觉及听觉文化的理论审视。

德国后现代主义美学家韦尔施认为："在视觉称霸两千多年后，听觉理当得到解放……只有当我们的文化将来以听觉为基本模式，方有希望。因为在技术化的现代社会中，视觉的一统天下正将我们无从逃避地赶向灾难。对此，惟有听觉与世界那种接受的、交流的，以及符号的关系，才能扶持我们。"③ 因此，"聆听"既是对抗视觉文化不断入袭的屏障，也是迷失于技术理性旋涡中的人类救赎之途。在此意义上，当代长篇小说的广播传播就不仅仅是一种文学现象，而具有了更多的文化意味。当世界被图像占领，在长篇小说的声音世界中有可能重构一个更适宜人"诗意地栖居"的文化空间。因此，从人类生态文明的角度来看，对当代长篇小说的讲述和聆听，也许是将人们从视觉文化的牢笼中解放出来的最适宜的美学力量！

---

① 王新、应海燕：《"视觉中心主义时代"的视觉污染研究》，《思想战线》2015年第6期。
② 转引自［德］沃尔夫冈·韦尔施《重构美学》，陆扬、张岩冰译，上海译文出版社2002年版，第210页。
③ ［德］沃尔夫冈·韦尔施：《重构美学》，陆扬、张岩冰译，上海译文出版社2002年版，第209页。

参考文献

［美］阿恩海姆：《艺术与视知觉》，滕守尧等译，中国社会科学出版社1984年版。

［加］埃里克·麦克卢汉：《理解媒介——论人的延伸》（增订评注本），何道宽译，译林出版社2011年版。

［加］埃里克·麦克卢汉等：《麦克卢汉精粹》，何道宽译，南京大学出版社2000年版。

艾黛编译：《感觉之美——感受生命的浪漫质地》，民族出版社1999年版。

［奥地利］安东·埃伦茨维希：《艺术视听觉心理分析》，肖隼等译，中国人民大学出版社1989年版。

安徽省地方志编纂委员会编：《安徽省志·广播电视志》，方志出版社1997年版。

白玲：《岁月留声》，广东人民出版社2002年版。

北京人民广播电台编著：《大音京华：纪念北京人民广播电台建台60周年》，中国广播电视出版社2009年版。

北京人民广播电台编著：《岁月如歌：献给北京人民广播电台建台60周年》，中国广播电视出版社2009年版。

北京人民广播电台广播发展研究中心主编：《赢在创意：广播节目创新样态与研究》，清华大学出版社2015年版。

北京市文学艺术工作者联合会编：《怎样写曲艺》，北京出版社1959年版。

《播音业务参考材料》（1、2、3），北京广播学院新闻系1979年4月印。

曹璐：《广播新闻理念与实务创新研究》，中国广播电视出版社2007年版。

柴璠：《当代广播有声语言的创新空间》，中国传媒大学出版社2006

年版。

陈伟军：《传媒视阈中的文学——论"文革"前十七年小说的生产机制与传播方式》，博士学位论文，暨南大学，2006年。

陈晓洁：《媒介环境学视域下文学与媒介之关系研究》，博士学位论文，山东大学，2012年。

陈晓鸥：《广播电视语言传播风格多样化研究》，中国广播电视出版社2007年版。

丛英民等主编：《以史鉴今 继往开来——纪念中国人民对外广播事业创建五十五周年》，中国国际广播出版社1997年版。

［美］丹尼尔·贝尔：《资本主义文化矛盾》，赵一凡等译，上海三联书店1989年版。

［英］丹尼斯·麦奎尔、斯文·温德尔：《大众传播模式论》，祝建华、武伟译，上海译文出版社1987年版。

《当代中国的广播电视》编辑部选编：《〈广播电视史料选编〉之三 中国的广播节目》，北京广播学院出版社1987年版。

《当代中国曲艺》编辑委员会编：《当代中国曲艺》，当代中国出版社、香港祖国出版社2009年版。

［美］道格拉斯·凯尔纳：《媒体文化——介于现代与后现代之间的文化研究、认同性与政治》，丁宁译，商务印书馆2004年版。

邓炘炘：《动力与困窘：中国广播体制改革研究》，中国经济出版社2006年版。

丁仁山主编：《五十年的足迹 纪念辽宁人民广播电台建台50周年》，辽宁古籍出版社1995年版。

杜桦：《广播节目编导》，中国传媒大学出版社2009年版。

傅修延：《中国叙事学》，北京大学出版社2015年版。

耿幼壮：《倾听——后形而上学时代的感知范式》，北京大学出版社2013年版。

［加］哈罗德·伊尼斯：《帝国与传播》，何道宽译，中国人民大学出版社2003年版。

［德］黑格尔：《美学》，朱光潜译，商务印书馆2011年版。

胡先锋：《中国当代朗诵史》，中国传媒大学出版社2013年版。

湖南省广播事业局《省志》编写组：《湖南省广播电视历史资料》（1930—1980），湖南省广播事业局《省志》编写组1981年编。

黄宏：《媒介素养教程》，浙江大学出版社2013年版。

[德] 霍克海默、阿多尔诺：《启蒙辩证法》，渠敬东、曹卫东译，上海人民出版社 2006 年版。

[法] 贾克·阿利达：《噪音——音乐的政治经济学》，宋素凤、翁桂堂译，河南大学出版社 2017 年版。

姜燕：《汉语口语美学》，山东人民出版社 2013 年版。

《旧中国的上海广播事业》，档案出版社 1985 年版。

[法] 居伊·德波：《景观社会》，王昭凤译，南京大学出版社 2006 年版。

《空中文艺画廊——第九届中国广播文艺奖集萃》，新华出版社 2003 年版。

李春：《当代中国传媒史 1978—2010》（上），漓江出版社有限公司 2014 年版。

李凤辉：《语言传播人文精神的阙失与重构》，中国传媒大学出版社 2006 年版。

李红岩、柴璠：《广播电视语言传播文化品位及审美趋势研究》，中国广播电视出版社 2007 年版。

李文衡：《甘肃当代文艺五十年》，甘肃文化出版社 1999 年版。

李幸、刘荃：《传播媒介的历史之光：广播电影电视史论》，南京师范大学出版社 2007 年版。

李宜编：《怎样做好广播编辑工作》，广播出版社 1985 年版。

李展主编：《数字化时代的口语传播：理论、方法与实践——第一届海峡两岸口语传播学术研讨会论文集》，厦门大学出版社 2014 年版。

《六盘水市志》编委会编：《六盘水市志·广播电视志》，贵州人民出版社 2005 年版。

卢兴：《电子媒介视域下中国现代文学经典研究》，博士学位论文，辽宁大学，2014 年。

鲁景超主编：《用声音传播——人民广播播音 70 年回顾与展望》，中国传媒大学出版社 2011 年版。

[法] 罗贝尔·埃斯卡皮：《文学社会学》，于沛选编，浙江人民出版社 1987 年版。

[美] 马尔库塞：《单向度的人》，张峰等译，重庆出版社 1993 年版。

马仕存、亢亚志主编：《北京人民广播电台年鉴》（2008），中国广播电视出版社 2010 年版。

孟建、黄灿：《当代广播电视概论》，中国传媒大学出版社 2011 年版。

孟伟：《声音传播——多媒介传播时代的广播听觉文本》，中国传媒大学出版社 2006 年版。

［法］米歇尔·希翁：《声音》，张艾弓译，北京大学出版社 2013 年版。

彭芳群：《政治传播视角下的解放区广播研究》，中国传媒大学出版社 2014 年版。

彭鸿书：《闪光的珍珠——彭鸿书文艺作品选·评论与作品》，贵州人民出版社 1999 年版。

上海市广播电视局《当代》编辑组：《上海广播电视资料汇编》（第 1 辑），上海市广播电视局《当代》编辑组 1986 年 6 月 30 日编。

邵培仁：《传播学》，高等教育出版社 2007 年版。

［英］汤普森：《意识形态与现代文化》，高铦等译，译林出版社 2005 年版。

唐耿良：《别梦依稀——我的评弹生涯》，商务印书馆 2008 年版。

［德］瓦尔特·本雅明：《单向街》，陶林译，西苑出版社 2018 年版。

汪景寿、王决等：《中国评书艺术论》，经济日报出版社 1997 年版。

汪良：《小说播讲艺术》，北京广播学院出版社 1988 年版。

王大方、叶子主编：《"上帝"青睐的节目》，中国文联出版公司 1995 年版。

王娜、于嘉：《当代北京广播史话》，当代中国出版社 2013 年版。

王雪梅：《中国广播文艺广播剧研究》，北京广播学院出版社 2003 年版。

［美］威尔伯·施拉姆、威廉·波特：《传播学概论》，新华出版社 1984 年版。

［美］韦勒克、沃伦：《文学理论》，刘象愚等译，江苏教育出版社 2005 年版。

韦振斌：《编播业务杂谈》，中国广播电视出版社 1985 年版。

［美］沃尔特·翁：《口语文化与书面文化——语词的技术化》，何道宽译，北京大学出版社 2008 年版。

项仲平、王国臣：《广播电视文艺编导》，浙江大学出版社 2003 年版。

肖玉林主编：《广播听众工作文集》，中国国际广播出版社 1993

年版。

［法］雅克·德里达：《声音与现象》，杜小真译，商务印书馆 2010 年版。

杨波主编：《广播在我心中》，北京广播学院出版社 2000 年版。

叶咏梅：《天籁之思》，作家出版社 2000 年版。

叶咏梅编著：《中国长篇连播历史档案》（上中下），中国广播电视出版社 2010 年版。

［美］约书亚·梅罗维茨：《消失的地域：电子媒介对社会行为的影响》，肖志军译，清华大学出版社 2002 年版。

泽州县广播电视台：《泽州县广播电视志》，泽州县广播电视台 2011 年编印。

张凤铸：《中国当代广播电视文艺学》（第 2 版），中国传媒大学出版社 2016 年版。

张锐：《视听变革广电的新媒体战略》，新华出版社 2015 年版。

张颖：《论袁阔成的"新评书"编演》，硕士学位论文，中国艺术研究院，2014 年。

张羽：《〈红岩〉与我——我的编涯甘苦》，中国出版社 2005 年版。

张振华：《求是与求不：广播电视散论》，中国国际广播出版社 2007 年版。

张政法：《有声语言大众传播的生命活力》，中国传媒大学出版社 2006 年版。

赵玉明：《中国广播电视史教程》，中国广播电视出版社 2009 年版。

赵玉明：《中国广播电视史文集》，中国广播电视出版社 1993 年版。

赵玉明等主编：《新修地方志早期广播史料汇编》，中国广播影视出版社 2016 年版。

赵玉明主编：《中国现代广播史料选编》，汕头大学出版社 2007 年版。

《中国报刊广播文集》（二），北京广播学院新闻系 1980 年编。

《中国广播史料选辑》，北京广播学院新闻系 1979 年编。

《中央人民广播电台台史资料汇编（1949—1984）》，中央人民广播电台台史编写组 1985 年编。

中央人民广播电台台史编写组：《中央人民广播电台台史资料汇编》，中央人民广播电台台史编写组 1985 年编。

中央人民广播电台听众工作部编：《1993—1997 广播听众工作文集》

(第 2 集),中央民族大学出版社 1998 年版。

中央人民广播电台研究室、北京广播学院新闻系编:《解放区广播历史资料选编》,中国广播电视出版社 1985 年版。

周毅:《传播文化的革命》,浙江人民出版社 2001 年版。

朱宝贺、董旸:《广播剧编导教程》,中国传媒大学出版社 2009 年版。

朱宝贺、刘雨岚:《广播剧编导艺术》,中国戏剧家协会黑龙江分会,1986 年。

朱在望主编:《当代中国广播电视台百卷丛书·上海人民广播电台卷》,中国广播电视出版社 1999 年版。

祝振华:《口头传播学》,大圣书局 1986 年版。

后　　记

　　作为出生于乡下的 70 后，好玩儿的游戏还是比较多，比如"斗宝"（纸叠的四角）、滚铁圈（桶箍子）、抓子儿（楝树籽儿）、劈甘蔗，等等。但要说到文化生活，就只三两样：看电影、看小人书、听广播。电影不常有，且一般都是在三四里路甚至五六里路外的邻村播放。小人书倒是多，但得换着看，或是"租"——作业本纸或烟盒纸，根据数量多少决定天数。班里哪位同学有七八本小人书的话，一学期的作业本基本上就不用买了。最方便的就是听广播，不用走远路，也不用为作业本耗费纠结。

　　当时收音机虽说有点贵，但一般家庭还是买得起。每天吃饭的时间，一家人围着饭桌听歌、听相声、听电影录音剪辑。那种感觉，不亚于几年之后的看春晚。

　　大概是四五年级的时候，每天中午十二点，收音机里开始播放刘兰芳说的评书《岳飞传》《杨家将》。着迷了！放学后飞跑回家，先把收音机打开。要么还没开始，要么刚好听到"上回书说道……"心中暗自庆幸，赶到点上了！那时候一直以为刘兰芳是男的，嗓音浑厚亮堂，有豪迈气势。语速快的时候口吐莲花，慢的时候一字千钧。情绪就跟着故事情节起伏不定：为哈迷蚩的鼻子被割掉而大笑，为风波亭岳飞被害难受；一会儿神往于八大锤锤震朱仙镇，一会儿又振奋于高宠力挑铁滑车；其他如杨再兴遇难小商河、牛皋捉拿金兀术……至今记忆犹新。

　　当然，那个时候不像现在能用这么多词描述听书时的复杂情绪，能表达感受的只有一个词："过瘾！"上学路上，手拿一根直溜的树枝，仿佛是冲锋陷阵的将士。到了学校，在纸上画铁盔铁甲的人像，画长枪大刀，画营房栈道。就是马，终究画不好。

　　对于是否听过当代长篇小说没有太多印象，一是听完《杨家将》后就上了初中，听广播的时间就少了；二来是那时候还是喜欢听一些热闹的书。但有一点可以肯定，那就是通过听《岳飞传》等评书，对文学有了莫大兴趣。在刘兰芳那铿锵有力的声音中去想象一个让人热血沸腾的世界,这就是广播给我的最初的文学教育。

  随着电视的普及,听广播就很少了。收音机再次进入视野是在2011年,父亲和母亲到周口来与我们同住。那时候儿子正上小学,担心影响他学习,家里的电视就没有再打开过。父亲母亲没有电视看,有些急。后来他们自己分别买了能插卡的小收音机,给他们下载了好多评书、坠子和戏曲。能下载的都听完了,就开始下载《红岩》《铁道游击队》等新评书以及《鬼吹灯》等有声小说,父亲也是听得津津有味。这让我想到广播小说对于某些人而言还有它的作用。于是,就萌生了对广播与当代长篇小说之间的关系进行研究的想法。

  另外一个动因,是长久以来,文学研究界一直不太重视非文字的文学传播方式,如广播、连环画、戏剧等。就以连环画来说,"60后、70后"小时候恐怕没有人没看过的。犹记得小学二年级,一个姓陈的老师常常在讲完课后给我们读一本小人书,大家听得津津有味,这是一节课纪律最好的时候。可以说,连环画所起到的文学普及、教育启蒙作用不可小觑。可喜的是,近几年对连环画传播文学的研究多了起来。但广播之于文学的传播关系,似乎还处于研究的盲区。从2016年开始关注这一话题。2019年以初期书稿申报了国家社科基金后期资助,侥幸得中,也更让我意识到这一话题有其价值所在,坚定了研究信心。

  研究期间,曾经向多位专家学者求教,得到了他们的学术点拨。在一次学术会议上,浙江省越秀外国语学院的朱文斌教授肯定了提交的《20世纪文学广播传播论略》这篇文章,认为可以做大一些,做具体一些。他的话使我备受鼓舞。绍兴文理学院的刘家思教授是研究广播剧的专家,为我提供了相关资料并指出一些史料方面的错讹。武汉大学的昌切先生和郑州师范学院的孙先科先生就研究范围和研究提纲等方面给了我许多提示和启发。有幸得到中央人民广播电台叶咏梅老师的支持,受益匪浅。叶老师早已退休,但仍然关注《小说连播》的进展。在一封邮件中,叶老师说没想到还有人关注《小说连播》。她在百忙之中通过邮件给我传递了一些一手材料,使本书在细节方面更为具体。本书的完成还得益于叶老师主编的《中国长篇连播历史档案》。书里面提供了大量的案头工作资料和叶老师对《小说连播》的感悟和论述。本书能得以问世,离不开叶老师的帮助!中国社会科学出版社的慈明亮老师为本书的顺利出版做了大量工作,向他的辛勤付出和严谨认真表示感谢!

  一书既成,瑕疵立现。也想尽善尽美,对书稿作更深入的修改,但奈何学力不逮,只能如此而已。敝帚自珍,姑且以此作为安慰!